谨以此书献给中央民族大学建校六十周年

大学 我的心灵家园

DAXUE WODE
XINLING JIAYUAN

主　编：张俊豪
副主编：阿力木　乌小花
编　委：张阳阳　孙　娜
　　　　张宏宝　白　洁

中央民族大学出版社
China Minzu University Press

图书在版编目（CIP）数据

大学 我的心灵家园 /张俊豪主编. ——北京：中央民族大学出版社，2011.7
ISBN 978-7-5660-0026-2

Ⅰ.①大… Ⅱ.①张… Ⅲ.①大学生—心理健康—健康教育—文集 Ⅳ.①B844.2-53

中国版本图书馆CIP数据核字（2011）第117287号

大学 我的心灵家园

主　　编	张俊豪
责任编辑	红　梅
美术设计	汤建军
出 版 者	中央民族大学出版社
	北京市海淀区中关村南大街27号　邮编：100081
	电　话：68472815（发行部）　传真：68932751（发行部）
	68932218（总编室）　　　68932447（办公室）
发 行 者	全国各地新华书店
印 刷 厂	北京华正印刷有限公司
开　　本	880×1230（毫米）　1/32　印张：11
字　　数	330千字
版　　次	2011年7月第1版　2011年7月第1次印刷
书　　号	ISBN 978-7-5660-0026-2
定　　价	29.00元

版权所有　翻印必究

序 言

中央民族大学是一所以培养各民族优秀人才为主的综合性高等院校，学校历来十分重视学生的心理素质教育工作。近年来，学校认真贯彻落实党中央、国务院《关于进一步加强和改进大学生思想政治教育工作的意见》，坚持把大学生心理健康教育作为学生工作的重要内容，作为教书育人、塑造健全人格的重要内容，作为营造和谐安定、文明有序校园环境的重要内容，不断加强和改进大学生心理素质教育工作，取得了良好成效。2007年，学校正式成立了心理健康教育与咨询中心，为各族学子的心理素质教育提供了更专业化保障。在全校师生的共同努力下，学校心理健康教育与咨询工作逐步形成了以专业化队伍发展为主，以院系学生工作系统为基础，以学生骨干队伍为辅的心理素质教育工作机制。

学校积极探索构建"以开设心理健康教育课程为主要载体、以开展心理辅导和主题活动为重要方式、以实施危机预防与干预为关键环节"的心理健康教育工作模式，大力加强学生心理素质教育。学校坚持教育为主，采取切实有效措施普及心理健康知识，帮助学生解决心理方面的困惑。在学校开展的一系列心理主题活动中，心灵阳光征文是其中非常有特色的一个主题内容，从2007年至今已经举办6届。每一次的心灵阳光征文活动都受到了学生们的关注，大家踊跃投稿，把自己在大学学习和生活中的所思和所悟都化为优美的文字，展现了当代各族大学生关爱自我、关爱他人、自强奋斗的风貌。这本文集即是对历次征文来稿中优秀篇章的选编，希望透过这本集子，展现我们各族学子的阳光心路历程，使我们能更好地了解民大学子们的所思所想，为学校更有针对性地开展心理素质教育提供思路。希望广大同学们珍爱生活、珍爱生命、顽强拼搏！祝同学们能够在大学这所心灵家园中快乐健康成长，拥有幸福美好的未来！

中央民族大学党委 副书记 刀波

2011年5月

目录

我的自强之路

我心飞翔······2
一路同行······5
离箭下的弯弓······8
心中的勉励······11
微雨静夜的遐想······13
我听见风吹过蓝天的声音······16
自强不息 厚德载物······19
田田······22
凌寒傲放的一株梅······27
罗拉，快跑！······30
我的自强之路······32
我的人生，我的梦······34
那年冬天，没有回家······37
自强人生······40
永不言弃······43
风雨过后是彩虹——记一个女孩的自强之路······47
我的自强之路······50
自强面对大学······53
给天堂里父亲的一封信······55

阳光洒满心灵

一米阳光······59
与幸福有关······61
学会沟通——我有我的舞台······63
青春选择 百舸争流······66
给爸爸的一封信······68
靠近爱······73

洗礼	75
观《山魂女》有感	77
在阳光下成长	79
父爱伴我成长	82
它们，来自我的日记本	84
芒果街 青春 那些幸福的小雨点	87
今天我活着	90
心在征途	92
体味进行时	94
携手相伴的成长	96
生活从未欺骗我们	98
吾爱	100
幸福	105
青春	107
学会感恩	109
大学心路历程之感动瞬间	111
阳光洒满心灵	113
至美	115
街道尽头的小屋	117
生命与阳光	119
打开心窗 享受阳光	123
游园会	126
学会珍惜	128
心灵的旅途	130
成长的插曲	132
快乐的成长	134
悄然绽放	136
听，种子的心	139
生活，是一种享受	141
痛	144

尘埃在歌唱	146
梦想照进现实	150
风狂·路坎·志坚·我心飞翔	152
坦然面对	155
成长的烦恼	157
一个人在途上	159
在成长之路上感悟亲情	161
那年夏天的成长日记	163
点滴青春——送给青春的故事	169
谁言寸草心，报得三春晖——致母亲的一封信	173
父母的爱，就像那座山	176
心星之火，可以燎原——我们，在一起	178
梦中的那些花儿——读杨绛《我们仨》	182
让阳光洒满心灵	184
一米阳光	187
阳光心理——亲情、友情、爱情之我见	189
让灵魂永远站立	192
青春	196
一缕阳光	198
打开心灵的那扇窗	200
生命的遐想	202
生命闲谈	204
心灵在旅行	206
明亮的眼眸	208
起舞青春	212
我写我想写	214
第一次飞翔的时候	219
笑看生活	220
让爱的阳光温暖心灵	222

写给妈妈的一封信	224
给妹妹的一封信	226
被风吹散的过往	229
爱情	232
当梦想遭遇"北京"	236
春风沉醉的季节	238
寻找四叶草	241
求职日记——心灵的对话!	243
夜间狂想曲	245
希望给你一点点快乐	247
"偏见"心理学相关思索	250
我坚持相信的那些	253
昨夜星辰,昨夜风——追忆我的高考	255
安于心安	257
晴天娃娃	259
生活的意义	261
采撷幸福	263
最珍贵的东西是免费的	267
光芒	270
让心灵阳光	272
旅行过阳光	274
大学生应如何应对挫折	277
For·ever	280
玉兰飘香	283
多给父母打电话	285
念念不忘	287
心灵阳光	289
独在异乡奋斗	292
色彩 眼光 生活——畅谈能动性	294

每人心中开出一朵花

心中永远的格桑花…………………………………297
慵懒，你慢慢地开…………………………………299
你心里的花…………………………………………301
筑梦心田……………………………………………303
让心底盛开一朵花…………………………………305
寂寞山谷，百合飘香………………………………307
玉树荫下 心花盛开………………………………309
生命不可承受之轻…………………………………311
一年春回首…………………………………………313
心中盛开一朵花——因为茂盛，所以幸福………315
心有花香……………………………………………318
我多么想给你一片晴空……………………………320
泪花…………………………………………………322
绿洲…………………………………………………325
流香岁月……………………………………………327
点燃这时光…………………………………………330
菊花心语……………………………………………332
我的心里每天开出一朵花…………………………334
你是我心里的一朵花………………………………336

后记 ……………………………………………338

我的自强之路

WO DE ZIQIANG ZHILU

我心飞翔

乐俏俏

> 人如春蚕，假若希望看到冲破黑暗后的光明，就必须经历从蛹到茧、随后破茧成蝶的痛苦并快乐着的过程，否则将会永远待在茧中，遗憾一生。
>
> ——题记

蛹的努力

每一个岁末，总会翻起陈年旧事和往日情愫，自作多情地感动一番。把每一个情节都写在胸口，把每一次微笑都交给明天。忘记了迷路，也许只有重回原处，才能找回那份尘封的记忆。一个人静静地对着黑夜沉思、遐想，重温着当初的第一个眼神、第一份欣喜、第一次执著……

回忆往事，点点滴滴犹在心头。我不知道自己是否可以称为一个勤奋好学、刻苦钻研的人，但是，我能够毫无愧疚地说："我从来不敢挥霍自己的时间，哪怕只是一分一秒。"记得从我背起书包、迈入小学门槛的那一刻开始，我便暗暗告诉自己："从此我是一个学生，而学生的天职就是学习！"虽然那时的我尚且年幼，但是我尽力在课堂上汲取知识的营养，在家里咀嚼消化，同时广泛涉猎各种书籍，为以后的学习奠定了坚实的基础。此外，我对文学产生了浓厚的兴趣，因为我惊喜地发现，文字是一种不用言语却可以表达千言万语，抒发内心真实情感的神奇方式。于是，我参加了无数的写作大赛，也获得了各种荣誉，为我六年美好的小学生涯又增添了几抹亮色。

茧的煎熬

我的中学时代，可以毫不夸张地用八个字来概括：紧张、艰苦、充实、忙碌，面对人人必须经历的中考和高考，我有说不出的恐惧和无奈。尽管我清楚明白这是检验自己能力和知识的途径和手段，可是父母、老师对它的重视，以及周围人们关注的眼光，让我觉得这不仅是一次衡量所学的考试，而是人生极其重要的转折点。也许，因为一次意想不到的发挥，令你傲然人前；也许，因为一个无法预料的失误，令你沮丧万分。我开始害怕这种近乎残酷的选拔，虽然我深知，人总是在磨砺中成才，何况这只是人生征途上一段小小的插曲。在这种艰难又满足的学习中，我日夜忙碌，书成为我寂寞生活中唯一的亲密伙伴，而其中能使我开怀一笑的只有一件事，便是学习上的点滴进步。尽管这样度过的四季枯燥无味，可是现在回想起来，却有不少值得品味的片断。在那看似漫长又短暂的六年时光里，我懂得了坚持，懂得了克制，懂得了等待，懂得了勤勉。即使我没有能力预知未来，过程的美好要也同样会镌刻在脑海深处，成为永不磨灭的记忆。

　　有时候，我真的憎恨老天，为什么我12年的寒窗苦读换来了一张不尽如人意的高考成绩通知单？我实在想不明白，也无法释怀，太多安慰自己的理由也难以抚平内心的创伤。"一分耕耘，一分收获"，这句从小信奉的至理名言，已经在我心中动摇。高考结束的那一段日子里，我终日在以泪洗面、怨天尤人中度过，甚至产生其他的念头。但是，我很幸运，父母一直在身边默默地支持我、关心我、帮助我，让我走出这个阴影。我至今牢记母亲的一番话语："人就是在压力和挫折中不断成长的，难道你可以拒绝成长吗？"是呀，虽然我有无数个借口可以继续消沉，但是更有千万个理由需要马上振作，投入到新的学习中去。可能，最后我仍然远离胜利的彼岸，我也能无愧于心，尽吾志亦不能至者可以无悔矣！

蝶的飞翔

　　我坦诚民大不是我那心中的圣地，那燃烧青春的熔炉，那展现个性的舞台，但是我已经不可自拔地爱上了它，而且强烈炽热。刚到民大，失望和无奈便袭上心头。特别是在挤似罐头的宿舍听窗外"白杨多悲风，萧萧愁煞人"时，在清晨里比希望还漫长的打水队伍中望着喜鹊掠过树梢时，在带着一身疲惫却不辞辛劳抢占自习室一席之地时，我这叶孤舟，突然有一种说不清、道不明的迷惘与失落。

　　这就是我心中的民大吗？我不止一次地问自己，却始终没有答案。然而，当我经过整整三年的努力，手捧一张张烫金的奖状，屡次成为一等奖学金的获得者，并且有幸获得保送为浙江大学硕士生的资格，向众人证明我的实力之时，我霎时明白生存的价值所在：任何机会都是自己把握的，一切辉煌都是个人创造的。我曾经苦苦地寻觅，寻觅那源滋润心田的理性与智慧的活水……在滚滚的历史长河中采撷，在忙碌的日子里聆听，在自己狭窄的视野间搜索……想远山茫茫，看近水淙淙；知宇宙之大，悟人际之繁。每次举步风景幽深处，我都会有新的惊叹：现实世界气象万千，人生旅途别有洞天！于是，我甘于在图书馆孜孜不倦，甘于在宿舍里忍受喧哗，甘于在人流中找寻属于自己的一片天空。我无悔，我无怨。大学生这个神圣的称谓赋予我生命中不可承受之轻，它是一种荣耀，更是一种使命。我们无权拒绝，生命的字典不能缺乏接受。徜徉间，我有了自己的选择，命运在校园的熙熙攘攘和踽踽独行中已经开始了贯穿生命的思考和呼吸。

人生数载，而大学四年凝结了许多人青春最炽热的几度年华。有些人在这里立下一生的誓言，也有人在这里走向久远的迷失。铭记于心的大学生活，是笑泪相融的统一体。但是无论如何，它都是真实而坦诚的。骄傲的青春的心灵，曾经是颤动的阳光下最温柔的角落，青春的心事，是一生中最难忘的记忆。

一个故事，总要留点遗憾才有感人肺腑的美丽；一种结局，常需带些惋惜方显言尽意未穷的回味。挫折纵然无情，却给人无数的砥砺；失败固然残忍，但使人趋于坚强。人生就是在这样的不甘寂寞与幻灭中周而复始，演绎一出出亘古至今的忧伤与难忘——人生多风雨，世事足悲泣！

人生如梦，猜得到开头却想不到结尾。我所能做的也只有把这些故事尘封脑海，依稀循着成功者的足迹以出世之心入世，向着那透着灵气和闪着智慧的地方走去……

一路同行

何松洁

每一个成功人士的背后都有一位伟大的母亲，而且，我坚信每一个人都可以成功，因为所有的母亲都是那么平凡，那么伟大！

如同春雨润物一般，母爱也是静静的、无声的。在人生路上的每一处，它都陪伴着我们，与我们一路同行。

我的母亲也是一位平凡的女人，但就是这个平凡的人教会了我如何面对生活，也就是她造就了如今这个自立自强的我。在我的人生道路上她给了我很多很多……

感恩的心

从记事起，我就生活在一个陌生的地方。因为在那个江苏省边界的小村庄里，我只有母亲一个亲人。父亲还没来得及看我一眼就离开了，母亲为了生活带我嫁到那儿，之后和继父有了两个孩子——我的两个妹妹。在那个重男轻女思想深入骨髓的地方，我们三姐妹成了母亲苦难的根源，但她依然是那么爱着我们，所有的苦难她都含泪吞下，从不抱怨上天的不公。

在我很小的时候母亲就将我的身世告诉了我，于是我的词典里再也没有了"父亲"这个词，因为我不想认一个和我没有任何关系的人做父亲，更何况他对母亲那么凶。我对他只有恨，从此在我幼小的心灵里就有了阴影。记得有一次，他让我叫他"爸爸"，我瞪了他一眼，边哭边骂："你是坏蛋，你不是我爸爸，我讨厌你……"他气急了，扬起手给了我一记耳光，然后摔门而去。闻声赶来的母亲紧紧地抱着我，也哭了。那是我第一次见到母亲的眼泪，她哭得好伤心，久久压抑的心情终于在一瞬间崩溃了。看见母亲哭，我反而不哭了，呆呆地看着她。就在那天，母亲郑重其事地告诉我："其实你应该叫他的。他对你不错，你不是他女儿，但他已经把你当作他亲生女儿了，不然他为什么让你叫他爸爸呢？"我还是不太明白自己为什么应该叫他，所以问："可是你说我爸爸已经离开了，难道他又回来了？""不，不……他走了就不再回来了，这个嘛，你长大了自然就懂了。"母亲接着说："当然，你实在不喜欢就别叫他，不过一定要感激他，感激他那么辛苦地挣钱养你，将来你一定要记得报答他。"

对那时的我来说，真正懂得那些话是不可能的，但我却记住了我应该做的：可以不叫他，但必须感激他。我的确没叫过他，但我也的确很感激他。母亲的话让我明白一个道理：别人为你付出了，你就得心存感激。只有懂得感恩的人，才真正称其为一个人。

微笑面对生活

在我十岁那年，母亲和我告别了年龄尚小的妹妹，到了外婆家——云南省。当时我并没意识到什么，只是兴高采烈地问母亲："妈妈，我再也不用见他了是吗？他再也不会对你凶了是吗？"母亲只是轻轻地点点头，并没有像我那么开心。我当时激动极了，接着问道："妈妈，你以后别给我找爸爸了行吗？我不喜欢，我只要你就够了，好吗？"这次母亲没说什么，只是紧紧地抱着我，我看见有泪在她眼眶里闪烁，于是不再说话，只是傻傻看着她。

到了外婆家我们已经身无分文。外婆家也不富裕，舅舅在外婆家的木板楼上给我们铺了张床。除了一张床，什么也没有了。每天晚上，成群的老鼠在板楼上结队而行，我总是被吓得紧紧搂住母亲，但是不敢哭出声。那时，我特别怕下雨，因为板楼漏雨，偏偏云南是个多雨之地。那时的狼狈如今想来就像一场梦，一场不想再做的梦。

母亲为了挣钱去了一个石厂打工。石厂到底是什么概念一开始我并不了解，因为母亲怕我受伤从不让我跟她去，我不但不理解反而埋怨她不陪我。后来我自己偷偷去了一次，眼前的景象把我惊呆了：整个石厂都是灰，碎石随时从天而降，震耳欲聋的机器声让人发疯，工人们不停地铲石头、抬石头、倒石头，像机器人一样，不同的是他们的眼睛在动，成股的汗在流，而且当时整个工厂只有母亲一个女人！这一切都超乎我的想象，就在那一刻我明白了母亲的苦心。我在母亲发现我之前就跑掉了，在路上我放声大哭……

母亲在那个石厂干了整整一年，她每天努力地工作，干着只有男人才干得了的体力活，到年终结账时，除了平时领取的生活费，母亲只剩下2000块钱，但她依然那么高兴，把我抱起来转了个圈，高兴地说："我们可以另外盖一间小房子了，而且你不是一直想要一套《西游记》吗？哈……"应该可以想象2000块钱的房子是什么样子，但是我们都很高兴，因为它是我和母亲的，而且，它不漏雨。母亲还用300多块钱买了一些饲料和30只小鸡，三个月后，卖了将近1000块钱。于是我趁机说服她别去石厂干活了，她答应了。

虽然养鸡挺挣钱，但也让人劳累，我感觉母亲比在石厂还忙，便感到不平："为什么别人的父母都没你忙，可他们挣的钱却比你多呢？"母亲笑着刮了刮我的鼻子，说道："傻孩子，你不用担心这么多，虽然我们不是很有钱，但是我们不是过得挺好吗？你不觉得咱们的小房子很可爱吗？"我点点头，笑了。

虽然我当时很小，但我还是明白了母亲的意思：重要的不是你在过什么生活，而是你怎样面对你的生活。只有微笑面对生活的人才有机会成功，从而过上真正想要的生活。

勇敢的飞翔

经过我们的努力，我和母亲的日子已经过得不错了，生活终于进入轨道。但我总感觉家里少点什么，慢慢的我终于想明白了：我们需要一个完整的家。于是高二那年，我向母亲提出让她再去寻找她自己的幸福。终于，她再次有了自己的归宿。看着她日渐灿烂的笑脸，我特别高兴。我很爱继父，他是个沉默但很善良的人，而且他很爱我母亲。我高一就开始住校，因思念我而日渐苍老的母亲现在终于又年轻了。

没多久我就开始了高三生活，经过一年的努力，我考上了这所向往已久的大学。不久就到了分别的时候，但我很舍不得，我不想离母亲太远，是她一直陪在我左右，伴我走过了人生的一步又一步。我突然特别害怕，害怕离开她。但母亲微笑着对我说："鸟妈妈在小鸟长大后都会推它一把，逼它飞。现在，你的翅膀也硬了，到了该飞翔的时候了。这时没人能帮你，只有自立自强才是出路。当然了，如果小鸟失足的话，鸟妈妈是不会坐视不管的。"就这样我独自一人到了这个陌生的地方，我不怪母亲狠心，因为我明白：翅膀硬了就应该勇敢地向远方飞翔。

亲爱的母亲，你还好吗？我已经拥有了自己的一片天空，我会让这片天空越来越广阔，我知道你正在不远处的枝头上望着我，我知道你会一直陪着我，与我一路同行。

离箭下的弯弓

潘丽霞

缺月挂梧桐，夜静人初定。一如往常，疲倦的我静静的坐在床上，享受着夜色包裹的安然。寝室里匀缓深沉的鼾声此起彼伏，白天匆匆的步履此刻可以止步。脑海中往事一幕幕如黑白电影一页页闪过，心灵深处，说不清是苦涩还是甜蜜，是浮躁还是平和，一浪又一浪情感的潮水泛上心头，汹涌澎湃，不断拍击我的心扉。

大学的第一个寒假我回家了。原本说好是不回去的，可千里之外的父母打来电话说还是回吧！虽然车费贵了一点，可他们实在不忍心让我在万家团圆的除夕夜一个人孤零零的待在冷清的校园里。几年来为了挣钱供我上学，父亲一直在工地打工，直到我放假时父亲还在成都。因为身边没有亲人，加上父亲所在的工地工程已接近尾声，两人一起彼此也有个照应，母亲便决定让我在工地等着父亲，以便到时候能与父亲一起回家。

在人流的裹挟下，我拉着重重的行李走出了火车站。熙熙攘攘的人群里，我一眼便认出了焦急等待着的父亲。父亲刚从工地急急地赶到车站，气喘吁吁的他忙不迭地在衣服上蹭了蹭手，接过我手中的行李。在凛冽的寒风中我看见父亲很久没理的头发上满是工地上的泥灰，仿佛马路边蒙着一层尘土的野草，一件姨父送的大衣披在他身上，将他瘦削的身躯衬托得更加瘦小。

穿过弥漫着汽油味的马路，我随父亲来到了城郊的工地，那是一个建筑工程即将结束的住宅小区。在呛人的尘土和刺耳的焊接声中，工人们正忙着推沙、粉刷、焊接，他们如蚂蚁般忙碌穿梭着。六点半了，天快黑了，和工友们一起，父亲带着我回工棚打水。远远望去，马路边的工棚是一个刚用红砖砌成还未安门窗的房子。绕过房前堆积如山的废弃木料，我心里一惊，这才发现在阴冷空旷的屋子里唯有用竹板将空间划分出的一个个床位，每个小单间上都没有顶盖，直通到高高的房顶。推开父亲床前那门扉似的竹板，疲惫的我一下坐在床上，好凉！我仔细一看，才发现薄薄的毯子下是冰凉透心的硬木板。成都阴湿的空气让我的双脚几近麻木，我不禁跺着双脚，回望工棚的四周，我才发现红墙上那本应用作窗户的大洞上飘着一些工友的衣裤，阴冷的北风正透过这些窟窿直往屋里灌。摸着身旁冰凉僵硬的木板，看着床上皱成一团的薄薄的棉被，我呆呆想起小时候对于在城里干活挣钱的父亲的期盼——那是暑假清凉的西瓜,过年时色彩缤纷的糖果……现在我长大了,终于懂得了原来父亲的双肩并不如大山般坚实,现在的我已不再盲目的崇拜父亲了,而此时我也懂得,正如夏衍笔下的包身工一般,父亲干着繁重的苦活,睡着冰凉的木板,吃着最简单的饭菜,一点一点地,用他的血和汗换来了我十二年的学费。

"可怜天下父母心",一直以来,都想为父亲母亲写些什么,对他们说些什么。可天生的羞涩让我从来没在他们面前说过:我爱你们,我辛劳的爸爸妈妈。而我唯一能想到的、能做到的就是以优异的成绩回报他们含辛茹苦的抚育。我知道,他们也为我骄傲。还记得在县城读高中时,我住的那幢宿舍楼是全校最破的,当时有位阿姨说,别小看这座楼,考上重点大学的孩子多着呢,母亲听了后会心地点点头。暑假回家为劳作了一天的父母做好一日三餐,饭桌上看着他们脸上露出的欣慰笑容,我感到那是我一生中最幸福的时刻。在父母的眼中,我是一个从不让他们操心的孩子,我会自我鞭策,独立的把功课做得漂漂亮亮,我从不要求父母为我买新衣服,也因为这样,十二年来,校服简单的三原色伴我走过了本该多彩的花季。不过至今心底里还有一丝隐隐的遗憾,遗憾三年前那次倔强的选择,就像今天我倔强的选择来到北京。中考后镇上的中学同意免去我三年的学费且每月提供补助,这就意味着高中三年父母没有任何的负担,可我执意要去县城念高中。"海阔凭鱼跃",我渴望拥有一个更大的舞台,渴望结识更多优秀的同龄人。可是那三年我过得并不快乐,在激烈的竞争下背水一战的我每次考试都如履薄冰,与此同时,我深深地陷入了自卑的泥淖,一位可爱优秀的女孩有着鲁豫那般自信满满的笑容,她头顶笼罩的光环让我炫目。我曾经试图超越,可有一天我知道了,她的父亲是学校教务处主任,母亲是中学英语教师,可我的父母呢……

在高考后等待成绩的那段难熬的日子里,每天晚上我都辗转反侧,难以入眠,心底里突然害怕,怕自己考不上大学。三年下来,我花掉了家中一万多块钱。三年里父亲奔波于各个工地,加班加点地为我挣足了学费,而他的身体却也日渐虚弱,白发已悄悄爬上双鬓;母亲一个人在家,独揽了繁重的农活,屋里屋外,做饭插秧,忙得喘不过气来。每天晚上,当村里家家户户都已熄灯酣然入梦时,母亲还忙着喂猪、洗菜,直到十点才能坐到饭桌旁静静地休息一会。很多次,吃着中午剩下的冷饭冷菜,没人陪着说话的母亲就疲倦的伏在桌上沉沉地睡着了。常年高强度的劳作摧残着母亲的健康。高二那年,母亲咳嗽吐血了,急急的送到市医院。医生说这是慢性支气管炎，平时要注意休息，不能劳累。可母亲哪能如此气定神闲呢？出院后母亲靠吃药控制着病情，可家里的活实在是太多了，母亲是闲不住的。寒假回家时偶然间我才得知母亲在十月中旬又因为咳血住了九天医院。为了不影响远在大学校园的我，她和亲友们都将此事瞒了下来。现在想来，当时的我是多么不争气！每次打电话都要向母亲哭诉入学后的郁闷和迷茫，好几次电话那头母亲也哭了，可她仍然鼓励我要勇敢的走过每一关，因为一切都会过去的。

十二年来，为了供我上学，母亲没有买过一件新衣服，可不管怎么破旧，她的衣服都时刻保持着整洁干净；父亲去镇上赶集时从来不舍得花两块钱车费，每次都是挑着满满的菜筐天不亮就上路了。"羊有跪乳之恩，鸦有反哺之义！"物已如此，人何以堪？

忘不了烈日当空下父亲额头那滴入泥土的密密汗珠；

忘不了秋收满月里母亲肩上那不堪重负的弯弯扁担；

忘不了灶旁火光中母亲眼角那柴烟熏出的晶莹泪滴；

……

中学时语文老师曾意味深长地说：如果我们是一支离弦的箭，一支渴望走出贫瘠山坳、体验外面精彩世界的箭，那我们的父母就是那张弓，为了将我们射出祖辈沿袭的惯性轨道，他们的脊背佝偻了，双肩疲惫了，两鬓斑白了。长年辛勤的耕种使得父母的双手长满了厚厚的老茧，开裂的皱纹如地图般纵横斑驳。可是当我紧紧地握着那温暖的大手时，它们依然是那么厚实，有力！

心中的勉励

陆正兴

前段日子,往村里的公共电话给母亲打了个电话。母亲只字不提她在家的艰辛,开口就问我生活怎么样。我能说什么呢?现在的生活相对于在家辛苦劳作的母亲的生活来说是相当的幸福了,自己还有什么不满?我说很好,又告诉她上学期的成绩也很好。母亲很欣慰,说我从小到大,成绩从没差过,并勉励我不能骄傲,继续进取。

每每想起母亲在家的辛苦,心里总感到不安,害怕自己做得不够好,有负于她的期望。儿行千里,不能为她分担忧愁,因而胸中长怀着愧疚,令自己不敢懈怠,否则怎么能对得起她的养育之恩?

父亲去世之后,母亲每每提及,总不免感伤与无奈。她膝下三个儿女,均未成人,有心要帮母亲却出不了主意和力气,仅能帮些杂活而已。母亲狠下心来要凭着她那并不健壮的臂膀来为儿女们撑起一片幸福的天空。哥姐和我三人的成绩都十分优秀,也珍惜学习的机会,让谁辍学都是母亲不忍的事,而母亲力有不及,哥姐相继辍学了,在家帮助母亲照看着田地。我今日继续学业的机会是他们的辛勤汗水换来的,怎能叫我不珍惜?不能体会到亲人的恩情和苦累也是不孝。从小至今,我升学的经历越来越多,因为家境的贫寒,每一次升学都是让母亲皱眉揪心的事。哥姐学历不足,没有什么出路,在解决钱的来源上暂时不能给予她很大的帮助。母亲起早贪黑,披星戴月地劳作,所得仍然不足。她也不想求助于亲戚,同住在农村,各家的收入都不多,各有难处,不能为难了他们。她只好自己咬紧牙关,多开钱路,哪怕多种一两亩地,多养一两头猪。母亲说哥姐的辍学实在是没有办法,很对不起他们。我想这不是母亲的责任,她尽了力。母亲又常鼓励我好好学习,我能上到哪里她都会支持,她不能让儿女们全都上不了学。没有知识就没有出路,这也是她辛苦半辈子的体会。有了她的支持,我不敢不努力。自己不能一切不如人,生活上不能与人攀比,学习上还能不争气吗?母亲的鼓励总使我感到有十足的动力。智力上的不足,总能用勤奋作一部分的弥补。别人可以安逸,自己却不能懈怠。

终究是我的幸运,成绩上极少落后于别人,这是我觉得自己最能给母亲以安慰报答的地方。2002年的中考我取得了全县第二的成绩,着实让我快慰了好久。这成绩也给母亲带来了荣誉,人人都夸她的儿子有出息。这荣誉只是个虚名，不足以称道，明摆在面前的上高中所需的高额费用的问题才是实实在在的。上小学上初中的学费母亲紧咬牙关还能承担，分毫不拖欠。然而上高中一年的费用几乎可以抵得上三年初中的花费了。这让母亲终日眉头紧锁，彻夜辗转难眠。想到大儿子和女儿的辍学，现在小儿子也将面临这样的困境，她怎能不痛心？农村的困境不正是由于知识的贫乏吗？怎么又能让这困境反过来阻碍了学子们的求学之路呢？我当时虽不很成熟，但也有自己的想法。我想万一上学的所有希望都破灭了，我就得另寻出路了，不能拖累母亲。往广东去求一份生活的希望并非不是一件不可行的事。只要自己不放弃，这世间通向幸福的路途并不仅求学这一条。

但幸运的是，就在县高中即将开学之际，经初中陆老师的介绍我得到了当年刚成立的由广西希望工程和广西团校合办的广西希望高中的录取通知书。在万分困苦之际希望工程送来的福音帮助我安稳愉快地度过了高中三年的美好时光。高考结束，分数出来了，报志愿时我选填了中央民族大学。所幸被录取，我终于可以到北京读书了。母亲格外欣喜。面对高昂的学费，母亲却变得前所未有的坚定。"总会有办法的。"她告诉我。我也知道上了大学就应该自己为自己的学业出一份力了。当时哥哥与姐姐都已去了广东，能够自立了。母亲可以安心许多。大学里有助学贷款，有奖学金，只要凭自己的奋斗，一定可以拿到的。自己不放弃努力，人生又怎么会轻易地输掉呢？

回顾自己的求学之路，一步比一步走得远：小学在村里，初中到镇上，高中又到了省城，大学来到首都，离母亲的距离日渐遥远，而对母亲的印象却日渐清晰。遇到困难挫折首先想到母亲，想到如果自己被吓倒了，对得起她吗？她的千恩万情又如何回报？我心中又充满了动力，于是又激励自己奋力前行……

微雨静夜的遐想

汪德德

是这样的微雨静夜，暮春时节，如水夜色里尽是恬静的美。睡梦中的校园沉静了，我也沉静了，回首两年的大学生活，发现原来我总是在青葱岁月里忙碌地找寻自己的位置，不断攀爬。当我觉得自己坚强了的时候，也许正是我成熟的时候。

我是那种在许多人眼里非常内向的孩子。当我第一次离开家乡，到一个遥远陌生的北方城市求学时，除了兴奋、惊喜，更多的是对新生活的无所适从。面对新的一切，我感到新鲜、好奇，但又怯于尝试。面对校园文化的丰富多彩，我，只是一个旁观者。同学在变，老师在变，环境与地位的改变导致我的自我评价严重失调。孤独感、寂寞感、自卑感时常包围着我。自我封闭的心，使我不能迅速融入多彩的生活，我的生活，是绚丽多彩的油画展里的一幅黑白画，静静地悬挂在一个角落。

回首那曾经被呵护成长的生活历程，在新的多彩生活面前，它显得那么单调、那么苍白，我轻轻对自己说：不要再做那个脆弱的女孩，要重新开始经营自己的生活，一个靠自己坚强走出来的生活。也是在这样一个微雨静夜，我能听到自己声音，澄澈轻和，仿佛正跟人说着云淡风轻，月华在衣，这一切，都深深印在我的心里。

我开始积极地参加校学生会的招新活动，经过几次面试，终于成为学生会里的一名干事。在学生会宣传部工作的日子里，我总是精心准备着每一次的海报和宣传板，每次挥毫，都融入了我对工作的热情和对未来的向往。第一次主席团会议、中央民族大学共青团代表大会、学生代表大会等大型活动的宣传板上都留下了我的墨迹，平常走在校道上，我也能常常能看到自己写的海报。慢慢的，我相信自己的存在是有价值的，我对工作有了信心，对自己也有了信心。

刚劲有力的大字，用多年积淀的汗水写成，飘香的翰墨，随着笔尖的游走流露出我内心深处的热情，似大江奔海、熔岩乍喷般挥洒自如。在工作中，我赢得了同学的称赞和尊重，树立了自信心。取得了许多宝贵的经验，学到了许多知识，感受到了与他人合作的愉快以及相互学习的喜悦。交往的圈子，一下子大了许多许多，身边都是真诚可亲的朋友呵！从此，我的心扉慢慢地打开了，性格也开朗了许多。这是我第一次坦然接受自己，并勇敢地走出封闭的心门，我欣喜，我已向前迈出了很大的一步。原来，关闭了二十年的心扉并不是很难打开，而是在被呵护的日子里我从来未想到过要去打开它。当我要独立、要变得更坚强的时候，我才有了交流，有了表现、有了锻炼自己才能的渴望。

  这双曾喜欢独自绾发垂眸写意七弦的手，终于勇敢地伸了出去，当它们合上时，握住的，不仅仅是一双双友善的手，手心里的，更是许许多多学校给予的荣誉：优秀团员、学生会优秀干事、现场写作大赛优秀奖、专业二等奖学金……原来，超越自己，并不是那么困难的，尤其当你的手中握有值得骄傲的东西的时候，你就会期待得到更多。于是，你就会选择坚强再坚强、超越再超越。

  假期我回到了家乡，为了能进一步了解社会，进一步锻炼自己的社交能力和意志力，我在超市里担任了为期一个月的超市收银员。这是一项非常单调枯燥的工作，每天八小时站在收银台前，面对不同的客人，单调的收银机，劳累几乎成了每天工作的主题。但是，微笑服务是我们的宗旨，无论工作如何累，都要以笑脸面对每一位顾客。可是，要做好一项工作，并不是容易的，尤其是作为新手开始这样重复单调、枯燥乏味的工作时，并不是非常顺利的。有那么一次，当我微笑接过一位客人递过来的选购食品，却无意间碰碎了她已装好的鸡蛋。我除了道歉之外，竭力想出办法来补偿这位顾客的损失，但是因为我的不善言辞，我不但没有平息这位顾客的怒火，反而招来了她的辱骂。头一次面对那样毫不留情的辱骂，一种非常难以言状的委屈霎时间向我袭来，有那么一瞬间，我的头脑完全空白，感到天旋地转般眩晕，鼻尖很酸很酸。虽然事后委屈的泪水湿透了我的衣襟，但当我的眼泪在眼角打转的时候，我竭力忍着不让它掉下来。曾记得有句话这样说的：成熟不是心在变老，而是眼泪在打转时你还能微笑。我不能说我成熟了多少，但是我确实在那一刻超越了自己，我按照超市的规定妥善处理了这件事情，最后赔偿了她的损失。

  仍然清晰地记得，当时的我是夹杂着多么复杂的心情完成这项突如其来的挑战的。委屈、慌乱、紧张，加上羞涩，我甚至不敢看那位怒气冲冲的顾客的脸上的表情。我开始在强忍泪水的同时只能用颤抖的声音慢慢向顾客道歉，可是在处理事情的过程中，我却慢慢镇定了，并以一个工作人员的身份不卑不亢地按超市的规定和步骤把问题解决得很好。这对我来说是一个极大的成功，有那么一瞬间我觉得自己长大了。原来，只要用心，用真诚的态度，就能做好每一项工作，只要战胜自己的心理障碍，就能坦然面对一切困难。坦然就能镇静，镇静才能更强。这一次，我用耐心及真情化解了突如其来的矛盾，用微笑征服了顾客，使得同事们都对我刮目相看。我终于明白，只有自强，才能坚强，才能让一个人走得更稳更远。自强，首先要自信、自尊、自爱，坦然面对一切，坦然迎难而上，不退缩，不怯懦，不断超越自己，不断完善自己，不断发掘自己的潜能，不断锤炼自己。

是的，有时，划出了一道伤口，却能留下了坚强的烙印。这伤疤不会磨灭，是我一生的财富。曾记得有首诗是这样写的：

假如你不够快乐，
也不要把眉头深锁，
人生本来短暂，
为什么还要栽培苦涩？
打开尘封的门窗，
让阳光雨露洒遍每个角落，
走向生命的原野，
让风儿熨平前额。
博大可以稀释忧愁，
深色能够覆盖浅色。

老子云：知人者智，自知者明，胜人者有力，自胜者强。不屈从外力，由着自己淳朴的天性，坚定自己要走的路，不断向前，纵有艰难险阻，也能坦然面对，在主体的能动性中，最大量地实现自己的价值，找到一种创造的美，表现的美，自我愉悦和自我欣赏的美。这就是我对自强自立的定义。我始终相信，没什么不可以超越，没什么不可以改变，只要有心有毅力。曾经那么内心柔弱、那么内向羞涩的我如今也已不断地突破自己、超越自己。我始终相信，只有真正自强自立，才是真正的成长，才是真正的成熟。随着年龄的增长，我们肩负的东西已经越来越多，而这些，必须要靠自己来面对和承担，我们终于已经到了要自强自立的年龄了。自强，将是我今后独立自主经营自己人生的航标灯，有了它，我就不会停滞倒退，就不会迷路。

仍然是这样的微雨静夜，但我的心已不再平静。眼中充满的，是对明天的希望。To me, the past is black and white, but the future is always colorful. 自强是我的人生信条，相信有了这样的信念，我一定能走出更精彩的明天！

我听见风吹过蓝天的声音

杨志高

在我的心灵深处，总有这样一个钟声，它是故土，是乡音，是家园，是我多少亲情凝聚的结晶，是我多少汗水和泪水累积的沉淀。当我孤独的时候，当我无助的时候，当我犹豫不决的时候，甚至开始怀疑人生的时候，它便会如期响起，给我以安慰，给我以精神，给我以力量，给我以鼓舞和勇气！不知不觉，我已走过很长的一段路程，说我自强不息，我不敢，只是我觉得我的生活很真实，每当回忆往事，我都会感动不已……

童年，那段贫穷的日子

小时候，我没有鞋子穿。上学、放猪、放羊或砍柴的时候，我都是光着脚丫子跑来跑去，有时，一不小心，就会被碎玻璃划破或被针刺戳伤。然而，这样的日子久了，脚板子便生出了一层厚厚的茧，硬硬的，好像是块胶鞋底。最难过的日子要数冬天了，天气特别冷，又下了霜，脚板子裂开了许多口子，特别疼，还会出血，出血的时候，我便用泥沙敷住，到晚上抹些凡士林让伤口愈合。

当然，那时我也没衣服穿，裤子是改装我爸或我哥的，大大的，宽宽的，非常不舒服，一条裤子一穿就是几年。七八岁了，光着屁股也是经常的事。当人穷得没有办法的时候，穿戴也就没有那么重要了，最重要的，是要有吃的。那时我家吃的是包谷饭和洋芋，这样也算不错了，遇上收成不好，家里经常断粮。这时，父母亲就急得团团转，我们几个小孩饿得蜷缩成一团。那时，白花花的米饭，是我们穷孩子们最奢望的东西，只有病倒了，才会意外地吃上一顿。

小学，让我慢慢长大

上学是件非常艰难的事。

记得有一次，老师让我们买2角钱的算术作业本，当时我家一分钱也没有，我哭了整整一个晚上，但有什么办法呢，没有钱又不能偷不能抢。最后，我只好把作业写在课本上。交不了作业本，我被老师狠狠训了一顿，那件事至今让我刻骨铭心。还记得那时我用的橡皮擦是从旧胶鞋上割下来的，经常把作业本擦得黑糊糊一片。印象中最深刻的是有次我妈给了我2角钱买作业本，都是硬币，我不小心弄丢了2分，因此欠商店老板2分钱。当时我不敢告诉我妈这件事，可商店的老板一见到我就向我要债，以至于我去上学的时候只能绕道走。这件事让我明白：欠了别人的，心里会一辈子不安。我想那商店老板可能早已忘记了这件事，但我没有。

慢慢地，我长大了，到了四年级，我便学会了挣钱。每到七八月，我和我哥便经常去山上挖草药，找菌子，卖了挣钱。有时背着洋芋、酸菜和柴等到临县的街子去卖，一年的学费便可以攒够了。六年级时，我哥上了中学，那一年爷爷也去世了，家里愈来愈拮据，我因此放弃了学业回家放牛。虽然如此，我还是特别喜欢看书，放牛时经常带着书本。后来，我们校长让我参加了六年级统考，我考上了县重点中学，很幸运，我是那年唯一考上的。我想，也许这就是命运吧。

家人，我永远的避风港

我的父母亲都是老实巴交的农民，祖祖辈辈也是，没有文化，一辈子只会埋头苦干，宁愿自己受苦，也不想让我们再走他们走过的路。我母亲经常对我说，孩子，你要好好学习，三穷三富不到老，要有骨气。我父亲一直都为别人打苦工，一天十几个小时才赚10多元，可父亲一直默默承受，没有怨言，只要有活干，他都去做，不知几年了，父母没有添过一件新衣裳。

我初二那年，家里又极端困难，哥辍学了，我妹也辍学了，他们说我是读重点中学的料，一定要让我上大学。这件事，至今仍是我心中永远的痛，我对不起他们，因为我，我哥和我妹失去了学习的机会，其实，他们的学习成绩都很好。

2005年，我考上了重点大学，得知分数时，父亲喝酒醉了一天，也告诉了我很多事情。父亲说，他每次上街卖东西，午饭没有吃就回来，有次我妈病了，死活也不去吃药，只是自己挖了些草药吃。在风雨交加的日子里，别人休息了，我父母亲却还在山里面挖草药，冻得缩成一团，有些要债的赖在我们家三天不走……"现在告诉你也没有事了，反正你也争气，我的好儿子，一切都成为过去了！"那一刻，我泪流满面……

中学，我学会了坚强

考上县重点中学，父母亲没有送我，我独自一人拎着装在蛇皮袋里的衣物去了离我家200多公里的学校，开始了我的中学学习生涯。刚开始我遇到了许多困难。那时我不会讲汉话，和老师同学间的交流成了我最棘手的问题，再加上英语基础也很差。那时我急了，不过我只有一个信念：要吃得苦！经过努力，我的成绩开始好起来，最终成了班里的佼佼者。然而艰苦的生活使我的身体越来越虚弱，一天吃两顿是常事，有时连一顿也吃不上，最让我难忘的是初一那年十一放假的三天，我的生活费没了，同学也都回家，学校食堂也没有开，我躺在床上整整饿了三天，靠喝水度日。到第三天下午，父母让老乡给我捎来了20元钱。我当时狼吞虎咽地吃了很多，肚子鼓鼓的，但仍感觉吃不饱。现在回想那段日子，我仍有些害怕，我不敢想象那时我是怎么度过的。

　　由于学习成绩好，学校给我发助学金、奖学金。每年开学典礼上我都会被评为"优秀班干部"和"校级三好生"，还会得到红包。初中时，我特别喜欢考试，因为考好了，我就会给自己奖励——饱饱地吃上一顿肉——不管生活多么拮据。

　　不知不觉，高中毕业了。高中三年，我没回几次家，一直都在学校里过，假期留在学校当保安，学校一个月给我300元，再添200元左右，我的学费差不多就够了。高二那年我拿了900元的"明德"奖学金，又拿了助学金，这样，日子总算熬过了。在那长满棘草的山坡上，我度过了六年的中学时光，几多哀伤和泪水，几多困难和挫折，几多拼搏和努力。现在，只能慢慢地回忆了，也许人生就是这样，当自己经历着的时候不觉得，但回忆时，每件小事，都是那么真实和亲切，每段往事都让我感慨不已⋯⋯

　　我一口气写完了这么多，说是展示曾经的"自强不息"，倒不如说今夜我把我的往事重温了一遍，然后和大家一起分享。说我自强不息，我不敢接受。真的，我喜欢我的故土，我的乡音，我的家园，我的童年和中学，以及我所经历过的一切，我要感谢我的贫穷，以及贫穷带来的一切。在这么一座熙熙攘攘的北京都市里，冷漠的城市表情，还有来来往往的车辆和冰冷的高楼，曾给了我许多忧愁和失望。我试着去遗忘那些伤害善良和贫穷的人们的语言和行为，试着去微笑面对每一张脸孔，试着去爱每一个人。我想，自强不息不是为满足欲望而不择手段去成功，自强不息不是一下子干了一番轰轰烈烈的大事，却被世人唾骂，自强不息也不是简单的个人成就。自强不息的背后是许多爱的结晶，是艰难的过程，它的结果也应该是爱。

　　对于我，我只想真实地走过，真实地活着，去做每一件我能做的事，我该做的事，我要真诚地对待我身边的每一个人。当秋季慌忙远走他乡，冬天过去了，春天又一次来到，溪上的桥头上和落阳里留下了我忙碌的身影，我知道我有许多事情要做，我的学习刚刚开始，我的"滴水"助学工程刚刚启动⋯⋯站在楼顶，我仿佛听见风吹过蓝天的声音，城市的灯火亮了，乡村一片安然的景象，我希望幸福花开⋯⋯

自强不息　厚德载物

柏杨

从呱呱坠地那一刻起，我们每个人的手中都握着一张人生的单程船票，踏上了这段航程，就注定一去不返。旅途中让我们敞开心扉，用"自强"的火种点亮心灯，那么我们金色的梦就不会迷失于茫茫大海之上。

如果说心会变得单调无色，那么就让自强化作七彩，涂一个多彩缤纷的心；

如果说心会变得黯然灰沉，那么就让自强化作太阳，照一个阳光明媚的心；

如果说心会变得干枯萎蔫，那么就让自强化作清泉，润一个饱满清澈的心；

如果说心会变得冰冷无情，那么就让自强化作火炉，暖一个热血沸腾的心……

自强包含着人格的尊严，自强诠释着生命的力量，自强诉说着青春的故事！也许每个人都有过自强不息的奋斗经历，也许每个人都有过自强自立的感人故事，其实在奋斗的过程使我们收获了这辈子最宝贵的财富——自立自强！下面就让我同大家分享一下我的心路历程和对自强人生的点滴感悟吧！

"天有不测风云"但"天无绝人之路"

2005年5月26日——距离高考仅有近十天的日子，学校放假让我们在家做考前的调整。我很高兴地从县城往家里赶，但快到家时，竟没有看见往日母亲那翘首期盼的焦急神态。然而，走进家门后的那一幕却永远烙在了我心里：屋里挤满了人，他们表情凝重，处于重度昏迷的母亲躺在床上，挂着氧气瓶。因为后脑的大量淤血使得母亲的脸已严重扭曲变形。眼前的一幕让我完全崩溃了，我的眼泪止不住地涌出眼眶。但我很快抹去眼泪，找到了正蹲在后院里一个劲抽烟的父亲，"医生说观察一阵子再转到县人民医院去。"父亲叹息着。我很清楚，要强的父亲是不会开口向亲友借钱的。那一刻，不知道哪里来的勇气，我向在场的亲人和邻居们借了钱，并将数额一一地记下来。

于是，父亲和我揣着凑来的8000多块钱当晚便将母亲转入了县人民医院。拍完脑CT，当医生说是"轻度脑震荡"并有可能留下后遗症时，我的大脑一片空白，这一切对我来说都太突然了！

母亲在医院里住了五天，我在医院里看护了母亲五天。这五天里我仅仅打了几次盹。白天我强迫自己看高考复习资料，因为我明白，已经复读一年的我如果再次落榜，就将永远踏上祖辈父辈们所走的靠劳力生活的老路。那段时间，我们全家处于最困难最无奈的时期，我曾在内心深处无数次地为母亲祈祷，我也无数次地呼喊："为了圆大学梦，我要挺住！"终于，第三天的清晨，母亲苏醒过来了并用微弱的声音喊出我的名字。我激动地向医院里的每一位护士说"谢谢"，并只穿着一只鞋子就飞奔出去为母亲买来她喜欢的八宝粥。是的，一切终将过去了！

高考那天，当看到考场外无数位家长时，我不由自主地想起了母亲，答卷时脑子里也满是母亲那憔悴的面容，我硬着头皮完成了这两天的考试。

当接到中央民族大学的录取通知书时，我激动地流下了眼泪。虽说当时母亲已经失去了正常的嗅觉和味觉，但那一天我分明看到母亲吃饭吃得特别的香。

在我刚迈入成年人行列的十八岁那年，上天给了我最大的考验，但我挺住了！这一考验"馈赠"与我的"自强"将让我受用一生！

男儿当自强，自强先自立

"好男儿，闯就闯出个名堂；好男儿，干就干出个模样……"我喜欢听韩磊的《好男儿》。不错，男儿当自强，但自强必须先自立！

记得那年我刚上小学一年级，报名那天别的孩子都有家长陪伴，但我的父母却拒绝带着我去学校给我报名，老师问我道："你的家长呢？回去找家长来交学费！""我带着学费呢。"说着我便从书包的里层掏出母亲给我装好的学费，然后在报名表上歪歪斜斜地签上了我的名字，之后便去领了课本。那时我发现家长们都向我投来惊奇的目光……如今我明白了，那时父母是为了培养我的自立能力呀！

去年9月我来到学校报名，看到了很多同学的报名工作都是由父母一手操办，那时我便想：他们要到什么时候才能独自去闯自己的天下呢？

只有走入社会才能真正锻炼自己。同许多人一样，我做过家教，干过市场调查，推销过书……在这些经历中我真的收获很多，既磨砺了意志又培养了吃苦耐劳精神。

怀感恩之心，走自强之路

在漫漫人生路上，每个人都在不断地接受别人的帮助，每个人更应该不断地给予他人帮助，在"接受"与"给予"之后我们就会在感恩中自强起来。我们可以为失学儿童捐款，哪怕是您的一元钱也会点燃爱心的希望；我们可以为灾区人民捐物，哪怕是您的一件衣物也会造就自强的信念！

因为心怀感恩，在自强路上我们才能走得更稳！在顺境中怀感恩之心，在逆境中存自强之念，我认为这才是人生的大智慧！

在生活中，一些同学常常有"天生我材必有用，可惜如今没人用"的自弃心态，其实与其自卑自弃不如自立自强。只有从自卑走向自信，才能从渺小走向伟大！请相信：良好心态＋无限舞台＋自立自强＝成功！

要自强，就要把自卑放在昨天，把自立放在今天，把感恩放在明天！

最后，让我们以"天行健，君子以自强不息；地势坤，君子以厚德载物"这句古训共勉，愿所有曾经走过或现在正走在自强之路上的同伴们自立自强，愿大家都能在属于自己的人生舞台上激情飞扬！

田 田

肖宏鹏

　　每当我面壁而思的时候，我常会想，每一个人的出生是无法选择的，无论贫穷与富裕，都必须要接受它，而且要倾注整个青春时光甚至用一生来改变或维护它。对于我来说，命运把我抛向了贫瘠的土地，而我并没有随风飘逝，而是顽强地挣脱出来，追寻知识和智慧，这个过程好像是夸父逐日，虽然历经千辛万苦，但是对于理想，我始终不离不弃。

　　我的小名叫田田，父亲说我出生那年村里分田到户，也就是联产承包责任制，就起个名叫分田，分田叫着叫着就叫成田田了。肖宏鹏，倒像个男孩的名字。从出生到上大学，这二十三年，就像村边的那条小河，弯弯曲曲，深深浅浅，清清浊浊，但总是朝朝暮暮日日夜夜朝前流淌。

　　我们那个村叫古河村，有条河，太古了，所以不大。几十户人家，可肖家是个大户，人丁兴旺。田田光是表哥表姐就十三位。田田落地那会儿，奶奶便扯着嗓子喊六丫头啦，险些把妈妈气背过气去。赌气的妈妈第二年又要一个，田田于是有了一个只小一岁的弟弟。在计划生育的风口上，妈妈与奶奶大打之后分家，田田只得在姥姥家养着啦。

　　在田田三年级时，因为修理铺赔钱，爸妈闹起离婚来。田田哇一大哭，田田平日话都不说一句，一声哭得屋檐颤儿。把爸妈都镇住了。婚就没离成。

　　爸爸年轻时拖着伤腿砍树、下田、拉稻谷、扛麻袋样样都干。后来动手术，妈妈说："送的红包人家还会退回来的。电视上是这么说的。"可是出院了，人家也没退。后来，妈妈，姥爷都住过县医院，人家也没退。

　　田田读书有点吃力，小学一年级要读两次，不是弟弟的缘故，也不是妈妈的缘故，大学之前，小学中学高中，田田老想把自己藏在墙缝里。

　　田田进了大学，想自己也可以养活自己的，家里的钱供弟弟好啦。弟弟比田田小一岁，不过，他在大连海事大学。田田一个暑假打过六份工，两份促销，晚上做过校对工作，市场调查，卖报，两份电话访问，学费都是自己挣的。

　　田田把30元钱乖乖交给一家中介公司，第二天公司有人打来电话，说要再交100元培训费便上岗。田田就要求退钱，那公司不给，田田便气得哭了。

田田又容易上当。促销、市调、电访、面访、卖报纸，田田都干过，但赚钱太慢了，同宿舍的几位姐妹对田田说："别东跑西奔啦！找份家教吧！一个钟头顶你一天的辛苦。"于是田田改行了，去交通大学对面的写字楼，爬到五层，找到一家专门推荐家教对象的中介公司，工作人员满脸厌恶并不耐烦地说："小姐！你当这是菜市场呢！30元钱想找家教，买菜呢！"田田赌气，把口袋中仅有的80元递了过去。那人立即变脸了，笑着说："你回家等电话吧！"几天过去了，一个电话也没有。早没了影。

　　又一个暑假，田田把整个北京都跑遍了。田田脖子上挂着月票、背后背着个大包，双手拎七八个锅儿，总有人跑过来问："这锅多少钱卖啊。"田田苦苦一笑说："这锅不是卖的。"

　　在那些日子里，田田敲陌生人家的门，用尽花言巧语，让她们填份二十多页的问卷，填完送只小锅给她们。有的阿姨真好，把田田迎进屋，端水果递纸巾"还是个孩子嘛，多辛苦，你看看累的这头汗。"这把田田感动得不会坐下。当然，也有把田田当成小偷的，在田田还没有进门时就不容开口地把她轰走了"什么调查？派出所调查去，来我家干吗？"田田碰了钉子，接着又换一家，田田觉得世上还是好人多，那么多人热心地给田田指路、介绍被访者。田田以为住在高楼大厦里的都是有钱人，其实未必。有一次，田田刚敲门，里面便传来一声："谁啊？"接着门开了，田田往里一看，一家五六口人老老小小挤在一间三十来平方米的小房里，心想我家再怎么说也比这儿宽敞哩！后来，田田再见奢华时心里也平衡多了。

　　多少次田田坐在领工资回来的电车上，双手捂着包儿，脑海里总在回想第一份工作——在冬天卖《新京报》。她披着授带，戴着红帽，抱着一大堆《新京报》，穿过滚滚车流到站牌那儿卖，为让卖水果的小贩也买份儿，田田不惜劝说路人来买香蕉。抱着的报纸卖完后，田田又到马路对面的报纸亭去取。她又想起促销"海尔"洗衣机的工作。田田负责把大卖场门口的顾客拉到"海尔"展台前，总会有别家"洗衣机"恨得咬牙切齿。田田把不用洗衣粉的洗衣机夸得玄之又玄，可这家"海尔"经销商居然把2月的工资拖到6月，把5月的工资拖到8月才给钱。

　　有时，情况很惊险，比夜里11点还一个人走在马路上还惊险。寒假里，田田撞上个老乡，他给田田介绍个老板，老板雇田田看房子，房子在大兴一条荒凉的小街上，上下两层，空荡荡的。晚上田田睡在那儿，因为学校在海淀，来回路费8块。田田专门去买把水果刀，藏在枕头下壮胆，自个儿买菜、做饭、打扫卫生、拖地、擦家具，偶尔也去隔壁看《流星花园》。很有趣。

眼看就要拿工资了，田田好不容易找到老板，结果老板只给一半儿工钱。老板理直气壮地说："你的任务没有完成好，我不扣你工资扣谁的？"说了半天，田田终于明白，原来是因为收水电费的人来，自己没有通知老板。田田说："你把钱给我，我替你去交！"老板的帮凶是个老太太，还有两三个小丫头和两个年轻男人，田田这才真正知道"人多力量大"呀！

但是，总的来说，田田好幸运，连不认识的人都来热心开导："别见谁都客气，有的人见你一客气，他就欺负你。"有的还介绍份工作电话访问的工作给她，这是田田干的时间最长久的工作，她去过北沙滩、马甸，干的都是电话访问。一天，田田自个儿数着，竟打了700个电话，并成功访问了20个。头儿夸田田干得好，田田觉得这工作不错，可以继续做着。

头儿又让田田去他开的中介公司当代理。那家中介在学校边上——九龙商务五层。田田从那儿找了不少活，也给同学找，且不要同学的中介费。

田田忘不了有个外号叫"几米"的老板。田田在问卷上作弊了，把17岁改成了29岁。"几米"语重心长地说："你不要搞小聪明，怎么能没人知道呢？"田田后来想领工资后请他吃顿饭，可是找不到他了。田田记得工资非但没有扣，反而多出100元奖金。

田田做过临时演员，还上了两节培训课，记住了体验派、表现派、还有什么斯基，然后在正午的阳光下又叫又跳，疯似的折腾八个钟头，一分钟也不闲着，好像是机器人。后来她等着发工资时，老板没影了。田田后来上了三次电视。只是田田一次也没有看见，可每次都有同学告诉她，说看到她上了电视。

那时一起做校对的同学有六七个，都是田田介绍过去的，可有人大呼上当。田田想，虽然钱少点儿，不是还白看十二部书嘛！

有一次应聘临时演员，把田田气坏了，她一大早兴冲冲跑去，又坐公交车又坐地铁，还等了一个上午，最后别人居然不让她进门儿，"对不起，小姐，你的脸，我们没法儿给你上妆。""我连面试的机会都没有吗？""对不起。"田田的一天时间，4块车费，就这样白白泡汤了。

田田总结了无数经验，比如面试可不能谦虚。"你多高？""你会唱歌吗？""你会跳舞吗？"就可能因为这短短一两句话被取消了资格。

田田做市场调查时认识了个姐姐，她介绍田田加入"玫琳凯"。田田想，若变漂亮了，宿舍里的人便不会一天到晚说我丑了，听了两堂美容课，充斥着一大堆什么面膜啦、粉底乳啦，等等，只剩下洗脸打圈圈一项在田田这儿用得上。田田买不起700元的美容包儿。由于田田老撞上"安利"的销售人员，所以她去过不同地方的"安利"课堂。大伙拉田田去饭馆吃饭，骨头很好吃。不用花钱的饭，真好吃！田田宁愿要20个桔子，也不选一小片的维生素C。

对于任何机会，如工作机会，发言机会，选举机会，比赛机会，等等，你一犹豫便失去，你畏缩缺乏信心便错过了，不去试试怎知道自己不行呢？总想把自个儿藏在墙角落里的人，也没想到自个儿打工挣钱供自个儿能上大学呢！宿舍里就算成天到晚说田田笨啊丑啊，田田也不会躲在卫生间偷偷哭了。

大学里要开运动会，有人说田田没有体育特长，田田却出人意料的报名要参加3000米、5000米长跑。有人笑着说："别出洋相了，这么弱小的身体能跑下来吗？"可是比赛的结果把全班同学惊住了，田田不但跑下来了，还得了3000米长跑的冠军，5000米长跑的亚军。

田田记得，那个大雪纷飞的夜里，自己走在潘家园的大马路上，冻得脚心不敢着地，只好侧着脚走。一位骑三轮车的大哥，招招手，二话没说，把田田带到劲松口站牌下。

田田老想在班上当学生干部，每次都第一个跑到台上，"我没有经验，我可以积累，我愿意为同学们服务。"弄不清同学们是担心田田当了班干部后打工怎么办？还是担心田田工作能力不行，反正那两次，田田都没选上。这样也好，她不用耽误打工挣钱。

出门在外，田田总碰上不相识的人来帮忙，虽然这些好心人匆匆不见了，就像小时候满院的花儿，一晃即逝，却永远在她心里灿烂地开放着。大学里的电工哥哥，望京花园的胖阿姨，劲松西口儿拉三轮车的大哥，建设报社的叔叔们，还有老笑话田田又笨又丑的室友们……室友们总把衣服、毛巾、吃的统统塞到田田桌上。田田也想做别人心中的花儿。有天晚上，在风中的天桥上，田田把身上仅有的七角钱，偷偷地放到拉胡琴瞎眼老人的铁皮罐里，同学说："他比你富裕多了！"田田想："人不到走投无路之时，怎么能让人觉得自个穷得不靠别人就活不下去呢？"

田田受骗也骗过别人，虽然自己也不知。田田骄傲也受辱，家教笔试也会不及格，打工时也挨骂。

田田会逃了课去给少儿英语判卷，田田会4点起来去给人家数车，田田会自己花钱买礼物，让人家填问卷。更别说深夜还在路上，她一个人跑到陌生小区的陌生人家,问问卷。

　　老说不是因为家里,老说不是没有钱,老想证明这一点。她买个手机,却不买卡。

　　田田的大学生活,幸福得像从天而降的风铃,那是中介头儿的福利,也好像是奢侈的金帝巧克力,那是为帮老师制唐卡图送来的礼物之一。

　　往事浮云般地游走,田田想追逐,有时也如同手伸进了河水,手指尖上清心冰凉,有时如同依在炉火旁,浑身上下都暖烘烘。田田是水瓶座的一颗星,无论阴天晴天,或明或暗都闪光。田田是村边的那条小河,深深浅浅,清清浊浊,弯弯曲曲都向前流淌。

凌寒傲放的一株梅

杨 峰

"墙角数枝梅，凌寒独自开。遥知不是雪，为有暗香来。"这首诗，从妈妈教我那天起，就一直铭记在我的心中。

我出生在河北一个小乡村里，爸爸是转业军人，后来做了矿工。从记事起，我们就因为爸爸的工作需要不停地搬家，而爸爸工作的地方常常是人烟稀少的荒郊野岭，我们无法接受正常的教育。

好在，妈妈教过十年书。凭着一个母亲和教师的本能，她毅然决定由她来教我和妹妹读书。为此爸爸费尽周折，辗转为我们"预定"到了课本——他的同事有一个比我大一岁的女儿，刚好把课本留给我们。课本问题解决了，又有新的问题不断出现，于是爸爸和妈妈成了解决问题的专家：没有黑板，爸爸就自己漆一块，没有教具，妈妈就用花生米来教我们数的组合，有时干脆就拿小木棒，既形象又生动。

当时的生活，虽然艰苦寂寞但并不能阻挡我对美的感受和渴望。妈妈教我们背诵的那首《梅》，经妈妈一讲解，我的心灵好像开了花。虽然当时只有六七岁，但我经常想象那株凌寒开放的梅花，该是有怎样的幽香和傲骨。夜里好多次梦见荒凉的黄土高原上，突然间长出许多梅，迎着风雪开放，我和小伙伴在梅林里追逐嬉闹。大同是贫瘠的，鲜有绿色。但当时通往矿区的一条路上却有一片花，细细的茎，花瓣娇嫩得让人心疼，却顽强地在风中摇曳着不屈的脸庞。那时，幼小的我对于美有了最初的认识，那首《梅》和着这些花儿时时浮现在眼前。

在我读二年级时，爸爸调到一个新矿，这个矿不大，但周边有小学，还有中学，我终于可以和别的孩子一样在教室里读书了！然而上学并不易。我家在矿区最南面的一个山头上，中学在最北面的一个山坳里。现在看来那段上学的路颇有些传奇色彩：从家出来，是一个之字形的陡坡，夏天还好，冬天坡上全是冰，上下坡时手脚并用仍难免不时受伤；然后是一段狭窄的巷道，一面是山，一面是空空的阴森森的厂房；接着是一条长长的仿佛走不到尽头的路，冬天天亮得迟，走在路上，黑漆漆的，弥漫着雾气的街道格外瘆人。

一年又一年，这条路就这样走下来了。然而我和家人遇到的困难又何止这些？我常在心里对自己说，这不算什么，我长大了，是一株根茎结实的梅了。临近中考时，由于频繁搬家，我在户口本上的年龄比实际年龄大好几岁。这样，一直被妈妈执著地认为会成为大学生的成绩优秀的我，却只能无奈地报考中专。伤心之余，妈妈给我织了一件鲜红的纯毛毛衣。我从小就被妈妈打扮得红艳艳的，妈妈说，红色是幸福的颜色。她在我身上比划着毛衣，幽幽地说：'妈以后不用给你织毛衣了，你很快参加工作了，有时间自己织吧。'我重重地点点头，不想让大人看出我的不甘。就在我把志愿表交上去和同学们互道离别时，老师高兴地叫住我，说他已经帮我纠正了错误年龄，修改了志愿。他还对我说，'你报考中专太可惜了，你是考大学的料啊！'我险些夭折的大学梦就这样被好心的老师挽救回来了。我深深地给老师鞠了一躬，非常有信心地说：'您放心，我会进重点的！'

我读高中，正是国企改革的时代。爸爸一个人工作，工资只有60%，我和妹妹都在读中学，妈妈身体不好，负担何其重！而'屋漏偏逢连阴雨'，矿山开采到地下几百米，地下整个都空了，井下作业放炮时，我们的房子就会摇，地面的裂缝比筷子还粗，还时不时冒着白汽，弄得人心惊胆战。无奈之下，我们在矿务局买了一套楼房，花光了所有积蓄。已经四十多岁、身体并不好的爸爸只好申请去一线工作。井下多危险啊！每次爸爸上班，我们都揪着心。妈妈常常嘱咐我们，爸爸是为你们才下井的，你们一定要好好学习，对得起爸爸的辛劳。

在妈妈的谆谆教导下，我和妹妹的学习不断进步着。2003年，我以优异的成绩考上了中央民族大学。我深深明白，所有的一切来之不易，要好好学习，大学是青春的书，我要写好每一页。

进了大学，我发现自己不知道的东西太多了！开始时我连坐公交车都不会，觉得那些牌子好复杂；我学的宗教学专业，靠高中的学习办法很难学好；以前没有接触过电脑，而大学里不会电脑就好像少了一只胳膊一样……这种种生活和学习上的不适应，给我带来了深深的苦恼，让我也对自己产生了怀疑，自己怎么会这样差呢？有时我找个没人的地方悄悄地流泪，突然觉得，北京宽阔亮堂的大街反倒不如我中学时走过的那条黑漆漆的小巷更令我感到踏实。

还好，我过去的宝贵经历现在发挥了作用，凌寒傲放的梅花的精神鼓励着我。不会就学呗！我调整了心态，硬着头皮问同学怎么上机，从开关机开始，老老实实从头学；我有意自己去坐公交车，去认那些陌生的路；课堂上听不明白就问老师、问同学，慢慢地我从落伍赶到了中间，又从中间赶到了前头，我相信我一定能学好。

在大学里，另一个让我感到收获最大的是打工。为了减轻家里负担，课余我寻找着一切打工的机会并先后尝试过几种工作，如语言录放、电器促销，也做过家教。这些经历不仅使我有了一笔小小的收入，而且还给了我宝贵的经验，使我成长不少。其中印象最深的是2004年暑假做收银员的经历。

暑假开始后，我开始找工作。七月的天气，烈日炎炎，晒得人有气无力。近十天过去了，才找到一份超市收银员的工作。上班的第一天，我就遇到了北京几十年来最大的一场雨，不但衣服湿透了，鞋子也进了水，前几天找工作时脚上磨起的血泡在长时间的浸泡下火辣辣地疼。等了3个多小时的公交车，我回到宿舍已接近午夜。之后的日子我每天都要早早起床，等车，倒车，匆匆赶到超市，开始一天的工作。因为各时段客流量不同，我们的休息时间也支零破碎，有时刚九点钟我们就得休息吃午饭，有时下午两点还没吃饭，若是人多，只有一刻钟的休息时间，不要说吃饭，水都来不及喝。我们还不时受到领班的批评和吹毛求疵的顾客的指责。照经理的说法，我们在那里是初尝了世间的冷暖哪！为此很多人都放弃了，但我坚持了下来。我想，这就是我过去的经历给我的财富吧！经过这次磨炼，我成熟了许多，更懂得了父母的不易，也对自己更加自信起来，只要我们付出，一定会有收获的！

每个人的人生都是一段历史，大学是其中重要的一页。我不敢妄言我的人生会有多灿烂，但我会用实际行动把大学这一页写得充实而有意义，会像墙角里的梅那样，不畏寒冷，傲然开放。

罗拉，快跑！

曹浩文

有人叫我"罗拉"，源于电影《罗拉，快跑！》。那是一部极具震撼力的影片，它激励着我要永远和时间赛跑，和生命赛跑……

我是一个平凡的女孩，瘦小的身躯，平凡的长相，难以给人留下深刻的印象。贫困的家庭出身使我从小就经历了生活的磨难，懂得生活的艰辛。

小时候，每次开学都交不起学费，全凭妈妈一手拽着哥哥，一手拽着我，拿着我俩考第一的成绩单，到校长室说情。那时候，不懂得为什么别人家的孩子可以吃冰激凌，而我要买蜡笔的钱，妈妈也不能给；不懂得为什么星期天哥哥要去捡破烂，我要去编鞭炮。

现在，长大了，才发现自强自立是家庭教给我的最宝贵的道理。从小，我就比其他孩子更懂得生活永远要靠自己去奋斗，没有人会为你准备什么，唯有自己"一分耕耘，一分收获"，"艰难困苦，玉汝于成"。

在学习上，我比别人更加努力。高三时，我以"要想得到别人所得不到的，就要付出别人所付不出的"为座右铭，在12次月考中取得11次年级第一的好成绩。当我在学生大会上介绍学习经验时，有同学对我的评价是："小女人一样的平凡，女强人一样的不平凡。"这句话至今仍激励着我。

到了大学，一切都得重来。没有人会羡慕你过去的成就和辉煌，大家又重新站在同一起跑线上。面对大学里大量的空闲时间，有的人迷茫了，玩游戏、聊QQ以打发时光；有的人堕落了，每天睡到日上三竿。而我却找到了生活的重心——国家图书馆。一大早，我就赶到那儿，捧着心爱的书籍，俯则读，仰则思，全然忘了外界，直到傍晚肚子饿得咕咕叫了才出来。当别人觉得空虚郁闷时，我却沉醉于自己的"天堂"，弥补了从小缺乏的课外书籍这方面的"营养"。

课余，我还出去打工。从派送、电话访问员、业务代理、超市收银员、校对到家教、翻译，我都做过。因为哥哥送我来报到那天，已经把家里仅剩的500块钱都给了我。我的学费还是靠助学贷款，接下来的生活费我不可能再向家里要了，只能靠自己去挣。我做的第一份工作就是派送。在北京的大街上，向来来往往的行人，每人发一包带广告的纸巾。发完一个，我就说声"谢谢"，仿佛在感谢他们让我挣到第一笔钱。接下来的寒假，那是大学第一个寒假，我就执意留在北京。当别的同学在家和亲人团聚时，我却在北京的大街上发愁什么时候能找到工作。暑假，我又留在了北京，每天打两份工。上午做完第一份家教后，在公共汽车上啃面包当午饭。下午做完第二份家教，回来蘸着腐乳就着咸鸭蛋吃饭。因为是自己顶着炎热，辛辛苦苦挣来的钱，哪里舍得乱花呢？那时候，日子虽过得清贫，内心却充满了快乐。一个暑假下来，我积攒了将近3000块钱。3000块，对别的同学可能不算什么，但对我来说，却是爸爸一年的收入。我再也按捺不住激动，给爸妈打了电话。电话中我说："爸，妈，我挣了3000块。你们在家挣钱那么不容易，而我在北京非常容易就能挣到钱。以后你们不要出去辛苦为我挣钱了，我可以养活自己，也可以养活你们了！"

这样，大学三年的生活费我再也没有向家里要过一分钱，甚至在爸妈生日时我还给他们寄了钱。我不希望他们为了儿女操劳了一辈子，现在年老体弱了还要为了我去拼命。我相信自己已经长大，有足够的能力面对生活的一切。即使这些比别人累点辛苦点，但都值得。而且在打工过程中，我还学会了挣钱以外的很多东西。譬如，以一种认真负责的态度对待自己的工作。做家教时，只要是为了学生的利益，我可以不计报酬付出自己的一切努力。在与学生相处的过程中，我还用自己的亲身经历和真实见闻影响着他们，培养他们从小自强自立和艰苦奋斗的精神。

最重要的是，三年来从未间断的打工生活并没有影响我的学习。忙碌的生活反而让我觉得时间更加的紧迫，我应该比别人更少地休息，更加努力地学习。所以当别人还在熟睡时，我已经起床；当别人在欢度"五一"时，我却在学校花园背单词。大一时，我获得了专业二等奖学金。但是，我并没有满足，暗自给自己定下目标，下次一定要拿一等！功夫不负有心人，大二时，我果然取得第一名的好成绩，荣获专业一等奖学金和国家奖学金！英语方面，大二下学期我就参加了六级考试，并取得596分的好成绩。和老师合译的专业书即将出版；我还积极向周报投稿，并有数篇文章发表，各种社团也能见到我的身影。寒假，我参加"扶贫中国行"农村调查活动，撰写的调查报告在学校周报发表；作为一名教育学专业的学生，我还做了农村留守儿童教育问题的调查，参加义务支教等。我还参加了"花旗微型创业奖"志愿者活动。在这次学校勤工助学招聘会上，我获得教育学院教学助管的工作……

"女儿当自强"！自强自立和艰苦奋斗伴随我走过这么多年，已经成为我的一种生活状态，这也必将伴随我走过以后的人生道路。有了它们，我小小的躯体，才能散发出无限的能量。在艰难困苦的挑战面前，我毫不退缩，像罗拉那样勇往直前，义无反顾！我相信，自强的人生也将是最美丽的人生！

我的自强之路

安 勇

1984年，一个新生命呱呱坠地，那就是我。随后，我顺理成章地度过了无忧无虑的童年，懵懂中上了小学，开启了人生远航的帆船。

童年时期的我是幸福的，家境不算富裕却也殷实；虽没有漂亮玩具，没有吃不尽的糖果我却也感到快乐。因为我觉得，假期里在山间牵着牛羊，哼着小调同样很逍遥自在。我在空闲的傍晚，和玩伴沐浴着彩霞嬉戏玩耍，身边有最真挚的伙伴，纯洁得如白纸。还有最懂人性的大白狗，年龄比我大好几岁，它如同一位慈祥的长者。童年是在母亲的呵护中走过来的：寒冷的冬天，天蒙蒙亮，母亲送我上学的情形让我终生难忘。

岁月悄无声息，日子在年龄的增长中悄悄溜走。

转眼到了1997年，突来的事件改变了一切。作为家庭支柱的母亲病倒了，而且无法治愈。本以为没有什么大碍，她拖延到春播结束去县城检查，结果出来了，肝癌晚期，只能通过服药来延长时间。刹那间，年纪尚幼的我不知所措，担心以后怎么过日子，吃了上顿没下顿的日子对我来说并不是不可能。父亲嗜酒，对家里的事情不能处理好，此前大事小事母亲一手包揽；姐姐们已经出嫁或即将出嫁了。看着母亲日渐消瘦的脸庞，想到自己学习成绩普普通通，我的心情沉重而无力。为了让母亲少受点压力，我善意地撒谎说那病无大碍，过段时间再到邻近的城市去治疗。说谎虽说不是长久之计，但亦是迫不得已。

之后是小学升初中的暑假假期。母亲在居住在镇上的哥哥家住了一段时间后回老家了，她瘦弱了许多，说话声音小了。第一眼看到母亲，我禁不住泪流满面。

母亲不行了，我已经没有什么依靠了，只能盼望早点成长起来，像个男子汉一样顶天立地，减少母亲的牵挂。于是在假期里，我每天很早就起来，顾不上吃东西，便开始割草、放羊。虽然感觉很困很累，但时刻都想让母亲放心些，让她知道我已经长大，不再是好吃懒做的小孩。行动坚持久了便成了习惯。母亲气色好了许多。虽然她没有夸我，但我知道她心里很欣慰……

九月，开学了，新的生活阶段开始了。然而，母亲在那个秋天走了。13岁的我，身后是一个残缺的家。没有了母亲，哭过之后，手臂缠着黑纱，我回到学校开始了奋斗的步伐。

家里离学校比较远，学校没有寄宿，于是我就租赁了一间旧瓦房。没有电，我就用煤油灯；没有自来水，我就买了小桶去约500米外的水井提；窗户没有玻璃，我就买点塑料纸挡风；因为交通不方便，从家里运床过来麻烦，我就随便用几个长椅子和木板凑合组成了床。我知道我是来上学的，不是来享受的，何况我没有享受的资本。屋子空荡荡的，在冬天里，我有点像住在"广寒宫"的感觉。由于没有写字台，我一般都在教室做完作业，回小家就专门看书看笔记。无数个夜晚，在微弱的灯光下，我写着自己的故事——怀念母亲、孤独，成绩不理想但我仍在努力。因为学校灯光好，看书舒服一些，所以我每天总是第一个来到学校，最后一个离开学校。下午4点下课之后，我总是出教室透气之后回来继续做作业、复习功课、预习第二天的内容。起初觉得单调了点，但很充实，久了，我就习以为常了。

由于我烧煤炉子缺乏技巧，经常不小心炉子就熄灭了。因此我很多午饭晚饭是靠买饼充饥，或者吃点油炸洋芋解决的。对我来说，吃一顿像样饭菜的机会可以忽略不记，我想这可能也是自己身体偏瘦的原因吧。数九寒天，大雪纷纷，藏在被窝里的我希望自己成绩好起来，报答母亲，让她心里感到宽慰。

努力了，就会有回报。这在我身上验证了，并成了自己最信奉的真理。

初一期末考试，我各门功课都取得了不错的成绩，数学还考了班里的最高分。兴奋了一阵子之后，我自己清醒下来，知道这点小成绩还不够，就像班主任老师在评语里写的"百尺竿头，更进一步"。随后的日子，我更加努力。因为我知道，对于家庭条件不好的我，读书是我唯一的出路，我没有理由在校园里消磨时光。所以，我不看电视剧，不去找同学团聚聊天，而把时间花在课本上，补充自己薄弱的基础知识。眼睛疼了，我就揉揉，出去走走放松一下，然后继续钻研。可以说，我把时间毫不吝啬地奉献给了书本，结果，我得到了欣喜的馈赠。初二学年考试，我所有科目都实现大跃进，成为年级里学习最优秀的学生，实现了丑小鸭到白天鹅的转变。

以后的日子都是这么走过来的。我顺利考上了收费低廉的地区民族中学，并幸运地踏入中央民族大学，这已是后话。

作为一无所有的农民的儿子，我深刻了解到父辈的困难，清楚农民的艰辛。所以不论是过去、现在，我一直都很珍惜自己的学习机会！

人生之路不在乎是否能达到终点，而在乎是否去认真走过了。"努力走过了，就一定不会后悔。"我常在内心重复着这句话。

我的人生，我的梦

陈 聪

生活若是大海，我就是扁舟，虽历经艰险，却百折不挠；
生活若是天空，我就是雄鹰，虽风雨兼程，却搏击长空；
生活若是战场，我就是战士，虽枪林弹雨，却勇往直前。

——题记

序 曲

我出生在一个多子女的家庭，家境的贫困没有留给我太多童年的快乐回忆，倒让我从小就变得格外坚强，并立志要努力改变自己的命运。因为我知道上帝只能决定一个人的一半，而另一半要靠自己去掌握。我要用知识去改变自己的命运，因此我从小就特别努力地学习，争取做最好的自己。我的出色成绩也是这个家庭唯一的幸福来源。每当看见父母那历经沧桑的脸上露出难得的笑容时，我的心中就乐开了花。那时我学习，还仅仅是为了博得父母的欢心，对人生并没有太多的思考。真正的自强征程从初中才拉开序幕。

昨夜西风凋碧树，独上高楼，望尽天涯路

那一年，我以优异的成绩考上了市重点初中。由于家离学校远，我每天都要坐车。五更天鸡还没啼鸣时，我便开始了行程；午夜钟声敲响时，我才拖着疲惫的身躯归来。一次遇上雨雪交加的天气，恰巧我又没赶上去学校的班车，为了节省车费，我决定骑车。我骑在路上，冰花打在脸上如刀割一样疼痛。当我准时赶到学校时全身已被雨雪打湿了，头发也结成了冰丝。老师知道后感动地抚摸着我的头，默默无语。学校的饭菜对我来说颇为昂贵，只能吃从家带来的馒头和咸菜。那时怕同学笑话，常躲在食堂后面吃。好几次，当饭和着泪下咽时，我告诉自己不能认命，要成为命运的主人。日子在不知不觉中逝去，转眼就到了初三，我面临着人生中第一次重大的选择——考技校还是考大学。以我的成绩，技校肯定能考上，这样我可以早些自力更生，减轻家庭负担，但可能要一辈子当一名平庸的工人；上大学，至少要家庭再负担我七年，而我也不能保证一定能考上。老师和父母竭力阻止我考技校，但现实却让我犹豫不决。然而一次无意间看

到的西部宣传片中家乡亟待改变的贫困面貌深深震撼了我——我决定上大学，以更高的起点改变家乡的命运。

衣带渐宽终不悔，为伊消得人憔悴

中考后我顺利进入了区重点高中，开始了新的奋斗。虽然仍会遇到各种困难，但我从未被吓倒。"人是可以被打倒的，但是决不会被打败。"这句话时常在我的耳边回荡，鞭策着我前进。高三艰苦的学习生活让我至今记忆犹新。不知多少次，醒来时，我的耳边依然响着英语广播；不知多少次，我在凌晨四五点才去睡觉；不知多少次，我趴在书桌上睡到天亮……时光荏苒，岁月如梭，自强不息的斗志让我的成绩一直名列前茅。转眼间迎来了2005年，我们开始了狂风暴雨般的模拟考试。记得在一次模拟考试中，我的成绩滑到了十一名！那时的我似乎一下子被击垮了。我独自一人跑到树林中，眼泪在眼眶中打转。我紧咬嘴唇，暗下决心：这是我高考前的最后一滴泪水。我开始奋起直追。但由于长期的超负荷学习，加上经常只吃馒头，使我营养不良，还得了肠胃病。一次，我肠胃病发作，痛得我在床上直打滚，痛不欲生。然而，无论面对怎样的困难，我人生那盏自强的灯一直燃烧着，为了实现心中的梦想，我永不言弃。

众里寻他千百度，蓦然回首，那人却在灯火阑珊处

十年的寒窗苦读就要等待检阅了。六月七日，带着老师与父母的期望，我从容而平静地走进了考场。我自信的笔尖在纸上急速地奔跑着，画出了一道完美的人生弧线。如愿以偿，我考上了中央民族大学。拿着沉甸甸的通知书，我快乐至极。然而冷静下来时，心中又增添了几分惆怅，钱从哪里来？就在我为还能不能上大学而辗转反侧的时候，我喜出望外的收到政府3000元的资助，再加上亲朋好友的帮助，我总算凑够了学费。迎着金秋的和风，怀着心中的梦想，我来到了梦寐以求的大学。我要把家乡人的厚爱及父母的期望牢记在心中，努力拼搏，将来用自己的才华去感恩父母，回报家乡。

结 语

我常常想，上帝会厚爱每一个人的，他会用不同的方式对你所付出的艰辛和努力给予补偿，但是上帝只偏爱那些自助的人，如果你不努力，不拼搏，所有的机会都会与你失之交臂。我努力了，拼搏了，最终迎来了

属于我的阳光。高考前那段战斗的日子,让我刻骨铭心,它将是我一辈子的财富。民大,我梦想升起的地方。"最初的梦想,紧握在手中,最想要去的地方,怎能在半路就返航;最初的梦想,绝对会到达,实现了真的渴望,才能够算到过了天堂。"前方还有更多的坎坷、困难,我会挺起胸膛迎接挑战,以自强不息的斗志去实现我的人生,我的梦。

那年冬天，没有回家

潘 琳

　　那年冬天，没有回家，在空荡的宿舍里，我一个人独坐床头。伴随着电台里悠扬的旋律，我说不清是怎样的心情，只是想家，想父母，想同学，想朋友……人往往只有在独处时，才会发现一个真正的自己，也只有在夜深人静时，才会觉得自己那么脆弱，脆弱得让人想哭。

　　明天还要工作，这是我强迫自己必须睡觉的理由。我的工作是给一个八岁的小孩辅导功课，监督他完成寒假作业，并且陪他玩耍。工作时间是从早9点到下午5点，总计为10天，日薪为60元。虽然这是一份简单的工作，但我一样要认真对待。认真是我一向的处事原则之一。更何况，这是我的第一份工作。他的家离我们学校挺远，要从我们学校到双安然后再倒367路公交才能到达。为了节省一元车费，我决定早起半小时，步行至双安。那时候我觉得自己是个特别经济的人，我会算好自己步行至双安的时间，会估算好公交车到站的时间，还估算了万一堵车所耽误的时间，然后调好闹钟，准时起床。我会在六点半起床，7点出门。每天出门时，天还没全亮，整个校园人员稀少，只有刺骨的寒风在冷月里呼啸。我就这样，在别人熟睡时，走在寒风里。冷风迎面袭来，那是刺骨的冷，但是我从未想过要退缩，心中只有坚定，坚定地往前走。

　　有人说，只有感动自己，才能感动别人。我不期望感动别人。但是，那刻，我却是真正被自己感动了。有时，也问自己，为什么要对自己这样狠，为何不回家和家人团聚，像别的小孩一样在父母面前撒娇？为何总是这样辛苦，大冷天的不在被窝里躺着还出门？可是，默默的，只觉得心里有种声音告诉我，不可以，不可以退缩。因为，我要学会在陌生的城市里生存；因为我不可能永远受到家庭的庇护；因为，一路走来，辛苦的人不只是我一个，而更多的是我的家人们。

　　我想妈妈。妈妈没有固定的工作，是一个临时的清洁工。她每天必须很早起床，然后清扫街上的垃圾。当我走在寒风里，我会想到，在遥远的他乡，妈妈同样在寒冷里开始了一天的工作。然而，妈妈的日薪只是10元，而我是60元。想到这，我会骄傲，因为我可以比妈妈挣得多，可以不要让妈妈再辛苦了。还记得，曾和同学干过促销，当时有人问，你们为什么要出来干这活？同学说，为了体验生活，丰富阅历。我则说，为了挣钱自己养自己，减轻父母负担。是，穷人干活不是为了体验生活，体验苦日子的。来自山里的孩子，并不是没有吃过苦。在家乡，女孩要包揽家里所有的家务。早晨，她必须早早起来准备一家人的早饭，然后再去上课。放学后，她要赶紧上山打猪草，还要做晚饭，收拾家务。作业当然是全都在学校完成的了。这些在别人看来也许会觉得很辛苦，但对我们来说，这不算什么，周围的人都是这样过的，所以习以为常了，只把它当成是吃饭、睡觉等每天必做的事罢了。只是在夏天上山被蚊虫叮咬，还要提防被蛇袭击，冬天洗衣服双手冻得像胡萝卜时，才会觉得有点辛苦，才会觉得命运似乎有点不公。每每这时，妈妈总会说，如果不想这样辛苦，不想被风吹、雨淋、日晒，就好好学习，考到大城市去上大学，以后坐办公室里工作，那时就不会辛苦了。

　　是，穷人要想改变命运，就只有靠知识。于是，我一直努力地学习，只想到大城市上学，只想以后不要再像妈妈他们一样辛苦地活着，也不想再让妈妈他们辛苦地活着，也许就是心中的这份坚定，让我无论遇到什么困难都坚持挺过来了。

　　终于如愿。我来到了城市，来到了多少人向往的首都。我还清楚地记得中学语文课本第一篇文章开头写着："山的那一边还是山……"可现在我终于看到在山的那一边还有如此美丽繁华的城市。穷人的孩子长大不容易，考上大学不容易，来到北京那更不容易，一路多少辛酸冷暖，多少风雨兼程。曾经我们忙碌，在别人休息娱乐的时候；曾经我们思考，在别人放松自在的时候；曾经我们努力地付出，在别人放弃的时候。终于，我们实现了自己幼年时代的梦想。还记得妈妈的话：一个人可以穷困，但不可以潦倒。生活中的美好需要自己去创造。于是，我就这样一直坚定地走着，在这个繁华的都市里，演绎着自己的人生，尽管自己很渺小，但是生活一样可以过得充实。自己依然成绩优秀，依然拥有很多朋友，依然笑对人生，依然在不断地成长着、成熟着。

　　那个冬天，没有回家，我在陌生的城市里过着自己的生活。那时，我每天坐367，会经过一个叫"味多美"的蛋糕店。店里弥漫着昏黄的灯光和浓郁的奶油香味，让我眷恋。我对自己说，等我领了薪水，一定要买一块糕点来好好犒劳自己。那时，我觉得这就是幸福，简单得令人满足、幸福。终于，我领了薪水。因为对孩子的教育尽心尽力，因为工作很认真、很诚恳、很出色，我得到了额外的200元奖励。但我却没有如愿去那家店买糕点，也许是收获的兴奋让我忘记那份简单的幸福。至今想来，仍有一丝遗憾。不过,我可以骄傲地告诉妈妈,您不用太劳累了,我已学会自己照顾自己了;我也可以骄傲地告诉妈妈,您的女儿长大了,也懂事了,您不用再为我操心了。

那年冬天,没有回家,我第一次挣到了钱。那年,是我刚来北京的第一年;那年,是我第一次离家在外过年。也是那一年,让我更深刻地体会到了:生活中的美好是需要自己去创造的!

自强人生

苏 虎

　　种子，必须穿过覆盖的泥土，才能发芽成长；小树苗只有经过风雨的洗礼，才能成为参天大树； 蝴蝶，必须经过破蛹的挣扎，才能翩翩起舞；狮子，只有击败凶猛百兽，才能成为森林之王；自然界中，尚需要如此奋发向上，在人的一生里，又有什么理由让我们不自立自强呢？

　　站在人生的驿站，回首逝去的岁月，心灵的历程犹如一叶扁舟行驶于茫茫大海之中，既有风平浪静之时的顺利前行，亦有风急浪高波涛汹涌之时的艰难苦行；心灵的历程犹如一条潺潺的溪流，既有遇到百花盛开、繁花似锦之时的顺利流淌，亦有风沙弥漫、百石阻碍之时的百折不挠。每当耳旁响起《男儿当自强》这首歌那熟悉的旋律时，那段坎坷的经历顿时又涌上了心头。

　　我出生在一个普通的家庭，自从我有记忆开始，父亲就已经患病，这使得家里境况一直不好。很小的时候我就懂得了柴米油盐醋的珍贵，懂得了许多同龄人不曾懂得的道理。幼小的心灵从那时起便开始蒙上了贫困的阴影。但家境的贫寒并未使我感到自卑，记得有一句诗是"宝剑锋从磨砺出，梅花香自苦寒来"，我把它视为我的座右铭，它使我对生活充满信心，它使我始终告诫自己一定要自强。那年我以优异的成绩考入了省重点高中，而当年在我们学校，仅仅只有8名同学考上了那所高中。中考的胜利使我自信了许多，我明白了"只要付出就有收获"的道理 。面对那难得的录取通知书，家人既欣喜不已，又有几分忧愁：父亲刚住过院，家里已负债累累。哪有钱送我上学呢？通知书下来的那天晚上我辗转反侧，心里想，难道我这几年的辛勤付出，就这样白白失去了意义？我不忍心失去这上学的机会，为了给自己挣学费，第二天我跳上了驶往城里的火车，开始了自己的打工生活。

　　进入了高中，在学习上我更加勤奋起来；在生活中，我也开始自强自立了起来。无论是炎热的夏日还是冰冷的冬日清晨，我都会坚持晨读。经济上的压力，使得我在课余时间还要出去打工，所以上课时就得特别认真地听讲。我不敢把课堂上的问题留到课后，因为只有这样才能省出时间让我去勤工俭学。每当遇到问题，我都在课下积极地和同学讨论，如果课下不能解决，我便及时向老师请教，直到弄明白为止。通过不懈的努力，

我的自强之路

我终于考上了自己理想的大学。当拿到那份沉甸甸的录取通知书时,心里不免有几丝的欣喜,但是欣喜之余,又有着激烈的思想斗争给我带来的痛楚。眼前所看到的不再是自己朝气蓬勃积极向上的形象,而是徒有四壁的家中父亲那卧病在床的身影和母亲那被劳累和病痛压弯的脊梁。想起大学天文数字般的学费,我既惭愧自己亏欠这个家的太多,又不忍心失去这难得的上大学的好机会。经过好几天的辗转反侧,在好几个不眠之夜后我终于做出了决定,我决定出去打工挣钱,给父亲看病,替母亲支撑起这个家。我把自己的想法告诉了母亲,母亲含着泪水说"傻孩子,你是咱村今年唯一考上大学的,给我们争了光,这是你十年寒窗苦读的结果,怎么说不读就不读呢?上大学也许不是唯一的选择,但在咱这儿,这就是你唯一的出路。家里边就是拆了桌子卖了碗,也得让你上!"望着母亲那疲惫但却坚定的眼神和那因日夜操劳而布满皱纹的脸庞,泪水湿润了我的眼睛,我暗暗的下定决心;要做一个自强者,要用自己的努力去改变整个家庭的命运。就这样,我带着亲戚和邻居凑齐来的学费,带着家人亲戚的厚望,带着自己的凌云壮志,来到了祖国的首都,来到了那梦寐以求的大学校园。

来到这陌生的环境,刚开始,我显得有些格格不入,心中无形地产生了一种自卑感,做什么事都缺乏信心,但一想起家庭的境况和这来之不易的求学机会,内心的自卑感就会浑然消失,随之而来的是强烈的自信心。我开始把生活中的压力转化为无限的动力投入到学习中去。在清晨当别人还沉浸在甜蜜的梦乡中时,我便拿着书,开始了自己的晨读;在夜晚,当我拖着疲惫的身体走进寝室时,他们个个已鼾声四起了。周末,同学们纷纷去逛街、游玩,而我却骑着那辆破旧的自行车去寻找兼职机会,赚取自己下一周的生活费。有些周围的同学会投来不理解的目光,但我觉得这无所谓,"走自己的路,让别人去说吧!" 上天不会给谁太多,也不会给谁太少,如果你脚下的路铺满了鲜花,那么鲜花上晶莹的露珠不是别的,而是你自己洒下的汗水。生活,这一条曲折而漫长的征途——既有荒凉的大漠,也有深幽的峡谷,既有湍急的险滩,又有崎岖的高峰。而我们只有矢志不渝地前进,才能赢得光辉的未来;只有顽强不息地攀登,才能达到理想的彼岸。为了实现自己的梦想,我一直在默默地努力着。

贫困不足羞,可羞的是贫而无志。让我们从今天起,去掉贫困的面纱,高高扬起自强的鞭子,生命才会如骏马一般在人生的疆场上自由地驰骋;扬起自强的风帆,生命之舟才会到达胜利的港湾;插上自强的翅膀,生命才会像雄鹰般展翅翱翔。做一个真正的自强者：面对困难与挫折，不低头、不丧气、自尊自爱、不卑不亢、勇于开拓、积极进取、志存高远、积极追求。做一个对家庭负责、对国家有用、对社会负责、能为社会做出自己贡献的人。这便是当代大学生的使命，是新时代青年的豪情！

人生当自强，生命应无悔！

永不言弃

唐欢欢

　　十一月中旬的北京已显现冬天的寒冷。早上五点，天仍不见一丝泛白的痕迹。孤月和单星此刻也显得势单力薄，全不见其往日的风采。唯一的照明物便是那街道两旁彻夜不眠的路灯。出租车、公交车偶尔驶过我们民大的东门，这非但没有打破黎明的寂静，反而更添了一丝苍凉。

　　我整装出发，骑上自行车直奔目的地。今天是我做兼职的第一天——为北京晚报社做市场调查。我所调查的那一片区域在朝阳区，从我们学校骑车过去要一两个小时。为了早些到达，我将车骑得飞快，耳旁的风声也越来越紧了。

　　恍然间，我想起了初中的岁月。那是在江苏的一个小乡村。小学毕业后，我们有三种选择：一是到镇上的正规中学继续上学。但那所中学离村子挺远的，有二十多里路，且学费较贵，对于大多数人家的孩子来说这是上不起的。另一种选择便是辍学，外出打工。可毕竟总有一些想上学而家中贫困的学生。他们也有选择，那就是到附近距离十几里远的联中上学。那里的教学质量虽差，但学费较为便宜，离家也较近。对于我们来说，这便很知足了。

　　我们上学的时候连一条水泥路都没有，在石子路和泥路上骑单车极不方便。我们早上六点就开始上课了，为了不迟到，我们每天早上四点就得起床，然后骑一个多小时的车赶往学校。中午时间紧，我们总是以最快的速度赶回家，随便吃点午饭，又马不停蹄地赶回学校。晚上还得骑车回家。每天，我们光花在路上的时间就有5个多小时，那总共50多里路。刚开始我们也会觉得很累，可一旦坚持下来，就习惯了。遇到晴天还好，一到雨天就十分累了。我家乡的土壤属于黑土，黏性较大，一场雨过后，地面又烂又黏，别说骑车了，就是人走路也很困难。可学总得上呀！这时，课本里描写的重庆山区的"车骑人"现象也完完全全地展现在了我们这平原地带——我们不得不扛着自行车上学或走路去学校了。

　　这要是没到冬天还好呢！你也许不知道，我的母校很小，房子本来就少，更别说为我们学生提供宿舍了。我的家乡属于北方平原，每到冬天气温格外的低，地面常常结冰，很滑，再加之狂风大雪，真是举步维艰，骑车就更没法了。中午回不了家，早上我们便带上几张煎饼当作中午饭吃。

热水自然是没有的,我们只能喝井水。时间一长,许多同学都得了胃病,我也不例外。

但这些对我们来说不算什么,唯一让我们牵挂于心的便是学习。是的!大家都知道,母校的教学质量差,师资水平不高,但我们就是要好好学习,打破"联中学生不能考上好学校"的局面,只有这样才能证明我们不比别人差。没有多余的课外资料训练,我们会认真做好每一道基础练习;没有丰富的课外知识拓展,我们会谨记老师课上讲的每一条要点。

"苦不苦,想想父母汗滴禾下土;累不累,想想我们骑车受的罪。"每当我们学习累了,觉得疲乏的时候,总会想起父母辛勤劳作的身影,想起自己骑车奔波的情形,用我们的梦想来鼓励自己,这时,便会感到一股无形的力量。"知识改变命运"指引着我们继续奋斗前行……

"吱……"一声急刹车惊醒了还在遐想中的我。不知不觉中,我已骑了一个小时。没戴手套的手指早已僵硬,我却全然不觉。确实对比起小的时候,这些都算不得什么的。

路上行人依然很少。一丝孤寂悄然袭上心头。抬头望望东南开始泛白的天际,我想起了家人。我是在1997年随母亲从湖南的城市迁到江苏的农村的。真是天有不测风云,1998年,我的父亲(他虽是我的养父,可我一直这么称呼他)就三次因为脑溢血住进院。从此,父亲落下半身瘫痪,丧失了劳动能力,而家中为给父亲治病也欠下了大量的债,家境一落千丈,生活一年不如一年。

家中的担子从此由母亲一人承担。对于从来没有干过农活的她,这无疑是一个巨大的挑战。可这就是事实,是没有办法逃避的。我们这几个孩子需要她,整个家需要她。痛苦之后她站了起来,勇敢地面对现实。母亲是典型的南方人——瘦,小。但她同时又是如此的坚强,如此的不屈服。她换上了农民的装束,下地干起了农活。做农活是一件多么艰难的事情呀!更何况是对于像母亲这样已经35岁的又从来没干过农活的女人了!但是一切的一切她都坚持了下来。因为生疏,因为不会做,别人用一个小时就能完成的活,母亲得用三个小时来完成。别人休息的时候,母亲还在干活。母亲是有文化的人,她坚信"世上无难事,只要肯攀登"!和别的农民不一样,母亲在劳作的时候不仅仅是靠身体支持着,更重要的是有一种精神的寄托。

我一直以为自己上学很辛苦,直到初中那年——

农忙时节到了,学校的农忙假期也来了。再也不能像往日那样出去玩了，我随着母亲下地干活。我们家乡的土地十分规整，成方成片，一望无垠……若是以前，我肯定会用许多优美的词语来形容那稻田的美，可那次，我的心情却完全不同以往。母亲看我第一次干活，便带我来到最小的一块地收割。虽然只有一亩多，可我在心中却暗暗叫起苦来，这用镰刀一刀一刀地割，什么时候才能干完呢？跟着母亲我还是干了起来。一开始我还是挺有劲的，可渐渐地，我便被母亲甩在了后面，而且越来越远。我的手酸了起来，腰也疼了起来，腿还在打着哆嗦……我的心也开始浮躁了："妈，我不想干了！什么时候才能割完呀？"一直埋头干活的母亲这时才直起了腰，转过来鼓舞着我："加油呀，看！胜利就在前方！"她还不时地挥动着手里的镰刀，摆出一副冲锋陷阵的样子。

"妈，都什么时候了还开玩笑呀？我实在干不动了。"我停下了手中的活。

"继续嘛！你不要老想着累什么的。转移注意力。我也很累，可我在坚持！记住，坚持就是胜利！"确实，母亲总爱对我们说许多大的道理，而这些也常常能起到激励我们的作用。

"嗯！坚持就是胜利！"我鼓了鼓气，又埋头干了起来，嘴里还不时地念叨着这句话。

当时的我还没有意识到这句话将在我今后的生活和学习中起着多么重要的作用。每当我学习累了时，每当我遇到挫折时，每当我犹豫不前想要退缩时，我总会想起我的母亲，想起这句话，然后我会告诫自己，一定要坚持。

经过岁月的磨砺，母亲已经变得苍老、憔悴。但在我的心中，她的精神仍是如此地充满活力。我毫不惊讶这么弱小的身体竟能支撑起如此支离破碎的家庭，而且她将支持着她的女儿一生前行！

我仿佛看到田地里母亲彻夜劳作的身影，虽然只有她一个人，但她的心中一定能感到她的儿女们时时刻刻都跟她在一起，支持她、鼓励她。此刻的我深有同感。昨天，也就在我生日的那天，我得知父亲突然患胃出血而入院的消息，占据我心中的不仅仅是悲痛，更多的是一种责任。是的，我已长大，应该勇敢地和母亲一起担负起那一份家庭的责任，和她一起面对！

破晓时分的气温格外的低，我却也在心中坚定地对自己说："永不后退……"

终于到了要调查的区域了。我知道一定会遇到很多困难，但我不会放弃。果不其然，在我做第一份调查的时候便遇到了难题。这报刊亭亭主是一位中年妇女。我微笑着走上前去，很有礼貌地和她打招呼，并委婉地说明了我的来意。也许在北京，这种调查进行得太频繁，她们早已厌烦了。很明显她对我的到来十分不欢迎，也很不耐烦。

"别问我，邮局不是都有数据吗？去问他们得了。"她尖刻地甩出了一句。

"是的，阿姨。可我们做的调查与邮局的无关，我们只是想了解些真实的数据，可以吗？"我仍有礼貌地解释道。

"不知道。我忙得很！"她干脆不理我了。

听到她如此粗鲁的回答我真想转身就走，反正也不缺这一个。可马上我打住了这样的想法。猛然间我想到了母亲，想到了我的家人。

"你能就这么走了吗？就这样放弃了吗？只是遇到别人的几句抱怨，几个白眼，你都受不了吗？"

"不！我不能就这么走了。我相信你用真诚对待别人，别人最终也会真诚对待你的。我还是要尝试，坚持就是胜利！"

我依然用微笑面对她，从包里掏出准备好的一盒茶叶，一边递到她身前的桌子上，一边说："阿姨，我也知道你们卖报纸很辛苦，口干舌燥，天气很冷，累的时候您就泡杯茶吧！"

"我也知道您很忙。反正我也没什么事，留下来就帮帮忙吧！"话未说完，我便已经帮她照顾小孩了，还去整理刚摆上的报纸。这下阿姨的心软了。她马上笑着说："哎呀！这怎么好意思呢！你们学生也不容易。你说做什么调查来着，我看看……"最终，阿姨同意接受我做市场调查。我的心中真的非常开心，毕竟我迈出了成功的第一步。

在接下来的调查中我仍遇到许多困难，可我毫不气馁，一直用礼貌和真诚面对别人的拒绝，结果赢得了大多数人的认可和支持。在调查进行的八天里，我始终如一，最终，我不但锻炼了自己的社交能力，还与一些大叔、大妈成了无话不谈的朋友，有些人在我去调查的时候还请我吃水果、吃饭，嘘寒问暖……真的很让我感动。

八天的调查很快就过去了。可这几天却成了我最宝贵的回忆。当我把第一次做兼职挣得的300元寄回家的时候，我感到世界是那么的大，我是如此的幸福！

风雨过后是彩虹
——记一个女孩的自强之路

张德丽

这是一个从沂蒙山区走出来的农家女孩,坚强、乐观、积极上进,带着沂蒙山永恒的淳朴和执著;这是一个从贫困和落后中奋斗出来的坚强女孩,坚定、好强、浑身充满活力!生活对她来说并不容易,但是同样丰富而有意义;生活对她来说并不轻松,但是同样快乐而又神采飞扬……生命从她走进大学的那一刻起开始舞动!

打工生活——辛苦却幸福

进入大学的两年里,她利用课余时间、假期做各种兼职,家教、促销、服务生……她都尝试过。对她而言,这些赚来的钱意义重大,因为她打一天的工就可以节省父母的很多汗水,让他们少吃许多的苦,然而更为重要的是,这是一种生活的体验,在打工之后她才真正明白了生活的不易,真正懂得父母的艰辛。她永远记得,大一促销杂志的时候,开始她连话都说不出来,眼看着身边的人一个一个地走过,急得直冒汗,平时看见那些促销的人做得很轻松,可是真正到了自己的时候却是那么的艰难,后来她只好自己鼓励自己,眼睛一闭,就冲一个路过的人走去。就是那一步给了她信心,也成了她打工生涯的第一步。后来在"十一"的假期,她去KTV做了服务生,端盘子、洗碟子,晚上又会加夜班,而白天,她做家教。那是她大学里的第一份家教,虽然兼职地点离学校很远,坐车来回要四个小时,可是那时候家教的机会来得很不容易,于是她就一直坚持着,从来没有熬过夜的她,第一次尝到了生活的艰辛。现在的她仍然一直在做家教,有时要同时做两三份。做家教对她来说不仅仅是为了赚钱,在工作的过程中,她发现自己的价值,看到自己的付出,每天过得辛苦却又充实。双学位的课业很重,加上频繁的打工,她也常常感觉很累,但是她说:"这样的日子我并不觉得苦,反而很幸福,幸福只是一种感觉,自立、自强,我喜欢这种真正独立,自己对自己负责的生活状态。穷孩子千万不可以因为条件不好而捆绑自己的手脚,没有人说过我们这样的人不可以过得精彩!"

学习、生活——永不满足

对于学习，她深知学习机会的来之不易，所以她从没有含糊过，一直在认真踏实地努力着。从农村来到城市，各个方面都有很大的改变。大一刚开始的时候，她对很多事情都不大适应，对大学的学习方式还不能把握，但她没有因为遇到困难而畏惧和放弃，每天上课坚持认真听课、做笔记，课后及时巩固复习，并且养成了早睡早起的良好的学习生活习惯。大一期末的时候获得了专业二等奖学金，但她并不满足。进入大二，已经适应了大学生活的她对学习得心应手，期末时学习成绩总是班里的第一名，获得专业一等奖学金，国家一等奖学金。现在已是大三，到了总结和再次选择的时候，经过大一大二的日子，现在的她显得平静而又成熟，她说："没有了大一大二时的懵懂和迷茫，我更清楚了自己需要什么，自己掌握的东西还太少，还需要进一步学习，因此决定考研！"她就是这样一个在学习上追求完美，从不满足的人……

课余生活——丰富多彩

在学好专业课的同时，她也不忘记参加各种课余活动，努力丰富自己的生活，"大学是人生的重要经历，应该丰富多彩，单调乏味地过日子会让我遗憾终身，过什么样的日子是自己决定的，我要对得起自己！"在活动中她总是热情洋溢、活力四射，大二期间她担任系学生会生活部长，做事认真负责，得到老师的好评，深得同学信任；她在校自强社担任综合事务部部长，自强社里的社员大多家境不好，但是个各自强、自立、不甘落后。在这个特殊的集体里她学到了很多，大家相互鼓励和关爱，就像一个大家庭。在这个大家庭里她是一个开心果，乐观开朗的性格感染了身边的人，朋友们常常说："她是我们见过的最快乐的人，而且感染力很强，有她在，总是逗得我们很开心。"就是这种性格使她拥有了很多朋友，走在校园里常常碰见很多向她打招呼的人。她高兴地说："大学里我得到的最大财富就是拥有了一帮可以信赖的朋友，他们让我有被需要的感觉，让我很开心……"与此同时，她也很注重社会实践活动，2006年寒假期间，她承接民族学系杨筑慧副教授的调研课题，到山东郯城、临沭两个县去做关于少数民族妇女的调研项目，并且圆满完成任务。走近生活让她感觉很踏实，同时也锻炼了她的能力！

心理路程——风雨之后是彩虹

刚刚走进喧闹的北京，刚刚进入缤纷的大学校园，她也曾迷茫、彷徨，找不到自己的位置，这不仅仅是因为来自偏远的农村、出生在贫穷的大山、有着贫寒的家境，而是即使我们可以不卑不亢地认为自己与其他同学相比并不缺少什么，现实却是我们至少也缺少了一个奋斗的平台！因为物质上的匮乏从来都不是最可怕的，缺少的自信和各方面的综合能力，才是无法改变的事实！那时候她感觉自己的大学生活总是多了一分沉重，多了一点哀愁！幸福、快乐、轻松好像从来都不属于她自己！后来新长城走进了她的生活，让她感觉到自己并不是被遗弃的孩子，正因为如此，她没有理由在没有开始比赛就先否定自己，她更认识到自己应该做的不是抱怨，不是慨叹，而是抓住各种机会，不断地完善自己！"一无所有就是无所不有！因为不怕失去什么，我更可以无所顾忌地去生活！我不能因为贫穷而自卑，更不应该因来自落后地区而畏首畏尾，所有的一切都是自己努力的结果，一定要努力让自己过得幸福！"从那之后她才开始大踏步地去追求自己的梦想……

这个简单率真的女孩尽情地享受着自己忙碌的生活，过得充实而又快乐，自立自强、踏实能干、乐观开朗，谁都会相信这样的女孩一定会有一个美好的明天！

后记：文中记述的这个女孩就是我自己，之所以用"她"来记述这个故事，是因为我在回忆的过程中确实是把自己当成一个第三者来观察和总结的，这样的记述也许更客观、真实。

我的自强之路

次仁卓玛

我来自于一个和大家相仿的、并不宽裕但却充满快乐的家庭。有时我也会想如果自己家里条件优越一点就好了,但我并不为自己现有的家庭条件感到任何自卑,反而很自豪,因为正是这样一个家庭环境为我扬起自强的风帆提供了条件。

在家中我是姐姐,此外我还有一个比我小两岁的弟弟。父母平时主要靠务农为生。他们很多时候都忙于农事,因为家中的一切经济收入都来源于此,这其中还包括了我和弟弟的学费。在我还很小的时候,我就已经明白,我的家不同于班上的其他同学的家:他们会因为父母给自己买了新的文具盒而在我面前炫耀一番,那些时候我也会带着些羡慕看着他们,但我并不会因此而向父母提出任何的要求。很奇怪的是当时我好像很自然地就接受了这种因家庭环境不同而带来的对比现象,正因为如此,我也能把这样的事情简单化,从而生活得很开心,很满足。

从我有记忆起,妈妈就已经开始了以卖菜维持家里的生计。父母把全部的心思都倾注在田园里,在那些天气好、蔬菜长势好的时候,父母会看着家里的菜地露出会心的微笑,那种满足感是不言而喻的。在早些时候,妈妈就在我们的县城里卖菜,随着家乡以种菜卖菜为业的人越来越多,以及善于精耕细作的汉族人的到来,家里种的菜开始不好卖了。有时妈妈一大早就背着一大筐白菜到市场,可是等到傍晚回家还会剩下半筐菜没有卖掉。怎么办?没多久,妈妈听人说到邻近的县城去卖菜销量会比较好,于是便毫不犹豫地把菜挑到西藏的芒康县去卖(虽然我家是在四川省,但由于地理位置处于最靠近西南的部位,所以到西藏芒康县的路程甚至要比到四川省会的时间缩短了将近一倍多)。就这样,妈妈开始了在外面为卖菜而奔波劳碌的生活。每次妈妈回来时,我们都发现她瘦了很多,但是却显得很有精神。回到家她做的第一件事就是翻出放在最里面的、缝了一针又一针的口袋,把一堆面值仅有几毛、几块的钱倒出来和爸爸一起数。看到妈妈的手满是伤口,我心里很难过,妈妈却总是笑笑说:"没事的,擦一点油就会好了,只要你和弟弟争气我就很高兴了。"这一切我都看在了眼里,也记在了心里。

父母不愿我过问家中的经济状况,当我问起时总会被他们责骂一番,他们说只要我管好自己的学习就行了。等渐渐地长大了，我便开始帮忙做些琐碎的家务活，也开始学着做饭。农村的孩子总是很早就开始帮家里做事的。然而爸爸在欣慰的同时也有些担忧，因为他怕影响我的学习，于是他对我的学习成绩也更加关注。我答应爸爸会努力学习，不会让家里的事影响到学习。由于生活每天过得很有规律、很充实，我的学习成绩不但没受影响，反而进步了很多。我很高兴能为家里分担一点事情，爸爸也终于相信我能把自己的学习搞好。那时候，我们都觉得即使再大的困难也是能克服的，再大的问题也是能解决的。

然而好景不长，因为妈妈要到西藏去卖菜，隔上十天半个月才能回家一趟，而在这期间，家里的蔬菜已经到了收获的季节。它们有的已经开始开花，蔬菜开花是结种子的预兆，有的甚至已经开始在地里坏掉了。我注意到在菜市场上有不少和我年龄相当的学生在卖菜，为了缓解家里的压力，我于是也想试着帮家里卖一点菜。当我把这个想法告诉爸爸后，他很生气并厉声地责骂我，坚决不同意我出去卖菜，认为我不应该把生活的重心偏向一边而去做自己本不该做的事情。我感到很无奈，我知道爸爸其实是不愿意让我去吃这份苦，希望我把精力都放在学习上。但我知道我不能对家里的困难视而不见，很多事情需要我去承担，而且我相信我能把它们做好！这些事情和学习之间也并不是相互抵触的，只要我能把时间安排和计划好就行了。爸爸不太赞成我的提议，但由于我坚持、反复解释和信誓旦旦地保证之后，爸爸不再像起初那样反对了，他了解我的良苦用心。于是在周末的空闲时间里，我像妈妈早些时候卖菜时一样，背着一大筐蔬菜，步行到市场卖菜。

因为我们家住在山坡上，走到市集要先下山坡，然后经过一大片麦田，再走两三公里的公路才能到市场。一路上沉甸甸的蔬菜担子压得我每走几步就要停下休息一次。妈妈卖菜时的艰辛，我现在终于亲身体会到了，真的好累啊！在最难熬的时候我便告诉自己，妈妈以前就是这样熬过来的，我没有任何选择的余地，我们都没有选择的余地。在路上，有时我也会遇上同村的叔叔或阿姨，他们看到我挑担时艰难的样子，会很自然的来帮助我，我为得到这样的帮助而感动，我感谢他们，将来也会尽自己所能回报他们的。每次我背着菜筐出门时都还挺早的，但每当我到了市场时却已人满为患。很多次当我为找不到卖菜的地方而苦恼时，都有好心的阿姨为我腾出一块小小的地方让我把菜摆出来。就这样，我和几个经常卖菜的阿姨也熟悉了起来，在我的菜比较多的时候，她们也会帮着叫卖，还

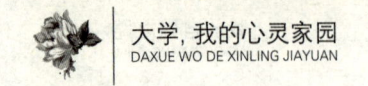

问一些包工头要不要买我的菜,对此,我感激不尽。

　　现在,这一切都已成为过去,我所生长的家庭环境使我走上了一条自强之路,而今的我已经是一名大三的学生,自强的风帆已经扬起,我知道前方的道路仍会有很多阻碍、很多挫折,但我坚信自强的信念一定会帮助我克服一切艰难险阻,引领我到达成功的彼岸。

自强面对大学

蒙 军

一个人、一个国家、一个民族，只要不畏艰险，勇于攀登，就一定能达到光辉的顶点！

——温家宝

刚进入民大，还没来得及好好体会实现大学梦所带来的喜悦和激动，家庭经济的困难，难以支付的巨额学费，便让我加入了贫困生的行列；贫困带给我的不仅仅是经济上的困难，更多的是精神上的压力。那段时间，我处于一种极度抑郁绝望的境地，几乎萌生了辍学的念头。

此后，我一直忙于奔波，处心积虑地解决生计问题，当别人在享受大学生活的无拘无束时，我却在饭店里做勤杂工；当别人漫步在清新幽静的校园里时，我却忙于发传单；当别人在熙熙攘攘的人群中享受购物的乐趣时，我却急着复习功课。

贫困的生活让我失去了同龄人正在拥有的那份幸福与快乐。曾经有一段时间，家里经济状况每况愈下。我咬紧牙关，拼命挣钱，我做过家教，也做过各种体力活，至今我还清晰地记得大二那年的冬天，我找了一份家教，那时雪正下得正紧，北风凛冽，我每晚骑着自行车穿梭在寂静的校园里，寒风萧萧，我的脸冻得生疼，手也冻得发紫，可是一想到自己的处境，想到父母的艰辛，我就坚持了下来。也许是祸不单行，本来已经困难无助的我却又遭遇不幸：因为一时找家教心切，盲目的心灵丧失了理智，我轻易相信了中介机构为我介绍家教的许诺，并交给他们那对我来说极其宝贵的200元押金。谁知他们背信弃义，等我怀着愉快的心情再次去找他们时，却已是人去楼空……那晚我没有跟朋友谈及此事，一个人躲在被窝里暗自哭泣，这是平生第一次充满悔意的哭泣，不是为父母，而是为自己的不争气。不会忘记在做勤杂工时被老板训斥的无地自容，不会忘记在发传单时被路人鄙视的目光，更不会忘记一次又一次突如其来的不幸和打击----总在心中对自己说：天无绝人之路，走自己的路，让别人说去吧！我没有抱怨过命运，抱怨是没有用的，它只会消磨锐气，命运把握在自己手中，有什么好抱怨的呢？我不会为自己的选择而后悔。于是，每次走这条路时我就多几分自信，每次默默地奔波在校园昏暗的路灯下，每次拖着疲惫的身躯回到寝室时我再次体会到了生活的辛酸。也就是在那时，我明白了什么叫坚强，什么叫坚韧，也明白了人生的意义。

在中央民族大学求学，我满怀激情，过着早出晚归的日子。有时，我"好读书不求甚解，每有会意，便欣然忘食"；也会为弥补对中国文化知之甚少的遗憾而沉浸于国家图书馆；有时，在大雪纷飞的清晨，我拿着自己喜欢的书蜷缩在青松翠柏底下专心致志——我始终坚信：天将降大任于斯人也，必先苦其心志，劳其筋骨，饿其体肤。

曾经有一个名人说过："我一生有三个理想：改变自己和家人的命运，改变社会的命运，改变国家的命运。"对我来说，我无力改变社会和国家的命运，现在唯一能做到的就是改变自己和家人的命运。我知道我不能自命不凡，但要谨记"青春无怨无悔"。今天我要对自己说："天道酬勤，自强不息！心中总有一个信念：糊里糊涂地度过，青春一定会有悔的。"如今，我始终怀着积极乐观的生活态度，不畏困难，迎难而上，相信经过努力，自己能解决一切困难。我相信事在人为，我并不因为自己是一个贫困生而感到自卑，反而更加自信，因为我在比别人困难的条件下能保持奋发图强的态度和努力进取的精神，并取得了更好的成绩。

这几年我也写过一些文字，记录自己的荣辱得失，虽然算不上慷慨激昂，书生意气，指点江山，但毕竟我也曾有过骄傲，有过奋发图强！每当重温记录昔日自己的文字时，我都能不断地从中得到力量、得到鼓励、得到安慰。回首往事，虽然没有惊天动地的壮举，也没有显赫一时的收获，但那股心潮澎湃、欲与天公试比高的雄心壮志仍将激励我奋然前行！

《易经》云：天行健，君子以自强不息。路漫漫其修远兮，吾将上下而求索！不管前方的雄关漫道有多少困难，没有比腿更长的路，也没有比人更高的山，只要心怀不变的初衷，就能在人生的道路上攀登得更高，走得更远！

给天堂里父亲的一封信

苏永恒

爸：

　　离开孩儿已将近一年了，这一年里，孩儿无时不在想您呀！孩儿现在好想和您说说话，好想倾听您的教诲。我知道您现在也一定很牵挂我，很放心不下我，我知道您走的时候，一定很不甘心，带着太多的牵挂！不过，现在您可以放心了，因为我们一家人现在都生活得很好。下面就让孩儿给您汇报一下这一年的情况吧！

　　爸，在您离开的一年里，孩儿没有让您失望，也没有让妈操心，学习一直在进步。您的离去，让孩儿看清了世上许多的人和事。孩儿想告诉您的是，您的教导是正确的，这个世界的确是好人多。因为您交了那么多真心的朋友，让孩儿感觉这个世界还是有真情、真爱的存在。正是他们热心无私的帮助，孩儿才能在困境中挺过来，把这个家支撑起来，孩儿才在绝望中看到了光明，在极度悲伤中看到了希望并获得了生活的勇气。孩儿真的好羡慕您、佩服您，您有这么多的真心朋友。爸，您知道吗？大伯他们说，他们最近都不喝酒了，因为没有了您，他们喝酒再也没有滋味。您在世的时候家里欠他们的钱，他们也未曾提及过，而且还说不让我们还了，不过，我不会装孬种的，因为那是他们给您治病的救命钱，我们不能白用他们的，等将来我工作了，一定会偿还给他们！您不是常教导孩儿要知恩图报吗，孩儿不会给您丢脸的。

　　爸，孩儿没有辜负您的期望，我已经被保送为我们学校的研究生了，而且还是公费的，这样就不会给妈增加负担了，这样您可以安心了吧。至于生活费，孩儿也不用让妈担心，我上学期拿了学校奖学金，而且还被评为学校的优秀学生干部，这些钱足够支付上学期的生活费了，而且还能多出用以过年呢。我用这些钱把年货办齐了，而且还给大伯他们送了礼物呢，礼物虽然很少，总是咱们的一点心意吧！

　　另外，今年过年小叔给了我100块钱，大姑给了100块，外婆给了50块，我都记下了。等我将来挣钱了，一定会加倍还给他们的。小姑也要给我钱，我没有要，因为您知道小姑家里也很困难，还有两个表妹在上学，家里负担也挺大的。您放心吧，孩儿长大了，自己能养活自己了，不会白拿别人的钱的！现在亲戚朋友对咱们家都很好，人们常说：人走茶凉，世态炎凉。可是，自从您离开之后，我却感到以前从未有的亲情的温暖与友情的关爱。

爸，现在让我说说这学期的情况吧。这学期没有课了，除了写毕业论文外，基本上没有什么事情。因此，我有充足的时间出去找兼职做了。说实话，刚开始找工作还挺难的，甚至还被人家骗去了100块钱中介费，只找了一份发传单的活，在大街上发了半天，才挣了30块钱。不过您不要担心，孩儿能想得开的，就当花钱买了个教训，增长一些社会经验。于是我改变了策略，开始在网络上搜索，经过一个星期的摸索之后，最终找到了一份不错的文字编辑工作，一个星期就挣了足够一个月的生活费。现在好了，我在我们学校图书馆找了一份勤工助学的事做，基本上可以解决自己的生活费了。爸，您就放心吧，在学校真的挺好的，老师和同学们对我都特别地照顾和关心，还有师兄师姐们，他们也都给我很大的帮助。虽然在经济上不是很宽裕，也有拮据的时候，不过只要孩儿节省点，还是能挺得过去的。

爸，孩儿现在唯一遗憾的就是，您走后咱们家已经没有了往日的温馨，妈也在一天天地消瘦下去，这次寒假回去，我看到妈一下子苍老了许多，头发也花白了许多，看到妈妈日益消瘦的身子，我真的好难过呀！孩儿不孝，没能把这个家给顶起来，还要让妈替我操心。爸，您知道吗？我好想有个完整的家！有个温暖的家呀！如果您在天有灵的话，就让孩儿在梦中与您团聚吧！虽然孩儿不是经常和您谈心，可是孩儿一直都很理解您，理解您的良苦用心！爸，您放心吧，孩儿知道自己该怎么走将来的路！我不会生活在别人的同情和怜悯之中，我不需要别人的同情和怜悯，我需要的只是理解与宽容。生活中的艰难和困苦挫伤不了我活着的自信与勇气，人生的艰辛与挑战泯灭不了我的自尊与良知。

爸，您知道，您的离去给我们留下多么大的悲痛和遗憾吗？在我心里虽然一直无法接受这个残酷的现实，甚至绝望过，对命运怀疑过，对生活和人生失去了勇气和信心。可我现在想通了，无论我如何悲伤，如何消沉下去，您也不可能回到我身边来。我唯一能做的事就是接受这个现实，勇敢地承受这一切，快乐地生活下去，好好地学习，不辜负您的期望。也许，只有这样才是对您最好的慰藉吧！

爸，您知道吗？有时我好想大声呐喊，想借酒酣醉，想放声痛哭，最终理智还是压制了这一切，我知道现在还不是痛哭的时候。受了委屈，我把它咽在肚子里；吃了苦，我把它埋藏心底！

爸，您知道吗？儿子真的好想您呀！如果您在天有灵的话，就在梦中和儿子说说话好吗！爸，我想您现在一定在天堂里吧，因为大家都说您是个大好人，好人死后不是要升到天堂里的吗！那我就把这封信，寄到天堂里，您可一定要注意查收呀！

跪祭！

不孝子

阳光洒满心灵

YANGGUANG SAMAN XINLING

一米阳光

莫之颖

  诗情,如一杯红茶,略带柠檬酸的淡淡惊奇;诗意,如一片新叶,透着鹅黄的四月芳菲;诗歌,如一盏小灯,点缀着无边的漫漫黑夜。

  依稀记得少女时代那个多愁善感的我,敏感,害羞,内向,如同一株小径边的含羞草。不知为什么,烦恼总是随身而伴,一点小小的心事就足以连绵几日的阴霾。我的世界如同一个灰色空间,布满了乌云,流满了眼泪。有人说,眼因流多泪水而愈益清明,心因饱经风霜而愈加温厚。而我,依然是小小的心扉紧锁,沉重的忧郁色彩写满了我的那方天空,不曾散去……我不知道风是在往哪一个方向吹,我是在梦中,在梦的悲哀里心碎。

  生活有时就像一个巨大的魔盒,你永远无法猜透它将带给你何种惊喜。不期的邂逅,我喜欢上了诗歌。确切地说,也不知是何时开始喜欢上诗歌的,只觉着那种细腻的情感在字里行间流淌着,细雨润荷般温润着无数受伤的心灵。诗歌,总能给浮动的心留下一方思考的星空。如果说建筑是流淌的音符,那么诗歌便是那隽秀的画卷,给苍白的人生点缀出斑斓色彩。

  喜欢海子,喜欢他的《面朝大海,春暖花开》:从明天起,做一个幸福的人,喂马,劈柴,周游世界;从明天起,关心粮食和蔬菜,我有一所房子,面朝大海,春暖花开……小小的幸福感,无声地打开了我紧锁的小小心扉。我满足于这种淡淡的心灵的慰藉,有时候,无须华丽的辞藻,无须强烈的情感,一句温暖的盈盈小语足矣。

  诗歌的王国,弥漫着安逸平和的气息,盘桓着美丽的情怀。这,恐怕是对生活最浪漫的解读,对烦恼最含蓄的释怀吧!有一位演讲者曾说过,懂得思考,才能懂得生活;懂得生活,才能懂得真正的苦与甜。每个午后的思考,和着淡淡阳光淡淡风,思索着自然,思索着人生,唯有智者,才能体味真正的纯粹。阅读大自然的智慧,熟悉生活的味道,唯有诗人,才能品味流浪心灵的美好。

  渐渐的,在诗的启迪中,我也试着开始走进大自然的怀抱。大自然,赋予了山河名川博大的胸襟,赋予了日月星辰独特的气质,也赋予了我们每个人别样的精彩。傍晚的斜晖,在柳絮间缓缓落下,我喜欢就这样静静

大学,我的心灵家园

的,看着褪去红裳的远方天空。黄昏的湖畔,总是弥漫着一层剔透的水雾涟漪,而我,也依旧喜欢坐在湖畔的大石上,默默地冥想未来。

高中的日子,我就是这样静静走过,伴随着诗歌世界的流水高山。在那段黑色的日子里,我也曾迷茫,也曾惆怅,也曾不止一次地思考过什么是未来。但诗人流沙河用理想之灯照亮了我的夜行之路——理想是罗盘,给船舶导引方向;理想是船舶,载着你出海远行。但理想有时候又是海天相吻的弧线,可望而不可即,折磨着你那进取的心。理想的长明灯指引着黎明的方向,在早晨的篱笆上,我终于等来了那枚甜甜的红太阳。

当我独自乘着开往京城的列车,开始另一段艰辛的漫漫求学路时,还是忍不住流下了强忍许久的泪水。这并非孤单无助的泪水,而是即将踏入梦想殿堂的激动与欣喜。背负着憧憬,怀揣着微笑,我已然明了:平凡的人因有理想而伟大,有理想者就是一个"大写的人"。

大学生活并非想象的那样无忧无虑,求学的道路也并非幻想的那样一帆风顺,但我清晰地知道,追逐梦是一个牺牲的过程,更是一个收获的过程。在诗歌的浅唱低吟中,我学会了倔强地反抗命运,更学会了微笑着观察生活。就像诗人食指在《相信未来》中写到的:当蜘蛛网无情的查封了我的炉台,当灰烬的余烟叹息着贫困的悲哀,我依然固执的铺平失望的灰烬,用美丽的雪花写下:相信未来。

成长道路是一串充满着无数烦恼的小念珠,成长的天空也常常弥漫着乌云的凝重气息。但每一道乌云都有一条银色的镶边,诗歌,就如同阴霾中的一米阳光,将梦想照进现实。如果上苍赐予我一双翅膀,我将像雄鹰那样搏击长空;如果翅膀不幸折断了,也依然要保持着飞翔的姿态!

诗情,使我放飞年轻的心;诗意,带我舞动青春的翅膀;诗歌的无声音符,让我在一米阳光下轻舞飞扬!

与幸福有关

邵 帅

有时，我们很像。

任性的时候也分快乐或悲伤，只是不给谁理由。让心里流淌的感情慢慢漾开，又迅速溢出。把自己当成孩子。不去理会谁在回头，看我们大笑或大哭。虽然成长所带来的种种，让我们对任性的渴望不减反增，但渴望与次数仍然冷静地保持着反比，成功地把我们捏出成熟的模样。

冷静的时候，也有思考和反省。开始发现手里写着"世界微尘里，吾宁爱与憎"，心里面这两者却一个也不曾少。似乎知道得越多，懂得的越少。开始发现说喜欢一个人的人都是经过了妥协。"一个人"这种结果永远都是被动的。没有人真正爱上没有分享的生活。所以，这个城市变得愈加孤单，是因为我们想摆脱它的渴望愈加强烈。

有时，我们不同。

有着各自的迷茫和无奈。你疲倦了等待，我等待着疲倦。习惯优秀的他，也许会在某天下午，望着窗外绚烂的阳光，端着咖啡，为没有纵情玩耍过而低声感慨；心如止水的她，也许会羡慕对床脾气暴躁的女孩，无端吵闹，却得到似乎比她更多的来自男友的宠爱。你，我……

也许我们都想过，换一种方式生活，会不会得到更多。

我们却没有改变。也许没有胆量，或者没有能力。比如恋人们。知道了"相同的路口，我向左，你向右"的定理，却依然无奈地坚守。与生俱来的不同思维，让男女之间就是有一些无法解开的结。比如你我，理性感性的不同代表，想象不出对方世界的幸福亦不理解对方世界的烦恼。

有时，我们只是看不清。

生活变得索然无味，只是因为我们习惯死死地盯着它的缺点不放。
生活变得阴沉灰暗，只是因为我们不自觉地忽略太多细小的美好。
生活变得复杂纠结，只是因为我们总要忘记沟通理解原谅和放手。
其实原本，一切都很明确、简单……

已经原谅了北京。不再讨厌它狂风。看似肆虐，其实它只是被惯坏了。被全中国宠爱的地方，偶尔耍耍小脾气是应该的。

已经开始了旅行。独自从一个城市辗转到另一个城市。明白了该留给自己一些时间，体验独自旅行中的紧张刺激，大悲大喜。

已经恢复了自己。平和豁达是我喜欢的，但不是我习惯的。懂得了不要为迎合谁而改变自己。人成长成什么样子，就说明这个样子最适合你。

已经解放了别人。人都会不懂自己，所以懂别人更难。那就不要试图给始终对你不屑的人时间。原谅就好。倒该感谢身边不懂自己的人，把理解我们的人衬托得格外珍贵。

已经分清了什么时候该等待，什么时候该寻找，什么时候开口，什么时候沉默。原来朋友和你一样，希望自己是你在困难时第一个想起的那一个。

活着总是好的。即使身体不适，即使悲伤难平，细细想来就会发现：活着总是好的。能感受一切就是一种幸福。

不要奢求，不去强求。奢求让自己失望，强求让自己疲惫。"只有上帝才是万能的。"

接受自己，原谅别人。与人相处，想让自己觉得暖，就先去点燃一团火。

放弃你的偏见，留心曾经的视而不见。你会理解为什么多年后会如此怀念这个如此小的校园。怀念与你牵过手的他，与你争吵过的她。怀念那总是拥挤的电梯，那总是喧闹的食堂。

因为，你经历过，所以，这都是构成你的一部分。

聪明如你。现在还会让自己徘徊在幸福之外么？

学会沟通
——我有我的舞台

王世玉

曾经，我忽视沟通，活在自己的世界里，以为把自己做到优秀就足够。

曾经，我不擅沟通，坐在面试官面前，我紧张得说不出话来，错失了一次次机会。

现在，在进入大学第三个年头的尾巴上，我可以骄傲的带着我的简历去参加很多我希望迎接的面试，因为，我终于可以流利、自信地表达自己，也一样可以安静、面带微笑、投入地聆听他人。

对于从8岁起登上礼堂的讲台参加演讲比赛的我来说，语言表达应该不算件难事。虽然大大小小的演讲比赛的经历和奖状给了我荣誉，给了我面向黑压压一片人头时依旧的镇定和坦然，但是，那时的我，确实，只学会了，如何或慷慨或抒情地陈述出烂熟于心的稿件，而即兴讲话的能力，我几乎不具备。高中时以为考试是最重要的，所以，我不曾在乎过如何与人沟通。到大学后，我蓦地发现，如果在和生人说话的时候吞吞吐吐，云里雾里，根本就没有人有时间、有耐心听你说下去。

大一暑假的经历改变了我，当时我争取到海淀区消费者协会实习的机会，尽管现在看来，这并不是一个值得炫耀的经历，但是，那10天的不停地接电话、答疑、调解的经历的确改变了我，让我从一个和陌生人打电话都会气短的人转变成一个语气坚定、充满自信的office lady。当时系里和我一起去实习的有三个同学，我们一起被安排在投诉部，主要任务就是处理消费者投诉，整理案件并上报。为了锻炼自己，我主动要求承担接听电话，这是个直接面对消费者的服务。电话不停，我不停地听着不同消费者的陈述，更多的时候，他们是愤怒地在控诉，我需要安抚他们，告诉他们有哪些救济权利的途径以及法律是如何规定的；如果我不能立即给消费者满意的答复，还常常需要和商家沟通，共同促成问题的解决。遇到我不能解答的疑难问题，我还会及时向投诉部的工作人员请教，力求纠纷得到及时、妥当的解决。

十几天里，我在消费者、商家、消协的工作人员之间做到了良好的沟通和协调，成功处理了40多起投诉。我和投诉部的工作人员至今还保持着联系，因为他们说，我们是民大所有去消协实习的学生中最热情、最认真工作的三位。

　　从那以后，良好的沟通带给了我自信，也让我一步步地积累和成长起来，而我深信，每一步积累都是向上的阶梯。大二那年，我获得了一次校级征文比赛一等奖、演讲比赛第二名、朗诵比赛三等奖，进入了淘汰率很高的校广播台作播音员，还在全国的大学生社会实践调查报告评比中，获得全国三等奖，借着这个机会，我联系了报告评选的主办方，希望获得暑期实习的机会，后来，经过面试我果然成功地进入那个全国性的机构实习。但遗憾的是，因为我同时争取到一家美国律师事务所实习的机会，而这个机会和我的专业更为接近，所以我选择了后者。在律师事务所的这段经历，让我有幸在上学期成为我校的国际模拟法庭比赛英文辩论队的成员，并和队友们一起获得了全国一等奖的成绩，而这，也是我校历年来取得的最好成绩。

　　今天的我，自信而乐观。我看得到自己一路走来的足迹，也明白，以往的经历，成为我的财富，而未来，依旧要不懈地争取。我从一个连接电话都会紧张的丫头变成现在可以微笑着走在校园的路上的女生，虽然谦逊，却坚定。这个过程，是我争取的结果，而很多机会，是我靠着某一次看似不经意的聊天，很多次的登门请教、拜访得来的。感谢给我成长机遇的长辈们，感谢教会我如何发掘自我的老师。

　　走在校园里，风一遍遍地吹过，我们把青春留在这里，欢笑留在这里，温馨留在这里，前进中的跌倒与爬起也印在了这里。我们都会记得青春年少的日子，不管时光穿梭了多少年。

　　那一街的绿色葱郁，连泥土都有跌落的叶子包围，我们慢慢地行走欢笑，多年以后是否还会记得曾经走过，走过安静的只有大风吹动叶子的声音的那条湖水边的路。风轻轻吹过，没有耀眼的阳光。满脸都是扑面而来的青草和泥土的味道。

　　多年以后的我们，奔走在别处的城市，或者，还在这个远离家乡的博大的京城里，走路的时候会低头看脚下的盲道，踩上去，感受那些凹凸，并且想起曾经一起走过的路。身边热闹非凡，我们却内心沉静。

　　多年以后的我们，是否还会在满怀希望的生活中想起年少时的那些希望，但是，已经开始了新的执著。如果一直尝试，注定了不能安定。而我，就是这样不能安定的女孩，行色匆匆。

　　听长辈说过一句话，在30岁之前，一定要确立一个事业发展的方向，认准了就要全力走下去。到今年8月底,我就20周岁了,在未来的十年里,我相信我会按照既定的方向走下去。那么,既然目标已定,只需风雨兼程。

仍然记得在大一伊始,班主任让我们写"我的大学四年",那篇文章我有一句话是这样写的:在海淀,在北京,我要拥有国际化的视野。现在的我,依然这么认为,并且,在为这个国际化的目标一直努力。

而在这些努力中,包括通过沟通,来学习所有人的长处,从而自信起来,完善自我。

青春选择 百舸争流

韦 铭

　　以青春之我,创建青春之国家,青春之民族,资以乐其无涯之生。

——李大钊

　　当旭日东升,五月的鲜花绽放,青春的印记浮上枝头,青春的号角已经吹响,在人生的十字路口,在人生的转角,我们会因为青春收获什么,会因为青春失去什么,我们都期待着。青春如歌,它有着悲欢离愁;青春如诗,它也有起承转合。青春的世界里充满了无数的问号,它带给我们机遇的同时也让我们时刻准备接受挑战。无论怎样,我们需要去学习,去生活,去面对青春路上的一个又一个的未知。

　　曾经因为失败,我们坐想行思,辗转反侧;曾经因为得失,我们愁肠百结,蹙眉千回;曾经因为邂逅,我们殚精竭虑,苦苦哀伤。没有欢笑的青春不完整,没有眼泪的青春是一种残缺。青春调配出了色彩斑斓的生活,丰富了人生的记忆。许多年过去之后,当我们回头看看年少时的自己,才能领悟,那个时候的酸甜苦辣原来只是青春对我们的小小考验,为的是让我们更加成熟,更加稳重,更加坚定,更加承受得住挫折和困难。沉沦迷惘时,请记住"举世皆浊我独清,众人皆醉我独醒",面对挫折时,请记住"山重水复无疑路,柳暗花明又一村",青春付之东流时,请记住"花无百日红,人无再少年"。

　　你我都曾拥抱过孤独,强忍过泪水,曾蹉跎岁月。青春像一个漩涡,会将我们的朝气、质朴、真挚等吞没。倘若我们时时刻刻都怀着无穷的欲望,没有正确地衡量与正视自己,就会被自己的想法所累,整天忙忙碌碌却经常碌碌无为,进而抑郁寡欢,百思苦想,在不知不觉中逐渐迷失自我,否定自我,甚至放弃自我。其实,青春里没有迈不过的坎,没有解不开的结。一切皆有希望,希望在你脚下,手中,更在我们的心中。我们一直看沿途的风景,风景到底如何,取决你自己的心。我们的天空会有乌云飘过,也会有雨后的彩虹;跑道有陷阱曲折,我们也应该奋力拼搏;河流有险滩急流,我们也要中流击水,浪遏飞舟。

　　此刻起,恰同学少年,风华正茂!轻狂、浅薄、叛逆不再是我们的代名词。就算失败等在世界的尽头,就算心中的梦想会落空,我们都应该珍惜眼前任何一秒的时间，背起青春的行囊，选择从世界的尽头继续向前走，在堕落的边缘不再畏缩，奋力搏击，在失败的低谷重新振作，再次出发。20岁，肖邦演奏出了震惊世界的《革命练习曲》；25岁，华罗庚演绎了数学历史谜团；26岁爱因斯坦创立了举世闻名的相对论。青春没有什么不可以，关键在于你的选择。

青春选择的不是年华。无论年届古稀，还是二八芳龄，只要学会追求，追求美好，追求希望，追求欢乐，就能青春永驻，风华长存。其实，青春选择的是一种美丽心境。正因为这样的选择，科研一线，才有了执著的呕心沥血。

青春选择的不是桃面丹唇。无论血气方刚，还是骨肉水做，只要懂得摆脱，摆脱玩世不恭，摆脱自暴自弃，摆脱忧烦惶恐，就能锐勇进取，气贯长虹。其实，青春选择的是一份深沉的意志，炽热的感情。正因为这样的选择，西部山区，才有了奉献的志愿双手。

青春选择的不是一帆风顺。无论星光大道，还是坎坷荆棘，只要坚持相信，相信遗失的美好，相信失败的可贵，相信痛苦的华彩，就能坦然面对，豁然开朗。其实，青春选择的是一颗赤子之心。正因为这样的选择，青藏高原，才有了驻守的绿色身影。

俱往矣，数风流人物，还看今朝。青春几何，尽在选择！选择健康的青春，积极的青春；选择多彩的青春，茂盛的青春；选择阳光的青春，微笑的青春。青春选择：千帆竞发百舸争流！

给爸爸的一封信

武玉婷

亲爱的爸爸：

你好吗？我有两个月没给家里去信了，您是不是又想我又怨我呢？

父亲节就快到了。身在他乡的我无法当面送上祝福，就只能以这种形式来表达了。

陪在你身边时不记得给你过父亲节，离开了才后悔无法亲口告诉你我有多爱你。做父亲二十年，你现在才收到祝福，此时此刻，我有好多话想对你说。

真的感谢你没有像很多父亲那样因为我是女孩而放弃对我的教育，你很保守但你却没有重男轻女这种根深蒂固的传统思想。当妈妈在生完我后又怀上一对男孩时，你毅然决然地选择放弃他们，是为了让我享受更良好的教育和生活。你用你的开明给我的生命一个美丽的开始。

要问我小时候最崇拜谁，那肯定是你——我的爸爸。虽然小时候是奶奶带的我，可我仍然记得你每周回来都要把我搂在怀里，用你那像小刺一样的络腮胡扎我的脸和手，痒痒的，惹得我咯咯地笑。有一次我的作文《我的爸爸》登报了，当你读到我说你的胡子是"野火烧不尽，春风吹又生"时，你轻轻地用手指划过我的鼻尖还说我是个小淘气包。当别人说起在报纸上看到我的这篇作文时，你总笑得那么开心。你每次回家还会带很多水果、蔬菜和肉，你说那都是无污染的，吃了对身体好，我知道爸爸说的肯定都是对的，所以从小就不挑食。从小到大你从来没打过我，就责备过一次。那次，我无缘无故咬了奶奶，你便狠狠用手指指了我的额头，可我没哭，因为我知道自己错了，我也知道了你很爱奶奶。我还记得你带我去你上班的地方，领我去河边告诉我毒蘑菇是什么样的，顶我在头上让我自己摘果子吃，牵着我去奶牛场让我看阿姨怎样挤牛奶……这些美好的记忆就像七彩的海贝撒满我童年，我的一对小脚丫跟着你一深一浅地走过，是那么坚定，那么执著。时间老人把我推到了上学的年龄，一直习惯于在庇护下长大，突然有一天你给我背上一个书包，告诉我要结束那无忧无虑的日子，我又疑惑又向往，为什么要结束？全新的生活是什么样的？但我一点也不惧怕，因为有你在我身边，我一直坚信我的爸爸是很厉害的，他让我做的一定是对我好的。可天生我就调皮，记得有一次，我放学后没回家,而是绕到市政府大院里玩,玩到忘了时间,丝毫没有把家人的挂念放在心上。没想到你居然找到了那里,虽然很害怕你会责备我,但我更惊讶你怎么会知道我在那里。我当时只有一个想法,爸爸有一个望远镜,不管我走到哪里他都看得到。不过你没有责备我,还给我买了我最爱吃的肉夹馍。回到家,大家倒没先骂我反而都开始埋怨你,说你不该惯着我。还记得小时候,我最喜欢坐在你的大自行车前面的横梁上,背紧贴着你,能感觉到你爱我的心跳,很安全,很温暖。

　　就像天空给鸟儿一双自由的翅膀,大地给花儿一季绽放的笑颜,大海给鱼儿一片畅游的天地一样,你给了我一个幸福快乐的童年。真希望就过那样的日子,对你充满了依赖和崇拜,不要有长大时的那段回忆。

　　什么时候开始让你为我伤心,我想应该从我不再觉得你那样让我崇拜开始吧。

　　初中前后我成绩很好,有一种不可一世的清高以至于觉得谁都不是我的对手,而且你再不会给我讲题了,我知道了爸爸也不是什么都知道的。有一次考试,我因看错了刻度而做错题,回家后大哭大闹,说因为你不会买尺子才让我做错题:你很生气,但你先教会了我怎么认刻度,然后当着我的面把尺子折断。我的心在那一刻震撼了一下,但并没有因为我的过分行为而感到丝毫后悔。事后你又给我买了一把尺子,我一直用到现在。还有一次你教我写作文,我把"班主任"的"任"写成了"人",你检查时也没发现,当我誊写完时你才发现,我又大哭着埋怨你连这么简单的字都查不出来,你一句话也没说,用小刀帮我把字改了过来。我后来听妈妈说那次你背着我抹眼泪了。我知道不是因为你脆弱,而是因为你太爱我,而我却一次又一次地伤了你的心。有时候,你说话我会不理你,因为觉得烦,觉得你说的都是些无关紧要的。可真吃了苦头又责怪你怎么不早说。我对你乱发脾气,一丁点小事也会让你眉头紧锁。这是我吗?是那个最崇拜你的、你说话从来都要听的、你引以为傲的乖乖女?那时的我完全就没有理智,像一只疯牛犊乱撞,撞伤了你也不知道歉。如果肉体上的伤可以愈合,那心灵上的呢?尽管有时我很烦你,但对你的离开还是充满了恐惧。你做手术那一次,我放学后就狂奔到医院,当看到病床上面色发黄、嘴发紫的你时,我突然很怕失去你,怕到哭了起来。

　　跨过了最成功但又最失败的一段路,我开始向人生的一个最重要的转折点迈进。怀揣着美好的梦想和远大的抱负,我开始了那段暗无天日、迎战黑色七月的日子。虽然知道在尖子班会有压力,但我好像还没有做好接受它的准备：没有了以前的光环，没有了老师的器重，没有了同学的钦佩，剩下的只有无数个秉灯夜读难眠的长夜和沉闷的学习环境。没有友好，只有竞争；没有快乐，只有自卑；没有理想，只有幻想；没有阳光，只有阴霾。苦涩让我感觉不到生活的意义，打击让我几乎没有坚持下去的勇气，只因有你，我的爸爸，我才没有倒下。高考时我以高出平时成绩100分的佳绩考入了重点大学。我做到了，而你付出的更多：陪着我到很晚，怕我在桌子上睡着感冒；起早贪黑，为我做早餐煮夜宵，怕我压力太大把身体搞垮；等在门口接下晚自习的我回家，路上跟我说很多话，无论我是不是在听；经常给我打气，搜集许多名人成功的经历让我看，还要时不时地忍受我无理的发火和抱怨。你无怨无悔地承受着一切——工作的压力，家庭的责任，父亲的义务……是我的自私让你忍受一切，我的态度让你伤心难过，我的无知让你备受折磨，但你一直默默做我坚强的精神和生活的后盾，陪我走到最后，把我推向了又一个新的人生起点。我真心地感谢你，爸爸。

从上学起，书包都是你给我洗的，书皮都是你给我包的，上面的字也是你给我写的，虽然这些我都会做，但我还是习惯性的都让你做了。有时我真会从你的字中看到你那双期待的眼睛，督促我努力再努力，一刻也不要懈怠。你很节俭，但对我花钱从来不皱眉头。眼睛保健仪壹千多，眼睛保健台灯三百多，背背佳两百多，葡萄糖酸钙、生命一号，我一喝就是一年多，学习报、参考书一堆又一堆；你不多添置新衣，你总说单位发的衣服都穿不完，而比起同龄人，我穿得却很好；因为你精湛的厨艺加上对饮食结构的合理搭配，我从来都红光满面精神焕发。

全新生活的开始意味着与你的分离。直到要与你分别的日子临近，我才仿佛感觉到自己做错了什么，心里有一种空空荡荡的感觉，但又仿佛有很多事憋在心里说不出来，是什么？我没多想，只是隐约开始注意看你的眼睛了，那双炯炯有神的眼睛里多了几分牵挂与忧郁，还有……真的感觉到你已不再是那个把我架在脖子上的高大结实的父亲了，不知从何时起我不再牵着你的手而是挽着你的臂膀，因为我已经长大了，而你也被我熬老了。

是你送我来的学校，在火车上的漫长路程中，你几乎一直牵着我的手，好像小孩子生怕丢了自己最喜爱的宝贝。我有些不解但并不拒绝，似乎你想用这种方式留住什么，我没有深究，只是默默感受你那双有些粗糙的手带给我的感觉。我们去了几个我没去过的城市，作了短暂的停留。匆

阳光洒满心灵
YANGGUANG SAMAN XINLING

忙之中报到的日子就到了，离别的日子也更近了，我心里那种空空的感觉变得愈加强烈，一种有话说不出的感觉很是难受，但要说什么，对谁说，是你吗？我也不知道。直到那一天，离开车还有几个小时，你说你要走了，让我不要去送，我突然知道了我要说什么，可时间太紧了我不知从何说起，我只是紧紧牵着你的衣角，泪却不知怎的不停地流，你也难过得说不出一句叮嘱的话。天也在感动吗？它下起了大雨。我与你撑一把伞，可你却不时走到我的前面，我知道你不想让我看到坚强父亲的眼泪，我就紧跟着怕你被淋到。我依偎着你到车站想留住这最后的温暖……车要开了，我再也忍不住了，"对不起——对不起——对不起"。爱就这样溢出眼眶，肆意地在脸颊上流淌……

这一幕就像昨天刚刚发生，而我已经离开家将近两年了。这两年里，你还是用最平淡的方式表达着最深沉的爱。每次打电话你都要问我吃饭了没，吃的什么，北京天气怎样，有没有感冒……这些普通得不能再普通的话总触动我内心深处隐藏着的感动，而我永远像个长不大的孩子，恨不能把每天做过的事都讲给你们听，我想用这种方式让你们感觉到我还在你们身边。因为害怕在电话里说的你们会忘掉，我就在每份信里再把几乎是电话里说的事情再讲一遍。你们居然也和我一样，把电话里说的又跟我讲一遍。其实我都记得，不但记得，我还会把它们记在我的台历上，但我们之间都默认了这种表达方式，在别人看来是废话的话却被我们细细品味，慢慢回忆着。你们甚至知道我今天吃了个红薯，如此平淡的生活里透出满满的幸福。

每次与你分别时，你总会生病，让我带着满心的牵挂上路；每次火车开动时你总是不停地揉眼睛擦鼻涕，你总说人老了眼就花了，一有点病还不停地流鼻涕；每次回家你都会去车站接我，我总能在人群中找到你，你期盼的眼神也总会在第一时间寻到我；每次吃饭时，吃着吃着你就停下来看着我吃，但粗心的我总会发现不了，每次都是妈妈告诉我的，你的饭做得那么好吃，我专心品尝，哪会注意到这些，不过每每想起你看我的那一幕，幸福感总会涌上心头；妈妈说让我以后把信寄到你单位上，你怎么还是像个小孩一样爱和我吃醋呢？记得小时候大舅对我好，他经常带我出去玩，你就有点小醋意，现在还是这样啊。生活中的点点滴滴涌进我记忆的波澜中，二十年的成长历程，因为你们我才一路坦荡，一路欢畅。我不知道寂寞的滋味，因为心中充满你们的关爱；感觉不到郁闷与无助，耳边时刻回荡着你们的叮嘱，心里永远装着对你们的牵挂，我一天天的长大，一天天的成熟；从不放弃任何一个完善自我的机会，因为我要成为你们的骄傲，让你们为此而自豪。

人生的目标是我前进的方向，你们的话语是我奋发的动力，你们的爱是我生活的所有回忆。你们给了我生活的权力，我会倍加珍惜。在这年轻的岁月里，我们没有蹉跎的权力，只有奋斗的义务，要让她实现她应有的价值。

这封信带着我对你们的思念，捎去我最真心的祝福：爸爸，祝你节日快乐，身体健康。

爱你的女儿：圆圆
2007年5月31日

靠 近 爱

白 莉

  曾经有一首歌是这样唱的,"爱是什么,我不知道……"是的,从古到今有很多人用不同的文字形容着爱这种微妙的感觉,比如秦观的"两情若是长久时,又岂在朝朝暮暮",《诗经》中的"窈窕淑女,君子好逑",等等。但是,寥寥数语又怎么能将人类复杂的感情诠释清楚呢?

  "爱"到底是什么呢?当我们孤单寂寞的时候,爱可以是从远方捎来的一句问候,可以是一条简短的短信,也可以是一封简单的邮件,不需要太多华丽的辞藻,只要一句"最近过得好吗?"就足以让冰冷的心温暖起来;当我们悲伤流泪的时候,爱可以是一张从身旁递来的纸巾,不在乎纸巾的质地,也不在乎纸巾上是否还散发着淡淡的清香,只要可以将脸上的泪痕擦干就已足够;当我们享受成功的时候,爱可以是向我们竖起的大拇指,不要滔滔不绝的夸奖,只要让我们知道,当我们成功时,有人是真心的为我们高兴,并会继续支持自己,让我们感觉到自己正被重视着。

  爱是内心甜蜜的感觉,是储存于心底的温暖,是支持你快乐地生活下去的勇气,有了爱的力量,一切不可能的事都会变成现实。我收到过朋友发来的这样一条短信"当你快乐时,沙滩有四行脚印;当你悲伤时,沙滩有两行脚印。因为,快乐时我陪着你,悲伤时我背着你,所以,你要快快乐乐。否则,我会很累很累……"每次打开这条短信,我心里都是暖暖的,我觉得爱的最高境界也不过如短信中描写的那样吧。

  生活中处处充满了爱,只要你热爱生活,你会发现其实在每一个不经意的瞬间,你都在接受着别人给你的爱。

  老师在上课时让你起来回答问题,你没准备好怎么回答,站起来后紧紧张张地说了一通不着边的话,老师不但没骂你,还微笑着对你说"很好!"然后笑着帮你纠正你的错误。这时候,你正接受着老师给你的爱,这是一种期许的爱,是让你将学习进行到底的强有力的支持。课堂上,你正在抄笔记,突然,钢笔的墨水没有了,旁边的同学就在这时候递过来一支钢笔。这时候,你正享受着同学给你的爱,这是一种互助的爱,是帮助你克服学习困难的助力。周末打电话回家,爸爸问了你的学习情况后,妈妈接过电话来唠唠叨叨说了一堆家里发生的事,问了一堆你的近况后,开始叮嘱你要好好照顾自己,想吃什么就买什么,千万不要委屈了自己,最后，跟你说要好好生活。这时候，你正享受着父母给你的爱，这是一种无私的爱，是支持你好好走完一生的必须的动力。

爱时刻在我们身边围绕，不要以为你只是一个人就很孤单，其实，在你背后，时刻有人默默地支持着你，给予你爱的力量。所以，勇敢地面对生活中的困难吧，以爱的力量作后盾，去克服人生中的艰难险阻，哪怕前方是荆棘丛生，你一定也可以成功翻越。

朋友，靠近爱吧，以爱之名去勇敢地过快乐的生活！

洗 礼

陈 维

"你怎么能逃学玩游戏，你的梦想呢？你给我们的承诺呢？"

"学习，学习，你们一天就知道叫我学习，我就不能休息一会？别人都在玩游戏。"

"你真是没有出息，我怎么生了你这一个败家子，不学习你还能做什么，长大了就给别人卖苦力去，我们才懒得管你。"

嘟嘟嘟嘟……电话挂断了。我郁闷了整整一天，伤心地大哭了一场，然后沉沉地睡去。做了个长长的梦，梦到了好多好多……

我生长在一个穷苦却严格的家庭，爸爸是我们那教书的老师，妈妈负责给学生们煮饭。在一个寒冷的冬天的夜晚，我的诞生给了这个原本不富裕的家庭增加了更加沉重的压力。爸爸不得不在教书之余上山采药，妈妈必须得挨家挨户去收垃圾。没有过多久，我又有了一个可爱的妹妹。从那时起我们一起快乐地成长。很快，我18岁了，当我发现妹妹患有重度智障，而妈妈爸爸的身体日渐虚弱时，我渐渐感觉到了肩膀上的担子越来越沉了。我不得不支撑起整个家庭，然而就在这个时候，爸爸做出了一个让我惊讶的决定——让我继续读书考大学。爸爸说，没有知识咱们家永远都会穷下去，穷了我和你妈，不能再穷你和妹妹，你一定要考上大学为自己争气。我没有辜负家人的期望顺利地考上了大学。还记得那是一个晴朗的下午，当妈妈收到邮差送来的录取通知书时，她双手捂住了脸，爸爸的眼圈泛起了红晕，我非常地开心，跑遍了镇上的每个角落，将我的喜悦与大家一起分享。晚上爸爸妈妈帮我整理了行李。爸爸从衣兜里掏出了杂乱的一叠钱，有几角的也有几分的。妈妈从床下的、一个我从来没有见她打开过的箱子里拿出了一条半新的棉被，被子好漂亮好漂亮。这时的我心里只有兴奋和开心。

天开始亮了，爸爸叫醒了我，妈妈往我的衣服里塞了几个鸡蛋，这个是我过年过生日才能吃到的东西，我小心地将它们放在口袋里，妹妹坐在床头呆呆地看着我，鼻涕慢慢的流进了嘴里，好像并不知道我就要离开。

"我走了。"我笑着告诉爸爸妈妈，爸爸点了点头，妈妈转过了身。

我左脚迈出了家里那年老得比我都大的门槛，满怀欣喜地踏上行程。

啪啦……一声惊雷紧接着闪电而来，我下意识地回了一下头，往家里看了一眼，一张大床，一张饭桌，两把椅子，一口大黑锅，东墙角的洞，床上的呆妹妹，妈妈……她好像已经忍不住了，眼泪夺眶而出，爸爸他只是用双手不停擦拭着双眼。我……我……我这是怎么了？我忘记了家庭的困难，爸爸妈妈的辛苦，忘记了爸爸妈妈的牵挂，忘记了我对于这个家所应该负担的责任。我怎么能这样坦然地迈出脚步？看着爸爸妈妈依恋的眼神，我再也忍不住了，眼泪迷茫了全部的视线。

雨越下越大，雷声也一声比一声更响。我感到自卑，难道只有这惊雷才能敲醒我麻木的心？难道只有这肆情的雨才能将我的双眼打开？雨不停地敲打着我的身体，雷声将我的耳膜震痛，但是我没有躲，我在接受这上帝给我的心灵的洗礼！我放下了行李，紧紧地将爸爸妈妈、还有在床上的妹妹抱在了怀中……

雨停了，我重新背起了行装，爸爸妈妈慈祥的笑容将我的背影送走在雨后缤纷芳香的树林中。我发誓我要让他们幸福。

突然间，我从梦中惊醒，我摸了摸自己的脸颊，湿湿的，我知道自己又在做回忆过去的梦，刚才与妈妈的谈话回荡在我的耳中，我的心一阵阵的刺痛。我跑去了电话亭接通了家中路边的公用电话……

孩子的心总是会受到花花世界的诱惑，是的，这个世界上能吸引我们的东西实在是太多了，但是，谁真正地体会过，谁真正地领悟过：人生中最重要的是那一份埋藏在心底深处的深深的，深深的爱……

观《山魂女》有感

罗 婷

4月15日下午,我和朋友在北京师范大学附近的小西天电影院观看了第十四届大学生电影节参赛影片《山魂女》。

《山魂女》是根据真实的故事改编而成的,讲述的是一位当代农村女性,敢于冲破农村封建习俗,在得知自己身患绝症的情况下,依然为农村发展作贡献,去世之前还坚持捐献遗体供做医学研究的感人故事。女主人公一生的愿望就是走出大山,改变山里人的生活,为此,她付出了一生的心血甚至生命。

观看影片的过程中,我和朋友都忍不住地落泪,感动于女主角那"活着不能走出大山,死也要走出大山"的执著和信念。主人公那种对知识的渴求、对山外世界的向往以及影片中贫困农家生活的场景勾起了我对儿时生活的回忆,引起了我对现在生活的思考……

小时候,我也是在大山里长大的。山中的生活很苦,山中的人们很穷、很可怜。记忆中,小时候的我没有好看的玩具,没有好吃的零食,也没有漂亮的新衣服,我们穿的都是妈妈用别人给的衣服改成的。我还深刻地记得,那时候妈妈给我们织的毛衣总是又大又长,刚穿那会总要挽起袖子才见得着手,妈妈说,我们长个快,织长点可以多穿几年。

懵懂地读完小学,我进了初中。上课时,老师偶尔给我们提起"大学"这个词,那个时候,我还不太懂大学究竟是什么,只是感觉它是个离我很远很远的一种美好的东西。三年后,我以全校第一的成绩考上了当地最好的重点高中,在第一天的开学典礼上,我听到了好多包含"大学"二字的词语。后来,老师告诉我们,大学是一个很大很大的地方,是一个像天堂一样美好的地方,等读大学了,就不用再写作业了,还可以自由出入校门……于是,我开始憧憬,上大学成了我当时唯一的梦想,也成了我读书的动力和精神支柱。

终于,那一天,我拿到了中央民族大学的录取通知书,成了凤凰,飞出了穷山窝。我对影片里女主人公的一句话记得很清楚,她说,"我想去大山外面,我还想去北京看看,去看看长城、故宫,还有天安门。"当时我就想,如今我就在北京,身在那么多人向往的首都,是多么的幸运与幸福。或许,在偌大的北京,在这么多优秀人才集中的大学,我就好像大海中的一滴水，平淡无奇。但是，回到山村，我是所有人羡慕和仰慕的闪亮的星星。在他们眼中，和我当初想的一样，大学是个好东西，北京更是一个好地方。爸妈因为我可以来这么一个好地方读书，脸上也添了不少光彩，他们说我是个争气的孩子。

  看完影片，我心里久久不能平静，我感到愧疚。我愧疚自己身在福中不知福，这么好的大学环境，这么好的读书条件，我却没有好好珍惜，把时间浪费在谈天说笑和网络电影上；我愧疚自己似乎在安逸的环境中丧失了自我，似乎忘记了曾经为了今天而奋斗的岁月，似乎忘记了父母的殷切期望，忘记了我曾在黄土坡上立下的誓言……

  想到这，我害怕了，害怕让那给予我赞许目光的父老乡亲失望，害怕两年后的今天我将不知道走向何方。于是，我明白了，大学不是休闲驿站，也不是所谓的享受的天堂，它只是人生旅途的一个新的起点。以后的路还很长很长，我要珍惜眼前的生活，继续奋斗，为了自己，为了家人，也为了那座生我养我的大山。

在阳光下成长

杨 倩

看着镜子中熟悉的面孔，一刹那间我发现自己已经长大了。以前只在书中看到的句子：弹指一挥间，现在我好像已经能体味出一点味道了。回想这二十年来的成长之路，我发现阳光伴着我一路走来……

从我呱呱坠地的那一刻起，阳光就伴随在我左右。记忆中，那个天真烂漫的小女孩，曾经无忧无虑：我坐在妈妈腿上恣意撒娇，会使妈妈乐不可支；偶尔任性一回，爸爸会夸我聪明伶俐。小时的我是那么淘气，那么贪玩。夏天，即使是大雨滂沱，我也要在雨中光着脚丫，在大地这架大琴盘上与雨滴一起击奏欢乐的节拍。冬天，纵然天寒地冻，千里冰封，我也在雪地里与伙伴们扔雪球、堆雪人，鼻尖冻得通红，嘴里哈着热气，脸上洋溢着快乐。那就是我的童年，那时的生活虽然有些艰苦，但我觉得很快乐。不用承担生活的艰辛，却可以享受生活的乐趣——这，是我的第一笔财富。

在懵懵懂懂的笑声中，我的童年悄然而逝了。直到妈妈交给我一个书包，我才知道我要上学了。时间老人慢慢地老去，但他没有忘记把我的身体拉长，没有忘记将智慧装入我的头脑。在九月的阳光里，我戴上红领巾，走进校园，开始了快乐的学习生活。我不再迷恋于夏天的风雨和冬天的冰雪，开始探寻书本里的奥秘：为什么会打雷下雨，为什么会有冬天夏天，为什么有那么多成语，为什么那小小的算盘可以算出那么多的数字。我的世界好像一下子被无数个问题充斥着，等待着我的探寻。学校的生活变得轻松有趣，我学到了许多知识，认识了好多朋友。每天放学回家，我都会把学校里发生的每一件事和爸爸妈妈分享，生怕他们会错过我认为精彩的瞬间。

日子就在这精彩的瞬间中一点一滴地流过，转眼，我已经到了十六岁，一个花一般的年纪。曾经看过这样一句话：假如时光不会再流转，就把幻想种在十六岁的花季。的确，十六岁的花季里我有许多的幻想：幻想着有一天我可以像老师那样站在高高的讲台上面；幻想着有一天我会当一个明星；甚至想到我老了以后的样子……那时的我还会和朋友一起高谈理想，畅想未来，人说"人不痴狂枉少年"。那时的我就在阳光的伴随下探索着人生的真谛，采撷着奋斗的乐趣，体验着成长的滋味。可是有时候，生活的风雨会让我有点站不住脚,伤心的时候,我真想趴下,永远不站起来,可是又怕时间老人那严慈的目光。我就像一棵生长在狂风暴雨中的小树,虽左右摇摆但绝不倒下,一旦雨过天晴,我依然追求灿烂的阳光。于是,我又得到了第二笔财富——乐观、坚强与奋斗不息。

光阴似箭,岁月荏苒,在告别了童年的快乐,少年的轻狂之后,生命之舟已然驶进十八岁的港湾。五彩斑斓的梦在经历无数次失落之后,磨炼成刻骨铭心的誓言——我要成功!从此我的生活开始变得枯燥乏味,上学、放学、语文、数学、英语……我的世界里除了读书,还是读书。可是偶尔我还是会开小差,因为有一种萌动的情感在心中发了芽,许多年之后,我知道那是一种叫"爱情"的东西。时间的脚步不会因为你的疏忽而停歇,我决定整理好心情,重新出发。为了父母的期许,为了老师的厚爱,为了自己的将来,我不能被其他的事绊住双脚,我只能加快脚步向前走。这,是我得到的第三笔财富——舍与得。

恍如一场梦,在辗转了几个春秋、轮回了几个世纪之后,我带着星点的沧桑站在了象牙塔的门口,纯纯的稚气也在阳光下折射出几分嫩黄的成熟。于是,就这样,一张通知书把我的昨天锁进记忆,定格为一个美丽的永恒,十年寒窗的定义在这里得到了富足的诠释。

第一次走进这里,我被这个校园深深震撼了,呈现在我眼前的是一幢幢充满青春气息的教学楼,还有那恬淡的色彩,我跳动不安的心在瞬间平静了下来。我知道,这座美丽的校园会属于我,它会给予这里的每一个人一片绚丽的天空。在这里,我看见了矫健的身影,看见了专注的眼神,看见了明朗的笑容。在这里,我学会了勇敢,学会了坚强,学会了执著。我感受着老师们阳光一般的关怀,感受着同学们真挚的情谊,也感受着自己的成长。在这片广阔的天空中,我勇敢地追求着自己的梦想。摔倒了,一双双热情的手会扶我起来,为我重新点燃信心之火;受伤了,一张张真诚的笑脸会抚平我的伤口,让我重新拾起希望,于是,在这里的每一天都是透明的,这里的每一个角落,都充满了阳光。

花开花谢,云卷云舒,学校在一天天地成长,而我对于她的爱,也在心中一点点地积淀。看看蓝天,看看蓝天下熠熠生辉的教学大楼;看看阳光,看看阳光下绿草油油的体育场,还有那道路两边绚丽夺目的花草,花草丛中的蜂飞蝶舞。我醉了,此时,我看见了那份只属于我的幸福。

这个美丽的校园里,有成长的足迹,也有我的笑与泪。这所学校把她的美毫无保留地给了每一个人。这所学校默默地倾听着我们每一个人的欢与悲，接受每一个人的祝福。

　　我美丽学校给予了我很多，我为我的学校而深深骄傲，而我，却无法给予她相同的回报，我只渴望，将来的某一天，我可以为我的学校——我最温暖的家，谱写微笑、辉煌的乐章。

　　有人说，青春是一首歌，回荡着欢快、美妙的旋律；有人说青春是一幅画，镌刻着瑰丽、浪漫的色彩。成长的旅途中埋伏了各种各样的问题和烦恼，一个强有力的微笑是迎接它们的最好方式；成长中也有太多的挑战，有时我们不得不停下喘口气，但有一种力量把我们支撑起来，那是一份淡淡的执著和淡淡的勇敢。成长，在每一季的春夏秋冬；成长，在每一日的白天黑夜；成长，在每一个泪水即将决堤的眼眶。

　　记得一篇文章中写到：青春没有蹉跎的权利，只有奋斗的义务！此时的我终于明白，既然改变不了生活，就试着改变自己的心情。要知道五月般的青春充满了生机，充满了阳光！

父爱伴我成长

袁 媛

　　小时候我从母亲的嘴里断断续续听到父亲是重男轻女的,当年等候在产房外的父亲听到是女儿后,转身就走了。在母亲生下我的第二天,父亲就出差去了。小时候的我和父亲并不亲,他似乎总有他自己忙不完的事情,为工作,为别人,很少把注意力放在我的身上。那时的我总是羡慕其他同伴的家庭,他们家在吃过晚饭后,母亲收拾碗筷,而父亲看电视或和母亲闲聊,他们自己则在一旁做作业。这就是当时小小的我想象中幸福、和睦的家庭生活。

　　日子慢慢逝去,单调的机关生活并没影响父亲风风火火的性格,他仍然每天扯着大嗓门,精力充沛地进进出出,忙着工作和家里的事。随着我一点一点地成长,父亲也接受我是个女儿的现实,对我也开始关心起来。父亲爱好读书,也总让我多读书,还用"开坛不读红楼梦,读尽诗书也枉然"等话激励我多读书。在父亲的潜移默化下,我喜欢上了读书,喜欢上书里那个缤纷多彩的世界。看《红楼梦》时,我为木石前盟无果的爱情而伤心;看《钢铁是怎样炼成的》时,我为保尔·柯察金身残志坚的奋斗精神所鼓舞;看《儒林外传》时,我为里面迂腐的书生感到可笑;看《水浒传》时,我为那群绿林好汉的义薄云天所感动;看《悲惨世界》时,我才突然发现我也有像书中那样关心女儿的父亲。

　　在自己的努力和父亲的关心下,我一点一点在进步,成绩名列前茅,中考时我以优异的成绩考上了省重点高中的理科实验班,临行前父亲为忙别的事不能送我,尽管是母亲送我到了学校,并为我打点了一切,但我心里也很高兴,因为我曾无意中听到父亲在人前夸奖我和我的成绩。

　　读高中时,我离家很远,和其他出门在外的人一样,心里总是想家,总是想着父亲和母亲。每次打电话给父亲,他总是淡淡地问上几句,不像母亲那样说想我。但我从他的行动中感受到了他对我的关心。因为假期回家时他不像以前那样老是在外面,待在家里的时间明显地长了,每天在家忙着给我做一日三餐。当我和他讲起学习、生活中的烦恼,讲我意志消沉,讲我学习和生活上跨不去的困难时,父亲总是安慰我,用他自己的亲身经历激励我,告诉我"天将降大任于斯人也,必先苦其心志,劳其筋骨,饿其体肤,空乏其身,行拂乱其所为,所以动心忍性,增益其所不能"，来鼓励我。高考前，父亲去了省城，陪我高考，在我进考场前还问我考完了他要不要来接我。不想50多岁的父亲在烈日下等我考试，我让父亲先回去。当考完后我随着其他考生如潮水般涌出考场时，突然听到了父亲用家乡话叫着我的名字，考试后心情的压抑、不快全都一扫而空。

填志愿时我和父亲发生了分歧，我想填邻省的大学，离家近。父亲却希望我来北京，见见外面的世界。最后拗不过父亲，我填了首都的高校，来到了离家千里，离父亲更远的北京。但我并不感觉孤单，因为有父亲的爱陪我在北京。刚到大学，我结识了许多新朋友，没有了高中时升学的压力，玩得有点忘乎所以，是父亲的一个又一个电话督促我重新回到学习中来。突然有一天，我在宿舍接到父亲的电话，当听到电话那头操着蹩脚普通话的父亲的声音时，我忍不住笑了，随后又沉默了。我借口学习忙久未打电话回家，父亲却还是那么几句问候的话，那一刻，我的心里像有阵阵暖流流过……

假期回家，趁父亲不在家时，我偷偷翻了他一直收藏的箱子。箱子里放着父亲自己做的剪报，父亲的荣誉证书等，剪报上面有多年来父亲在报刊上发表的文章，往下翻着翻着，我却看到箱子里有我从小到大的奖状，我信笔涂鸦的画画，我多年来的日记，还有精心收藏的我的高考录取通知书。翻着以前的日记，看着自己多年来成长的记录，往事点点滴滴，桩桩件件，就像电影一样浮现在我眼前。想起我小学一年级时父亲看到我的三好生奖状，高兴地说"我们袁家以后要出一个女大学生了"；想起父亲每次出差都不忘带给我的漂亮的文具盒；想起开家长会时，父亲作为家长代表上台发言时紧张而高兴的神情；想起我假期在家时父亲每天早上早早起床为我煎荷包蛋；想起读高中时父亲寄来的充满关切和教诲的一封封家书；想起填志愿时我对自己的分数没信心，父亲一边安慰我，一边为我忙前忙后地找大学的历年录取分数线，帮我参考高考志愿……

看着父亲保留的我的旧物，我止不住泪水长流，这一刻我终于明白，在父亲这里，有我成长的每一寸痕迹，有我生命的根。是父亲用他那如阳光和煦般的父爱照耀着我的天空，是父亲用他那无言而又无私的父爱撑起了我成长的天空，是浓浓的父爱伴我成长！

它们，来自我的日记本

张恒维

我要讲给大家听的不是一个完整的故事，不是一篇逻辑严密的论述，当然，也不是枯燥乏味的说明。而是一些很简单但很真实，很琐碎但充满了感情的东西。它们，来自我的日记本，我将它们仔细地挑选出来，送给大家。但愿里面至少能有一句话让你的心里涌起暖流。

2005年10月7日 晴

夕阳真的很美，血红的大圆盘渐渐与地平线交融，但它如此地留恋着这个人间，洒出它泣血的光芒，伸向世界，想要紧紧地抓住什么，好让这最后的相遇可以延长、再延长。

可是你知道夕阳真正的美在哪里吗？夕阳的美不是在于它的红，而在于她把属于她的红色的金子温柔地洒向世界，铺在洁净的路面上，落在平静的湖面上，挂在高楼大厦的玻璃窗上，而这一切只是铺垫，她最终要去的是你的内心。红色的光流进你的心里，与血液融在一起，淌遍你的全身。让你从内到外都被温暖融化，她要告诉你她在这个人间留恋的便是你。

你明白了吗，阳光因你而温暖，因为你那颗心的存在，温暖才有了真正的意义。

2005年12月11日 晴

我喜欢收集叶子、花瓣，然后把它们夹在书本里，变干、压平，再用手去抚摸它们，就像是在触摸一个一个的历史，触摸一点一点的回忆。

曾经，我只收集漂亮的、完整的、干净的叶子和花瓣。但是，渐渐地，我发现从那些漂亮整齐的叶子上一个一个地触摸过去，我的感觉越来越淡直到没有，它们就像同一个模具复制下的漂亮玩具，一个足以，再多无趣。

所以现在，我收集更多的叶子花瓣是残缺的、沧桑的、灰暗的。叶片上的小洞，让我想到它们曾经被虫子吞噬的痛苦；但是叶子上的青筋根根硬朗有力，让我感受它强大的不可摧毁的意志。花瓣上干枯的部分更让我珍惜它娇艳时的分分秒秒。

每一片叶子、每一个花瓣都是独一无二的，都有属于它们自己的历史和记忆，都有着沉甸甸的分量。这一切都让我觉得充实，它们让我渴望拥有更多的经历，更多的挑战和挫折，因为我想成为独一无二的，不想成为同一个模具下的产品。

2006年8月7日　阴雨

闪电划过天空，一点痕迹也没有，天，还是完整的一片；

闪电划过天空，没有撕破一点云彩，可，天痛了，心伤了，灰暗浸染了那片湛蓝，流着伤心的雨泪，天，不再是完整的一片；

雨停了，天晴了，彩虹告诉你，天还是那一片天。

天是这样，人生也是这样，从完整到不完整再回到完整，有晴天霹雳就会有雨过天晴。

我们的人生，一样也不会少。

2006年8月15日　阴转晴

今天，我很失望，很伤心，很气愤，心中有股气流涌向喉咙将我憋得好痛苦，可是我难过得连眼泪都流不出。

此时，有人递给我一张纸条，上面写着：

"追求幸福就像是小猫追逐自己的尾巴一样，你不停地追，它不停地逃，而当你放弃追寻它，专注于自己的生活，开始认真地过好每一分钟的时候，幸福就永远地跟在你身后了。"

然后，我的眼泪突然像决堤一样将这个世界淹没。

再然后，我擦干眼泪，开始认真生活。

再然后，我发现，生活中有痛苦，但更多的是笑容。

2007年5月25日　雨

有些东西，你不去思考，一切似乎都是理所当然的。可是，仔细地想一想，你就会感激很多、欣赏很多。

学会感激，心中就会有爱；学会欣赏，心中就会有一片宁静。

雨，真的算是一个奇妙的东西。它可以将这个世界最朦胧和最清晰的两面同时展现出来。

吝啬的天空将它宝贵的雨水积攒了那么久也不舍得流出一滴，眼看着春天就要结束了，它终于肯放开胸怀，将缠绵悱恻的春雨降下人间。

不同的雨有着不同的滋味,我则独钟情于这样的雨,只有小小的雨珠,淅淅沥沥,绵延不绝,从你的视线开始无限地向远方蔓延,于是,弥漫了整个世界,像雾一样,将朦胧带给你。首先,请你远远地望一眼这个朦胧的世界,然后闭上眼睛,深深地吸气,轻轻地呼气,此时的内心世界里只有宁静与祥和,一切的烦恼与不解都会被这小小的水珠分散再分散。然后,请你站在雨中吧,将自己同雨和雾渐渐地、渐渐地融为一体。你会感到,周围的雨雾慢慢地向你靠拢,冰爽的小水滴开始亲吻你的肌肤,不断地滋润着你,洗刷着你,让你如婴儿般柔嫩。它们,落在你的脸上是滋润,落在你的唇上是亲吻。

等到你睁开眼睛,雨停了,雾散了,世界清晰的连蜘蛛网上小小的水珠都可以折射出一片湛蓝,一片翠绿。

世界就是这样,朦胧与清晰并存着。

有好就有坏,有开心就会有伤心,有喜就有悲,有笑容就会有眼泪……

这,才是完整的世界;经历这样的世界,才是完整的生命。

……

你,找到那句温暖你的话了吗……

芒果街 青春 那些幸福的小雨点

王靖媛

突然间黄昏变得明亮，
因为，此刻正有细雨在落下，
或曾经落下。
谁听见雨落下，谁就回想起，那个时候，幸福的命运向他呈现了一朵叫做玫瑰的花和它的
奇妙的、鲜红的色彩
博尔赫斯——《雨》
读《芒果街上的小屋》的时候，我会有很多的感念。
"不管喜欢与否，你都是芒果街的。"
我们每一个人的芒果街，就是我们所有的青春记忆。

钢琴 四个人的童年

我们自称为琴友，6岁那年，是刚刚有记忆的童年，

我们一起习琴，一起站在乱哄哄的教室里，将幼稚的小手放在那些琴键上，脏的，全都抹黑了琴键，可，我们依旧弹着，认真地敲出每一段旋律。

我们的那些快乐，像是跳动的小小的音符，简单，却毫无忧伤。

一曲赞美诗。

我们就一直练，从乱哄哄的教室，到搬出了文化宫，直到所有的人都放弃了，我们依旧练琴，在一起，我们四个，直到我们都长大了。

某一年回家的时候，我们坐在一起，说起曾经学琴的日子。

还记得么？冬天的时候，我们跟着父母，挤上北上的火车，去一个城市，拜师学艺。我们第一次坐火车，听着轰鸣的声音，似乎，那个城市，遥远的，在天边，我们曾经为这"远行"而无比兴奋。

我们曾经在一起，偷偷的调快了闹钟，为了少练几遍曲子，好像是做了什么伟大而有价值的事情。

……

惊讶地发现，所有的这些，我们的童年，原来，有太多太多的交叉点，像一个个圆圈，套在一起。

原来，我们拥有同一个美丽的童年。

四个圈，是我们四个人的童年。

有的时候，那个时候的快乐，不是能在那时候，在当时就找到的。

当我们为弹琴不能像其他孩子一样疯狂地玩耍的时候，老师就告诉我们，你们还小，等到长大了，你们都会懂的。

……

其实，要懂的是，在多年以后，这些经历，我们曾经以为痛苦的，浪费了我们玩耍的经历的，带给了我们什么，不仅仅是有了一门令旁人羡慕的技能，不仅仅是能够感受音乐的美感，最重要的是，在那些一起走过的日子里，我们在一起成长，我们拥有共同的童年，这之后的友谊，会一直持续下去，直到永远。

白杨树　单车　两个人的青春

回家的时候，还去走过那段路，白杨依旧沙沙作响，所有的叶片似乎都闪烁着光辉，透满了一种阳光的味道。

一如窃语，好像还记得，那年的单车——

我和他，我们那年骑过的单车。

高三的时候，每一个沉钝的下午，我们都背满了所有的书本，满满的试卷，虽然，那貌似一种沉重的背负，然而，当踏上单车的时候，并排的两个，都无所谓了，因为那朦胧的，我们称作是爱情的东西。

杨树也如穹隆一样的，选择在一天的最后，避开世俗的阳光，只是笼着，这一条小路，只是这一条。

看护着，两颗青春的心。满是温柔。

那个时候，我们带着自责，或者带着叛逆，胆怯或者是更多的东西。

在高三（16）班的教室里，每一次，踏了碎碎的脚步，讲台上，我们一前一后地走过。脚步里，或者是胆怯，或者是幸福。

有很多时候，为了一件小事，我们争吵，埋怨彼此，都不懂什么是爱情，什么是体谅。

有很多时候，我们说要永远地在一起，冲破一切的阻碍。

真的有一天，我们毕业，就像一片空气，失去了联系，天涯海角，我们的那些故事，那些爱。

一片到了期限的落叶，飘落下来，瞬间而已。

那个时候，我们都是孩子。爱情，在我们眼中，到底是什么，或许只有感谢，纯粹的那一份，貌似爱情，不用去顾及所有的世俗，所有的。

只是喜欢，只是青涩。

……

芒果街

记起的这一切的，所有的，以前的，都是我的芒果街，没有教训，没有懊悔，我们从来就不需在这些细碎的纸片中找到。

只是一段青春，幸福地下着小雨点。

想起的时候，会痛，或者感伤，会很幼稚。

但是，那是我们的青春，是多汁的芒果，轻轻一碰，似乎就会留下痕迹。

唯一的，我们在脑子里，刻下这些时光，青涩的时光，是为了验证成长。

当我们真的明白，那些称作爱情的事情，那些友谊。

拥有回忆，拥有青春，多么的幸福。

无论怎样，这些是释然的，是美丽的，是痛苦的，都是我们的青春岁月，青涩的年月，都是阳光灿烂的日子。因为真的走过，那条属于我们的，芒果街，我们真的长大了，在成长。

那些幸福的小雨点，落在芒果街，落在记忆里，没有下得很猛烈，只是静静地落下，讲述着一些事情，它们发生在过去的某一段，青春的时光里。

有很多时候，快乐和幸福，需要等。

长大了，就明白了，那些属于自己的，青春的往事，其实，全都是幸福，温暖，都是成长的时刻。

就让小雨点，幸福地，幸福地，落下。

今天我活着

徐 洋

> 你不能改变容貌，
> 但你可以改变笑容；
> 你不能左右天气，
> 但你可以改变心情；
> 你不能预知明天，
> 但你可以把握今天；
> 你不能决定生命的长度，
> 但你可以拓宽它的宽度。
> ——题记

曾几何时，我不在乎时光的流逝。那时，我还是个小孩子。在孩子眼里，时间是无穷尽的。第一次意识到，我有一个无比幸福的童年——在童年，我曾经一度拥有永恒。

不知何时，我开始意识到了死亡。随着年龄的增长，光阴流逝的速度也越来越快。一天又一天，日子无声无息地消失，就像水滴从指缝间溜过，滴落在地上，只留下一圈浅浅的灰。然后，消失了踪迹，再也寻不见。蓦然回首，我在世上的每一个昼夜，它们都已不知去向。

子在川上曰："逝者如斯夫，不舍昼夜。"光阴不仅如流水般从我身边流过，也带走了我生命中的岁月。我找不回逝去的年华，也找不回从前的我了。

然而因为失去童年，我们才知道自己长大；因为失去岁月，或者说因为存在死亡，我们才知道自己活着。所以，今天，我活着。

"一个人，出生了，这就不再是一个可以辩论的问题，而只是上帝交给他的一个事实。"史铁生先生在思考了许多年后，终于顿悟到"死是一件不必急于求成的事，是一个必然会降临的节日。"尽管我终不承认死是可以接受的，但却赞同他的说法。或许，在某种意义上，这也是他为活下去找的一个很有力的理由。他找到了，并顽强地活下去。那么我也要对自己说："要活着，更要肩负着父母的寄托，朋友的祝福，为实现自己的价值好好地活着！"

我们应当对生命感恩,感恩于那千千万万个由偶然和巧合所孕育出来的新生,感恩于生命本身赐予我们的不同的生命体验:爱,友谊,欢乐,孤独,沮丧,痛苦……与死亡的永恒寂灭相比,这一切的感觉实在渺小,甚至可能还是一种幸福吧!

许多事,总在失去以后才觉察它的珍贵。其实,世间最珍贵的不是"得不到"和"已失去",而是现在能把握的幸福。

记得小时候,妈妈买了几个又大又红的苹果,那苹果好红啊,纯粹的红,透亮而光滑,没有一丝瑕疵。我舍不得将这样一个完美的艺术品装进肚子,于是偷偷地将它藏在冰箱的最里层。许多天过去了,当一次我突然想起这只漂亮的红苹果时,打开冰箱一看,却发现苹果已经烂了,它不再有鲜艳的颜色,不再有淡淡的清香,我只看到了一张腐烂的脸。我失望,后悔,愤怒,既而明白:其实,我应该在它最完美的时候享受它。这样,对我,对它,都比较公平。

于是,我开始用心去感受身边的幸福。渐渐地,我体味到了父亲无言却深沉的爱,我发现了母亲微小而细腻的爱。然后,我开始诚恳地学着对身边的人说一声"谢谢",学着真诚地对母亲说一句"我爱你"……

我一直认为,我们都是夸父的后代,我们身上都流有祖先奔腾的热血。幸福就是心中不落的太阳,只要珍惜每一天,注意留心周遭的美好,就一定能抓住太阳!生命不在乎长短,那已经失去的和未曾到来的都不属于我,我所拥有的,只是现在能把握的幸福。

那么,我还有什么可害怕失去的呢?

心在征途

艾艳青

曾经有一个朋友问过我:"从出生到现在,你感到最遗憾的事情是什么?你感到最骄傲的事情是什么?"我说:"我最遗憾的事情是妈妈为了我们兄妹还在辛勤的劳作,我最骄傲的事是我一直没有让妈妈失望过。"

一路走来,始终如一。这颗心从来没有停止过对梦想的追求,这双手从来没停止过为明天的奋斗。

关于求学,我的记忆是单调的,因为没有丰富的内容,只留下学习在脑海中。

记忆中上学是从借钱开始的。在小学每次新学期开学时,我都是很晚才交学费的。在老师的一次次催促下,我鼓起勇气向父亲说出那沉重的数字,望着父亲那凝重的眉头,我低头不语。父亲出门了,我知道他借钱去了,我站在家里等他,他回来后,我从他手中接过那沉甸甸的80多块钱学费。他只对我说:"好好读书,别的什么也不用操心!"因此我从小怕在父亲面前提钱,因为我怕看见父亲那愁苦的脸庞。五年的生活就这样匆匆而过,关于小学我不敢回忆得太多,因为我怕控制不住内心的酸楚,眼泪打湿眼前的文字。男儿有泪不轻弹!

在我所有的记忆中,最难忘的是那两次落榜!

2001年7月,我中招落榜。父母想借点钱让我去我们的县城五中读书,年幼的我有着几分痴狂,我说我不去,我要复读,我要考上县一高。就这样,初四开始了。那一年单纯、执著、激情。我会在下午放学后不回家吃饭,一直忍着饥饿学到晚自习放学回家再吃饭;我会晚上趴在床上学习,直到脸贴着课本睡着;我会在早上骑单车去上学的路上,看到初升的红日后,对自己说:我要与日争辉,然后我加快赶往学校;我会在考试题做错后,在一个角落里煽自己两个耳光,警告自己以后不许再犯错;我会……

这一年我成功了,以全镇第一的身份进入了县一高,收到通知书那一刻,我抱着母亲跳了起来。

2005年7月,我高考落榜。高中三年来从没有下过班级前三名的我落榜了,乌云遮掩了我所有的光线,我活在黑暗中。我甚至自己偷偷买了一瓶酒,躺在床上边哭边喝。在家待了几天,暂时的平静后,没有给父母太多的解释,我拿起行李去了外地的一所高中,开始了我的高四生活。就像复读学校挂的横幅所讲:要想高飞,就在这里练就你翱翔的翅膀!在一个无人的角落里,我蛰伏一年。这里没有欢笑声,课间的时间都很安静,外面是沙沙的树叶声,里面是匆匆的写字声。教室外面小广场上的大树绿了又黄,黄了又绿。我们也一点点静静成长。学习,学习,再学习;考试,考试,再考试。我的心变得平和,不会因为一次考试而郁闷伤心。除了吃饭就是学习,我们甚至没有体育课。一年下来,我的体重下降了6公斤,但我的心坚强了60倍。无论用"暗无天日"还是"炼狱"或者是"死人堆"来形容高四都可以。但经历了高四,我可以有勇气地说:以后人生中的任何挫折都打不倒我。

  我的心并不刚强,但却很坚韧,因为我从不放弃!

  民大的通知书下来那一刻,说真的,我并不十分激动。但我控制不住自己的眼泪,我紧紧抱住母亲说:妈,我没有让您失望!

  喜讯传到,忧愁相伴。大学的学费愁了一家人,在学校的帮助下,我拿到了国家助学贷款,顺利地进入了民大。

  来民大快一年了,我早已习惯了这里的生活,周围有好多人都在放松,但我知道我不可以,因为如果失去了对未来的奋斗,心就会死!正如歌中所唱:"失去了理想,谁人都可以,哪怕有一天制胜你共我……"

  前几天去欧莱雅做兼职,在那里我学到了很多。我们像农民工一样被老板呼唤指挥,和农民工一起干活。许多同学抱怨说再也不干了,大学生太不值钱了。我没有抱怨,我知道,如果一点小事情你都不认真干,干不好,没有人敢指望你干好大事情。在如今这个"大学毕业即失业"的时代,我们更应该干好每一件小事,一屋不扫何以扫天下?

  从小到大,我没有收到父母的任何生日礼物,但我并不抱怨,因为妈妈给了我一颗不断上进的心,这是天下最珍贵的礼物。

  与同龄人相比,也许我不够幸运,不够幸福,经历太多的磨炼。但我很知足,因为逆境让我更快地长大,成熟,让我笑迎风霜。

  我会像蜗牛一样一步一步往上爬。

  也许有一天,我有能力对母亲说:妈,您歇歇吧,儿子有能力来支撑这个家,让您好好享清福。"我会让这一天早日到来!

  心在征途,路在前方,梦想高高飘扬。

  心在征途,脚踏实地,迎接狂风巨浪。

  心在征途,苦尽甘来,报答妈妈的哺养。

体味进行时

李 琛

我向往这样一种感觉
万物复苏在春天
将希望播种
心田收获绿油油的甜蜜
在和煦春风下
青春怀揣着梦想
向前进发

转眼间,我已走过了19个春秋,此时已是我大一的第二个学期。蓦然回首,记忆中一切过往,都如电影画面般在脑中放映。还记得大学伊始,勇敢的我充满信心地走上讲台参加班委、学生会的竞选。我告诉自己,不迈出第一步,会懦弱地为以后的一切退缩找借口。如果不作第一次尝试,永远都只能被遮蔽在阴暗的角落,体味不到温暖阳光的滋味。

于是我燃起心中的希望,相信青春会如春日般生机勃勃,我做到了。

我向往这样一种感觉
热烈激情在夏季
将热情释放
心田收获拼搏的幸福
在烈日的照耀下
青春带着无悔
向前进发

为了演讲比赛,我花去一周的时间与精力写稿背稿,做ppt,我为元旦晚会积极筹备,为了班务尽心尽力……生活中充满了惊喜,充满了收获,是如此充实和有意义。青春需要努力,需要坚定的心。

年轻没有失败,放心追求才应该。一切的光辉与美好都靠我们自己创造,经历风雨之后的彩虹才是最迷人的。

我向往这样一种感觉
舒缓静谧的秋日
将成功祈盼
心田收获丰硕的喜悦

在落日的余晖下
青春满载果实
向前进发

寒窗十年，我终于踏上北京这片土地，虽不能说爱她爱得多么深沉，只因她是我的梦。我渐渐与这里融为一体，渐渐释放我的身心，让快乐与自然充斥着我的青春。我怀着感恩的心，享受这种自豪与满足，让秋日零散的落叶看起来都如此精神与美好。

我向往这样一种感觉
冷冽冰雪在冬季
让冷静沉着
心田收获宁静的安详
在雪花的映射下
青春带着老练
向前进发

我渴望独立的一个人生活，并不是让自己肆意挥霍自由，只是觉得独立让我变得坚强与果敢。

我在五一独自一人去旅游了，在途中，我思考了很多，感悟到了很多……我很庆幸自己能照顾好自己，能为自己鼓劲加油。高兴时自己祝贺自己，伤心时自己安慰自己，毕竟读懂自己的只有自己。

青春需要沉稳与归属，像一片片飘落的雪花，自由地挥洒，直到落地融成水，才最终到达自己的归宿。

这19个春秋没有虚度，但我希望的是在将来未知的若干时间里，我能努力地生活，收获幸福与喜悦。其实我不惧怕失败与挫折，因为这会使我的人生更加多彩与耐人寻味。祝福自己！

携手相伴的成长

马晓君

　　同学常问我，有一个双胞胎哥哥有什么感受。每每遇到这样的问题，我都不知道该怎么回答，有太多的话想说，却又不知从何说起。从妈妈的十月怀胎开始，我们就一起携手相伴着长大，有血浓于水的亲情，有总角之交的友情，更有双胞胎奇妙的心灵感应，我和哥哥在冥冥中便有着千丝万缕的牵挂。转眼已走过了二十一年，荏苒时光不禁让人感叹，人生又有几个二十一年，我用文字记录下那成长路上的点滴，向哥哥表达我最崇高的敬意。

　　哥哥扩充了我的朋友圈，是我在无助的时候最想找的人。小时候，我成天跟在哥哥屁股后面，因为我知道和哥哥在一起，哥哥可以保护我，我就不必担心受欺负，就这样，哥哥的一票好友都成了我的好朋友，在那样单纯明快的岁月里，因为哥哥，我收获了一份沉甸甸却珍贵的友情，至今仍受益匪浅。

　　长这么大，我喊哥哥的次数不到十次，虽然我常和他生气，惹他生气，但是，记忆中，哥哥沉默坚忍的表情容忍了我的所有。在初中和高中很长的一段时间里，我一直自私地凭借着自己优异的学习成绩而凌驾于哥哥的自尊之上。初中时，我就自己定了目标，我要上一中最好的重点班。四年后，我顺利地迈进了一中的大门，哥哥中考却失利了，那时候的我沉浸于梦想的蓝图中根本无暇顾及哥哥的感受，哥哥对我一贯的迁就竟让我的话里有的时候带着小小的讥讽，那段时间我和哥哥交流很少，我不知道哥哥是怎么熬过来的，家里人认为的聪明无比的哥哥，竟然差点没迈进高中的大门，而我，用一个高高的分数打击着哥哥的自信。哥哥不想给家里增加负担，坚持要去上职校，爸爸却不同意，他不惜花高价，也要让哥哥和我接受一样的教育，因为爸爸始终认为哥哥是优秀的，我能做到的，哥哥也一样可以。上了高中，在甲甲班里，在全市最好的师资下，我依旧有比哥哥高出许多的分数，每次考试，我的分数几乎都是学校里的最高分。也许因为这样，在我的眼里、心里，我从来不认为他是我名副其实的哥哥。我不叫他哥哥，他从不和我计较。高二的时候，在哥哥的抽屉里，我无意中翻出了一张没有寄出去的信，竟然是写给我的。那是我们刚过生日不久，哥哥在信里面说，他多希望听我喊他一声哥，十八年了啊。看着

阳光洒满心灵
YANGGUANG SAMAN XINLING

信,我哭了,又把信小心地给哥哥放好。那个时候,我第一次觉得自己是个不称职的妹妹。我一直把哥哥谦让和疼爱妹妹的心当作我任性的资本,因为这样,我竟然给哥哥的成长带来了伤害。其实我知道哥哥在乎的不是"哥哥"的称号,而是哥哥在我心中的地位。我应该像对待真正的哥哥一样尊敬他。再一次放假的时候,我在公交车上见到哥哥,一路上,哥哥帮我拎着重重的书包,抬头看着这个身高早已高出我许多的男生,想起那封信,我的喉咙就哽咽了,哥哥就是哥哥,不管你觉得你比他多么有才华,多么优秀,在你最需要帮助的时候,他永远是值得你信任,值得你尊敬的人。高三了,繁忙的生活让我和哥哥没有多少机会见面,回家的时间也是隔开的。过新年的时候,哥哥竟然意外地给我寄来了明信片,在那个忙碌到友情都要干枯的岁月里,当我看着哥哥的明信片,鼓励与祝福敲击着我心里那块最柔软的角落。我拿着课本挡着自己的脸,小声地哭了,老师看到了我,拍拍我的头,我抹着眼泪冲着他笑了,看到老师宽容的眼神,我在感动中收好了明信片,心里面仿佛被注入了动力一般,开始发奋学习。

　　高考之后,我和哥哥一整个暑假都待在一起,我们一起帮爸妈干活,哥哥像个男子汉一样做着爸爸可以做的事,看着他挺拔的身影,我第一次觉得哥哥长大了,他不再是那个和我追逐玩耍的男生了,他是一个男人了,有担当,有责任。现在的哥哥在大学里有了女朋友,依旧阳光帅气。当我在学校孤单难过的时候,总是会拿着电话向哥哥发牢骚甚至哭嚷着,哥哥每次都用他简单的话语点破我庸人自扰的烦乱。亲爱的哥哥,现在早已是一个我可以依靠的避风港,携手相伴21年的成长,因为哥哥,我曾经怨过,讨厌过,哭过,笑过(因为我,哥哥也一定有比我更为难过的感受吧)。而今天,我庆幸我拥有着,我感怀着,幸福着,珍惜着……

生活从未欺骗我们

王秀明

> 生活是一面镜子,你笑,它也笑。
>
> ——题记

从明天起,做一个幸福的人,
从明天起,和每一个亲人通信,
告诉他们我的幸福,
那幸福的闪电告诉我的,
我将告诉每一个人,
给每一条河每一座山取一个温暖的名字。

我常常如此告诉自己,希冀着在即将到来的明天,生活的阴霾将会消散。然而一切的不顺还是比肩接踵而来。于是在苦过、痛过、哭过之后,我渐渐明白,生活是一面镜子,你笑,它也笑。当你用一种快乐的心态去看待它时,原本山重水复疑无路的绝境,也许就柳暗花明又一村了。

性格使然吧,我注定是个容易担心,容易忧虑,又极容易悲观的人。许久以来都想不明白如此多的人都得到上帝的青睐,为何唯独我被遗忘。朋友们老说我喜欢用放大镜去看痛苦,我甚是不悦,极力反驳。然而事实证明我的确放大了生活中很多微不足道的小麻烦。

我因为在一次并不那么重要的考试中失利而感到悲哀,因为体育课上自己的笨拙而耿耿于怀……一切在别人看来不经意的,对我而言全是生活中的一个又一个败笔。日子一页一页翻过,我似乎每天都会平添那么多的烦恼。

金色的九月,收获的季节,而我却埋葬我那支离破碎的梦想,一切的希望都早已随风飘散,绝望像巨大的海浪咆哮着向我涌来,而我却无能为力,只得任凭它一点一点吞噬我的世界。

半夜里,我心痛得难以入眠,给远方的西发短信:怎么办,我把生活过得一团糟。半响,收到西的回复:你要学会善待自己。

西是我高中时代的同桌,是个有着爽朗笑声的快乐的人,我很羡慕她总是一副少年不识愁的样子,很羡慕她遇到什么坎坷也总是轻描淡写的一句"管它啦。"即便是在高考阴影之下的黑色六月,她也还是一如既往的快乐。而我却做不到。

毕业时,西在我的留言簿上写下了她钟爱的那首《外面的世界》:外面的世界很精彩,外面的世界很无奈。她说,你是个容易悲伤的小孩,所以要记得把心打开,让阳光照进来。

要看到光明就要让心住得离太阳近一点。同是孩子的西却早早地明白了这个道理,并且教会我在幸福的时候要尽情享受,在不幸的时候要懂得为自己找寻快乐。

生活有无数扇窗,我带着憧憬轻轻推开一扇,却只看到悲伤、痛苦、绝望。我以为这就是生活的全部,于是再也不敢去叩开其他的窗。然而,那些我永远没有勇气再去开启的窗外其实是春暖花开,一片美好景象。

我们往往就是如此错过了生活的美吧。曾经的苦痛、绝望原来都只是因为开错了一扇窗。于是,我终于明白根本不必悲哀,更无须绝望,我们所要做的只是关上那扇开错的窗,重新打开另一扇。

生活从未欺骗我们,只是我们往往误解了生活,以为透过一扇窗看到的惨淡便是生活的全部真相,以为一时的苦楚便是永远无法抹去的伤痛。其实,

一切都是瞬息,

一切都将过去,

而那过去了的,

就会成为亲切的回忆!

吾 爱

李 欢

吾爱吾寝

人物介绍：

大阿哥：顾名思义，我们寝老大，但我以人格保证，此系雌性。套句琼瑶大婶的话，此女犹如冰山下的火种，外表清冷孤傲，内在热血奔腾。她最大特点是基本不会走路，每日以迅雷不及掩耳盗铃之势如破竹……奔波于厕所和寝室之间，踏地之声余音绕梁，三日不绝。

二子：不才，正是在下，因排行老二，又不时冒点傻气而以此名号著称于世。本人生平最爱咧着大嘴露出参差不齐的门牙搞怪惹事，但绝对是为朋友两肋插刀的主，心地是相当的善良。

三儿：一目了然，排行老三。因其贤良淑德的风格极度异于我们寝而被视为异类。但作为寝室长，其所作所为堪称楷模，不信你听：三儿，帮我套一下被罩；三儿啊，我袜子烂了，给我补补呗；三儿，看我柜子乱成什么样了，抽空收拾一下呗！呜呼哀哉，作为我们寝的超级"菲佣"，其受欢迎程度令我等望尘莫及啊。

虫虫：其高中的名号被我们沿用。身材细长，走路摇曳生姿，被我等心宽体胖之人讽刺为整天"扭着水桶般的水蛇腰"。她平时有点神经兮兮，考试前会认真地宣布"爸爸说会保佑我们通通过关哦"，搞得大家埋头于书本还不得不满地找眼镜。

黄黄：我们的老幺。其必杀技就是那天真无邪的笑容。惨死在此女石榴裙下的猛男、青蛙的数量令人发指。其有洁癖，经常会把我们乱七八糟的"窝"收拾得焕然一新，让我们自惭形秽的同时脸上还做出心安理得的表情，惭愧。

各位看官，正文开始了：

"别哭了，说话，到底怎么回事啊？"三儿坐在床上哭得梨花带雨，我们几个在旁边急得上蹿下跳。从天成回来半小时了，她就一直保持这种状态，弄得我们干着急帮不上忙。"刚才……才……买东西的时候，那个人……收了我20块钱，转身找钱的时候就换了张假的非说是我的，我辩解了两句，他就跟我吵起来，还对着整条街嚷嚷让大家小心我这个拿假钱的小骗子，我……"这种事情，不听则已，一听怎不让人拍案而起。况且欺负的还是我们温柔可人的超级"菲佣",天成的那帮奸商,就会挑软柿子捏,真是"是可忍,孰不可忍",对待这种人,只能以暴制暴了。我们一行五人,摩拳擦掌,浩浩荡荡地杀向天成。

一路上,大家气愤填膺,当然也没忘运筹帷幄一下。狗头军师的角色非本人莫属。三儿不用进去了,躲个角落观战即可,我跟大阿哥先打入敌人内部刺探一下军情,黄黄跟虫虫只要本色出演就OK了。商议既定,我和大阿哥大摇大摆地走向目标。唉,谁说人不可貌相,看那个女人跟个金毛狮王似的就不像好人。还没到跟前呢,狮王就已经凑了上来,"两位小姐需要点什么啊,我们这可是物美价廉呢!""我们不用价廉,把你们这儿的好东西拿出来看看。"大阿哥做出一副财大气粗的大尾巴狼的表情。我都要喷饭了,狮王还一脸窃喜地把我们领到一些小饰物跟前,还不忘大方地表示,"看中了就试试,没关系的"说着就招呼别的客人去了。绝好时机啊,事实又一次证实了我们善良的本质,只是弄坏了她的几个发卡和耳钉。大功告成,我跟大阿哥若无其事地全身而退。

半个小时后,我们的偶像派黄黄和虫虫隆重登场。狮王一见俩人,天真烂漫得像Hello Kitty似的立马露出碰见冤大头的狂喜表情,扭着"水桶般的水蛇腰"(这回是真的),就把俩人迎了进去。他们挑拣半日,好不容易等到人多了起来。"哎呀,快来看呀,这个发卡好漂亮。"虫虫一声呼朋引类的叫喊把大家的目光全部吸引过来,众目睽睽之下,虫虫小心翼翼地捧着个发卡(其实演的戏有点过,像捧了个金蛋),"是啊,还真挺漂亮的呢。"大家纷纷表示赞同。"哎呀,后面怎么是断的啊。""唉,这个戒指的钻怎么少了两个,我说老板怎么给我极力介绍呢。"黄黄也不失时机地插了进来。狮王还没反应过来呢,一脸茫然。"哎呀,这儿怎么这样啊,骗人嘛不是,走了走了,别让人骗了还傻乐呢。"大家议论纷纷都往外走,这下狮王反应过来了,板着好似一脸见鬼的表情冲过来,嘴里还不住嘟囔着"怎么可能,昨天刚进的货啊。"可是事实胜于雄辩,拿着戒指,狮王开始破口大骂"·#¥%老刘,老主顾还这样坑我……"虫虫拉着黄黄要走,可我们的黄黄同学好不容易逮到一个展示演技的机会,最后不忘SHOW一把,"您怎么能把破东西拿出来卖呢,还一个劲儿鼓动我,是不是觉得我特傻啊?"黄黄那满脸遭色狼欺负的表情任谁看了也得痛斥无耻奸商的卑鄙下流啊!而躲在角落里的我们三个已经笑得昏死过去了。

回去的路上,虫虫不住地忏悔,"我今天骗人了,可我觉得这种人不给他点教训,他还会欺负别人的,总之撒谎不对……"又一次爆笑。

啊,楼高高,天蓝蓝,阳光照着我们412!

有哭有笑,欢乐主导,我们相亲相爱的412!

闺中有此密友,夫复何求?

吾爱吾班

历史是一个很容易让人联想到古老和陈旧的东西,学历史的人很容易让人联想到古板和迂腐的学究,历史再和基地一联系就更增加了一丝神秘恐怖的气氛。作为05级历史系基地班的一名成员,我想告诉各位看官的是,这是一个朝气蓬勃的集体,这里有一群积极向上的青年,我们相信:这是一个吉他可以趴着弹二胡可以站着拉的年代,这是一个概念大于梦想,言大于坚强的年代,这是一个连月饼都透露古典主义的年代,这个年代很好,这个年代很坏,我们宁愿相信,这是一个最好的年代。

吾爱吾班,虽未与吾班兄弟姐妹商量,仍甘冒风险将吾班趣事与各位看官共同分享,这可能不会让你们对历史有所了解,但会让你们对学历史的人的看法绝对改观。

学历史的人难免沾染了文人一些附庸风雅的恶习。某日,班里忽然流行效法古人为自己起字号。众人冥思苦想,忽见吾班一猛男一跃而起,高声叫道:"我有了!"众人窃笑,他还洋洋自得,"我字长安","号呢?""号洛阳"。众人晕倒。

英语老师喜欢让同学用英语介绍自己喜欢的东西,跟大家一起分享,以锻炼大家的口语和听力。某日,吾班一武侠迷介绍了自己喜欢的小说,对于葵花宝典,他是这样翻译的,"sunflower bible ——from a gentleman to a lady"(太阳花的圣经,从一个绅士变成一个淑女),全班爆笑。

民族理论课的老师上课经常跑题,某日,忽然发问:"大家想,马和驴交配生下来什么?"吾班一自恃博学多才者迫不及待地大叫:"骡、骡。"这本没有什么错误,只是此男系南方苗族人氏,怎么听怎么像"我,我",晕!

在校运动会中,本人英雄气短,800米跑了个倒数第二。一气之下,我发誓"从头开始",扎进理发店剪了个樱桃小丸子的发型,众人议论纷纷,吾班时尚女郎口出惊人之语博得众人喝彩"二子,你买了个头套?"忍气吞声数日,我杀回理发店弄了一头卷,自以为美不胜收,洋洋自得之际,此女又发出惊天地泣鬼神的一呼,"二子,你换了个头套?"瞠目结舌，我无语了。

某日，吾班一男生突发感慨，"唉，女人如衣服，朋友如手足啊！"另一男生忽有茅塞顿开之感，一本正经地说道："敢情我是七手八脚的裸奔了十几年啊？"爆笑。

吾爱吾班，因为这里有一群胸有大志的小青年，吾爱吾班，因为这里有一帮热情洋溢的小愤青。吾爱吾班，因为在这里，我们指点江山，激扬文字；在这里，我们同甘共苦，荣辱与共。获得荣誉，这是整个05基地的光荣，遭到批评，这是整个05基地的耻辱。无论发生什么，没有人置身事外，没有人冷眼旁观，因为我们是一个集体。忽然想起运动会时我们的口号：05基地，顶天立地。是的，05基地，顶天立地，没有人能打败这个坚强团结的集体。

生活其中，夫复何求？

吾爱吾师

本不想写老师的部分，只因历史系的老师在不同的领域成绩斐然，深受同学爱戴。我这个黄毛丫头在这儿指手画脚，恐遭人追杀。但缺了老师的部分《吾爱……》着实不能成文，唉，我又要冒险了。

吾师之光辉业绩自不用我多言，现撷取日常教学过程中的小事与君共享，因行文有限且本人资力尚浅，不能一一详述，还是各位看官发挥自己的想象力，窥一斑，知全豹吧。如有不当无理之处，还请吾师多多包涵吧。

平易近人顽童派：

此派在学生中极有口碑，代表人物首推彭勇哥哥（通用范围仅限05基地，请用标准的普通话大声朗读后两字"葛格"）。因为谦逊和蔼的笑容是他的名片，我们搞不懂为什么无论何时何地看到他，他都有如此温暖的笑容，有时候会猜想是不是因为笑太多了面部肌肉拉伤回不去了。还有就是为了更好的帮助我们学习，他不惜自毁形象，将自己出去旅游时拍的穿卡通衫的照片给我们看，当然是想让我们看历史文物的，可彭勇哥哥像个叮当猫一样站在前面，怎能不让人捧腹大笑？

崔岷老师是此派又一代表人物。此人长得白白净净，文文雅雅，系北大历史系博士毕业的高才生，殊不知，竟是一狂热的球迷，酷爱意大利队。世界杯期间，因意大利与澳大利亚的一个有争议的点球，他与吾班男生争得面红耳赤。意大利夺冠时正赶上我们军训，大家普遍营养不良，每天看见吃的，两眼就放绿光。崔岷老师为庆祝，自己掏钱给我们改善伙食，从此一举奠定了他在平易近人派中无人撼动的地位。

说到此派，还有一人不得不提，那就是已过花甲之年的胡绍华老师。他一脸看透世事的平和笑容和微微发福的身材让人不免想起"容天下难容之事，笑天下可笑之人"的大肚弥勒。某日，讲课讲到傣族饮食，胡老师忽然陷入沉思，过一会跟我们说："唉，我在云南下乡那会儿，吃的就是竹桶米饭，那个饭香啊，砍下新鲜的竹子，就用身边的泉水，也不用担心有污染，米那个黏糊啊……"说着还不自觉地咽了口唾沫，似乎意犹未尽，补充道："真好吃。"大家笑成一团，唉，新世纪的周伯通啊！

一丝不苟学者派：

以钟焓老师和奇文瑛老师为代表。两人分别在满族史和西夏史方面有所建树，上课时将历史知识讲得深入浅出，举手投足间尽显学者气质。

慈眉善目家长派

正所谓"师者父母心"，这句话在雷虹霁和王素色两位老师的身上可谓体现得淋漓尽致。雷老师的口头禅就是"你们这些孩子啊！"王素色老师关心学生在吾系更是出名，现在随口就能叫出十几年前毕业的学生的孩子的名字。其师生情让人叹为观止。

对工作，兢兢业业，孜孜不倦；对学生，无微不至，视如己出。他们是中国知识分子身上应有的学识和修养的完美结合。其人格魅力引导我们在正确的人生路上不断前进。

人生能遇到吾师，夫复何求！

吾爱吾寝，因为在这里我感受到家的温暖；吾爱吾班，因为在这里我体会到集体力量的强大；吾爱吾师，因为从他们身上我学会了"人"字的写法。所以，吾爱吾系，因为这里有吾寝，吾班，吾师。50年前，仁人贤士在这里呕心沥血，辛勤耕耘；50年来，这里已是桃李满园，群星璀璨。接下来的50年，吾系也必将再展宏图，再谱华章，因为，吾爱吾系——历史系！

幸 福

王舒宇

"如果你失去了一个世界,请不要为此而悲伤得落泪,因为这是微不足道的,它不会减少你的幸福;如果你得到了一个世界,请不要为此而兴奋得无法入睡,因为这是微不足道的,它不会增加你的幸福。"

这是真实的人生,苦乐得失都会过去,都会离开这个世界,因为这都是微不足道的。

太阳落下了,请不要难过,请坚信明天的太阳会更加灿烂,你心中便充满了幸福——被温暖的阳光照亮的幸福!

花儿凋谢了,请不要失落,请为花儿默默地祝福,祝福明年花更好,心中便充满了幸福——为美丽的花儿所装扮的幸福!

人,活着便真的是一种幸福,这已值得我们时时感激造物主了。

幸福,真的就在你的心中!

其实,衡量一个人幸福与否,我们不应该询问那些令他高兴的"赏心乐事",而应该了解那些令他烦恼操心的事,因为,烦扰他的事情越小,越微不足道,那么,他就生活得越幸福——如果微不足道的烦恼都让我们感受得到,那真的就意味着我们正处于安逸舒适的状态了,在很不幸的时候,我们又怎会感受得到这些小事情,小烦恼呢?

人们常说"知足者常乐",这实在是一种通向幸福的好办法。我们一定要提醒自己不要向生活提出太多的要求,因为如果这样做,我们的幸福所依靠的基础就变得广大了。依靠如此广大的基础所建立起来的幸福是很容易倒塌的,因为遭遇变故的机会增多了,而变故却无时不在发生。在基础方面,我们幸福的建筑物与楼房建筑物正好相反,后者反而因其广大的基础而变得更加牢固。因此,避免重大祸害的最有效的途径是考虑到我们的能力,条件,尽可能降低我们对生活的要求。

住在一间小房子里,虽然它很小,但我们应该感到幸福,因为我们可以不必担心被雨水淋湿衣服;

吃一顿简单的晚餐,虽然它不高档,但我们应该感到幸福,因为我们的胃终究不是空空的;

听到一声鸡鸣,虽然你不能理解,但我们应该感到幸福,因为我们还能聆听大自然的语言……

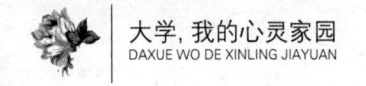

真的，我们真的很幸福了！

人要常怀幸福之念，神，也是一样的。

西西弗斯被罚推滚巨石上山，每次快到山顶，巨石就会滚回山脚下，他不得不重新开始这徒劳的苦役。听说他悲观到了极点。可是有一天，我遇到了正在下山的西西弗斯，却发现他吹着口哨，迈着轻盈的步伐，一脸无忧无虑的神情。我平生最怕见到太不幸的人，所以，看见西西弗斯迎面走来，尽管不是传说的那般凄苦模样，深知他的不幸的我仍感到局促不安。

没想到西西弗斯先开口了，他举起手对我喊道："喂，你瞧，我逮了一只多么漂亮的蝴蝶！"

我望着他渐渐远去的背影，不禁思忖：总有一些事情是宙斯的神威鞭长莫及的，那是一些太细小的事情，在那里便有了西西弗斯和我们整个人类的幸福！

青 春

段芷薇

当我独自走在青春的路上,
才发现原来,青春其实可以有——
各种不同的滋味
当我彷徨时,我的青春是灰色的
当我愉悦时,我的青春是黄色的
当我悲戚时,我的青春是蓝色的
当我感激时,我的青春是红色的
……
于是,缤纷多彩装扮了属于我的青春
我的青春也因此变得如此多姿
走在青春的路上,
有失落、有欢乐
有泪水、有微笑
有彷徨、有愉悦
有坎坷、有希望
……
但在青春的路上
更多地是滋润着我们心灵的阳光
那阳光啊,使我们
在绝望中坚强
在失败中成长
在逆境中豁然开朗
在孤独中不再悲伤
对于远离青春之路的人来说
缺少了这种坚定心灵的阳光
那又会是一种怎样的心境啊
于是,当我正走在青春的路上之时
我是幸福的,
那幸福的感觉将我整个青春紧紧地环抱着

我也因此对它格外珍惜
是啊,在心灵阳光的照耀下
我始终会以
一种积极的心态
一份期待的心情
沿着青春的道路一直走下去……

学会感恩

李晓芳

时间过得很快，转眼一年的时间又这么匆匆而过了，在这一年里，也不能说是经历了许多事情，但是比起去年来说，我懂了更多的事情，真的，虽然对于有的事情，当时可能会觉得有点不理解，但是我们毕竟还是在成长中，不是吗？总觉得自己很差劲，学习没有别人好，也没有别人用功，导致考试的时候成绩不是很理想，曾经抱怨过，也打电话向父母哭泣过，为什么我就那么的差劲呢？也曾经放弃过，这么说不是矫情，不需造作，我相信每个人都遇到过这种情况，抑或是正在经历着，但是我们不应该沉浸在困难之中，不是吗？就像对自己而言，也许只是自己没有尽全力而已，不需要抱怨的。我认为当一个人在面对困难时，别人所说的只能是一种鼓励性的话语，当然，我们的成长离不开别人的帮助与支持，但是别人说的毕竟不能使自己真正释然，只有当自己一个人在某一天，某一分钟突然顿悟，才会从低落的心情中走出来，真正主动地迎向阳光。

不是每一个人都会喜欢你，当然也不是每一个人都会讨厌你的。我们不能强求每一个人都会喜欢你，都以你为中心的，因为我们也不可能去喜欢每一个人，我们所能做的，只能是好好把握住那些喜欢你的人，珍惜他们并且给予他们你最诚挚的爱和关怀。

原本以为我们能够在一起一路走下来，这么长的时间，但是我们最终还是没有走到一起，是你首先放弃了，不是吗？那段日子我有点难过，走在风里，泪水会不由自主地掉下来，是的，我难过了，但是这也不能完全怪你。我唯一能做的就是，在眼泪流出后，仰起头，面向阳光——微笑。依然祝福你能过得幸福，但是我要我自己过得比你幸福、快乐，只是有的时候，在等公车时，在听到你所在城市的一切时，你就会突然闯进我的脑海中，是那么清晰，我的心就会觉得隐隐作痛，不是很激烈，但却是那么的真实，有点难过。我们就像沙漠中的两粒沙子，风吹过，一旦被吹散了，那便是一生的悔！虽然这样，但是那段日子已经过去了，我也撑下来了，不是吗？现在的我，在面对太阳的时候，已经能够发自内心的微笑出来了。

生活并不是都是灰暗的，其实快乐很简单，只要你怀有一颗感恩的心，真诚地对待每一件事情，你就会发现——阳光，其实是很温暖的。

我经常听到身边的朋友抱怨说她是如何如何的倒霉，上天对她又是如何如何的不公平。每当这个时候，我就会想，其实上天对每个人都是公平的，虽然你可能有倒霉的时候，但是你怎么能够忘了你也有幸运的时候呢？只是你一味地注重失而忘了得，所以我们要好好珍惜我们所拥有的一切。

　　朋友说我是一个爱笑的人，好像每天都挺开心的。其实我也没有什么秘诀，只是好像每天都能够从一些小事中感受到快乐。当我听到一首老歌的时候，当我读到一些感动的故事的时候，我会感到快乐；当我看到园丁给那些花儿浇水的时候，阳光下，每一朵花都仰起脸快乐地吸收水分，茁壮成长，这个时候我也会感到快乐。

　　原来，幸福最基本的含义就是：简单。让我们怀着一种感恩的心态去对待别人吧！

大学心路历程之感动瞬间

聂德艳

　　还记得当初上大学的时候,我是自己孤身一人来到校园,看着同龄的校友很多都围绕在亲人的怀抱之中,那一刻真的有种羡慕,但是也有很多跟我一样的同学,自己来到了学校,虽然形单影只,却不是孤苦伶仃。因为我们的内心如此激动与充实,甚至为自己而感动,也为自己接下来的大学生活构建种种美好的幻想与期待,犹如一只经过长途跋涉历尽千辛万苦的小鸟来到了一片茂盛的丛林之中,为即将到来的自由翱翔和潇洒的驰骋感到一种甜蜜的幸福,这比放在我这只鸟面前多少美味可口的虫子都要更加吸引我。

　　接下来的日子,包括此时此刻的分分秒秒都是我行走在大学历程中的每个脚印。这些脚印有深有浅,有顺畅也有曲折,有的脚印甚至一踩下去就刻骨铭心了。

　　刻骨铭心不一定就都是那些惊心动魄的片段和瞬间。在清新幽绿的校园之中晨读英语的时候,有一只小鸟飞到我身旁,视我而不见,当时那种满足和感动却令我如此刻骨铭心,尽管如此平淡,毫无波澜。

　　刻骨铭心也不在于要重复多少次,一次就足够。当我在学校的大礼堂下面静静聆听珍妮·古道讲诉她关于大猩猩的学术讲座的时候,那是一种刻骨铭心的感动和满足。不仅因为她是我多年崇拜敬重的女人,也因为和她的距离从遥远到邻近的历程。至于说刻骨铭心的爱情,这总是大学生活中永恒的话题。就如同农夫总是为他们田地里的庄稼操心一样,如同母亲养育自己的孩子一样。在我看过电影《一个陌生女人的来信》已三遍的此刻,我更加试图想要把我们的爱情比作我们的孩子一样。爱情是我们每个人的一部分,也是很重要的一部分,它如同是你的孩子一样,一个什么样的你就将有个什么样的爱情属于你,但是孩子不是从生下来就再不改变的,后面的培育更加重要,否则它很容易就会因为不健康或者畸形而夭折。但同时也要清楚,爱情只是我们人生的一部分而不是全部,就如同孩子只是你的一部分一样,而你还有自己的整个人生要规划。而大学生往往因为太过天真和浪漫经常把爱情放在一个至高无上的地位,而最终就失去了真正的爱情。当爱情成为你的全部和所有的时候,你实际上已经失去了爱情。爱情就如同是我们食物中的盐,没了它就一切淡然无味,但是补充能量和健壮体魄的并不是盐,而是不断丰富的学识和逐渐深刻的人生熏陶。

爱情固然重要,但是对亲人和社会的爱和责任也同样非常重要,进入大学以后我们会潜移默化地意识到这一点。当你在某一时刻觉得是如此想念家人的时候,当你在某一时刻为你所亲眼目睹的社会黑暗和不公而愤愤不平和义愤填膺的时候,那么你已经在意识到的历程中了。

阳光洒满心灵

易蕙玲

提起笔来，发现原来有很多事情值得记录，这里呢，我就简单地向你们讲述一下我心境的变化吧。

内向、忧郁，是身边多数朋友给我的评价。她们说的没错，从小开始，我总是不愿意将自己心里的想法说出来，好像放在自己的心里，事情就会解决。其实我自己也不太喜欢这样的性格，感觉自己的心都变得冷了，对周围的事情我也总是不自觉地选择逃避，好像只有这样才是安全的。

初中、高中的我

我的初中、高中是在同一所高中度过的，六年来，我内向而又倔强、好强，平时话也很少。课间，我总是坐在属于我的书桌前一个人默默地温习功课，所以，那时我的成绩自然是很棒的，而且我一直是学校的三好学生。但是，尽管这样，我其实并不是真的很快乐，总觉得生活很枯燥，只有每天回到家坐在电视机前看电视的时候，才觉得心情很舒畅、很放松。可不管怎样，那样的日子我已经习以为常；也就不会向他人所想的很郁闷。

果然，如身边的人预期的一样，我以全市第十的成绩很顺利的进入了我市的重点高中，高考时，我也考上了重点本科，尽管不是我心里所希望的大学，可那也足以让人羡慕了。

拿到录取通知书的那天，我真的好开心。在来北京的火车上，我看着窗外景色的变化，心里有些触动。南方是一个山清水秀的世界，就算是在下雪的冬天，当你拨开雪，你会看到让人清新的绿色，清澈、舒心的感觉便涌上心头。可是，过了武汉，我慢慢发现，绿色就像羞涩的少女般开始隐藏了起来，渐渐地变少了。南北方的差异是明显的，而我呢？

大学的我

大学是每一个新生都陌生的世界，互相都不认识，不了解。我想试着改变自己……

师兄师姐

在大学里，对于新生而言，师兄师姐是很重要的。大学陌生的校园让我们每一个人都有一种莫名的孤独感，害怕、羞涩是在所难免的。记得刚开学的那几个星期,每天晚上师兄师姐都会来到新生的宿舍与我们交流,看望我们,告诉我们一些校园里琐碎却又必不可少的事情。他们的热情、热心给我们带来了内心的温暖,我们渐渐的开始熟悉大学生活。

大一时,对于何在大学里塑造自己,给自己一个明确的定位,我感到十分的迷茫。很幸运的是,由于以前我在高中时曾经做过编辑工作,我成为院学生会学习部的干事,部长是一个师姐。她不仅在工作中帮助我,让我学会在大学里如何处理许多的事情,也教给我许多学习上的宝贵经验。特别是在院刊的编辑工作和辩论赛的准备过程中,我发现自己有好多的不足,师姐一直耐心地帮助我。

让我真正开始改变的是一位师兄。很偶然的一个机会,我进了一个社团,会长恰巧是我们院的一个师兄,我也很荣幸地成为联络部的部长。对于社团而言,我是一无所知的,是师兄在工作中让我学到了许多的经验。私下里,师兄也非常照顾我,对于学习上、生活上的困难,他也总是不厌其烦地为我解决。有一天,师兄给我发短信:"我们俩都背井离乡的,我当你的哥哥吧。"当时,我没有犹豫的答应了师兄。确实,是师兄在期末考试的前一天安慰我,在我受伤的时候关心我……我开始学会了向别人倾诉自己的烦恼,与别人分享自己的快乐。我想不再那么内向、忧郁了……

宿舍的姐妹

宿舍是我在北京的家,每天只要回到宿舍,我心里就会很安心,很舒适。我们宿舍有八个人,我是最小的,所以被她们叫成"老幺"。我们宿舍可谓是特别闹腾,每天晚上熄灯了后,大家都舍不得睡觉,总有聊不完的话题。

在宿舍里和我关系最好的当然要属我的姐了,她是云南的,说是我姐,只因为她的年龄比我大,可外表和内心呢,她算是我们宿舍最小的了。我们每天一块上课、吃饭的日子虽然很简单,但却很温馨。有一次,她跟我说过这样一句话:"就算是一块冰,焐久了都会化,你呢?"那时我呆住了,我知道自己存在的问题。慢慢地,我回想起她的话,从身边的许多小事中慢慢改变自己。

现在的我

现在,我的心境已经改变了许多,好比一首歌里这样唱道:"阳光总在风雨后,乌云上有晴空……"我想每个人的心灵都是充满阳光而明亮的,就像是彩虹一般灿烂、阳光一样耀眼……

至 美

肖人夫

　　信步于远古的岸边，站在历史的河畔，我寻找着心中的至美。一位形容枯槁的老人坐在岁月长河边长满青苔的石阶上，我驻足而望，庄子，是为至美之景。

　　在先秦，主要有五种人格理想：孟子的大丈夫人格，锋芒毕露，正义在胸；荀子的君子式人格，平和公正，循规蹈矩；墨子的苦行侠人格，赴汤蹈火，摩顶放踵，利天下而为之；杨朱的贵我人格，绝对自我，拔一毛而利天下，不为也；再一种，便是庄子式的人格了：独来独往，不吝去留，若垂天之云，悠悠乎往来聚散，在一种远离的姿态中显示出格外的美丽与洒脱。

　　当庄子闲心垂钓，拒楚国使者之功名利禄于千里之外的时候；

　　当庄子乘风逍遥遨游，击水三千里，不为外物所羁绊的时候；

　　当庄周梦蝶，不辨梦境，进入物化之境的时候。

　　每一个画面无不显示着洒脱与豁达，庄子便成为两千年之前一处至美的风景，每一片吉羽都铭刻着洒脱的光辉。这一切对庄子来说，已经变成不经意不可体会的一种存在，它们已经不再需要任何暗示或原因。因为它们变成了空气，变成血液流动的声音，变成触目所及的时光和回忆，变成了风痕。

　　于是，我向至美前行，向其顶礼膜拜，即使是用梦换来的一生追逐，也会无怨无悔。然而，面对迷雾漫天，名利二字不绝于耳。

　　此时，我更向往的是平庸的心态。平，是波澜不惊；庸，是雍容旷达。一颗平庸之心，我会体味到更多的人生。

　　设若站在北国的冬天，飞雪自穹庐间漫扬而下，它们一片片落在我的衣襟上，要怀着平和的心态欣赏华美的雪片，才会发现它们真的是六角的晶体，每个冰角都会带着晶莹的冰翼，才会有人生因其纯洁而美丽的瞬间。倘若不是怀着庄子般超然的心，却是怀着几十年前伟人的豪迈肃杀，我则只能看见大河上下，顿失滔滔，纵然有着欲与天公试比高的雄心，缺少的，却是淡然和闲定。

　　又仿佛身处江南的水乡，艄公摇着船桨拨开浅笑的水乡。我踏着青泥石板的古道，推开朱漆渐落的转轴木门，"吱呀——"在古老厚重的水乡背后，庭院深深带来的是，兰香袭人的喜悦。我会想起陈圆圆远去伶俜的孤影和生生被扯断的痴情，却断断不会为"冲冠一怒为红颜"而叹息的。

守住一颗平庸的心，我会由衷地感叹：即使我不够快乐，也不要紧锁眉头，人生本已短暂，何必还要栽培苦涩？

守住一颗宽容的心，我会明白博大可以稀释忧愁，宁静能够驱散困惑。

守住一颗宁静的心，我便可以不断超越，不断向自我挑战，即使远方是永远的远方，也会诞生一种东西，叫做奇迹。

回看庄子，这位老人在两千多年前便跳出世俗的轮回，风有过，从深远的古刹袭来，竟不带一丝功利的浊气。

至美。

庄子之所以凸现于岁月的浮雕之外，成为一处绝美的风景，在于人生的至喜与至悲均在他生命里浓缩，世间的洒脱与化境都在他岁月里聚焦，因其不吝去留，为诸多文人墨客而高山仰止。

可是，可是……

我无法手捧美瓷，寸步留香，叹只叹红尘浊世，行色匆匆，终于满地碎瓷，散落在岁月深处，人心深处，再也无从拾起。

抽刀断水，是最无奈的神话；举杯消愁，是最动人的悲歌。我感动于"一蓑烟雨任平生"的豁达，陶醉于"行到水穷处，坐看云起时"的玄妙，沉浸于"空山无人，水流花开"的意境，顿然领悟，洒脱与心中，是一种至美的风骨，是一种久经锤炼后的迸发与升华！换了心态，便换了人间！

不为形役，方为庄子之最高境界，又何必汲汲于人生的不达，而应该膜拜庄子头顶美丽而孤傲的魂灵！

想想伯夷、叔齐，想想陶潜、王维……无不洒脱，无不至美！如游龙潜水，凤翔九天！

不必摩顶放踵，不必赴汤蹈火，皆失落了至美风景的风度，看淡世俗足矣。眼前一朝风月，身后万古长空！

至美。

街道尽头的小屋

杨雪梅

"生活是幸福的,只因你忽略了;世界是精彩的,只因你不曾驻足。多一份思考,多一份感悟,你将拥有一份意想不到的收获。"

(一)

街道的尽头是我住的小屋,站在这个城市最高的楼顶上,能够清晰地看见它黑色的屋顶,宛如破烂的布鞋无助地被挤压着。

"你住哪里?"听到有变了语调的嗓音在质问我。

"哦,对,我住那里!"我用涨红了的脸带着滚烫的双唇回答着。

这就是宿命,我住在这个城市最贫穷的边缘!

"你属于这里,不论你离开了多远,你还是会回到这里的。"这是和我同住在小屋里的女人说的。

那个女人我一直叫她"妈妈"!

(二)

睁开眼睛,满屋潮湿的霉涩味,从天花板上硬生生挤进来的几缕阳光中有灰色的尘埃。

床头拥挤的书本肆意地摆着造型。我用双手捧着,在昏暗的房间里捧着沉甸甸的书。只因为我曾经对女人说:"我想离开小屋,我想离开这里!"而此时女人浑浊的眼睛会变得更加黯淡。

她时常会站在小屋唯一的窗口向街头望去,似乎在等待着那个负心男人的归来,在等待着那两个迷失了道路的儿子的归来。看见她灰暗的脸颊上有从深凹的眼眶里流淌出来的泪水……

(三)

小屋里尽是我和女人的气息!

女人说:"十多年,阴气太重了!"

因为缺少男人。

几年前,女人似乎也漂亮过。

那一天,在小屋的楼道口,我看见女人和一个陌生的男人!

我发疯似地流泪,在黑夜里,我胡乱地狂抓。心底里刀割一样的疼痛!

后来还是女人的手抱住了我,紧紧地,躺在小屋黑色的木板上,紧紧地,只有我和她!

(四)

想离开小屋,是厌恶了贫穷、是害怕了边缘、似乎也是疲倦了女人。2006年9月,我如愿地离开了小屋。女人把小屋里值钱的东西都换了,换成了衣服,换成了鞋子,换成了车票。女人只是送我出小屋,她颤抖的声音在楼道里有着回音:"我还是习惯这小屋,所以也不能陪着你去看大楼房了,一个人去读书要保重……"

走出街道尽头,回过身去看到女人落寞的身姿站在小屋的房檐下,灰蒙蒙的!

(五)

离开小屋已经一年了,生活在钢筋水泥的高楼大厦里,穿梭在忙碌的人群里,交织在灯红酒绿的世界里,似乎一样的是孤独了!

女人很少主动给我打电话,而我也只是在猛然地想起之后才会拨通小屋的电话。女人总是那些话语:"小屋的对面搬走了谁,又搬进了谁;小屋今天出现了几只蟑螂;你走时在小屋前栽的那棵树长高了……"而这头的我却早已被泪水哽咽了。小屋里的回忆是女人的全部,全部的回忆里除了不再出现的男人就只有我!

(六)

我现在依旧在这个高楼耸立的城市里生活着、学习着,只是心里会时常装着小屋以及小屋里的那个女人,也常常记起那句话:"你属于这里,不论你离开了多远,你还是会回到这里的!"

因为在街道尽头的小屋里有我的妈妈!

生命与阳光

朱 荟

"为了看看阳光,我来到世上。"巴尔蒙特的这句话,自从我第一次读到它,就几乎一天也没有忘记过。诗人如此诚挚、欣喜、宁静地歌颂着大地、春天和人欢马叫、喧腾不息的世界。掬一捧水,整个阳光便笑在掌心里,魅力四射,谁能抗拒?我们的呼吸,我们的灵魂,都在接受阳光。每一颗心灵就像是一扇窗,只要肯打开,就会吸纳到新鲜的空气,把彩虹架到梦开始的地方,用我们勤劳的汗水,将海市蜃楼变成现实,将阳光注入我们的生命。

风绪生命

风是一位魔术师,它手拿一支画笔,用五彩缤纷的颜色点缀我们的生活。自然界有各种各样的风:春之和风,吹绿杨柳;夏之狂风,摧枯拉朽;秋之金风,染熟万物;冬之寒风,万物肃容。人间有各种各样的风:追星之风,迷失自我;时髦之风,盲目攀比;受贿之风,锒铛入狱;高尚之风,万古流名……生命如风,五彩斑斓。生命的风只刮一次,作为新时代的大学生,聪明的、年轻的我们该如何用好手中的调色板,使自己的整个生命多姿而多彩呢?

春天的气息擦过小草,留下冬季后重新焕发的翠绿,满目的生机总能让人体验到生命的永恒。其实,生活在高速发展的社会里,穿梭于忙碌奔走的人群中,我们每个人的生命,随时都会有可能碰上湍流和险峻。如果我们低下头去,看到的只会是险恶与绝望,在眩晕之中失去了生命的斗志,使自己堕入地狱;如若我们抬起头来,看到的则是一片辽远的天空,那里是一个充满了希望,并让我们飞翔的天地,我们便会有信心用双手去构筑一个属于自己的天堂。

风吹起花瓣,如同破碎的流年,花瓣的摇曳落地也许将成为花朵生命旅途中最美好的风景,不是最漂亮的那朵花开始拥抱来年的希望。"明年百花依然会争春。"我们的生命不也是如此吗?若把每一次的失败当做一个新的起点,就不会抱怨生活的不公,反而会得到比别人更多的历练,我们的生活就会充满朝气和活力。花开花落,我们对生命的思考仍在继续,我们年轻就是资本,跌倒了,勇敢地爬起来,脸上再一次露出清澈的双目与幸福的笑容,生命也将更加缤纷绚烂。

奇迹的旅程

其实,生命的真谛并不神秘,幸福的源泉大家也都知道,每一个生命都是一个奇迹!一枝从污泥里长出的夏荷竟然能够开出像雪一样洁净的花儿;一个小小的萤火虫竟能在黑黑的夜里发出星星般闪亮的光;一只毫不起眼的鸟儿竟能在枝头像歌唱家一样唱出婉转动听的歌曲;一条柔软无骨的蚯蚓竟能在坚实的土地里如鱼在水中一般自由穿梭。

人海沧桑、旅途坎坷,哪里没有折不尽的荆棘藤蔓?哪里没有踏不平的沟沟坎坎?哪里没有意料不到的艰难险阻?假如你用青春的火花点燃心房的希冀,却都被飓风泯灭,假如一次次的期待都化为了秋天的落叶,那么,请你面对现实,珍惜自己,因为最能帮助自己、疼爱自己的,永远是你自己。你不能决定生命的长度,但你可以拓展它的宽度;你不能左右天气,但你可以展现真心的笑容;你不能控制他人,但你可以把握自己;你不可预知明天,但你可以利用今天;你不能样样顺心,但你可以事事尽力。人,尤其是处身大学校园的我们要懂得,世界上的路不只是单行道,路总是在没有脚印的地方延伸。人生要靠自己去拓展。

请坚信:我们的生命就是一次驶向奇迹的旅程。

让梦想发光

在民族大学,我晃过了大一,几多渴求,几多憧憬;几多怅惘,几多抑郁。大一的迷惑与挫折,给我重重一击,那痛苦提醒了我存在的真实,也让我学会了去思索人生。懂得天空是蓝色的,我的心灵就不应该始终被灰尘覆盖;懂得了青春是美丽的,我的心帆就不应该在逆境中起落落。人生需要我们用坚实的脚步踏出来。不要在空虚的幻想中设计自己,更不必在一时的失败中否定自己。要相信自己,相信未来,就像当初相信每一个童话一样。

记得妈妈跟我说过:"克服想家最好的方法是为了梦想忙起来。"是啊,我要让自己忙起来,充实起来,不要拿父母的钱饱食终日无所事事。大学是我们一生中最重要的时期,这里有我们将来最重要的人际关系,有我们实现人生价值的知识技能。大学给了我们很大的自由,我们要用它来发展自己,而不要让自己变得放纵不羁。在这个灯红酒绿、物欲横流的世界,有些同学沉迷在网络里,有些同学在安逸的生活中失去了往日的斗志,青春的生活不应该是苍白的。我们应该有自己的梦想与追求。

世易时移，时间湮没了黄金古道，荒芜了边城驿站，冷落了海路航线，但却怎么也泯灭不了人的追求与渴望。人的一生能有多少个梦想？其实，人生的梦想只有两个……一个实现了，一个破灭了。人生在世，谁没有梦想，谁没有渴望，谁没有期盼，谁没有追求，就像花儿渴盼春的讯息，果实渴盼秋的爱意，沙漠渴盼流彩的绿洲，草原渴盼及时的雨露。一个又一个渴盼、追求、梦想，编织着生命的道路，让你对前方充满憧憬。

心灵的选择

住在尼斯德堡的那位老人告诉我们："能让我们的心灵感到深深震撼的有两样东西，一是我们头顶灿烂的星空，另一种是我们心灵的准则。"灿烂的星空已被污染，我们只剩下了心灵的准则。人生是一个显示屏，我们的心灵选择什么准则，我们的人生就会显现出相对应的画面。

我们的心灵选择宽容。比大地深远的是天空，比天空博大的是我们的心灵。博大的心灵如雨水清洗过的花瓣上的露珠，莹晶剔透，它可以包容一切，可以净化所有的尘埃。对他人敞开宽容博大的心灵，用心的温暖来驱逐冬日的寒冷，溶化隔膜、误会和嫌疑，抚平创伤。心灵选择了宽容，太阳会更明亮。

我们的心灵选择纯洁。诗人把纯洁比作水，比作雪花，比作珍珠；作家用纯洁来形容天使；画家用纯洁作为作品的底色；而我们，却选择纯洁作为心灵的准则。我们愿意毕业后去偏僻孤远的山村作乡村教师，用纯洁的心灵去传授知识，去开启心灵的智慧。只因为我们的心灵选择纯洁，愿作纯洁的化身，让世界更纯洁。

我们的心灵选择坚强。尼采曾说："处在痛苦中的人只有选择坚强的权利。"而我们即使不身处痛苦之中，我们也应该选择坚强。因为生命中要有一种硬度。面对不幸和挫折，不要轻轻叹息，不要露出指头的点点伤痕，我们要用坚强去抵抗一切想要压倒我们的努力；用坚强，我们逃离火海；用坚强，我们战胜疾病；用坚强，我们打败敌人。坚强支撑我们的人生，打造我们坚硬的生命。我们的心灵因选择了坚强而放射出金刚石般的光芒，我们的人生也更有力度。

我们的心灵选择……城市里没有了灿烂的星空，我们还有心灵，心灵为我们的人生选择各种色彩，为我们描绘美丽的图画。我因心灵的选择而美丽，我为心灵的选择而骄傲。

生命的阳光

  阳光，它无处不在。它舞蹈在埃菲尔铁塔，它攀登珠穆朗玛，它游览万里长城，它照耀尼罗河，它亲吻自由女神；它被贮存在《诗经》中，它闪亮在古希腊奥运火炬上，它跳跃在美妙的歌声中……生命的阳光是美，是幸福，是纯净，是温馨，是柔情，是思念和怀想，是和平……凡高受尽生活之黑暗，他渴望阳光，那被阳光燃烧的《向日葵》，热烈、激情全世界。

  其实我们每一个人的生命都可以化为阳光，暖暖的。开始行动起来吧，只要你怀抱着梦想，为之努力奋斗，同时，真诚地对待他人，帮助他人，你就是阳光。对明天，我们不再说不在乎，每一件事都完全地付出。我们开始挑起重任！年轻没有失败！我们对青春负责也对生命负责！

  为了看看阳光，我来到世上。

  为了成为阳光，我祈祷于世上。

打开心窗 享受阳光

柏杨

流光一闪二十年，红了樱桃，绿了芭蕉。生命的历程如同一次远行，有平坦大道也有崎岖小路，有晴空万里也有阴雨连绵。打开心灵的窗户，让阳光驱走内心的阴霾，照亮心田，便可收获一份绿色心情！

打开心窗，让生命的河流激荡，让梦想飞舞过无尽的峰峦；心中的远方，就从脚下起航！打开心窗，享受阳光，生命从此更加灿烂辉煌。

抬头仰望美丽的天空，蓝得没有一丝杂质。她孕育了一切空灵，亘古不变的空灵是我心中的虔诚。那片片白云托起了一颗颗放飞的心灵，在天空中自由的飘动。金色的阳光下，去放飞我们心中的梦想吧，在天幕上缀上恒久的心愿，每一颗都是那么的纯洁美好、富有希望。

"阳光"这个字眼在我的心中存在多年，但我在不同的时候对它有不同的感觉——时而无比柔滑，蹁跹如蝶，时而极其炽烈，温暖似火。每当我面对失利，心情沉重的时候，就在那一瞬间，突然一丝亮光透进我的心田，赐予我摆脱地心引力的力量，让我顿时神清气爽。

经历了这么一小段生命的历程，我却也深深地体味到：我们不必渴求没有痛苦的人生，因为没有痛苦的人生是不能感受快乐的；不要痴望没有风雨的心路，因为不经历风雨就不能见到彩虹！"逝者如斯夫，不舍昼夜！"不老的生命之歌给我们以无限的思考空间，让我们去回味那无数个充满阳光的日子！

让温暖的阳光洒于心窝，让心灵长出翅膀飞到晴空之上，去体验刘禹锡书写"晴空一鹤排云上，便引诗情到碧霄"时的那份激昂。沐浴着暖暖的阳光，我竟开始奢望让生命的境界上升，化作鲲鹏来一次天地间遨游。毕竟我不能"遨游于天地间"，但是，光是享受内心的缕缕阳光就足够了。我一直喜欢看古圣先贤们的作品，从字里行间中体味他们的端庄肃穆，读懂它们的旷达不羁。陶醉其中让我渐渐感受到他们的文字所承载的思想与情怀，那如穿越时空的一束束阳光，以强大的能量为我荡开一个宽大的胸襟。

几年前的一次登山经历让我感慨万分，也让我更加坚定了"笑对生活"的人生态度。登山必自，一步步用青春躯体去丈量千古励志之路，真真切切体会"士不可不弘志，任重而道远"的况味。五点钟不到，我们便从山脚出发，一路上先是晨光熹微，渐渐从墨黑的天色里透出月白、水蓝，直到嫣红姹紫，染红了满天霞光。不大一会儿，我便感觉这沐着清晨阳光的山间小路好似一条朝圣之路，我们正迎着生命的朝阳在这条路上攀登。在山腰处，我们饱览山上的大好风景，放眼望去，遍山葱茏、山花烂漫，大自然的造化使我对生命有了更深的理解，柔和的阳光中折射出我们面对生活的微笑。

大自然教会了我，让我在自然人格中得以超越，心灵邀游；社会却教会了我在社会人格中丰富自我，以身实践。而走向社会之前，我们必须踩稳"大学"这块跳板。在民大已生活了两年的我，面对如今严峻的就业形势，不免有些心慌意乱。不过，"恰同学少年"，只因拥有青春这笔宝贵的财富，拥有阳光的心态，我相信生活的动力就会永无止境，而青春的激情与活力也将为我开辟一片晴朗的天空！

前几天我刚刚度过20岁生日，与朋友聚会一番玩耍之后，我不禁思考——长大究竟意味着什么呢？意味着要开始承担责任、履行义务，意味着要面临更多变化，意味着要不断适应新的、更复杂的环境，包括勇敢面对自己……

"我终于看到，所有梦想都开花，追逐的年轻歌声多嘹亮；我终于翱翔，用心凝望不害怕，哪里有风，我就飞多远吧！"每当失落的时候，我总能够在这曲歌声中找回坚强与自信，找回自信阳光的我。

很喜欢《庄子》里的一句话"乘物以游心"，但是经过了这20年，我也没有彻底明白：我们的心究竟可以邀游到多远？真的从心底羡慕逍遥的庄子，他于虚静中挥洒着放诞，于达观中流露些可爱的狡黠。

说到阅读"老庄"，我明白了许多道理。真正的穷人是精神上的空虚者，并非生活上的潦倒者。现代社会竞争异常激烈，有些人在欲望面前迷失了原本的自我，物质文明的进步让一些人变得理想虚无、感情沉沦，人们在疲于奔命追求财富和名誉时，竟忘却了内心深处最本质的东西。当白云融入夕阳，放飞心灵吧，让目光痴成一湾清泉，来洗涤一切沉闷和忧郁！

其实，过快乐充实的生活才是最理想的，多一些内心淡泊，少一些投机取巧，生活就一定会多一些微笑。心态决定生活状态，让我们从现在起把握良好心态，努力快乐地生活！

如果日子变得忧郁，那可不是阳光冷落了心，而是心拒绝了阳光。每向前走一步，就会迎来一个崭新的世界，只要我们打开心窗！当我们打开了心窗，彼此就不会有隔阂，当我们打开了心窗，真诚才能融入心窝。我们渴望美好的事物，我们追逐生命中最纯粹的情感，我们一路坎坷却依然执著。给心灵一个更大空间，让自己拥有更大的境界。用我们的脚步丈量生命的历程，用我们的体验开启健全的心志。

大地懂得打开心窗，于是被阳光染成了金黄；树木懂得打开心窗，于是被阳光漆成了碧绿；那么我们人类呢？打开心窗，享受阳光吧，让阳光播撒希望的种子，等待我们去收获金色辉煌。

打开心窗，放飞那积蓄的情感；打开心窗，让心灵洁净超然；打开心窗，寄托那份往昔的怀念。打开心窗，享受阳光，用那颗纯真的心看世界，捕捉世界美好与可贵！

朋友，如果现在你正在沉闷中，打开心窗吧，让我们一同来享受阳光！

游园会

黄怡鹤

> 现在，甚至以后的某个时刻，偶然也回想起夏日晴天里游园会上的一切、一切。
>
> ——题 记

旋转木马

还记得那个遥远的下午。

静静地骑在独角兽的脊背上的孩子，感受着不再耀眼的夕阳洒下的和煦的光芒所点燃的心潮澎湃。内心的激动使他幻想出马达的轰鸣，尽管他正襟危坐在静止的独角兽上，因幻想中的满足迫使他洋溢出满意的微笑。

终于，当在独角兽旁的银翼飞马上骑着另一个孩子时，传动马达的确发出了低沉的轰鸣与尖锐的摩擦声，却都被隐藏起来的扬声器中传出的欢快音乐给湮灭了。然而人们又仿佛听见了孩子们清脆的欢笑。因为，快乐是遮不住的，用心便能听到。

音乐的旋律中，旋转木马，一圈一圈，此起彼伏，简单的程式却给予了我们无穷的快乐和无尽的遐想。这是什么？这便是童年。因为，你可以起伏，但决不可走出轨道，要知道快乐的秘密便刻在旋转木马的马背上。

云霄飞车

云霄飞车带来的快感不言而喻。

从第一眼看见它，体内的荷尔蒙就处于高压，并在肾上腺素的刺激下，迫不及待的我们便攀进整装待发云霄飞车。

在不耐心的等待中清楚地听见刹车松开的机械摩擦声，随后从信噪比颇低的喇叭中传来操作人员的致辞，那些却早已被我们紧张的神经给忽略了，同时忽略的还有痛苦和烦恼。几十秒后返回地面，仅存心中的，除了激动便是快乐。

之后那种感觉会持续一秒、一分钟、一小时、一年……现在，偶尔的回味似乎也能反刍当时1.12%的激动或者快乐。

而这整个感觉仿佛又渗透了我们整个后童年和准青年的时代，去时林阴不减，来时的路途上承载的痛苦与快乐，走过之后，便是成长，不知而

阳光洒满心灵

不觉的成长。那云霄飞车中蕴藏的快乐潜移默化地进入了我们的成长。

摩天转轮

模仿着时钟奔跑的姿态,笨重的摩天轮转动着自己的舞台。

过去的时光中,我总是对摩天轮充满了畏惧与厌恶。畏惧来自对高度的恐慌;厌恶则始于圈复一圈,单调的无聊。

往日中汇集的亢奋与能量使我们自作主张地拒绝平淡,挑战刺激。于是,我们不由自主地生活在自己渴望的奇幻世界里不愿自拔。

然而那股热情终究不比太阳炽烈,但即使是太阳也终有燃烧殆尽的日期,热闹过后终于回归平淡——就像时间悄悄地滑过空间,摩天轮仍旧缓慢旋转。

我们开始习惯平淡的生活,这甚至成为一种自然,摩天轮不再恐怖,却仿佛又充满期许。我行我素的摩天轮在15分钟的时空中完成了从始点到始点的回旋,高低起伏的澎湃。平淡生活中的我们不再期许,高低起伏的澎湃,而是企盼那15分钟里的故事:和自己喜欢的人,在天地起伏的二人空间中,缔造出一个个来自天意的安排,抑或一个个奇迹的发生。

就这样,摩天轮的诱惑不言而喻。于是,我们在真实生活中寻找着摩天轮中他和她的座位。

学会珍惜

康丽娜

　　人活于世，经历无数，但是我相信很多人都曾有过这样的疑问："人生中最宝贵的是什么呢？"有人说是"已失去"，还有人说是"得不到"。殊不知人生中最宝贵之物，并非前之昭昭，亦非后之追忆，而是此时你手中所拥有的一切，因此如若想拥有幸福，我们就要学会珍惜。

　　或许是当今的社会给了我们很大的压力，现实中的很多人对自己的生活总是充满了埋怨和不满。人们总是在疑问，为何幸福从不曾光临自己的门前。可是如果你细心留意身边，你会发现，幸福其实就在我们的身边，只是我们不曾留意珍惜。

　　我们生活在美丽的象牙塔中，然而我却能经常听到这样的声音，他们抱怨自己的学校不好，抱怨自己的专业不好，抱怨自己的老师不好，整日喊着"郁闷"。也许是我们太年轻，还不懂得珍惜时光的美好与短暂。但是我们应该知道的是，有多少人因为各种各样的原因，他们不能踏入大学之门，也许只有当我们真正地看到，那些徘徊在象牙塔外那一双双求知的眼睛，也只有当青春随岁月流逝，一去不复返之时，我们才会珍惜。也许那时我们能做的就只剩唱着"骊歌"阔别美好的象牙塔中的岁月。学会珍惜生活，我们将不再迷茫。

　　学会珍惜，我们要珍惜身边的每一份关怀，也许你已经觉得父母那份厚重的关爱平凡得不能再平凡；也许你的校园生活丰富得使你无暇主动给父母去个电话；但是我们应该明白的是，只有父母才是那个——你想要一片绿叶，他就会给你整个春天的人。我曾听过很多朋友对我抱怨自己的父母啰嗦、古板，但是我还曾真真切切听到这样一个朋友含着泪对我说："如果时光能倒流，或是能让我再见他一面，我要做他最乖的儿子。一些感情是当你拥有时，你不觉珍贵，可是一旦失去，那种悔恨和痛苦会随着岁月侵蚀进你的脑海和心房，成为你永远的遗憾。因此，趁着我们还可以为父母做很多事情的时候，请让亲爱的爸爸妈妈们知道，你也同样珍爱他们，就像他们珍爱你一样。

　　我们要珍惜每一缕阳光，每一株花草，因为我们还清晰地记得在那个非典肆虐的时节，那种被隔离在春天之外的痛苦。学会珍惜，珍惜身边的每一股甘泉，饮水思源，滴滴琼浆皆来之不易；学会珍惜，珍惜你的每一次成功，因为它是你奋斗的结晶，珍惜你的每一次挫折，因为他将教会你如何变得坚强；我们要珍惜每一份友情，珍惜别人向你露出的每一次微笑，递过的每一双手，因为那是一次真挚感情的流露，是一次真诚善意的表达。

也许当面对如此多值得我们珍惜的幸福时你还在叹息，还在摇头，感叹这些所谓的幸福过于平凡，感叹于作者的伤感与做作，可是当你看到我们的世界上有多少人在饱受饥荒与战火的蹂躏，有多少人在承受着疾病与恐怖的威胁，有多少人每日沿走在生与死的边缘时，你还会觉得我们现在的生活不值得珍惜吗？

不懂得珍惜的人是无知的，因为他截断了生活给我们输送幸福的源泉。不会珍惜的人是孤独的，因为他永远把自己隔离在生命的冬天。学会珍惜，就如同给幸福添加养料，学会珍惜，就如同给成功灌溉琼浆，学会珍惜，我们将永远生活在生命的春天。

因为珍惜，所以拥有，因为拥有，所以幸福。珍惜每一次日出，珍惜每一句问候，珍惜每一份付出，珍惜每一次收获。

学会珍惜，我们将懂得生存的价值！

学会珍惜，我们将拥有生命中最宝贵的一切！

心灵的旅途

蓝智钢

想象是美丽的天使，给心灵插上飞翔的翅膀，让人快乐无忧地享受未知的生活。从领到大学录取通知书的那一刻起，我便开始想象自己的大学生活：轻松地漫步在大学的校园里，快乐地学习，积极地竞争，自由地追求爱情……一切都是那样地顺畅。

2006年9月，我走进了梦寐已久的大学，开始体验真实的大学生活。起初我的感觉非常的好。我简直就像一只快乐的鱼，自由自在地在广阔的大海里畅游，我似乎享受到了久违已久的快乐。真的，开始的一切几乎和我想象的一模一样。可是，快乐却像一阵风。大学刚向我招手，生活的天空却飘来了几朵乌云，突然间落下的雨点，让我猝不及防。我的心灵便在这样的情况下，进行着旅行。

我一向都是这样评价自己：比较自信、很自强，低调但不失个性，积极参与，勇于拼搏。初到大学，第一件很重要的事情是班委选举。我觉得这是检验自我能力的好机会，于是，我积极地报名参选了。我自信满满的，我觉得在班里赢取竞选对我来说应该是相当简单。最后我却意外地落选了。当时，我真有点失落，不过我没有过分地悲伤。毕竟，这只是一次竞选失败。我努力地调整自己的心态，自我安慰：你尝试了，尽力了，便是成功。下次再来。

不久，机会又来了，我们院学生会竞选。这次竞选，我非常的重视，下定决心要成功。我总结了上次的经验教训，并做了充分的准备。第一轮我顺利地通过，但还需要接受第二轮为期一周的考验。为了胜利我付出了很多，在那一周里，我异常努力地工作，积极地表现自我。可老天似乎有意在捉弄我，我又一次落选了。这次，我的心真有点刺痛，我失落了很久，但我没有灰心。最后，我凭着"精神胜利法"挺了过去。

就这样，我在大学里悲惨的竞选经历告一段落。接着，我又重新开始我的大学生活，尽管心灵上的伤还未完全恢复。

大学应该是爱神最经常出现的地方，从来未有过爱情经历的我，竟然在刚入大学那天就早早地被丘比特之箭射中。我喜欢上我们班的一个女同学，尽管是单方面的，但我很投入。我体验到了从未有过复杂心理，现在回想起来觉得自己真的很傻。不到一个月，我按捺不住心中强烈的欲望，

阳光洒满心灵
YANGGUANG SAMAN XINLING

勇敢地向她表白了，虽然这对于性格有点内敛的我来说很难。可能是太天真了，一开始我便认为我们会像电影里的男女主人公那样坠入爱河，结果她严词拒绝了我（她当时说的话现在想起来，我还会伤心）。这简直是晴天里的霹雳，顿时我被击蒙了。那一刻，我心灵的最后一道防线被失败彻底冲破，我瞬间崩溃了。

拖着沉重的身躯，我游弋在大学校园里。尽管阳光明媚，到处鸟语花香，但这些在我的眼里都蒙上了一层灰色。我的心碎了，我无力再承受生活的考验。残酷的现实，接二连三的失败，像一只黑手把我推入痛苦的深渊。我自信的源泉，也在一次一次打击中濒临干涸。我感受到了前所未有的失落与痛苦。大学突然间让我感到莫名的恐惧，一时间，我成了一只断了线的风筝，迷失了方向。接下来的很长一段时间，我都无法走出失败的阴影。

这样以后，我便经常通宵上网，我幻想自己能在虚拟的网络世界中再找回自我。可是，每每走出网吧，我却感到更加的空虚，空虚得令我感到恐惧、无助。然后，我又经常晚出喝酒，想借着酒精来麻痹自己。渐渐地，我的生活陷入了困顿，我愈是放纵，愈是迷失。以至于有一次我躲在角落里号啕痛哭。我真的不想再这样继续。

不要放弃生活，因为生活不会放弃你。后来，我结识了一个学长，他是我的老乡。善解人意，乐观积极是他给我的印象。出于对他的信赖，我经常向他倾诉我的愤懑。每次他都用心倾听，并积极地开导我，这样他便成了我的心灵修复师。他经常对我说：只有上帝才是万能的，人只能做自己力所能及的事情。如果你不能改变今天的天气，你就尝试改变自己的心情。人之所以柔弱是在于他不敢去面对生活的不幸……潜移默化，我接受了这些思想。他就以这种方式让他生活中的阳光照到了我的生活中。渐渐地，我走出了自己挖掘的陷阱，学着乐观勇敢地面对生活，快乐生活每一天。

其实，在现实生活中。快乐与烦恼并存，正如生死相伴；希望与失望同在，正如成功与失败不可分离；选择与放弃同在，正如完美与缺憾可以相互转化。关键在于你，如果你选择了快乐，你就拥有快乐，奉献快乐，得到的还是快乐；寻找希望，失望便逃之夭夭。

人人，事事，处处，皆是如此。与其混浊而迷茫地生活，不如尝试改变一下自己的心态。当你有了希望的蓝图，有了生活的热情，你就会发现生命原来如此的深重。人的心态只有变好，生活的质量才会提高。

体会自己心灵的历程，不想就是心态的蜕变与磨炼。在苦涩与甜美的回忆中，我明白了许多，懂得了许多。

成长的插曲

刘 冉

> 遇到匆匆离开你人生的人时,要谢谢他走过你的人生,因为他是你精彩回忆的一部分。
>
> ——题记

成长的路途艰辛坎坷,我们风雨兼程,马不停蹄。可是,偶尔,路边的风景也会令我们心旷神怡,给我们的旅程增添乐趣。

"你为什么叫零时?"

"因为我收回所有的时间。"

"我的你也要收回吗?"

"那就留下你的吧。"

简短的几句话,结束了我们的初次相遇。后来,我们成了同学。零时是个长得很干净,也很聪明的孩子,只是有些内向,除了我,他不太喜欢和别人说话。可能也有另外的原因,他是个跛子……那时,大家都还小,不懂得考虑别人的感受,更意识不到他特殊的情况。因此,他经常因为走路一跛一跛地而被同学们取笑、耍弄。

但是,每天他都来找我一起上学,他把我当作好朋友,尽管我们居住的地方距离不是很近。他背着绿色的帆布书包,走路不能很快。而我是个很爱运动、活泼的女孩,总是跑跑跳跳,把他落得很远,然后笑话他。他目光中有一种失落匆匆闪过,但接着他会陪着我一起笑。

大家都嘲笑他走路的样子,所以人多的时候我就有些不自觉地和他拉开距离。因为很多人都不喜欢他,我也顺势而行。很少有人愿意接近他,他总是处于很孤独的境地。一个群体对一个个体的疏远是可怕的,那时我亲眼目睹这种威力,我看到个体在这种压力下的胆怯和软弱。

但是他的成绩却很好,每门功课都名列前茅,老师们很喜欢他。每次他都积极地举手回答问题,答案每每让老师不自觉地连连点头。就连我们每个人都很头疼的英语,他学起来也如鱼得水、如虎添翼。也许他在建立自信,认为只有这样才能赢得善意和友爱。可这样做的结果却事与愿违,更多的同学敌视他。他发言完坐下时,凳子被别人在后边抽去,结果他跌在地上,引来满堂的哄笑,笑声中充满了得意与不屑。

他望了望我这边,眼眸里满是自卑和无助。坐在凳子上的我,仿佛坐在了钉子上，再也坐不住了。我忽然开始知道一个人在艰难时刻对友谊的渴盼，一份友谊对他是怎样的支持和温暖，以前我对他的种种浮现在眼前，我是多么愚昧与无知。

那种刺耳的笑声仍在绵延，而我却再也不愿受环境的制约和影响。我跑过去把他扶起来，我鼓足了勇气对大家说："你们这样做是不对的！你们不能因为他腿上的残疾，而嘲笑鄙视他，这样对他不公平。他是我们其中的一员，和我们一样，更需要我们的帮助与支持。而且他的成绩那么优异，是我们学习的榜样。"说完这些我低头见他，已是泪流满面。而笑声从此终止了。同学们再也不对他无理、欺负他了。

但最后，不幸没有离他远去，在一次放学的路上，他被车撞倒在血泊中……他走出了我的生命。

回想成长的征途，他成了我的插曲，尽管没有陪我走完人生，却在我人生的画卷上留下了不可磨灭的一笔。是他让我学会了长大，学会了珍惜。当友谊光临你的时候，不要把她拒之门外。

正如题记，谢谢他走过我的人生，因为他成为我精彩回忆的一部分。

快乐的成长

宋宇光

人生漫漫长路，我们要一步一步地走。成长，让我猝不及防，一只脚还没来得及踏出幼稚的门槛，另一只却已徘徊在成熟的边缘；成长，又让我欣喜若狂，昨天还不知所措，今天已满怀信心。

成长，我们每个人都必然经历也必须面对，不管在成长过程中我们会经历多少辛酸，将承受多大的压力，面对多久的等待。因为即使我们经历了以上的种种，成长也会不断地增加我们的喜悦和快乐。所以，只要我们想要更多的喜悦和快乐，就要让自己始终在成长。还在成长的人生，才是充满喜悦和快乐的人生。

还记得大学生活的第一年，我的心中满载理想。凭着那份冲动和希望，我积极地参加各项活动：文艺、体育、竞选……可是上天好像故意和我开玩笑，一次次的失败使我似乎真的失去了信心和勇气。天是灰暗的，风是无情的，连空气都不愿和我接近……我想到一切词语来贬低自己：无知、冲动、暴躁、无能、肤浅……我决定放弃自己，放弃进步，放弃成长……

就这样，平静中，我走到了大学生活的第二年。就在我还是决定无味地度过余生时，曾经抛弃过我的命运之神走到我身边，他决定再给我一次机会：院里要举行一次迎新文艺晚会。我犹豫着，又不时幻想着；我想到不久前那苦涩的沮丧，也想到很久前那甜甜的希望……我动摇了，最后决定暂时忘记从前的打击，再给自己一次成长的机会。这段独自的、苦苦的内心挣扎后，我发现在自己湖水般平静的外表下，原来一直藏有一种情感，如同冰雪下汩汩涌动的细流，它告诉我要积极地对待生活，无论生活有多么艰辛；它也催促着让我焕发冲天的干劲，去创造，去成长。就这样努力着，我迎来的是一个个硕果！

总以为自己已经长大。但几许拼搏，几许挣扎，几许磨砺之后回头看去，我才发现那是自以为是的想法。在我们的人生里，始终会存在这样那样的问题，它们不断地折腾着自己。如此，我们的人生，由生到死，即便是不断地在成长，事实上，也不可能达到极致，只能够是不断地提高、改善，向更好的方向发展，从而靠近完美的境界。

成长的路上，谁都不可能做到一步登天，直达终点，像开花不能立即结果，美梦不会醒来就成真一样。人生的成长之路，是曲折崎岖，跌宕起伏的。谁都要慢慢地长大，度过幽幽的岁月，经过风霜雨雪的磨砺，长大成人。只有这样，我们才会减少幼稚的想法、无知的冲动，改变娇嫩的面孔、单纯的心灵，逐渐成熟、丰富、深刻，而这些曲折和起伏才是我们成长的动力，才是成长的真谛！

人生的成长，其实是一种心态，只要我们的心不放弃！我们的成长，有时候，不得不让自己孤独地去感受及体验；有时候，不得不把自己置身于现实残酷的环境中磨砺；有时候，不得不让自己面对恐惧和焦虑；有时候，不得不让自己流血、流泪、流汗；有时候……但无论何时，我们都要爱护自己的生命，珍惜自己的时光。因为无论如何，我们活着，都要让自己成长，唯有成长，我们的人生与生活才会变得更加充实，更加快乐，更有意义。

每个人都像一棵生长在狂风暴雨中的成长着的小树，虽左右摇摆但绝不要倒下，一旦雨过天晴，依然要去追求灿烂的阳光，体验成长的快乐！

悄然绽放

杨 娟

青春在哪里？我是怎样成长的？我的足迹落在了哪里？我要去哪里听自己的青春狂想曲？当我带着无数疑问寻找我的青春时，我猛然发现，它在我对周围环境的适应中，在我的好奇心与无数矛盾的挣扎中；在我热爱的点滴中它已悄然绽放！

雪

对于一个来自云南的毛丫头来说，我是捧着一颗怎样欣喜却又多次期待被摔碎在失望中的心而迎接到了这场初雪！

清晨站在窗前，哇，我简直都傻眼了……这比我想象中的雪美百倍千倍！白，整一个纯白的世界……平时静谧的校园里，现在已是人流涌动了，可今天，或许大家都不愿破坏这份纯洁吧？偶尔的几点蠕动的颜色用自己的渺小点缀着银色世界。落光了叶子的枝丫一抹满脸的衰颓在此时显得万般至幻至美，像是小精灵们摆出古灵精怪的动作，似乎一不留神它们就会一溜烟跑得没踪影，让你无处寻觅。

要迈出第一步是艰难的，谁，都不忍去亵渎一地的轻柔和圣洁。可内心的怜惜在半秒之内就被好奇和激动融化了！一脚踩下去，好蓬松；用心去抚摸，一点儿也不冰凉潮湿；轻轻的，茸茸的，就算用力捏紧，她仍然轻柔温顺，绝不释放寒冷来惩罚你调皮的"虐行"。

一路走去操场，空灵的雪花顽皮地跳跃在眉间，仿佛要争着向我倾诉它们从遥远的叫天堂的地方带来的美丽传说。好惹人爱的天堂使者，我想要用心去拥抱，可它们却又匆匆一躲，让你只能叹息……

白的海洋，白的天堂，我好想一辈子住在里面体会那份静谧，好想让飘落的雪白也把我淹没其中。

絮

记得今天我看到的絮吧！我觉得它和雪有着轻盈的共性，从某种程度上来讲我喜欢絮胜过雪。因为它不会带来刺骨的严寒，我可以站在阳光明媚的地方欣赏她的柔美。但似乎没有人喜欢她，可能是因为她喜欢缠人的个性吧！雪呢，即使它只在阴霾漫天、寒气逼人的时候才飘然而至，但她以自己的孤傲和不可侵犯的冷艳博得人们的向往和追求，有多少浪漫的爱情故事发生在飘雪的季节啊……那一首曼妙的《冬季恋歌》不就诉说了一段感人肺腑的爱恋吗？！但，试问，若雪在与肌肤接触的瞬间不化成晶莹的琼，若它那圣洁的美能常驻世间，那还会有多少人青睐于她、钟情于她呢？！

絮，不断产生但不即刻消失，看多了让人厌倦让人烦。白色是纯洁和静谧的体现，絮，雪白的又一典型代表，或许她不该作为开启一个热闹非凡的盛夏的使者，或许她该像雪一般在静谧的世界中体现自己的美，所以即使它是那般热情那般轻柔，人们也多不喜欢她。

今天打动我的一幕是这样的：在一个不起眼的角落里，絮在风的邀请下翩翩起舞，伴随她的是一些不知从哪来的娇黄的落叶。

娇黄给人一种或欢腾或凄美的预示，因为娇黄更多的飞舞在多思的秋季；而絮，那是一种悄无声息的美，她并不预示着像娇黄一般在生命消失之前的一阵凄凉的欢腾，她只是那么静静地舞蹈，不需要过多的观众和欣赏的情愫。

借用自己大一时写过的话：雪的世界是静谧的，但欢腾在空中的白衣精灵给人调皮的喜悦；而絮，没有悲伤，没有欢腾，像是穿着带雷丝花边纱质礼服的少女手拉手舞蹈。是华尔兹吗，抑或是拉丁？！轻盈而恬静的舞姿，微风拂过，一圈圈盘旋而上……该去寻一个怎样的词来表达看到这一幕时我心中的潮？！是青春吗？是绚烂吗？还是曼妙？或许，絮就像我们一样有着自己的青春韶华，或许我们的青春正像絮一样在悄然释放吧！

沙尘景

今天，传说中的沙尘暴来了，我庆幸去年没有经历这可怕的一劫！他来了，但和想象中的差得挺远！

想象中的他该是在狂风乍起之后，轰轰烈烈，如飞沙走石般的，但实际不是这样的。昨天风不大，整个天空灰蒙蒙的，太阳都被掩成一个惨白惨白的圆而失去了往日的光艳夺目。所谓的沙尘很细小，用"灰"来形容会更贴切些，轻轻的，缥缈的，呵呵，不知为何，我竟有了想用很细腻的句子来写他的冲动。只要风不来，他就并没有给我一种苍凉或是彪悍的霸气，如果不是今早走在上课的路上发现周围物体上都铺上了厚厚的尘，或许我根本都不会想到这是传说中的他！我也说不清他和南方的什么东西有着怎样的共性，或许那只是一种很含蓄的韵味。今天天空湛蓝，空气中不再透出那种令人窒息的灰蒙蒙的颜色，心里偷偷有了一种重见天日的喜悦。

　　时间过得很快，转眼我又迎来了一个崭新而欢腾的夏。这用铅笔在日记上留下的只言片语，其实只不过是情思被触动时信手在白纸上抹上的痕迹，但再过上一段日子后翻开看看，我便像是在欣赏、拨弄时间琴弦流淌出的声音，闭目，那些似乎早已被生活的忙碌而抛弃的美好又在泛着淡淡的余香！看着以前留下的文字，我心里总是有无尽的感慨，或许有的东西总是那么悄无声息地伴随在身边，我们从未去发现过意识过，但其实，那无数的小片断就是伴随我们成长的音符。无论是深深刻在脑海里的一张张青春灿熳的笑脸，还是大家在一起成功的欢笑以及忧郁的泪，抑或是那些在我匆匆穿梭在校园人流中曾给过我感动的一草一木和可爱生灵，当青春就这么在悄无声息中绽放，步入大三的我们懂得了自己身上有一份来自生活和家庭的责任，我们开始思考人生思考未来。当我们开始用调侃的口气说着"老了"、"青春一去不复返"，当我们明白前进路上还有很多的坎坷与挫折，但，我们无法阻挡绽放着的青春。球场上的活力跳动，演讲台上的激情洋溢，舞台上的身姿矫健……无数的东西感动过我，无数的东西告诉我：我正拥有绚烂的青春……写到此时的时候，想到青春的时候，任何语言都显得突兀，我曾无数次尝试过，每次都以失败告终，后来，执拗的我明白了青春，她不需要用语言来描述，青春在纪录的点滴中，青春在成长中已悄然绽放！

听,种子的心

李金津

> 繁华喧嚣的都市,浮躁、功利混淆着人们的视听。广袤神奇的土地,用心丈量,用爱守望,目光变得深邃而刚强。当这一天我偶然间驻足,心房最柔软的琴弦被一根根手指拨动。乡村的热土,我,听懂了种子的心。
>
> ——题记

"村官"——普通,平常,在众人眼里,他们放弃了城里优越的条件,舒适的生活,甚至显得有些傻气,无非也就是干些琐碎的小事,做些平淡的工作,仅此而已。

"朴实",是他们留给我的第一印象,一如他们的名字"村官",散发着乡土的气息。没有城市女孩的靓丽,也没有城市男孩的阳光,但是他们骨子里渗入果敢,透着坚毅,大有敢为天下先的魄力。

"村官"们有的来自农村寒门,反哺社会;有的来自城市家庭,心系农民。他们都是首都高校优秀的学子,其中不乏名校毕业的研究生。

"十年寒窗跃农门,心系三农未忘本。身任村官献才智,报得农民养育恩。"一位毕业于中国科技大学的"村官"如此感言。

是啊,生于南方小镇,长于与农村接触最为频繁的地带,我深知农民生活的不易,深知"村官"带给他们的是何等的价值和意义。

人,应该时常怀有感恩之心,反哺于农村的村官说"我永远是农民的儿子"。我们又何尝不是?几亿农民辛苦劳作,浸满汗水的粮食养育了泱泱大国众多的子民。

村官们从建立村民电子户籍档案做起,从教村民大写A小写b做起;他们开展十多种门类的培训,进行各种技能认证,将村民学校办得如火如荼;他们改变着农村落后的观念,陈旧的体制,建立起现代化的经营模式,仅为一个村的村民创下的收入就达30余万元;他们搭建着基层网络平台,负责着上千万元的工程合同,建设着长城脚下的国际文化交流村……

一颗颗朴实无华的种子,凝聚着从母校汲取的知识,怀揣着火红火红的激情,飘飘然落于挚爱的土地,扎了根,发了芽,结了果。将浮华抛弃,才华施展,才干与智慧一天天积累,实干与成效一日日沉淀。

了解他们的历程,贴近他们的生活,我的心被深深地触动了,太多的感动和震撼，如风、如雪、如川流，轰轰烈烈地在脑海中回旋、飞扬、激荡。

青春不仅需要豪言壮语，更需要踏踏实实地去想，去做。用头脑，用热情，有思路，有创新，才能提升自我，富裕村民。

花花绿绿的大千世界，物欲冲撞着人们的内心，给自己多些定力，乐观而坚定，从容而淡定！

种子扎根于农村，将灵动的梦想在农村起航。

古树梢头洁白的月亮，照着农舍，照着大地，照着千百年来祖祖辈辈村民的渴望……

乡村泥土味儿的山风，吹过溪流，吹过山冈，吹过生命洗礼后莘莘学子坚毅的面庞……

生活，是一种享受

李雪

　　生活于我而言，是一种享受。虽然，与很多同龄的人相比，我是如此普通：没有他们的广博见识，没有他们的多才多艺，没有他们的富裕家境，没有他们的显赫家世。甚至，在很多同龄人心中我是不幸的。但，我却喜欢自己的人生。当我学会以一种真正乐观、坚强的态度去面对生活的时候，苦难，就成为我人生中的一种美好。

　　我，来自重庆市一个偏远的村庄。这个小小的村子，总是安安静静地躺在群山的怀抱之中。我喜欢那片大山，喜欢那些朴实的乡亲们。山里的农活并不轻松，靠务农养活六口之家的爸爸妈妈，每天都在为生计操劳、忙碌，而家境却依然艰难。小时候的我，没有在父母面前撒娇的机会。和村子里的姐姐们一样，我学会了洗衣做饭，学会了照顾爷爷奶奶和妹妹，学会了干农活。

　　童年，就这样慢慢流逝；在乡亲、老师和朋友的温暖中，我，也渐渐长大了，渐渐坚强了。他们教会了我很多东西。记得最开始在县城重点中学念书时，我常常会面对同学们异样的眼神。可我没有不开心，我只是用自己的真诚赢得朋友，赢得信任与尊重，就像朴实的乡亲们教导我的一样。

　　2006年9月，带着父母和乡亲们的牵挂，我在这个美丽的秋季来到了北京。从北京西站出来的一刹那，看着眼前攒动的人头，我不知所措。眼前又浮现出了13岁时我刚到县城的那个片段：一向怕车的我怯怯地站在车来车往的十字路口，不知道该怎么办才好，心里只有无尽的孤独与害怕。六年了，同样的感受，再次涌上我心头。

　　而在北京，一开始，很多东西比我想象的还要糟糕。

　　开学的时候，我提前一天来到了学校。那时宿舍里只有我一个人。走在校园里，我往往会找不着回宿舍的路，常常要问别人好几次才能回到宿舍。并且，从没出过远门的我，也第一次上当受骗。来到北京的第一天，我身上仅有的300多元钱，被人骗走了200元。而大城市里的物价，也是我没有预料到的贵。可我知道，家里是再也没有钱了，我走的时候妹妹的学费还没有着落。晚上，我一个人在宿舍里，任凭眼泪渐渐滑过我的脸颊。我曾经以为自己够坚强了，至少足以不再哭泣。可那一刻，我的心情是灰色的，是黯淡的。

但幸运的是，在这里，我遇见了一位很好的辅导员。她给了我很多关心，她让我知道了，在北京，我并不是孤独的。我知道了自己的富有；知道了生活中有了问题，是不能逃避的。

于是，我开始找工作。我意识到了以前我所拥有的坚强，只是对困境的忍耐；而现在，我要学会去改变自己的困境。

不久，我就找到了两份工作。除了每周三中午在快餐店做小时工外，每天我会在学校附近的一家餐厅做临时工，从下午五点工作到晚上九点半。那段时间，我学习的压力也大，一开始，在工作中也有很多的不开心。在餐厅，由于我一开始不熟悉菜单，不熟悉餐厅的流程，被经理骂了好几次。当时我心里特别委屈，但理智告诉我，自己一定要冷静，干好应该做的事。我会让自己站在经理的角度去想一下。于是，我每天都尽力做好自己手头的工作。负责撤台的阿姨收拾桌子的时候，我会帮忙收拾；对于客人的要求，我会尽量满足。

而在这段时间里，和我一起工作的服务员很照顾我，并且很多客人都让我感动。他们给了我很多的温暖。可能我身上的学生气比较浓，所以很多客人一看见我，就会问我是不是学生，对于我的生活和学习，也很关心。他们填写顾客意见卡时，总会写满对我工作的表扬与满意。

温暖的力量是伟大的。这一切，都使我更加明白了自己的富足，也使我学会欣赏那些被人们忽视的风景。

每天去餐厅打工的时候，我都要经过学校西门。在路上，有几株家乡所没有的枫树。这大半年来，枫树的叶子由绿变红，再变绿。每次晚上回来经过树下，我都会看看夜色中的枫树。枫叶在风中摇摆，似乎在告诉我生命的美好。我于是就会想一想，明天是新的一天，要加油好好生活。我想，如果不是因为忙碌之余所拥有的那一份平静的心情，我是根本不会注意到这些美好的东西。

于是我明白了，很多生活中的不快乐，是因为我们没有学会享受生活而造成的。我们，常常错过了生活中温暖的细节，错过了生活中平凡的幸福。

还记得第一次领工资的时候，我的心里洋溢着深深的满足。虽然只有400多元，但这比爸爸在工地上辛苦一个月挣的钱还多。

生活上的问题慢慢解决了，但是，学习上的苦恼却困扰了我很久。

我的专业是汉语言文学，与班上很多同学相比，我看的书是如此之少,文学素养比他们差了很多。对于电脑,我更是如此陌生。可作为我们村第一个考上重点大学的孩子,第一个来到北京的孩子,乡亲们对我有着很大的期待。在他们眼中,学习成绩是最重要的,最能说明问题的。就像在外地打工的姐姐曾对我说过的一样,"你只有比别人付出更多,才可以改变自己的命运",乡亲们,也常常这样教导我。因此,一开始在学习上,我给自己很大的压力,我不敢有丝毫放松,我甚至比高中还努力。可是结果却不尽如人意。

这样的情况持续了很久,直到第一学期期末考试结束。

在考完试的那个下午,我突然意识到,不知从什么时候开始,我真正喜欢上了大学的学习。那一个寒假我没有回家,而是留在了北京继续打工。在那段忙碌与思乡之情并存的时间里,是那些流传了一代又一代的美丽文字,陪伴着我走过了孤独。学习,从那时起不再是一种任务,而转化成了一种心灵的滋养。

所以,生活对于我而言,就成为一种享受。

现在,身边的很多同学,还是会抱怨生活的无聊与乏味,生活的惘然与迷茫。他们,也像我一样,背负着沉沉的期望:父母的、朋友的……以及自己的期望。他们,也有着自己的不开心。虽然他们中的很多人不需要像我一样担心学费和生活费,但是他们也面临着学习的压力,成长的苦恼。在这将近一年的大学时光中,我感受了很多,并且想与身边的同学们分享这些感受:

在这个世界上,对我们有期待的人,往往是爱我们的人。其实他们真正的期待,是希望我们过得开心、充实。所以,朋友们,不要给自己太大的压力。当我们对于自己的生活感到不满意时,我们要做的,就是去面对它,改变它。虽然改变的结果不一定会有多好,也不一定会有多轰轰烈烈,但至少我们心中不会再那么空虚与迷茫。相反,我们会慢慢除去浮躁,会渐渐发现生活中被忽视的温暖细节。我们来到这个世界,就是幸运的。好好享受我们的生活,于平凡中品味自己的不平凡,就是一件很好的事情。

大学四年,让我们都快乐地、微笑着走下去,好好享受生活,享受成长的过程。我想,我已经爱上了这个的过程。因为,我心中有爱,有温暖,有感动,有梦想,有坚持。

痛

李 芝

很久很久了，我想一个人号啕大哭一场，找个没有人的角落，捶打着自己的胸脯，直到眼泪流干流尽，直到声嘶力竭……

好久好久了，我想一个人疯狂奔跑一通，找个没有人的空地，挥动着自己的双臂，直到喘不过气来，直到大汗淋漓……

可是，我找不着那无人的角落，更找不着那空旷的地方；只觉得周围除了人还是人，有点拥堵，有点挤压，有点憋闷……

希望一次一次地被打碎，难熬的过程天天在重复上演，我一次次地被打败，渐渐失去了勇气，丢掉了信心，磨平了棱角……

我开始害怕与人交往，害怕被人看穿我的心虚，我的失败，我的弱项，我的自卑……我开始对他人抗拒，不与新认识的人多说话，拒绝新的朋友……

我以一种没有理由的借口，开始懒散，开始堕落……

刚刚听现代汉语老师讲了这么一则故事：

人们把一只跳蚤放在一个玻璃罩里，一开始跳蚤就能跳到罩顶。可当把玻璃罩的高度逐渐降低时，跳蚤也越跳越低。直到最后把玻璃罩去掉，你用手拍桌子时，它也不会再跳起，这时，跳蚤已经变成"爬虫"了。

感悟很深，经过不断的压抑，跳蚤连再次起跳的勇气都没有了，更何况是我们人呢！

可无论如何，我总是不甘心。曾经的我，也是有过成绩、有过辉煌、有过成功的……也许按照"好汉不提当年勇"的说法，我就不是什么好汉，但只有想想以前，我才觉得自己还是可以的，只不过现在遇到的恰恰是自己原本的弱项。而且我更不愿让一个玻璃罩压抑了我的翅膀啊……

是啊，那时的勇气、那时的信心，如今为什么找不着一点痕迹？

我的心很痛，一种难以言状的莫名的痛，它像在不停地滴血，我却没有治疗方法……

我讨厌那些自视清高、说话刻薄、不顾他人感受的人，我曾被他们的语言伤过，伤口至今还在隐隐作痛……

尽管如此，我还是一个清醒的人，我也看过许许多多的过激的行为，我不会让自己的心理有任何扭曲，我明白自己该怎么做，虽然我刚刚迈开前进的脚步……

其实我明白我也有自己的幸福,也许很多同伴正羡慕着我!我会好好珍惜的,真的!

我有默默支持的父母,天天鼓励的贴心朋友,这就足矣!

花开总有花落时,月圆总有月缺时,但隔年花儿还会开,隔月月儿还会盈!

我的心依然还在痛着,但忍着一点痛上路前进,就好像有点壮烈的味道,更有感觉,更激动!

不再看别人的眼神,不要管别人的看法,让每一天充充实实的走完,总会赢得胜利的那天,总会得到认同!亲爱的朋友们,你们说对吗?

给自己长一双翅膀,去遨游梦想的美丽天堂!

给自己画一个蓝天,去放飞心灵的斗志激昂!

Come on! I will win one day!

尘埃在歌唱

陆叶

> 一粒尘埃，也可以有歌唱的权利。即使声音微弱，也能闻于天地。
>
> ——题记

随风而起

2005年的夏天。

阳光始终刺眼，炎热像空气一样丝丝渗入身体的每一个细胞，树叶泛着水洗过的光亮无力地在枝头晃动，知了不知疲倦地歌唱，鸟儿连飞翔都很费劲。

在这个夏天，我接到了大学录取通知书。亲朋好友的祝贺声犹在耳侧，我把父母的目光和叮嘱装进背囊，踏上了北上的列车。铁轨顺着目光的方向蜿蜒而去，尽头不知是何方。

进了大学，我方知自己的渺小。高中时期的骄傲在开学第一天就被踩到脚下。班会上，来自四面八方的新同学轮流在讲台上侃侃而谈，指点江山挥斥方遒的豪气全然写在脸上，而口讷的我只能安静地缩在教室角落里；寝室里，有着美丽脸庞和修长身材的室友举着新款的衣裙和皮包，炫耀和自得溢于言表，而一身薄布素衣的我只能坐在床上呆看插不进一句话；食堂里，熙熙攘攘的人群里的夹杂着浓重口音的嬉笑声不绝于耳，而找不到同伴的我只能在人群中费劲地挤出一条道路以逃离这片喧嚣；开水房里，蒸腾的水汽一阵阵地往脸上扑，柔柔暖暖像妈妈的手一样……

我终于忍不住落泪了。

原来，高中里遥遥领先的成绩单到了大学便不堪一击，高中里自视清高的骄傲到了大学里便成了惹人生厌的孤僻，高中里老师的宠爱和朋友的关怀到了大学里便化为乌有。一切的一切，与我想象中美好的大学生活相去甚远。这就是我曾经魂牵梦绕的大学吗？梦里依稀可见的欢笑怎么全成了苦涩和忧伤？还有，像秋天的落叶一样多到数也数不清的对爸爸妈妈的思念，对好朋友们的思念，对过去的时光的思念，日渐堆积在我的心头，压得我喘不过气。

我在时光的洪流里退缩了。我像一粒尘埃，而通知书仿佛一阵清风，把我从岭南带到了繁华的北京后就停下了,我失去了力量,迷失了方向,日渐归入尘土……

没于大地

沉默,还是沉默。

日复一日的上课,吃饭,自习,再上课,再吃饭,再自习……

我常常孤身一人,很少朋友。室友们忙忙碌碌地参加社团、学生会和各种各样说不出来的活动,回到寝室后聚在一起眉飞色舞地讲述奇奇怪怪的见闻,而我,只能不语。不是我不想参加这些活动,而是我害怕去面对我所不熟悉的人群。我不敢和陌生人说话,不敢去面对盛大的活动场面,那样,我会更孤独更落寞更无助。

我不愿让人知道,曾经在高中时代辉煌一时的我,也会瑟缩止步于大学里五光十色的活动前。我不忍看自己心底仅存的小小骄傲在形形色色的目光前无声无息地破碎后消失殆尽。即使是尘埃,也还有自己的尊严。

大一下学期,学校里有一个写作比赛,班主任要求我们都参加。写作,是我一向最钟爱的。不知道对文字的热爱是不是与生俱来,只要拿起笔,我就对文字产生一种崇拜感,若不认真对待,就抹杀了这份尊重,这份严肃。也许是天意,也许是命定,对文字的偏爱使得我总不自觉地会在写作的时候把自己沉浸到无边的思绪中,忧伤抑或欣喜。当注视着墨水从细细的笔尖流到稿纸上,画出横竖撇捺姿态各异的文字,组成长长短短不同风格的篇章,我的心底总会涌起一股难以言说的快乐。在短短的两个小时里,我把自己的彷徨和迷失,孤独和忧伤全部倾注于笔端。走出考场后,忍不住泪流满面。只有文字,只有写作呵,终于把我积蓄了这么久、这么深重的抑郁抒发出来。

过了半个月,我居然意外地收到短信的祝贺。原本只想借文字好好抒发心性,却一点预料都没有地获奖了。同学和老师纷纷祝贺,更多的人对我抱以惊异的目光,仿佛刚刚才知道我这个人的存在。

站在领奖台上,我拘谨地手捧证书,心里的惶恐、欣喜、失落交织成乱麻。迎着台下众人艳羡的目光,听着颁奖的教授的祝贺,恍惚间,我似乎又回到了高中时代。那时的我,曾多少次登上这样的领奖台,多少次被鲜花和掌声围绕。在演讲台上意气风发的我,在考场上奋笔疾书的我,在老师面前回答问题的我,在跑道上勇往直前的我,一个又一个的影子重重叠叠……如今的我,为什么都失去了过去的荣光,都远离了过去的辉煌,都丢掉了过去的勇气呢?

　　走出颁奖晚会的现场的时候,屋外已是满天星光。初夏的夜晚很美好,风是暖的,夜空是清澈的,月亮是纯洁的。一对一对的情侣从身边走过,留下阵阵轻笑和喁喁私语。我在操场边坐下,有朋友在跑道上跑步,大声地招呼我一起跑。我看着她们雀跃的身姿,突然也很想尝试在夜风中奔跑的感觉,于是我奔上了跑道。

　　从来没有在夜色中的体育场上奔跑,也从来没有和这么多人一起,迈着几乎相同的步伐,朝着同一个方向前进。晚风从鬓边拂过,留下一片清凉,迷蒙的双眼有一些清晰起来。跑起来,我发现原来身边很多风景都被我忽略了。比如,操场边有一个小足球场,很多人在踢足球,那脸上的神采和足球飞扬的姿态一样精彩;又比如,东边的篮球场上整晚欢呼声不断,看来比赛是高潮迭起;还有,不知名的队伍在操场边诵读古文,抑扬顿挫,陶醉不已……

　　真的是我错了吗?整日低头行走,竟错过了身边那么多的风景;终日沉湎于过去,竟忘了前方还有更多的目的地没有到达;一味地抱怨自己孤立无援,竟无视了那么多朋友关切的目光……书包里的获奖证书,是一个证明,证明我至少还没有完全丧失对生活的感知,证明我至少还有散发光芒的力量。我不能像别的同学那样在各种活动中游刃有余,但我也还有自己的专长。始终有一个舞台是为我而开,始终有一首歌曲专属于我,始终有一股力量藏在心底,只是,我一直都漠视了它,用不可名状的悲伤掩盖了它。此时此刻,该是它重生的时候了。

　　"叶子,跑起来噢……我们比赛!"

　　"加油噢!一直看着前方跑就不会感到累啦!快跑!"

　　"加油!加油!加油!冲向胜利!"

　　朋友们大声呼喊着,拉着我的手向前跑去。脚下的路终于不再漫长,目标也逐渐清晰。我的步伐,终于开始坚定有力了……

自由飞舞

　　"去爱吧,就像不曾受伤一样;
　　跳舞吧,就像没人欣赏一样;
　　唱歌吧,就像没人聆听一样;
　　干活吧,就像不需要钱一样;
　　生活吧,就像今天是世界末日一样。"

阳光洒满心灵
YANGGUANG SAMAN XINLING

　　读到昔日好友的这一封邮件时，我再次落泪了。生活就是这样的，不管你来自何方，不管你的过去怎样，迈进这个校门的第一天，就是一个新开始，注定了有忧伤相随，也常有快乐相伴。为何一定要把沉重的过去当成贝壳背在背上，负重前行呢？我的孤独，我的沉默，我的封闭，换不来我的骄傲，而只会让我更加远离人群，远离我真正想要的新生活。走出去吧，不必在乎别人的目光里是赞扬欣赏还是嘲讽轻视，那是他们的自由呵。而我，只要勇敢地站在这个舞台上，尽力舞出属于我的最美的舞姿，努力唱出属于我的最好的歌声，即使最后只剩下我一个人为自己鼓掌，我也不会后悔，因为我曾那么用心地歌唱过。

　　彷徨了那么久，我终于找到了我的方向，终于找回了我失去的勇气，只因为一场夜风中的奔跑。不，不仅仅是因为这一场奔跑，还因为我的朋友们，近在咫尺却一直被我忽视了的朋友们。从此以后，我想我不用再低着头独自一人行走了。

　　我是一粒尘埃，勇敢歌唱的尘埃。我要把心中的歌大声地唱出来，让这歌声回荡天地间……

梦想照进现实

孙宜轩

当我写下这些时,心情就像这绿意盎然晴空万里的五月。而带我走出阴霾心境的老师们,我只能感激你们,带着我的崇敬。

真正的好老师会改变学生一生的轨迹,这是毋庸置疑的。就像沙利文老师之于海伦凯勒。所以我如此庆幸在我人生最珍贵与关键的时光里遇到了你们——我的老师们——当之无愧的精英。

永不言弃

"没有人天生优秀,我相信后天的努力!"您上课时从不鼓吹什么,也不炫耀自己。但我在您的课上,却感受到了这坚定的信念。当我读着您发的材料——丘吉尔最后的演说 Never give up 时,英国的首相告诉我:成功的秘诀有两条,其一是永不言弃;其二是当你想放弃时,那么按第一条去做。在和您相处的一节节课上,我心中那昏昏欲睡的理想终被唤醒。同时我也幡然醒悟:年轻是我们唯一可以挥霍的资本,也是我们唯一的成功的保障。

原来,生活本就不只是吃饭,睡觉,上课,上网,发呆甚至迟到,逃课这些内容。我终于记起曾让我夜不能寐的憧憬,而现在我也终于可以,无可自拔地投入其中,那么快乐地永不言弃。

100-1=0

您说:"100-1=0。"是啊,行百里者半九十。就像撒切尔夫人的母亲告诉她:"如果一件事值得你做,就值得你做好。"就像您告诉我们:一个例句中如果忘记其中一两个单词,又与不记何异?您还说:听力绝对可以听清每一个单词,有的老师说这不可能,而你不相信。

我也不相信100%的努力会毫无回应,我要追求有100%成效的学习。我不想去做表面文章,只求将知识真正地记在心里。我希望在将来您结课时,我可以骄傲地告诉您:"我按您所说的,准确地背完了5000个单词,以及每个单词的例句。"

无他,唯手熟尔

您从不相信罗马可以一天建成,您信的是 Practice makes perfect。那些让我们叹为观止的学识，您自己只认为：无他，唯手熟尔。您曾经因踢足球而造成韧带的断裂，从而不得不放弃了心爱的足球。在康复的四个月里，您的腿从只能弯曲30度恢复到正常人能弯曲的150度。期间您每天都忍受着无比的疼痛，却只是让腿部多弯曲一度，而这一度的变化小到根本看不出来改善。但一天看不出进步，十天总看得出来，四个月总看得出来。而这之后您终于悟出：无论什么事情都贵在坚持，积水成渊的道理谁都会说，却不是谁都真正明白的。

您是一个脚踏实地的人，所以在课上没有太多插科打诨的搞笑言语，只是竭尽全力地帮我们夯实基础。您算是"随风潜入夜，润物细无声"的超牛"园艺家"了。让我们在潜移默化中将知识扎实地掌握。

什么出真知？原来只有不断重复练习，才能真正掌握知识。而毅力就在重复中无形地体现出来。

学海无涯，所见皆是新天地

最后的这位老师绝对是思想相当深刻的一位了。我们跟随着您，看到了孔子不仅执著仁义正统无比，也有着可爱的不驯；看到了庄子不仅超然出世，更怀有对现实世界的无比痛心。您让我们了解：一切所知的人与事并非原先印象中的那般古板，他们有血有肉，精彩无比。所以，世界在珍惜它的人眼里是如此美好又充满吸引力。

您爱极"在痛感中寻找快感，在执著中实现超越"的人生境界，欣赏老杜"直面惨淡的人生"的深沉与淡定。而我们在其中得到的，也绝不仅是知识。我们在您的课上，感受到了融入骨血的不屈与执著。我们明白了：有些事情值得不顾一切地付出与努力。

我发现，真正优秀的老师并不一定有幽默的谈吐，出众的风度。只是当您站在讲台上时，我们发现您的眼睛是闪亮的，您的语言和动作充满了对这门学问真心的热爱。也正因为您的热爱，让我们发现了这门学问的可爱。

可爱的老师们，不管你们年长或年轻，我都尊称你们为"您"，只因你们如此温暖人心。是你们帮我驱散了心灵的阴霾，让我的梦想照进现实。我开始相信：爱与信念会创造奇迹。

风狂·路坎·志坚·我心飞翔

晏红芬

心路历程——痛的旅途

18年前的那个寒冷的冬夜，我悄悄地来了；
风、雨也悄悄地来了。
那样的夜，真的好冷，我的心"悬成一轮冰月"，
静静的，孤独的，凄楚的，等待着，期盼着……
可是后来，生命对我说："你，区区一块粗石尔。"
于是，第一次，望着爸爸缓缓挪动的双脚，
望着爸爸摔得头破血流却没了知觉神情，我泣不成声。
从此，山间，田里，到处留下了我小小的身影。
还记得那个月圆之夜，大地静谧地躺在月的柔光中，
我，弟弟，妈妈踩着月光穿梭在地里田间。
我说："妈妈，我们是在抢宝，对吧？"
弟弟说："妈妈，我好害怕，我好想睡觉。"
妈妈深情地抚摸着弟弟的头，月光下，我看到一串珍珠洒落大地。
心，真的好痛，好苦，好累。但却好坚，好坚。

当邻里伙伴都朝我叫嚷："小矮子，病痨子，长不高，就去死。"
我，是痛，是恨，是无奈。
"妈，我真的长不高了吗？我会死吗？"
躺在妈妈的怀里，泪落无声，妈妈把我抱得紧紧地，紧紧地！
一年，两年，三年……我挣扎着，煎熬着，没有放弃，"痨魔"也于我无奈。
春天来了，花儿开了，可惜的是，香气"熏"重了生命的伤口。
深夜赶回家，叫着爸爸，可爸爸却不知道我是谁！！
爸！爸！您看看我，爸！
当他们劝妈妈做好准备时，我……我发了疯了，
我去揍他们，揍他们！！！
生命回来了，痛更痛了。
老师告诉我："站在大海上的人是勇敢的，但站在波浪上的人是更勇

敢的冲浪者。"

弟弟也说："姐！家里还有我帮忙呢！你放心吧！"

是啊！从小没背过爸爸，那时我才发觉，原来我也能背父亲。

漆黑的高二，多少个夜晚，我将头卡在床柱上，

望着窗外，望着窗外掠过一片一片的黑。

医生说："退学吧！我实在无能为力。"

那一次，最坚强的心第一次瘫软在医院门口。

不是因为痛，是因为恨，因为最深、最沉、最无奈的恨。

就这样，忍了无数个夜，无数个不眠夜，

吃了一粒粒药丸，一粒粒生命的药丸，痛减轻了。

我笑着对医生说："我根本就没压力，又怎么会神经衰弱呢？"

妈妈看见带回家的药瓶，我说："没事，偶尔头痛吃的。"

我不知道，我笑的时候，大脑是否在滴血！

封住了，生命是'坚'的！！

于是，是摸，是爬，或是走，我到了这里，到了这个神圣而伟大的地方。

生命对我说："你，区区一块粗玉尔。"

我笑笑，是的，我可以飞翔，我可以，可以……

月若无痕月长圆，江若有心江不竭；吾若有志吾益坚。

吾心，我信，我能飞翔。

丝路花雨——绿的隧道

微风拂过，吹动我的头发；荡起一片绿海；猛回头，才发现，

我已走过了一条长长的绿色隧道。

妈妈，我生命中永远的绿，永远不老的绿。

经历过多少风风雨雨，那片绿总像一股无形的力量推动着我，

不让我回头，不让我驻足。

徐老师，我生命中永不可磨灭的绿。

是他教会我做一个站在波浪上的最勇敢的冲浪者。

刘叔叔，我生命里最刺眼的绿；

虽然是痛的，但这个陌生人在我最无助的时候给了我继续前行的理由。

周总,那个仅有个一面之缘的大哥,当我在继续与不继续之间徘徊的时候,是他给了我上大学的勇气。

风,那个"坏男孩",是他陪我走过了最寂寞,最无助的三年,那三年,只有他不害怕我的"瘆魔"。

太多太多,在这绿色隧道里,我走得轻快,走得认真,走得自在,走得潇洒。

静静的,躺在这片绿海,此刻的生命真的很幸福。

狂飙面前,我是桀骜不驯的;坎坷面前,我是坚忍不拔的;恐吓面前,我是静如止水的;生命面前,我是义无反顾的。

是搏击浩渺苍穹雄鹰,使掠过无际大海的风舰。

生命说:"我掌握在你的手里,我是你的。"

我笑笑,坦然地向前走去。

坦然面对

周春娣

赫拉的权利，雅典娜的智慧，维纳斯的美貌都让我们无法比拟。我们不可能成为完美的结合体，但我们也有着许多美好的地方，比起众多的凡夫俗子，我们也带着许多的美丽的光环。

生活是一面镜子，你笑它也笑，你哭它也哭。美国总统罗斯福家中失窃，被偷去许多东西，有朋友得知后忙写信安慰他，罗斯福在回信中却说："感谢上帝，因为：第一，贼偷去的是我的东西而不是我的生命；第二，贼偷去的只是我部分的东西而不是我全部的东西；第三，做贼的是他而不是我。"令人发笑的言语，却足见罗斯福的睿智，其坦然之心可见一斑。

新加坡不像中国有万里长城，不像埃及有金字塔，不像日本有富士山，你可千万不要以为新加坡的旅游业是巧妇难为无米之炊，李光耀总统一句："有阳光就足够了！"新加坡便迅速发展成为"花园城市"，旅游业收入名列亚洲第三。

生活中需要对比的事情太多了。亚里士多德那句"吾爱吾师，吾更爱真理"是对比，他比出了全人类的智慧。然而许多人的对比却得到了相反的结局。有的人看到别人的权力与金钱，朝思暮想，垂涎欲滴，也开始争名夺利，却弄得众叛亲离，最后落得个形单影只，焦头烂额……其实，他们原本有着和谐的人缘，美满的家庭，满意的工作，却总是拿别人的财富和自己对比，最终使自己走上了精神崩溃的道路。

当你看着别人比你好的地方的时候，你在想什么呢？抱着坦然的心，对你自己说：他得到的是他努力的结果，而我也有比他强地方。上帝不可能同时给你你想要的一切，林黛玉的美是因为她的"病比西子胜三分"，阿斗的地位却换来一句"扶不起的刘阿斗"。世上没有尽善尽美的事情，正如宇宙拒绝绝对的圆。不要对你自己有太多的苛求，金无足赤，人无完人，坦然面对自己的不如别人的地方，你会发现原来你拥有的更多。

坦然面对是一种积极的人生态度。坦然面对所得，坦然面对失去，不要患得患失；坦然面对他人，坦然面对自己，坦然面对所有人，每个人都是美的化身。坦然面对，你才会发现生活的美好，你才会更加地爱惜自己。

坦然面对也需要勇气。当你在感情受挫时看到一对神仙眷侣，你需要勇气去面对；当你刚刚失业时看到西装革履上班的白领，你需要勇气去面对；当你突遭事故失去双腿时看到蹦蹦跳跳的健康人，你需要勇气去面对……懦弱的人没有勇气去面对，他们会怨天尤人；强者会坦然面对，他们会相信自己有能力去改变现状。当你遭遇不幸或者看到别人比你强的时候，你是否应该拿出足够的勇气去坦然面对呢？

每个人都是上帝的宠儿，每个人都有自己的闪光点，每个人都是自己的天使，给自己一种坦然的心情去面对，当你看到别人的优势的时候，也许他们也在羡慕你的拥有。

他山之石，可以攻玉。不要由于别人的存在而使自己总是处于抱怨和失望的状态之中。一位哲人说："与其诅咒黑暗，不如燃起一支明烛。"坦然面对，积极进取，你便得到美好。

没有蓝天的深邃，可以有白云的飘逸。

没有大海的壮阔，可以有山泉的优雅。

没有原野的芬芳，可以有小草的翠绿。

……

即使在黑暗中，我们仍可以翘盼启明的星座；即使在严寒中，我们仍能得到太阳的光波。你有条条框框的教养，我有无拘无束的洒脱；你习惯在餐桌前慢条斯理，我喜欢在篝火旁狼吞虎咽；你是绅士，我是游侠：我们不可比。

不要再做无所谓的对比了，殊不知"梅须逊雪三分白，雪却输梅一段香"。

成长的烦恼

李香善

每个人在成长的道路上，必须经历种种考验。有的为自己的学业不理想而苦恼，有的为自己的痘痘发愁，有的为得不到父母的理解而感到委屈……我想，这应该就是成长的烦恼吧！

成长，就好比我人生中的一艘小船，行驶在波面上。有时风平浪静，有时也会遇到汹涌澎湃的海浪。但我的成长之舟，并不是一帆风顺的，它也经历着各种风波。对我而言，酸甜苦辣咸，样样都有。

现在，因为我长大了，正在变成大人，所以在家长眼中，我已不再是小孩了，已变得有意识，有胆量，有知识了。有时，他们东一句"你已经长大了！"西一句"你不再是小孩子了！"听得我头都疼了。现在的我无论做什么事，自己都要先认好"罗盘针"，都必须要有原则在身，不能马虎完成，也不能粗心对待，如果稍有差池，随时都会招来暴风雪。

回想起自己小的时候，生活是多么轻松，无忧无虑，自由自在，身边根本就没什么烦恼。但是随着岁月的流逝，前方的海浪也更大了，海面也更波折了，我成为一个小学生了，往日那个我已经荡然无存了。我个子高了，上学时间长了，回家作业增加了，学习科目增多了，我的双肩背起了更重的书包，心中的压力也不断加重。如果是小时候，我无论做错什么事，没有人会来责怪我，再加上还有父母为我当"向导"。可现在的我，长大了，懂事了，要适应独立了，凡是做事都要小心翼翼，三思而后行。这时的生活与小时候那悠闲自在的日子渐渐地拉开了距离。

小时候，身为小孩子的我，虽然生活会自在些，可是我却处处受着长辈与他人的约束，走路时，有父母拉着；摔倒了，有父母扶起。但是我知道，在自己长大了之后，我就变成大人了，与小时候不同了。就好比现在的我一样，正在渐渐地成长着，凡事都已经有了自己的主见。

阳光总在风雨后，不经历风雨，怎能成功？我的成长之舟，行驶得虽然不稳，有风平浪静，也有波涛澎湃，但也正是各种各样的惊涛骇浪，才让我学习到了不少，锻炼到了不少。通过成长的旅途，我才真正了解到成长有一定的烦恼，但是有更多的快乐。

成长的烦恼

学习是快乐的吗？是劳累的吗？是的，当你取得令人满意的成绩时，当你觉得学习内容很容易时，学习自然是快乐的。可当你对学习产生了厌恶感，当作业中杀出了个"程咬金"，窜出了几只"拦路虎"时，不可否认，学习是劳累的。那么，学习到底是快乐的，还是劳累的呢？这就是我的烦恼，一个在我心中蕴藏了许久的烦恼。

有时，我觉得学习是快乐的，是无忧无虑的。刚进初中学习的内容还比较容易，只要细心一点，三两下不费吹灰之力就完成了，而且质量也比较高。做作业快了，自然课余时间也就多了。那时，我们像从笼中逃出的小鸟，挣脱了栅栏的束缚，在广阔无垠的天空中自由飞翔，随心所欲，那感觉真好。

学习有时也是劳累的：分析题目，做多种试卷，搞得我头昏眼花，全身发烫，我有时想：学习到底是为了什么？我为什么要学习？学习到底有什么好处？那时，虽然知道自己特傻，但我真的很累，好想往床上一躺，睡上个十天八夜。要说到"玩"，那是与我相隔十万八千里的，那简直就是骆驼进鸡窝——没门。但是，正义终归会战胜邪恶。我脑海中的胡言乱语立马会抛到九霄云外，消失得无影无踪。有时，一天的课都极其轻松：什么美术啊！体育啊！音乐啊！都是我的最爱。那时，学习是快乐的。有时，一天的课不是语文就是数学、生物，即使我那天的心情再好，被这一群"麻烦鬼"一搅和，就完全换了一个人：脸涨得通红，眉头紧皱着，嘴巴微微撅起，手也不停地抓着头发，看上去面无表情、毫无精神，笑的时候也只是皮笑肉不笑。那时的我，好像刚刚跋涉完大沙漠回来。可是，这都是无法逃避的现实。

光阴似流水，许多往事都已经淡忘了，就如繁花凋谢一样，可唯有一朵花没有凋谢，它就是我所说的烦恼。它给予了我学习的动力，更让我懂得：在学习中，快乐和劳累是并存的，要想有收获，就得付出。如古松一样，要想表现出自我鲜明的个性和独特的风采，就不得不畏艰难，挺拔向上，把自己表现得淋漓尽致。

一个人在途上

李政洁

　　我总是遥想内心最悸动的时刻……在暗夜昏灯下打开软软的发黄的线装书，湿润沁凉的空气中弥漫着墨的味道，沏一壶雨前绿茶，读一读古书，舒缓心中积淀已久的情结。

　　总是想，一个人在外求学，到底应该塑造什么样的特质，才能行走天下？

　　原来，我从不懂得"读万卷书，行万里路"的真正内涵，一个人在途上，突然发现，其实，这就是我们的内心。"读万卷书"是我们的文化特质；"行万里路"是我们的游侠精神。而这二者之中的，就是无时无刻不需要涤荡的心灵。

　　读了南怀瑾先生的《论语别裁》和《老子他说》，我猛然顿悟：大度的中国文化，其最高精神乃是一个"道"字，这个"道"，不单是老庄之道，而是佛家、儒家、道家等融合在一起的"道"。从这个"道"中，我一个人行在途上。以儒家之心去担当，以道家之心去超越，以佛家之心去修炼。

　　"无所住而生其心"，心境是非常活泼的，是不被任何一个现象拖住了的，心境是清风明月，非常潇洒、空灵。"仗剑需交天下士，黄金多买百城书"，谈笑多鸿儒，往来有白丁；既有侠骨柔情，又不乏孤雁鹤鸣；调素琴，阅金经，览古籍，修太极，挥笔洒墨；居庙堂之高或是处江湖之远，都永远抱有一颗爱国之心，一种气概，一种情怀。

　　作为一种对游侠气质的思慕，浪迹天涯的梦想始终在我的成长过程中无法挥去。背起行囊、远行天下：没有成群结伴的驴友和行路指南，在无比荒凉而壮美的祖国大地上恣意漫游；操着断了弦的吉他与交河古城的守城人高歌痛饮，百无聊赖地坐在藏区小镇上，等待随便一辆什么车将我随便拉到一个什么地方……

　　《易经·系辞》中讲："举而措之天下之民，是谓事业。"现在人们动不动就说事业啊事业，其实都是职业。真正的事业是要对全社会都有所真正贡献的，是一种大的襟怀。作为一名学法学的学生，似乎命中注定就要去担当，去铁肩担道义。我情愿用一生去体味，以出世之心，行入世之事。"夫唯大雅，卓尔不群"。真正有文化、有思想，独自站立起来，不跟一般人一样的随波逐流，有着自己独立的人格。南怀瑾先生说过，人格教育、学问修养其实是贯穿一生的。所以社会除了政治、经济财富力量以外，还有独立不倚、卓尔不群的人格品格修养，作为社会人心的中流砥柱。

　　四月初八的时候去潭柘寺参加浴佛法会，心神洁净。山清秀、水澄明，数百年的古木枝繁叶茂，我身处熙熙攘攘的人群中，却在内心深处保留了一份落寞萧索。我猛然体悟到，礼佛实是洗心，佛法的清静、平和与智慧实可洗却我们被污染了太久的心灵，放下贪嗔痴，重新回复到清旷的自由之性中来。

在成长之路上感悟亲情

尹鹏阳

晴朗的夜空，月色分外妖娆，静静地，倾泻下来，为这无尽的黑暗点缀一份光亮，清清地，淡淡地……我漫步校园，望着故乡的方向，沐浴在朦胧的月光之中，心也好像在云雾里一般，任思绪飞扬。

我知道，今夜，我注定要迷惘！

二十年的风风雨雨，六千多个日夜悄然流逝。在这平静的生活中，我以为我早已麻木，我以为我身边再没有什么能让我的心为之激荡。直到我离开家，离开父母，我才发现原来亲情是那么的难以割舍，这熟悉的字眼对我来说似乎已经有些许的陌生。

屏气凝神，举头看着那深邃的夜空，一颗一颗的小星星在不断闪烁，它们好似幻灯片，播放着我从小到大的一幕幕电影。是啊，二十年了，我每天默默地做着规律性的运动，却从来没有考虑过父母在规律中扮演着何种角色。这样的无知，数十年如一日。直到今天，一句句真切的话语击碎了我心中的冰层，一行行热泪冲刷净一切的误解。我的眼睛从没像今夜这样明亮过，我的心也从未像今夜这样疼痛过。拨开迷雾，我猛然惊醒地发现，自己这么多年竟会如此糊涂，竟会如此漠视父母对我那么深刻的亲情，那么伟大的爱……

我知道，今夜，我注定要清醒！

回首往事，我又怎能忘记母亲伸开双手跟着蹒跚学步的我，满脸的喜悦中露出甜蜜的紧张；怎能忘记父亲用雨伞呵护着我，他的身子虽被淋湿却依旧笑声朗朗；怎能忘记月夜下他们教我数天上永远也数不清的星星，讲总也讲不完的神话传说……耳边萦绕的是"摇啊摇，摇到外婆桥"的悠扬歌声和"慈母手中线，游子身上衣"的千古吟咏。

这样的亲情怎能用一两句感谢的话语来报答？可是，年少轻狂的我非但不知报恩，还把他们那充满关爱的叮咛当作唠叨，把他们那心切的望女成凤当作压力。

我会时不时地发脾气，甚至还会对他们不理不睬，可是他们全然不顾，只是用那无私的爱来包容我，感动我。这或许就是亲情吧！

亲情是润物的细雨，醉人的春风；亲情是厚重的抚摸，深情地凝望；亲情是一缕阳光，让心灵即便在寒冷的冬天，也能感到温暖；亲情是一泓清泉,让情感即使蒙上岁月的风尘仍然清澈澄净。

可是这样的亲情对我来说太过沉重,它只能让我感到惭愧,让我明白我是多么的不懂事。我真的应该改一改了……

月光依然那样无私地将微亮洒满大地。冷冷清清的月光中,我不禁打了个寒战,但飘荡的心早已尘埃落定,飞扬的思绪也已经找到光明的出口。面对亲情,我不再迷惘,因为我知道,父母的爱会常伴我的左右;我更加知道,当我再次面对父母时,我要有耐心,我要尽我所能去让他们快乐,像他们爱我一样去爱他们,因为我亏欠他们的已经太多太多……

终于,我找回了那份将要被淡忘的亲情,也更加理解了它的真谛。

亲情,是一支古老的藤,承载着岁月的眷恋和对往事的缠绵,遒劲的枝蔓写满了思念、宽容、等待,凝聚了过去、现在、未来。

亲情,是一片深情的海,描绘着春天最美的画卷、夏日里瑰丽的诗篇。博大的胸怀里贮藏着憧憬、慰藉、叮咛,充满着欢乐、关爱、希冀。

亲情,是一条金丝带,让心相拥,让爱汇聚,历史分不开,岁月剪不断,千年万年寻寻觅觅,天涯咫尺紧紧相连!

那年夏天的成长日记

梁 辉

> 青春的日子，就像一串晶莹的风铃，清脆活泼的叮当声奏出了少年的个性与活力；就如一抹多彩的云霞，五彩缤纷的绚丽绘出了生活的丰富与充实；好似一朵朵芳香四溢的鲜花，怡人的芳菲洋溢着年轻的美丽和朝气；仿佛一片浩瀚的蓝蓝的天空，高远广阔象征着成长的激昂向上拼搏不息……
>
> ——题记

我已十八岁

夏蝉不倦地奏着欢歌，鸟儿也帮着鼓噪。清晨，我还在酣睡中，妈妈一把掀开我的被子，大叫着："姑娘快起床——"我被惊醒，埋怨道："现在不是暑假吗？让我再睡会吧。"妈妈不答应了："告诉你，现在虽然是暑假，但是你已经十八岁了！要知道十八岁意味着你已经告别童年，告别处处依赖和不负责任了！告诉你，从今天起你得给我上交生活费！"

我一听立马弹起来："啥？妈，你没搞错吧？"妈妈皮笑肉不笑："没搞错，你快给我起床，吃完早餐，穿点像样的去找工作！"

我迅速起床，餐桌上，爸爸妈妈笑盈盈地感慨着时间飞逝，昔日的小娃娃如今一晃眼成了大姑娘。爸爸边吃边说："真的是不觉得啊，转眼我家闺女都十八岁了，成小大人了。"妈妈也附和着："可不是嘛，我打算让我们家小大人今天出去找份暑假工，挣生活费。"爸爸大表赞成，他们一唱一和居然就定下我暑假要上交200块生活费，以培养我独立自强的人生观。我狼吞虎咽，唯恐下顿就没得吃。早餐刚吃完，爸爸拍着我的肩膀："十八岁的第一课，自力更生，丫头，前进！"说着还做了个前进的动作。我忍着笑强装镇静："Yes sir！"

穿的像模像样后，我出发了，开始了我的job hunting。阳光明媚极了，热风阵阵，我走在寻觅工作的征途上，走在熟悉的大街上，突然发现自己的儿童生涯已经一去不复返了，突然发现自己的依赖散漫不负责任真的是时候说拜拜了，突然发现自己真的不可阻挡地踏入十八岁的行列了。

是的，我已十八岁，不管是憧憬未来还是不想长大，我都要努力修好成长的必修课。踏入adult的成长训练营，我的心情是复杂的，带着淡淡的依恋，浓浓的希冀和期待，我开始出发了。

我的第一份工作

最近几天我都一心放在找一份暑假工作上，一来是生活费的压力，更重要的是，我意识到自己是时候试试能小小地独立一下了，而且我觉得自己赚点钱补充零花的这主意很不错。

起初我是在街上晃悠，见到哪家店贴着招聘就进去问。我忘了我家乡只是一小镇，一般没什么兼职可以提供，最多的职位需求就是服务人员。结果可想而知，我跟老板一说，得到的结果都是：对不起，我们这里只招长期工。

碰壁n次我还是不气馁，发挥了愚公移山的蛮劲，但还是一样的结果。后来我动用了互联网，开始在网上搜索。很快，我发现了办公室助理、文秘、销售代表等几个职位，它们很适合我。搜索完毕后，我分别联系好面试，但是，结果要么是不收暑假工，要么就是只有高中学历的我不能胜任他们的专业工作。于是，我又败下阵来。我得到的最大体会就是，一定要努力学好科学文化知识，让自己的简历impressive！

好不容易找了这么多post，我从下午2点开始找，一个都没录上，眼看已经下午5点了。我走进一家百货商场，无聊地逛着。正低落时，偶然发现百货商场招营业员和销售督导，顿时眼前一亮：机会来了。

我很快找到他们人事部办公室。在我简单的自我介绍后，经理觉得我很不错，问我想应聘什么工作。我说我想试一下销售督导。经理很好奇，问道："为什么对这个职位感兴趣？我们这营业员可以招收暑期工，但是销售督导可不是随便都能行的。"我听了认真地答道："我大学填的是工商管理，对管理很感兴趣，而且我高中在班里担任班干部，组织协调等方面都不错，我认为我有能力做好这个工作。"经理拿着我的简历，笑道："口才不错，还挺自信。这样的，我们有个销售区的一个督导请两个月的假，所以刚好可以让你试一下。我们这里一个月1000元，试用期两天，你明天能来上班吗？"我兴奋极了，连连点头道："能能，我能！"

就这样，我人生的第一份工作，就在这样偶然的机会下寻觅到了，为此我还喜滋滋了好些天。

以老板的思维思考，用员工的心态做事

今天是我上班的第一天，我早早就起床了，吃过早餐，骑着自行车

赶到公司，参加公司的例行早训。我到的比较早，昨天的那位经理看到我了，很赞赏地说了句：不错啊，热情满高嘛。

早训的时候，经理向所有员工介绍道："这是梁辉，以后就是二层时尚女装的督导。"我给大家鞠了个躬："我叫梁辉，栋梁的梁，光辉的辉，是个男孩子名字。我这个人也跟男孩一样直率，从今天起就跟大家一起工作了，希望我们一起工作愉快顺利。"大家鼓了掌，我心里很高兴，也感到很振奋。

早训有20分钟，每天几个主管部门的经理都会轮流上台给大家讲一个成功营销的故事，接着大家一起做一个互动游戏。今天经理给我们讲了一个他自己成功的推销经历，很打动人，后来他强调了一句："希望大家以后不论在哪个岗位，都能记住一句话，那就是——以老板的思维思考，用员工的心态做事。只有这样，你们才能获得提升和成功。"

这次做的游戏，叫做爱互动，我们分成几组，围成一个圈，然后给前面的人按摩，一会儿再转过身，给后面的人按摩。我被弄得很舒服，一点不觉得自己按得累，后来经理说："你们是不是都觉得很舒服，一点不觉得自己帮别人按摩累？这个就是告诉我们，要懂得天堂的活法，我们要懂得奉献爱，才能得到爱。所以工作上，我们要懂得付出，才会有可喜的回报。不管我们的工作是什么，高低贵贱不重要，重要的是你在这当中投入多少，你就会有同等的回报。"

短短二十分钟，大家的士气都提高了。后来我了解了自己的工作内容，主要负责营业员的集训和管理，然后对各区定期评比并负责解决顾客的投诉问题、日常事务汇报以及大型促销活动的组织安排。

以老板的思维思考，用员工的心态做事。我记住了这句话，它就算我十八岁的第二课吧。

忙碌并快乐着

两天的适应工作环境的试用期很快过去了，我熟悉了自己的工作环境和内容，也大概认识了我们销售区的营业员。经理今天给我发了工作装，他指导说我可以想一些团结自己所负责员工的办法，来提高自己销售区的管理质量。

穿上工作正装，我感到自己真的是个大人了，我昂首挺胸，告诉自己 start fighting！

我开始巡场，商场里飘着音乐，我发现很多营业员互相聊天，而且对上门的顾客不冷不热，有的甚至根本就不去搭理挑选衣服的顾客。其实我也可以视而不见，因为他们在看到督导的时候突然就变得很认真了。不过，老板的思维告诉我，如果我的员工都工作不负责任，那对我来说无疑是营业额的减少甚至是损失。而且虽然我只是打暑假工，但是也是一次体验和锻炼的绝好机会。经过一番思索，我决定先来个团队凝聚活动。

一下班，我就把大家召集在一起，准备来个短短的座谈会。为了不让他们感觉boring，我决定给它来个好听的名字，叫微笑pasta。大家整齐地站好了，我站在前面，先鼓励下大家，说：大家今天工作辛苦了，忙了一天现在放松一下，我们不是开会，只是随便聊聊，今天我们的聊天主题就叫微笑pasta。看到你们一个个微笑着，我觉得整个人特别开心特别有活力。我说了这个大家都笑了，我也觉得气氛轻松多了。我引导大家谈谈微笑有什么好处，大家很活跃，你一句我一句地说起来了。"微笑使人漂亮"，"微笑让人看着亲切"，"微笑多了有益健康"，"微笑着上班东西卖的多"……看到大家这么配合，我心里高兴极了，因为我开始想着该怎么让气氛活跃一点，而不至于死气沉沉变成训话，而现在的氛围活泼轻松，让我很满意。

我们畅谈了一会儿，我开始总结到："大家都说的很好，微笑实在是最绝妙的养颜术，最划算的美容品，最容易弄到的价值连城的保健品，最省力的销售妙法……它的好处数不胜数。对我们自己来说，微笑让我们变美变快乐，越来越亲切动人、健康活力，所以我们没有理由不微笑着说：微笑pasta！对于我们的工作和整个团队，微笑拉近距离，保持轻松愉快的气氛，让我们工作满意，让顾客买的开心，这样既能给自己带来快乐和业绩，也能给公司带来收益，何乐而不为呢？所以大家今后互相的问候，不要说你吃了吗？而应该是你今天微笑了吗？好不好？"大家很配合，一致大声说："好！微笑pasta！"

这个短短的座谈会起到很好的效果，那些营业员很快形成了一种习惯，问候的时候都是：今天你微笑了吗？而且大家工作开始变得热情了。我也变得异常忙碌，因为店里货物供不应求，我跑来跑去，联系供货商。但是忙碌中也泛着很自豪的快乐，我也明白了一个道理，快乐是来自内心，而不是外在。不管是做什么工作，只要尽力做好，微笑面对，一切都会很美妙。很多人就算身居高位，也未必能有这样的体会。

想不到，偶然的一个集合聊天，突发奇想的一个微笑pasta的主题，也让我渐渐懂得了生活的真谛。

临别前的歌声

时间在忙碌和充实中飞一般溜走，转眼我已经上了20多天的班了，一个月的暑期工作接近尾声。这段时间我们在紧锣密鼓地组织着搞一系列的大型促销活动。企划部门很快出台了活动方案，百货公司打算集超级歌唱大赛、疯狂折扣龙卷风、T台走秀等活动于一体，引起我们镇的市民的购物热情，达到树立品牌的效果。这真不愧为我们镇里最大的百货公司，活动策划得很有创意。

我主要是负责歌唱大赛的宣传和歌手报名工作。这个工作比较简单，只要联系电视台播出广告，然后发发宣传单，负责介绍赛事和报名就基本上很闲了，毕竟我刚来没多久，很多重大负责项目还不会就让我来做。但是就算是简单的工作我也尽力做到高效。我会在发传单的时候多给有兴趣的人讲一下我们大赛的丰厚奖品，会在给选手报名的时候给他们说大赛需要人气，用超女和快男的那阵势形容我们这次比赛，结果很多报名者都很高兴也很重视，表示海选的时候一定会多带亲友团来给自己助威。

这个歌唱大赛的奖品很丰厚，大家都想跃跃欲试，我很高兴我们这里的员工有优先报名权。虽然说报名的有很多学生，还有很多是K歌老手，但是我抱着参与的心态，也报名参加了。

大赛的丰厚奖品和海选很隆重的消息很快就在镇里不胫而走，海选这天，人山人海。不出我所料，很多参赛选手带来了一大群自己的粉丝。看到一个联通公司的参赛者身后一大群黑压压的穿着西装的粉丝们，我有一种"奸计得逞"的快感。

忙完了现场维护工作，我匆匆换了套衣服，化了淡妆，准备参加海选晋级。海选现场载歌载舞，参赛者不乏夺目之辈，我饶有兴趣地参与其中，看台下热烈呐喊，心里突然觉得很宁静。这个月就像白驹过隙一般弹指一挥，回想起来，虽然是打了次暑假工，但是收获的，却是满满的财富和智慧，还有真真切切的回忆。突然想起了《奋斗》，想起剧中的那些花样男女们，他们为了自己的梦想去努力拼搏的点滴，虽然有失落有彷徨，有败北有阻挠，但是这就是青春，这就是what life should be。

一曲又一曲，歌声有的安静淡雅，有的嘻哈摇滚，有的狂放不羁，有的温柔羞涩。不知不觉，主持人叫起了我的名字。我上台，清唱了一首老歌——《真心英雄》。

没有什么伴奏，没有什么旋律，我动情地唱着，仿佛台下一片宁谧。

唱到高潮时，我发现爸爸妈妈还有几个死党级朋友站在台下正朝我欢呼招手，心里不由泛起感动的潮水。我朝他们挥手，唱着：把握生命里的每一分钟，和亲爱的朋友热情相拥，不经历风雨，怎能见彩虹，没有人能随随便便成功……唱完后，掌声不断，我在台上激动极了。爸妈笑得合不拢嘴，我朝他们挥手。这时候，台下一大队人挥动着小旗，大叫着：督导加油！梁辉，你是最棒的！然后轰的一阵鼓掌呐喊。我看到了那些熟悉的脸，那是我这一个月的亲密同事们，他们来给我助威来了。我感动极了，连声说着谢谢大家。

谢谢你们，让我成长了。谢谢你们给了我机会让我来个成人练兵。谢谢你们，我亲爱的父母，让我学会勇敢学会迎着梦想向前！谢谢你们，让我开始正式十八岁！

我拿起话筒动情地说："一首真心英雄送给你们，我亲爱的爸妈，我亲爱的朋友们同事们，你们是我的真心英雄！"

在大家的欢呼下我走下台，竟发现自己眼睛潮湿了，也许吧，临别的歌声，虽然很振奋很激昂，但是还是迎着离别。暑假打工的难忘日子过去了，马上迎来我多姿多彩的大学生活。

带着沉甸甸的收获和跃跃欲试的渴望，我擦干泪，微笑着看着前方：我的大学，我来了！

点滴青春
——送给青春的故事

王立凤

就在这不经意之间,青春已来到了面前;也就是在这不经意之间,青春似已过半。

还记得高中时为了应付考试,曾写过无数赞美青春的诗,如:少年不识愁滋味,爱上层楼。爱上层楼,为赋新词强说愁。而今识尽愁滋味,欲说还休。欲说还休,却道天好个秋。

其实那时真的不懂青春,不懂,不懂……不因不在青春时节,也不因不懂青春故事,而因我们的青春被压上了太多、太多,本不该属于青春的东西。

那时的幼稚与彷徨、那时的青涩与迷茫,交织衬托出了今天的成长。我真的感觉到了,岁月除了无情地将皱纹深刻于人们脸颊,将永葆的童心驱逐,带给人们更多的还有丰富的阅历和无尽的探索与追求。

我常常很喜欢记录一些心情的点滴,也常常会感慨于别人不在意的小事。每当于此,我都希望能有所收录,但却大多消逝于遗忘。

我现收录整理了一些现今还尚存的宝贵资料,送给自己,也送给与我有着同样青春故事的朋友。

忆 高 中

除了一些考试的作文,在纸上就再也找不到高中留下的笔迹了。现在看来,不免生出一种悲凉。那段在题海中奋力遨游,在书本上艰难跋涉,在与睡眠无休止抗争的日子里,也许忙里偷闲的娱乐工具并不是记录与书写青春,仿佛已经忽视了那时的我,正处于青春。还好,在网络的世界里还有我的一些足迹,姑且让它们作为我曾经高中青春的鉴证吧!

刚考完模拟测试,心情挺复杂的,快要高考了,也没有一点像别人那种紧张的状态。也许我的高中生活就要这样平淡地结束了吧。这真的不是我。(《心随我,我不随心》,选自我的QQ空间)大抵已经不记得当时的我为何会发出这样一番慨叹,但看题目就会唤醒一些对那段高三生活的怀念,也会不免对那些生活于艰苦高中岁月的青春生出一丝怜悯。

走过了迷茫的高中,也就走过了菁菁的青春岁月。得知被大学录取后的心情是复杂的，真的。想到就要离开生养我的故土与亲人，我便更加无所适从。我不知道自己的未来会怎样，但命运已为我写好了应该选择的路。我也许是真的要走了，也许走了以后便不能回头。我不愿去想离开以后思念家乡与亲人的痛苦，我不敢去面对今后的那些孤寂日子，我不能逃脱复杂的心境。我不愿走，却又不得不走。我只能义无反顾地走好每一天。(《走好每一天》，选自我的QQ空间)

无事可做的日子是我上学时长久以来的愿望，现在真的就这么来到了，似乎有些措手不及，但无论怎样，这样的日子只剩下一个月，也就是我在家乡最多还能待上一个月了，这短短的一个月不指望还会发生什么奇迹，但也不愿过得苍白无力，不忍让它过得不堪回首。春去秋来，花谢花开，日子就在不经意间逝去了，我这个大宝宝也在不经意间长大了，大了会有很多的烦恼。比如说上大学。高三的时候对大学生活是有无限幻想的，憧憬着早日逃脱牢笼的日子。可这天终于来到的时候却又矛盾地不肯离去。家乡，我真的很舍不得你，不仅仅是那一草一木，更是那生养我，帮助我的亲人们，我真的不愿离去了，甚至于后悔自己的选择，不如学习差一些，宁愿在此终老一生。心里写满了乱，头中浸满了烦。但无论如何，开心吧，还有一个月的时间可以陪伴，开心吧，还有一个月的时间可以珍惜。开心吧！(选自我的QQ空间)

总是舍不得，但总是因有舍，才会有得。刚刚步入青春的我，还不懂得这么多，但我真的不得不承认，大学，是一个磨砺人的地方，是一个催人奋进的地方，是一个叫人快速成长的地方。带着这样的憧憬与向往，我来到中央民族大学，这个为我开启梦想之门的殿堂。

于大学

没有了高考的压力，在这个充满丰富课余生活的大学中，想写点东西留给自己便更难了。很多随见随感，但却不曾随笔记下。正如每一个经历过青春的人一样，我的青春，正在逐步走向成熟。通过仅存的一些可追溯的印记，我感到了，一个从感性到理性过渡的青春。

昨天，我看了个电视公益广告，很有感触，叫：守候是一种诚信。讲的是一个老人在寒风瑟瑟的秋天看自行车，一个年轻人将车存到那里而说一会回来的时候给钱。可却忘记了拔掉车钥匙，而老人就在这里从白天一直守候到了晚上，几乎她看的所有自行车都被取走了，街道上的人也很稀少了，老人冻得来回地在看车的地方走，一直等到来取车的年轻人。年轻

阳光洒满心灵
YANGGUANG SAMAN XINLING

人看到老人还在,却说:不就是为了几毛钱嘛。他以为老人还在等他是为了向他要看车的钱。可是当老人把他的车钥匙递到他手中的时候,他却不好意思了。看了这个广告以后我很感动。感动的是什么呢,也许正是当今尔虞我诈的社会里所欠缺的这种真诚吧,也许这都是人性社会中理所当然的,不应该值得重视的,可是在现如今却显得是那么的弥足珍贵。

诚信是需要我们永远坚守的,对待他人,与对待自己。也许很多时候我是很相信他人的,我不相信更不愿意相信社会上有坏人,有欺诈。可是事实真的是不止一次地教育了我。我往往在很多小事中感到了自己心灵的震惊。可是在震惊过后,我还是会再次相信人与人之间的交流。也许妈妈是对的,她说我在很多时候太过相信他人了。我也发现了,也许作为一种人性而言,相信他人不应该被称为是一种缺点,但是对于当今普遍人性缺失的世界,这可能不再会是一个做人的正确标准了,很难再被称之为优点。可是我就是我,我真的改不了自己。

刚看了中央2台的《生活》,讲了燕郊行宫市场的小偷团伙,警察蹲守61天拍摄取证,终于将他们抓获。不禁想起在这个我所生活的地区,每当到了赶集的时候也会出现这样的小偷,真的与诚信相违背。这绝不是我们的人性所在。我很害怕。不仅仅是因为这种犯罪就在我的身边,还因为他暴露了一种人性,这种所谓的人性,将我们本可相信他人的本性变成了一种缺憾。实为可悲。

作为一个普普通通的我,我只能渴望并期盼世界多一份诚信,生活多一些和谐。

这是在假期中的有感而发,而生活中类似的感慨还有很多。

今天早上电视里又播放成龙在春节联欢晚会上演唱的《站起来》,本来在奥运期间我很喜欢这首歌的,曾经还教同学唱过这首歌。没想到春晚导演慧眼选中了这首歌。和我一样,呵呵。可是成龙居然第一句就唱跑调了。为此,我在短信和网络投票的时候就没有选这首歌。

早上,当电视里又响起这首歌的时候,妈边听边说成龙唱得挺好,还说他都那么大岁数了,谁都有唱歌跑调的时候。就为了这句话,我想了半天。的确是噢,谁都有唱歌跑调的时候,虽然我觉得自己很多时候的音准是很好的,但我也不能保证自己永远不走调。真的是这样啊,谁都有跑调的时候,谁都有失意的时候,谁都想做好,可是在努力做好的过程中谁都有失败,挫折的时候。即便如此,也不能全盘否定一个人。

我知道我又错了,以后不能以偏概全了。(《没有人能总不跑调》,

选自我的博客）

　　好像很久没有写博客了，前一段时间想写了，可是系统有问题，就此也就耽误了下来。也不记得当时想写些什么了。

　　这两天在看《水浒传》，由于时间有限也只能部分以快进的方式。今天看到了传说中的潘金莲与西门庆的那一段。过去也只是听说，真的都不知道确切是怎样的一个故事。今日看后颇有感慨。过去不仅仅是我，相信很多人都会认为潘金莲是有罪之人，往往认为她的罪过要大于西门庆。可今日看来，我不免生怜悯之心。女人追求幸福又有什么错呢？错就错在女人的过于感性，过于感情用事，过于将感情摆在高于一切的位置。也许我们永远都不能做到像男人那样洒脱。也许这就更注定了女人们悲惨命运的结局。我们不能追求，更追求不到与男人的真正的平等。都是感性决定了女人一生的命运。潘金莲是可怜的，她并没有过去我所想象的那样可恨、可气。用现在的眼光来讲，我反倒觉得她是很值得同情的。她更代表了现代社会中的追求幸福，却只能生活在梦幻中的一类女人。西门庆是卑鄙的，过去人们往往将这类事情中的女性一方视为不耻，而我觉得西门庆这类社会渣滓才是最值得我们唾弃的。他根本不懂得什么是感情。他的精神与肉体是分离的。他可以代表现代社会中绝大部分男人。也许这就是小说电视里常说的："男人没有一个好东西"吧！（《伤女人》，选自我的博客）

　　很多思想是偏激的，很多激进是只属于年轻人的，但这些都正是青春的我们的真实写照。

　　"象牙塔"的生活真的是无比幸福。忙碌中透着充实，充实中又溢满浪漫动人的青春气息。只因青春，我们才更激情四射；只因青春，我们才更光彩照人。很多时候我都在想，如果毕业了，将会面临怎样的一种抉择？好怕去想，好不愿去想，可总是又不得不去想。真希望时间就此定格，就让我永远都做一名大学生，多好！可是这都是不可能的。就像《奋斗》里说的："……我们舍不得您，非常非常舍不得您，但是我们必须告诉您，我们必须离开您，我们必须去工作，去谈恋爱，去奋斗，这件事十万火急，我们一天也不能等……"人生的每一个阶段中总会有很多个舍不得，虽然现如今的我并未面临毕业，但我也深有杞人忧天之感，很怕这一天的到来。

　　青春是没有特权的，青春属于你我。青春的故事靠你我共同书写，那就让我们用自信做笔，用坚毅做墨，谱写一篇只属于青春的时代劲歌！

谁言寸草心，报得三春晖
——致母亲的一封信

袁 媛

亲爱的妈妈：

您好！

离家已有数月，不知您和爸爸身体可好，女儿一切都好！妈妈，女儿今晚很想您，有许多话想对您说。时光飞逝，不知不觉我就从一个懵懂的孩子长成为二十二岁的大姑娘了。印象里，您总是很忙，从早到晚一刻也没闲过，你要上班，要买菜、做饭，打扫家里的卫生，还给我们缝补衣物或是做些毛线活挣钱。但您很少过问我的学习和学校生活情况。高中我到省城读书，宿舍里，同学的妈妈会经常打电话过来，当听到同学幸福地和她妈妈谈论她今天穿的是以前买的哪件衣服，我是多么的羡慕啊，而您永远也不知道我衣柜里衣服的颜色和种类。我主动打回去的电话您也只会重复地唠叨"注意身体，好好学习"之类的话。和同学一起聊天时，她们总会一脸笑容地说起和妈妈手挽手逛街的情景，可在我印象里，好像只要我每天吃饱穿暖了，别的事您就不关心了。

直到了我读高二的那个寒假，当我从亲戚的含糊其辞中觉察到你们要接受姐姐重新回家的消息时，我一下子就接受不了了。多年的委屈一下子涌上来，或许是我太自私了，觉得您和爸爸爱她胜过爱我，无论姐姐做错了什么，你们都能原谅她，而对我从小到大，你们总是不闻不问。记得小时候，周围的伙伴总是很羡慕我，因为我可以在外面玩到我想回家的时候才回家，而他们稍微晚点回家就被训斥。他们的每个夜晚总有父母在旁边敦促他们做作业，而我可以看电视剧一直到我上床睡觉。他们的假期要做作业、背书，而我可以玩个痛快，到快开学时再把答案匆匆抄上。可他们不知道我也羡慕他们，我每天晚上可以看电视是因为父母都出去跳舞了，只留我一个人在家，父母管得严说明父母重视他们，而我就像个爹不疼娘不爱的野孩子。那天晚上我躲在被子里哭，您发现我的屋子里有动静，问我怎么了，开始我不说，后来在您的反复询问下我才抽噎着把心里的想法告诉您了。我至今还记得你当时说的话，您告诉我每个孩子都是父母的心头肉，只是姐姐问题比较多，而我从小比较听话，所以对姐姐关心多一点。我还记得那天晚上是我长大后你第一次抱着我睡觉，而哭累了的我在您的怀里沉沉地睡了过去……

那晚您还告诉我,人不像孙猴子那样从石头里蹦出来,没有父母的精心照料小孩不会长大。是的,因为是个女孩,爸爸在我出生后的第二天就出差去了,留下了产床上虚弱的您和嗷嗷待哺的我。小时候你奶水不足,我一喝牛奶就吐,您只好把米一点一点磨细了再煮成粥给我喝。有一次我吃坏了肚子,持续了十几天,严重到我一哭就会拉肚子把裤子弄脏,您抱着我四处寻医问药,直到找到了一个偏方治好了我的病,您心里的石头才落了地。在我读幼儿园时,您生病了,爸爸要陪你去省城看病,本可以把我丢在姨妈或奶奶家,可您担心她们照顾不好我,拖着病体的您硬是把我一块带去了省城。您还嫌叫"妈"不够亲热,要我改口叫"妈妈"。还记得我们一起坐公交车,好不容易有了空位,我让您坐,你执意不肯,在我的坚持下您才自己坐下了,可坐下后您又说抱我。当时我站在您旁边,把手搭在您前面的座位上,您看见了我手上红肿的冻疮,您一边很心疼地给我揉一边说按摩有助血液循环,我当时扭头望向窗外为的是不让您看见我眼中夺眶欲出的泪水,窗外寒风凛冽,但透过您粗糙的手指,温暖却一点一点传到我的手上,流入我的心里……

大三时,我在考研还是工作上摇摆不定,不止一次在电话里提出去工作的想法,因为这样我就可以回到您身边,您和爸爸这些年的苦我都看在眼里的。可一向温柔的您在电话那头坚定地对我说多读书是好事,您和爸爸的身体很好,还能供我读书,即使我读完研究生你也才60岁。我知道您怕我因担心您的身体而不敢放心地追逐自己的梦想,您骗我说你身体很好。您的左耳有严重的中耳炎,经常化脓,听力受了影响,我们要很大声说话,您才能听见;多年为一家人的缝补衣物和为挣钱接的毛线活给您落下了颈椎的后遗症;您的右手总是酸痛发麻,有时痛得一宿一宿的睡不着觉。这些我是知道的呀,但我又假装我不知道,怕您知道我的心事后反而担心。但我害怕我一直在外读书,不能在您身边尽孝,以后有"子欲养而亲不待"的切身之痛啊!妈妈,如果真的可以用健康换健康,那我愿意用我的健康换您的健康,只愿能多几年的时间为您端茶奉水,服侍床前!

夜很深了,妈妈,您今晚睡得还好吧,没有因为手痛而辗转难眠吧。听着歌曲《懂你》,记忆在脑海里流淌,想着往事的点点滴滴,我已是泪流满面。妈妈,原谅女儿的不孝,这么多年了我才一点一点地懂得了您,懂得了您对我的爱,懂得了您了对我的关心和关怀,懂得了您对我的默默付出和盼女成才。妈妈,我的生日是五月十日,每年五月的第二个星期天是母亲节，您不知道这个属于你的节日，却永远不会忘记在我生日时给我做上一桌子好菜，庆祝我的生日。

　　妈妈，今年的五月十日是我的生日，也是属于您的节日，原谅女儿我无法亲手送上感谢母爱的康乃馨，此时此刻，您的女儿只想大声地对您说"妈妈，我爱您"！

爱您的女儿：袁媛

2009年5月2日

父母的爱，就像那座山

何玉娥

　　我从小生活在农村。我的家并不富裕，但是我一直不觉得家里缺少什么，因为我一直在父母的羽翼下生活得无忧无虑。现在回忆起来，父母给我的爱就如家乡我熟悉的那座大山，简单而又不曾褪色。

　　记得上小学四年级的时候，我患上了老人们常说的"百日咳"，很难受。因为我家住在山头上，离镇上的医院很远，需要步行下山然后乘去镇上的公共汽车去，每一次去镇上都差不多花一整天的时间。记得那时候，爸爸带着我去医院检查，回家的途中我因为咳嗽太厉害不能自己走，这时天已经快黑了，于是爸爸背着我从山脚到山顶，一步都没有停歇。因为我们当地有一种迷信的说法，小孩天黑走路夜里容易做噩梦。我伏在爸爸的背上，看着他一滴滴的汗水往下淌，那时的我只是很想让爸爸停下来歇一歇，而现在回忆起来心里更多的是感动和一些难以言明的伤痛。而妈妈，当我们回到家的时候，她已经在村头的路口上足足等候了两个小时。大爱无言，尽管天已经黑了，我分外清晰地看见了妈妈见到我们父女俩那一刻的欣喜与宽慰。

　　上了初中，我所在的村子变化很大，几乎家家户户都有了摩托车，生活水平有了显著的提高。从我家到我所在的中学，骑摩托车需要两个小时的车程。我清楚地记得，中考成绩出来的那一天，爸爸骑车去学校查看成绩，去的时候充满着兴奋和期待，只花了一个半小时的时间。然而，回来的时候却花了两个多小时，因为我没有考上县一中，更不用说省重点高中。当时的我很不懂事，不曾认识到读书是改变命运的机会，所以不论上哪所高中对我来说都无所谓。只是苦了爸爸妈妈，他们焦头烂额，因为在当地，几乎所有二中的教学质量都不是很好，每年能考上本科的寥寥无几，而且学校风气也很差。可是，如果我要进一中，那么必须得花6000块钱换来录取通知书，学杂费另算。可能，在今天大多数人看来，这6000块钱不算什么，可是在我们家，在当时，单靠爸爸工资收入来支付这笔费用是一个很大的难题。我很清晰地记得，爸爸当时说了一句话："只怪爸爸无能，不能让你进县一中，我送你去职院附中吧！"顿时，我的眼泪夺眶而出，不曾想到，因为我的失足，给爸爸妈妈带来了这么大的难题。因为在我眼里，爸妈就如回家的那座山，坚不可摧。不经世事的我第一次深深地懂得：孝敬父母最好的方式就是好好把握自己，学习不再是过家家！

正如前面所说，我填报了恩施职业技术学院附属中学，也就是后来的恩施州第二高级中学。由于刚刚起步，它各方面办学条件都很有限。这所中学办学历史只有三年，我们是她的第四届学生。办学的前两年，学校的生源都不及恩施州下属各县市的第二中学，直到后两年，招生分数线才与二中持平；这里的老师多为各县一中刚退休的老教师或是湖北民族学院刚毕业的本科生。就是这样的一所高中，给我留下了生命中最美好的记忆。曾经一度，我很迷茫，因为我跟不上高一课程的进度。可是我心里一直想着要努力学习，只是过程真的很艰难。当时我很认真地给爸爸写了一封信，足足有三页纸，把我学习心有余而力不足的困惑全发泄出来了。很快，爸爸回信给了我。信上说道："很高兴我的小女儿长大了，开始思考问题了。读书需要天赋，如果你学得不快乐，就不必强迫自己。除了读书，我想还可以走其他的路。"当时正在迷茫中的我，读了爸爸的信，一遍又一遍，心里有说不出的感动。回想起来，爸爸妈妈似乎很少过问我的学习，每次都是我主动报告学习成绩。我想，也正是因为如此，在高中时候的学习中，我没有背负来自父母的压力，有的只是想走出大山的个人信念，有的只是想证明我也可以上大学的那股冲动。当接到来自中央民族大学录取通知书的那一刻，我在心底感谢我最亲的爸妈：三年前你们没有做错选择！

成长中的我，总是把身边的每一件事视为理所当然，不曾细心去捕获这其中的美好与感动。我想，也许是因为年幼，习惯简单地看这个世界。现在回想起来，我的成长是如此平凡却又如此温馨。爸妈用他们无尽的爱给我搭建了一个民主温暖的家，过去将其视为理所当然，而在现在看来我是多么的幸运，因为她培育了我健全的人格和一颗阳光的心灵。很感谢爸妈生下了我和姐姐两姐妹，在独生子女占绝大多数的现代家庭，我想我是如此幸运，在这个世界上有另外一个人和我流着同样的血液，还存在着另一份牵挂，我们一起分享，一起成长，一起忧伤，一起快乐！

父母的爱，难以言尽，就如回家必经的那座大山，如此沉甸，却又让我们轻松上路……

心星之火，可以燎原
——我们，在一起

唐 旭

　　钥匙在你自己手中。许多时候，真正阻碍我们前进的并不是门，而是我们内心的枷锁，是我们的懦弱和绝望。拿钥匙去开门吧，开门的渴望是你的第一把钥匙，开门的勇气是你的第二把钥匙，坚韧是你的第三把钥匙，悟性是第四把钥匙。 所以，请让我们一起，勇敢地告别悲伤，坚韧地上路，带着一颗感恩的心。

　　他们是一群相亲相爱的人。

　　每一个人都不一样，有的人个子高，有的人个子矮，有的人体型胖，有的人体型瘦，有的人性情开朗，有的人安静内向。

　　他们居住在同一个小县城，彼此熟悉而友好。

　　他们和所有人一样，热爱着他们美丽的故乡。那里依山傍水，景色秀美，空气宜人，滋润了一方水土和这方水土上的千万生命。

　　他们和所有人一样，他们每天按时上班，吃饭，休息。

　　他们常常去一个因为四周被小河围绕而被称作小岛的公园散步，通往公园的路上有一条长长的铁索桥。

　　他们同属一个民族，一个古老而优秀的民族——羌族。

　　他们以自己的民族而自豪。他们相信万物有灵，自古有着"以白为善美"的尚白观念。

　　他们常常祭奠祖先，在那片称为神禹故里的土地上，人们津津乐道着夏禹王留下的"三过其门而不入"的佳话。

　　他们为了纪念英雄，在政府大楼前竖立了一座大禹的雕像。那雕像身材魁梧，表情坚毅，顶天立地。

　　他们用勤劳和智慧修建的房屋，被称作碉楼。一座座挺拔地矗立着，被白云缭绕，若隐若现。

　　他们围火而坐， 屋内的布置古朴而随意。三角的铁锅上吐着热气，火灰里烧着的是馍，坛子里是清香的咂酒，他们坐在木凳上，把酒话桑麻。

阳光洒满心灵
YANGGUANG SAMAN XINLING

音乐和舞蹈伴随着他们的整个生活。

羌笛不怨,其韵穿空,响彻羌寨。两根并排的竹管就那么呜呜咽咽地吹,也不知吹折过多少杨柳。

他们的歌是从大山深处飘出来的,是从心灵深处流淌出来的,伴随着清风,溪流和丁冬的泉水,流向四面八方。

节日里他们盛装出席,欢聚一堂,跳锅庄喝咂酒,春季祈祷风调雨顺,秋后则答谢天神赐予的五谷丰登。他们懂得感恩。

他们穿的是自己缝制的布衣,衣裳上花朵绽放。

男子脚上的云云鞋穿起来就有了飘起来的感觉。那是一种自制步鞋,鞋尖微翘,状似小船,鞋帮上有彩色的云卷图案,系在腰间的鼓肚子,上面百花齐放。

女子从头到脚花遍其身,一针一线绣出的山花灵草都长在脚上身上头上,仿佛能闻出彩的香味来。

孩子们开心地上学,放学,成群结伴地玩耍;

和天下所有小孩一样,喜欢向父母撒娇,在穿上新衣服的时候开心地笑,在吃着糖的时候心里都乐开了花。

日子就这样一天有一天地过着……这个小城,山清水秀,与世无争。

一年过去了,两年过去了,十年……

在某一个五月的下午,一切都和往常一样,大人上班,孩子上学,商人经商。

街道上行人车辆来往……

突然,就在那么一瞬间,山摇地动,一栋栋大楼轰然倒塌,天黑了,整个世界都黑了……

连人们惊呼哭喊的声音也被淹没在水泥预制板断裂、路面被撕断、高楼着地的声音当中。人间突然变成了地狱,到处是鬼哭的声音!传说中无数个只有脸没有脚,舌头齐胸的厉鬼在狂笑,在疯狂的穿行迂回,拿起钢筋,水泥板,砖头,石头或刺或砸,疯狂扑向无处不在的大人、老人、小孩。

路断了,信号断了,这个小城变成了孤城。

每一个人都像在做一场噩梦,却怎么也醒不过来。刹那间,泪水血水混杂，生死别离，悲伤成川……

他们在惊慌中等待救援，他们在死亡边缘苦苦挣扎，他们用最后一丝热气温暖身边的亲人。他们发了疯似的在废墟里刨着亲人，血流了一地，却毫无知觉。

教师用身体护住学生，抗住塌陷的预制板；被压住的孩子们用最后的力气相互鼓励着；

一个母亲躬身跪地用背顶住倒塌的房屋，保住了自己刚刚一岁的孩子。救援人员在孩子的怀中发现了一部手机，生命的最后时刻，母亲用手机短信留给了孩子最后的遗言。"亲爱的宝贝，如果你能活着，一定要记住'我爱你'！"

很久以后，有人来了，山崩地裂还在继续。有人走了，有人固执地要留下，他说，我舍不得这里。她说，我的孩子已经永远地在这里了。我要和他在一起。

后来，再后来，这个县城被封了。曾经居住在里面的人们大多数都永久地和这个小城一起安眠了。剩下的人们带着千疮百孔的心流离失所。

"随着地动山摇的一声巨响，我看见你跌坐在嘈杂的操场，撕心裂肺的呼喊还在我的耳旁。

妈妈，别哭，我去了天堂，漫天的星星可都是你的泪光，黑夜里我不是孤独的流浪，同学们手牵手嘶哑地歌唱。

妈妈，别哭，我去了天堂，老师说那边再没有鸟语花香，所以我恋恋不舍回头张望，绿水青山却是一片苍凉。

妈妈，别哭，我去了天堂，只是我舍不下曾经的梦想，帮我把漂亮的书包好好收藏，我听见废墟里姐姐的书声朗朗。

妈妈，别哭，我去了天堂，可惜我等不及要看到绿色的军装，我还想写完老师布置的作业，留恋着黑板、书本和课堂。

妈妈，别哭，我去了天堂，不再淘气也不愿让你心伤，我会牢牢记住你的模样，来世还要依偎你温暖的胸膛。

妈妈，别哭，我去了天堂，有灯光生活总就有希望，睁开眼睛我要看你活得坚强你的爱永远把我的路照亮……

妈妈别担忧，天堂的路有些挤，有很多同学朋友。我们说不哭，哪一个人的妈妈都是我们的妈妈。哪一个孩子都是妈妈的孩子。

陽光洒满心灵
YANGGUANG SAMAN XINLING

没有我的日子，你把爱给活着的孩子吧。妈妈你别哭，泪光照亮不了我们的路。让我们自己慢慢地走，妈妈我会记住你和爸爸的模样，记住我们的约定——来生要一起走。"

这是发生在我生活了10多年的亲爱的家乡的故事。故事的结局是很多人的离开，很多人的怀念，还有很多人的无所适从。

逝者安息，生者不弃。生命一直都不是一个轻松的话题。我们一直觉得死亡那么遥远，却在一瞬间发现它离我们那么近、那么近。灾难毫无预兆地降临了，我们需要正视它，只有越过这道坎，人生才能充满勇气地走下去。喜欢的一本书里说，离开的人是一直守护在我们身边的天使，安静地出现在我们的生命里陪我们度过大段的时光，然后再默默离去。所以不妨认为离开我们的人，其实都是天使回归了天国。比如那些离开的朋友，那些曾经给过你帮助、那些曾经爱过的人，悄然离开的亲人，他们都是善良的天使，一定会在天堂获得永生。也许你有段时间会对他们的消失感到伤心或者失落，会四处寻找想知道他们去了哪里，到了什么国度，可是到最后，你都会相信，他们在这个世界的某一个角落，安静而满足地生活着。于是曾经的那些伤心不复存在。更重要的是，你是他们生命的延续，所以，要好好地走下去，不离不弃地好好活着。也许接下来的路很难走，但是我们在一起，有爱和希望相随。每一天，都应该努力使它更充实更美丽。

心星之火，可以燎原。给自己一个信念，给自己一个支点，然后用它去点燃你的整个宇宙，说不会还会照亮他人的世界，于是，世界重新有了光亮。我们一起，并肩前行。

梦中的那些花儿
——读杨绛《我们仨》

徐 洋

人一开始回忆，就已经开始变老了。

也许对于杜拉斯而言就是这样，有了自己的苍老，才有《情人》的不朽。对于更多人来说，回忆不见得非得和变老联系在一起。但回忆的，终究是逝去的，终究是不可再来的，正如成年人回忆童年，老者回忆青春。

有很多人会忠告自己或他人，人不能活在回忆里，但活着不能没有回忆。我们的躯体实实在在地活在当下，而我们的思想却可以驰骋得很远。当一个人经历了一段岁月后，站在生命的平台去俯视过去，这定是件美事。或许，回忆不会使生命的长度增加，却可以提高生命的宽度。想想看，经过的甜、受过的苦，都已化作过眼云烟，以后的日子还有什么迎接不了的呢？

人是奇怪的动物，似乎不喜欢回忆苦难，而偏于回忆美好。每一个人都可以是一个合格的自虐者，不断地挖掘出曾经的美好让自己受伤，让自己以往的甜蜜幸福与而今的苦涩孤独暗淡形成鲜明的对比，而且这种对比越分明，内心就会越痛苦。人们总以为这样才能达到回忆的某种目的。想到潘岳的"寝息何时忘，沉忧日盈积"，想到苏轼的"十年生死两茫茫，不思量，自难忘"，只道是，对他们来说，回忆是苦酒，酒入愁肠，化作相思泪。

已经听过太多人回忆时提到"梦"这种东西。正如杨绛在《我们仨》中写道：这是一个"万里长梦"。梦境历历如真，醒来还如在梦中。但梦毕竟是梦，唯物辩证法一针见血地告诉我们，梦是客观实在在人脑中的反映。只是太多时候，哲学上的理论解决不了现实中的问题。人们有时还会犯傻，我们究竟是在梦中生活，还是在生活中做梦呢？我们还是会把美好的曾经解释成梦，我们还是会把酒临江高吟人生如梦，一樽还酹将月。

回忆那些逝去的人，过去的事，回忆来回忆去我们都只不过是在回忆情。情生忆，情是忆的灵魂。回忆友情，老狼会唱"那时候天总是很蓝，日子总过的太慢，你也说毕业遥遥无期，转眼就各奔东西"；回忆爱情，三毛会唱"……有一回并肩坐在桃树下，风在林梢鸟儿在叫，我们不知怎样睡着了，梦里花落知多少"。到了回忆亲情，杨绛只轻轻吐出一句话:"我一个人想念我们仨"。她把女儿、丈夫的离去说成是"我们失散了"。这是我听过的关于死亡的最温馨的说法。"失散",听起来还有重逢的希望,哪知这一散,天涯海角,阴阳永隔,再难相见了。

我喜欢淡淡的东西,在我看来,暗香胜于浓郁,淡抹美过浓妆。就像朴树用纯真的声音诠释的《那些花儿》:"她们都老了吧,她们在那里呀,我们就这样,各自奔天涯"。淡淡的回忆,淡淡的忧伤,淡淡的温暖,淡淡的苍茫。而《我们仨》也是这样,没有黑云压城的欢喜或凄凉,只有杨绛用完全不加雕饰的语言记录着和丈夫女儿生活的点滴,洗尽铅华,干净单纯。那是一种极其私人化、没有任何利益负担的回忆,不需要哗众取宠,不需要秘闻轶事。只是把全部的爱铺展开来,重温旧日的琐碎与欢欣;只是让自己的心游走于清醒与迷醉之间。

看完整本书,想了很久。

姑且就把回忆当作一场梦吧,曾经的好、过去的坏,就权当梦中的那些花儿吧。纵使花飞花落满天,纵使红销香断无人怜,也不妨举一把蓝色相思送走蓝的伤逝。回忆是倒映在生命长河中的丽影,如梦般飘忽摇曳。

让阳光洒满心灵

陈海燕

　　初夏六月，高考又再度成了人们谈论的焦点。时间飞逝，日月如梭，仿佛昨天还在进行紧张的高考备考，今天却已成了曾经向往的大学校园里的主角；仿佛昨天还在考场上将自己多年所学的知识展现在试卷上，今天却已成了挣脱"黑色六月"的过来人。不知不觉，进入大学校园已有一年了。在这一年中，我的心灵可以说是从阴霾走向阳光。

　　经过焦急的等待，我终于收到了来自中央民族大学的录取通知书，那一刻我欣喜万分，因为我终于可以去我向往已久的北京了。带着家人的嘱托，带着亲人的期盼，带着朋友的祝福，我快乐地出发了。从海南到北京，第一次远离家乡，远离亲人，第一次看到了家乡以外的世界。

　　满怀激情与抱负走进大学校园，我对眼中的一切都感到新鲜而陌生。来不及思考，来不及整理零乱的思绪，新的环境，新的面孔，新的观念，一时间都闯入了我的生活，使我感到难以应对。离开了家乡熟悉的一切，面对偌大的城市、陌生的校园，心中好不安！饭菜不合口味，气候差异明显，生活习惯上也有所差异，心中的郁闷之情也找不到人诉说，我晚上经常一个人在校园里走着，好孤独，好无奈，好想家……

　　也许刚刚经历高考，亦或许是知道自己来的目的，所以我并没有像其他人那么松散，还记得提醒自己不能过于放松。在高中时我学的是理科，可是我现在所学的经济学专业中有很多理论知识，我一时间无法找到适合自己学习的方法，这又增加了我心中的焦虑。每天都学习，但效率却不高。自习时，我总感觉有些东西在干扰我，好不容易静下心来，时间已经很晚了，只好带着满脑子的自责和后悔回宿舍。可第二天还是这样。日子一天天过去，心里很懊悔，很无奈，心情一下子陷入了谷底！

　　生活像被迷雾笼罩了，我经常沉浸在过去，怀念过去生活中的美好与欢乐，不想回到现实，因此情绪总是很郁闷，心灵的天空中布满了乌云！

　　一天傍晚，我独自走在校园里，周围有一群学生在嬉戏着，她们在谈论着课堂上和生活中的事，还不时传来阵阵笑声。"她们多好啊，好像我们高中的时候，真羡慕她们……"我不禁想。这时，我对自己说，我不能再这样迷迷糊糊地过了，我应该冷静地想一想，认真地规划一下自己的生活。从海南这么远的地方来这里求学，应该好好珍惜这来之不易的机会，

阳光洒满心灵
YANGGUANG SAMAN XINLING

高考这么辛苦都走过来了，还有什么理由因为这些小事而郁郁寡欢呢？父母的叮嘱忘了吗？亲人的期盼忘了吗？老师的信任忘了吗？颓废？什么东西值得我浪费宝贵的青春去颓废？陌生的环境怕什么，有什么事情不是从陌生到熟悉；没有朋友怕什么，凭着自己与人沟通的能力，肯定会有很多好朋友的，我应该为能有机会结识更多的朋友而感到高兴才对；找不到学习的方法怕什么，什么事情能一步到位，慢慢来，会进入状态的。每个人成长的过程中都会经历许许多多的阶段，这是我成长的过程，我应该尽情地享受其中的美好！我应该好好地利用这宝贵的机会，好好努力，争取实现自己的梦想！这才是我应该做的，是我值得做的……

经过一番激烈的思想斗争，我顿时豁然开朗，心情一下子放松很多，仿佛有一丝阳光照进心灵，突然觉得自己之前的郁闷太不值得了。想要什么样的心情主要看自己，别人也许能给你建议，但要不要改变，选择权在自己手上，自己的命运自己主宰，我们不能逃避新的环境，而是要主动去适应它，将它作为你成长的一个因素。从那以后，我开始融入新的生活，我发现大学校园生活中的种种美好，并逐步喜欢上了这种生活。心灵的迷雾渐渐散开，阳光的模样渐渐清晰……

融入新的生活，先从我的新家——宿舍开始。宿舍的其余七个姐妹都来自不同的地方，如果说宿舍是我的家，她们就是我最亲爱的家人，她们即将陪伴我走过宝贵的大学四年，和我一起分享我的喜怒哀乐，她们将是我在大学成长的见证人。我们一起去食堂吃饭，一起去上课，一起去逛街，相信我们在一起的时光将会是若干年后我们最美好的回忆。

开学后一个多月，校园里的活动越来越丰富，许多社团都在招新。让我大吃一惊的是我们学校竟然有75个社团，都是由学生自行创建的，而且各有特色，文艺类社团搭建切磋琴棋书画百般舞艺的舞台，充分发挥同学们的激情；社会实践类社团给同学们提供了深入社会基层的机会；体育类社团让同学们领略运动的时尚；学术类社团让同学们尽情享受学术的熏陶；公益类社团汇聚了同学们的爱心与责任，将感动传递你我。各社团是民大学子生活的"万花筒"。奥运会中志愿者们的风采，使我羡慕不已，我也想做像他们一样的志愿者，所以我申请加入青年志愿者协会，从而能有更多参与志愿服务的机会。最终我担任了青年志愿者协会的一名干事，并认识了许多朋友，我们一起工作，互相学习，用实际行动传递着爱与温暖。我还加入了辩论队，身临其境地感受言辞的滔滔不绝带来的快感，在唇枪舌剑中感受竞争的魅力……在这些过程中，我收获了友情与快乐！

中央民族大学是汇聚了各个民族学生的高校,各民族各具特色,精彩纷呈。在民大,让我感受最深的是各民族的文化。对于各民族的服饰、语言、风俗,我都非常感兴趣,我总是会积极地参与各民族的活动,感受其中的文化氛围,从中获得乐趣,这是在其他类高校中无法享有的。

我还给自己的生活做了简单的规划,并设计自己的短期目标,从而更有序、有目的地学习和生活。

经过一年的时间,我的心灵已阳光明媚,我会视情况作自我调整,已达到最佳状态,从而更好地学习和生活。

歌德曾说:"最好不是在夕阳西下的时候幻想什么,而是在旭日初升的时候立即投入。"不要顾虑自己过去做得如何,不要怀疑自己的能力,我们需要做的是把每一天当做一个崭新的起点,不断尝试,不断完善自我、超越自己。每个人都有自己的天赋和才能,去发现自己的才能,发展自己的潜能,做最好的自己,那么每个人的生活都可以变得很美好。

人生最宝贵的是青春,不要把你的青春浪费在消沉、颓废的生活上。人生只有走出来的精彩,没有等出来的辉煌!打开心窗,让阳光洒满你的心灵,让爱与温暖伴你更好地走下去!

一米阳光

蒋艾杉

  人的身体感觉总是在精神感觉到来很久之后，才会姗姗来迟。

  就像是光学与声音的关系。一定是早早地看见了天边突然而来的闪光，然后连接了几秒的寂静后，才有轰然巨响的雷声在耳孔里爆炸开来。

  同样的道理。身体的感觉永远没有精神的感觉来得迅速，而且剧烈。

  一定是已经深深地刺痛了心，然后才会有泪水涌出来咽了口。

——Cry me a sad river

你看到了么？书上说，是因为心感觉到了疼痛，泪水才会涌出来。

我从来没觉得自己是个感情丰富的人，但是为什么每当我想起你的时候，鼻子会酸，眼眶会红，眼泪会变得那么的廉价？

你可知道，那个时候我的心脏，像被一层厚厚的布包裹住，严严实实，疼痛而窒息。

你就那样轻易地离开了，带着一如既往的微笑，留给我的却是排山倒海的悲伤。

每个女孩，都会在生命里邂逅一个她。

亲密的，不分你我的，融入彼此生命的。

这样的她，就是守护在每个女孩身边、居住在女孩们内心最柔软的地方的纯白的天使。那是照耀着心灵的，一米阳光。

我也曾拥有那个她，但那只是，曾经。

摊开手掌，三条清晰的脉络蜿蜒交错。流传于小女生间的占卜、爱情、事业、生命。

手指缓缓地摩挲掌心绕绵延的纹路。

那时你捉着我的手瞪圆了眼睛大叫，说我的生命线都延伸到了手腕，好长。

你的眼睛很漂亮，虽然我从未告诉过你。

大而明亮,黑色的眸子清澈幽深如潭水,当阳光洒进去时,仿佛能够看清里面液体缓缓流动的影子,好看得不得了。

黑曜石般的眼瞳,在我的记忆一直那么鲜明。

我的眼眸早已不复从前的纯粹,不浓不淡的灰,里面沉淀了太多世俗红尘的杂质……

如果……有你一直陪在我身边的话,它们会不会变得更明亮一点……

慢慢收拢张开的手指,握紧,再展开。纵横的线条间多了几个淡红的月牙形印记。

如果可以……我真的想,把那条过于平顺细长的线,截下一半分给你……

明明约好了的。

你热烈爱着的这个城市。我来了,你却固执地留在了原地。

这边的风好大,有时候走在路上,会有种快要飞起来的错觉。

我去过了天安门,去过了长城,去过了故宫。

这些都是你想去的地方,我记得的。

我用我的双脚代你走过那些土地,用我的眼睛替你欣赏那些风景,你……感受到了么?

为什么……

那么好那么好的,比任何人都乐观的你,为什么会被让人绝望的癌症缠上。

为什么……

你明明微笑着说你会好起来的……我们都信了,可是为什么,为什么你就那样突然地悄无声息地离开了呢……

明明说好了的……说好会好起来……

一定是已经深深地刺痛了心,然后才会有泪水涌出来。

你不在了,但是那一米的阳光却未曾离去。

你总是说,人的生命里本应没有绝望,只在于自己,是否愿意去相信生命的美好。

你还说,如果我过得好,那么你也会很快乐。

我的心尽管疼痛,却从未枯萎。那是因为你,给我的从来都是温暖的阳光,没有阴霾。

谢谢你,我的天使,我会一直好好的,好好地过下去……

阳光心理
——亲情、友情、爱情之我见

穆 娟

人的一生，各种感情交错其中，才使得我们的生活更加丰富和莹润，而亲情、友情和爱情，则像一首首小诗，伴着各自的韵律和节奏，装点而成我们人生的美丽篇幅。

亲 情

如果说这世上只有一种情亘古不变，那一定是亲情；如果说这人间只有一份爱不求回报，那一定是亲人的关爱。亲情无私，亲情如水，亲情永远无法割舍。亲情，顾名思义，就是亲人的情义。人，作为社会的人，首先并经常接触的是养育自己的生身父母，情同手足的兄弟姐妹。正是血浓于水的亲情，谱写着我们的多彩人生，维系着这个社会的生存与发展。

在人的情感中，亲情是永恒的话题，因为它生来存在，也时刻围绕身旁，荡在心中，所以一直被认为无须歌颂抑或描绘，但我们无法否认它的伟大。这种伟大并非表露于坦然的直白中，一个动作，哪怕是本能的反应，都涤荡着爱。

这种爱，无须理由，不是怜悯，不是责任，无须附加，只是潜藏在内心深处，时而细流在朴实无华的生活中，在平凡的每一刻静静释放。

亲情，是爱的力量的凝结，摧不垮，击不倒，任凭各种考验，总是抿着坦然而深沉的笑意。

圆桌，热茶，小菜，笑谈，最市井的家庭也总洋溢着再平常不过的幸福表情；争吵，喧扰，泪水，也总在这小小点滴中演绎着离合悲欢；离别，家书，月台，乡愁，满溢着离乡背井的丝丝挂念，这种思念，是绵长而痛楚的回忆，是稍不留意便疯狂蔓延的屡屡银丝，缠绕着的，是因分隔而揪痛的心；留下的，只有满屋的叹息和酸楚的横流老泪。

儿时的亲情是让自己放纵的天空；年少时的亲情是想要离开拥挤鸟巢的轻狂；壮年的亲情，是上下双向的责任感和实践酝酿而来的默契；老年的亲情，则是回忆与品味温馨的快意与自足。

血浓于水，是亲情无须考证的爱的阐释。

在最无助的人生路上，亲情是最持久的动力，给予我们无私的帮助和依靠；在最寂寞的情感路上，亲情是最真诚的陪伴，让我们感受到无比的温馨和安慰；在最无奈的十字路口，亲情是最清晰的路标，指引我们成功到达目标。

人都说，父爱如山，母爱似水。母爱温柔似水的柔情，父爱深沉似山的沉稳，山水相间，山水相映，奏响了一首幸福的爱之歌。这便是亲情，最和谐，最自然，无须回忆，无须温习，时而伴随身边，也永远擦亮干涸的眼眸。

友 情

亲情就像身体的器官，与生俱有。当我们步履蹒跚时，它最重要。而当我们青涩处露时，友情便开始伴随我们左右，它是我们人生旅途中渐渐拾得的珍宝。

友情，是那个在下雨时可以为你撑起一片晴空的人；是那个能和你在桌前谈理想谈人生的人；是那个能在你不开心的时候说一些其实很蹩脚的笑话逗你开心的人；是那个在节日的时候给你发来一个两个祝福短信的人；是那个你可以轻轻道一声："原来你也在这里啊！"的人；是那个值得你一辈子用生命记住的人。

友情是一种挚情。真正的友情是性情相近的结伴，是心灵之间的默契。它不存在功利目的，只是精神的彼此依靠，相互充实，是我们生命中的一道独特景致。

友情是心中深深的眷恋，友情是跟友人相连的一根心弦，缠绵不断，源远流长，谱写出一首首悠长而又耐人寻味的高歌。在心灵的深处，彼此相互祝福，友谊时时刻刻温暖着我们的心田。

如果爱情是一朵玫瑰，那么友情就是一朵幽兰。玫瑰给人浪漫、给人激情；兰花给人淡雅、给人清馨。君子之交淡如水，朋友之间更多的是宽容、是理解、是支持、是问候、是祝福。朋友有了困难，伸出你真诚的手；你有了成功，朋友送来真心的祝福；快乐时一同快乐，悲伤时共同走过，风雨中有你有我。自自然然、安安静静、友情如兰、芳香四溢。

爱 情

随着午龄的增长，我们每个人，或早或迟，都会遇到这一美妙的情感——爱情。

"情为何物？为何叫人生死相许？"

阳光洒满心灵
YANGGUANG SAMAN XINLING

"红酥手，黄藤酒，满城春色宫墙柳；东风恶，欢情薄，一怀愁绪，几年离索，错、错、错。春如旧，人空瘦，泪痕红邑鲛绡透；桃花落，闲池阁，山盟虽在，锦书难托，莫、莫、莫。"

"红藕香残玉簟秋。轻解罗裳，独上兰舟。云中谁寄锦书来？雁字回时，月满西楼。花自飘零水自流，一种相思，两处闲愁。此情无计可消除，才下眉头，却上心头。"

自古多少文人骚客为爱情抚扇蹉扼，爱情的忠贞、相思的甜蜜和煎熬，一次又一次激起人们心潮的涟漪。

爱情，这个永恒不变的主题，是每个人心中最柔软的部分。当你拥有爱情时，你是幸福的，你拥有的是一块能折射自己的水晶，这无价之宝将带给你责任感和力量，也带给你勇气和新生。

真正的爱也许不仅仅是浪漫的相遇，热烈的吸引，醉人的蜜语和澎湃的激情——也许更应该是深广的宽容，细微的疼惜，淡远的关爱和无声的表达……就像穿梭在盛开的荷花下的青鱼，当荷花绚丽时，青鱼却在水中无声无息地游动；当荷花败落时，青鱼却还能带给你一串串鲜活的呼吸。也许当你倾心于花香满腹时，你从不曾注意到青鱼的存在，但是当你一旦收回被诱惑已久的目光，你就会发现青鱼的气息已经充溢到了你每条脉络中。只要长有一双平常的眼睛，谁都可以看到水面的荷花。但是，只有心中长眼睛的人，才能看到水中的青鱼。

爱不是黏腻，却感觉温暖；爱不是占有，却心心牵挂；爱可以给予扶持，却不可以成为唯一的扶持。

亲情是一种没有条件、不求回报的阳光沐浴；友情是一种浩荡宏大、可以随时安然栖息的理解彼岸；而爱情则是一种神秘无边、可以使歌至忘情、泪至潇洒的心灵照耀。

亲情的无私，友情的纯真，爱情的忠贞，我们每个人的一生既生活在这些情中，同时又在追求着这些情，力求最美最真。我们的生活因为有这三个情而变得多滋多味，充满色彩。偶尔间出现的小插曲，也只是浩瀚的大海里的点点浪花，非但没有减色，反而把我们的生活点缀得更加充实与美丽！

冰心说道："爱在左，情在右，走在生命的两旁，随时撒种，随时开花，将这一径长途，点缀得香花弥漫，使穿枝拂叶的行人，踏着荆棘，不觉得痛苦，有泪可落，却不是悲凉。"

这爱情、这友情、这亲情，便使得我们的生命之树翠绿茂盛，无论是阳光下，还是风雨里，都可以闪耀出一种读之即在的灿烂！

让灵魂永远站立

宋培如

　　二十一年前草长莺飞的三月，我出生在北方一个偏僻的小山村。小的时候，我也曾无数次幻想过自己的家住在豪华的大都市，幻想自己的父母是风度翩翩的教授，幻想自己有美丽的衣服，幻想自己有精致的玩具。然而现实生活中我什么都没有。我的家是低矮的平房，我的父母是面朝黄土背朝天的农民，我的衣服是母亲缝制的粗布衣服，我的玩具也都只是土坷垃。甚至我花10块钱买一件衣服都会遭到母亲的训斥，玩具对我来说就更是奢望了。然而在这样的生活环境中我不但没有怨天尤人，更没有自暴自弃，而是发愤图强挑战命运。虽然吃的比别人差，虽然穿的比别人寒酸，但我的成绩永远是全班最好的。小时候我最快乐的事就是每次考试都拿第一名。

　　16岁那年我以优异的成绩考入了自治区重点高中，别人都羡慕我，因为那所高中是我们区最好的高中啊，许多城里优秀的孩子都被拒之门外，而我这个连县城都没有出过的农村孩子却有此殊荣。但我知道这样的结果对我的家庭来说无疑是雪上加霜。因为那时我的祖母已经年近八旬且常年卧病在床，我的弟弟也在读初三，那所高中高额的学费怎是我这样一个农民家庭承担得起的。我想过放弃，在我们那个重男轻女观念已经根深蒂固的落后地区，女孩子能读到初中毕业已经是凤毛麟角。但就在开学的前一天，村长到我家了，将全村人集资的4000元钱交到了母亲的手中。到现在我依然清晰地记得村长对我说的话："咱农民的孩子能考到这样的学校不容易啊！娃，你可一定要给咱村争口气啊！"我就是要为农民争一口气，所以这么多年来无论生活有多么艰难我依然坚强面对，因为我知道我的身上肩负着多少人的期望。

　　在我的生命中，我永远都不会忘记高三那一年，那一年父亲因为劳累过度且缺乏营养病倒了，一个五口之家的重担就落在了母亲的肩膀上。得知这样的结果后我知道我该做什么样的选择了。虽然我对学校有千万分的不舍，但我又怎能忍心看着憔悴的母亲辛苦劳累呢？我很感激我的父母已经供我读书到高中，我知足了。当我平静地做好弃文从农的准备时，年仅15岁的弟弟突然向爸妈提出不上学了，说反正自己学习也不好，正好可以挣钱供我上学。爸爸听了以后，一个巴掌打在弟弟的脸上，"你咋就那么不争气呢，我就是砸锅卖铁也要供你们姐弟上学。"后来父亲就出门借钱了，可是我深知这几年我家早已是借贷无门了。第二天早晨，弟弟给爸妈留了一张纸条就和村里的年轻人一起去城里打工了。15岁正是一个孩子上学立志的时候，而他却只能在建筑工地上一滴血一滴汗地重复着。我深知是我剥夺了他的上学权利。弟弟虽然挣得钱很少，但他几乎全部寄给了我，说我学习压力大，应该补充营养。每当收到弟弟寄来的钱时，我总是跑到一个没有人的地方大哭一场。人活着，这种亲人之间的感情是多么重要，即使人的一生充满了坎坷和艰辛，只要有这种感情存在，也会感到一种温暖的慰藉。假如没有这种感情，我们活在这世间上会有多少的悲哀啊！因此有这样的家人，我永远是这个世间上最幸福的孩子。

终于熬到了高考，整个高三我拼命地学习，我知道考大学是我改变命运的唯一机会，在这场战争中我只能赢不能输。因为我不仅要改变自己的命运还要改变家族的命运，我还要给我们全村人争一口气。我成功了，我以620分的成绩考到了民大。我成了我们村里唯一的大学生，成了我们县里唯一来北京上学的大学生，我一下子成了家乡的名人。家乡人都把我说得神乎其神。接到录取通知书的那一刻我哭了，谁都不知道为了这个结果我付出了多少？我的家人为我付出了多少？我的弟弟为了圆我的大学梦把自己的前途都赔进去了。对弟弟，我的内心永远充满愧疚，我知道我的弟弟也是多么喜欢上学，多么渴望成为大学生。就因为他有我这么一个姐姐，大学之门就永远对他关闭了。我感觉自己是多么自私却又是多么无助。到现在，每每想到这些事情的时候，我都想号啕大哭。

在接到大学录取通知后，最令我欣慰的事情就是学校可以为家庭贫困的孩子办理助学贷款。这意味着我可以用自己的能力完成我的大学学业了，这会给家里减轻多少负担啊！在来北京的第二个月，我就开始了边读书边打工的生活。大学里的课程相对高中来说轻松了许多，因此我有充足的时间去外面做一些事情。我利用晚上的时间去做家教，周末又跑去做促销、发传单。寒冷的冬天，每当我做完家教骑车返回学校时，寒风灌进了我的脖子里，胃也饿得咕咕叫，我流着眼泪告诉自己"生活苦不是放弃的理由。"很清楚地记得假期的一个晚上，我在做完家教返校的途中遇到了大雨，回去以后就感冒了，在宿舍里仅有的一床薄被下瑟瑟发抖，此时的其他舍友都应该是在舒服的家里和父母享乐了吧？一年下来，我不但解决了自己所有的生活费用，而且还有了一定的积蓄。放假回家成了我最高兴的事情，因为向父母索取了这么多年后我终于可以回馈他们了，虽然我的能力有限，但我知道以后我一定可以回馈他们更多。当父亲接过我用打工挣的钱买的羊毛衫时，稳重壮实的庄稼汉哭了。家乡的人们更是把我当成了神话，说我不但可以挣钱供自己上学，还可以孝敬父母。因此村里的人都把我当成他们孩子的榜样，让他们以后也都来北京上大学。他们不知道这份荣耀背后有多少辛酸。他们不知道我的苦，我也不愿意让任何人看到我的苦。赚钱永远难不倒我，暑假的时候我除了带好几份家教以外，还在奥运场馆外卖国旗，脸被晒黑了，脚起泡了，但那又有什么，从小长在农村的孩子什么样的苦没有吃过？

也许在有的人看来，我的生活是多么的黑暗，一直是念书、上课、考试、赚钱。但我从来没有自卑过，尽管同学们把我说成了守财奴，一有兼职的机会就找我，尽管我迫于生活的压力去廉价出卖自己的劳动力，但谁都没有资格看不起我，因为我是在靠我自己的劳动养活我自己，用我自己的双手创造未来。别人现在拥有的生活都是父母创造的。我相信机会面前人人平等，贫穷家庭的孩子依然有改变命运的权利。因此无论是炎炎夏日还是寂寞寒冬，无论是孤独无助还是疾病缠身，我每天都坚持6点钟起床，尤其是在冬天的时候当我摸黑走进几乎一个人都没有的教学楼时，心中充满了成就感。家庭贫穷不是罪过，但自己不努力就是天大的罪过。自助者天助之，只要自己有那份不服输的信念，相信这个世间上没有什么事情能够难得倒我，总有一天我会拥有令人艳羡的成功。

上帝永远垂青努力的孩子，生活对待每个人都是平等的。

2007—2008年度，我获得了国家励志奖学金，班主任也把一个国家助学金的名额给了我。人生永远都是一种平衡，在你失去某些东西的时候就意味着你在得到。我相信我得到的这些东西就是上天对我的眷顾。

现在我的大学生活快过了一半了，虽然每天还过着辛苦的生活，但我早已有了一颗坚韧但平和的心。每当我看到身边有好多的贫困生和其他学生们一样大把地挥霍父母的血汗钱时，我感到无比痛心。虽然贫穷使我们暂时不能过上优越的生活，但只要我们肯踏踏实实地努力，总有一天我们一会得到属于我们的一切。如果现在不能正视贫穷，那么好不容得到的命运转机就会被我们浪费掉。其实苦难是一笔宝贵的财富，没有苦难的人生是没有厚度的人生，没有厚度的人生不可能负载人生的辉煌。"无限风光在险峰"只有不畏艰险，艰苦跋涉才能到达最高峰，从而领略人生最美的景色。因此越是贫穷我们才要越努力，因为努力是我们改变命运的唯一途径。

经历过这么多的风风雨雨后，我终于悟到了人应该时时懂得珍惜与感恩。我珍惜来之不易的读书机会，珍惜所有出现在我生命中的人，珍惜我所拥有的一切。感谢我的父母在艰难的环境中把我养大，感谢我的弟弟牺牲自己的前途给我学习机会，感谢家乡人民在我家最困难的时候给我帮助，他们那种质朴却又浓烈的爱值得我用一生的时间来回馈。我更感谢社会对我的厚爱，如果不是社会上那么多好心人帮我，我是不会有今天的。虽然前方的路还很长，但我信心百倍。我不去想是否会成功，既然我选择了远方，便只顾风雨兼程。我不去想身后是否会袭来寒风冷雨，既然目标是地平线，那留给世间的只能是背影。我更不去想未来是平坦还是泥泞，只要珍爱生命，相信一切都将在意料之中。

　　"用坚韧抚平创伤，将困难化为动力，用奋斗改变命运"是我永远的人生信条。

　　贫困的大学生们面临着心身巨大的考验，他们就像是落在石缝间的生命，汲取养分的过程是非常艰难亦是非常痛苦的。我希望所有落在石缝间的生命都不会因为自己在石缝间而期期艾艾。生命正是要在最困厄的境遇中发现自己、认识自己，才能锤炼自己、成长自己，直到最后完成自己、升华自己。

青 春

王瑶瑶

古希腊哲学家赫拉克利特曾经说过:"人不能两次踏入同一条河流",因为河水是在不断流动的;青春也是如此。春天逝去了还能回来,花谢了还会开,人这一生,青春只有一次,失去了就再也得不到了。如果说人生是一段旅行,那么,青春一定是行程中最美丽,最令人心旷神怡的一段风景。

青春是什么?青,是绿色,是生命的颜色;春,是季节,是成长的季节。青春是在成长季节的那片生命的绿色,是阳光下那片灿烂的笑容。

青春永远是人生中最耀眼的,脱离了年少时的稚气,又还未深陷于成人社会的复杂之中。因此,青春是一张洁白无瑕的纸,让我们去书写,渲染。小说《钢铁是怎样炼成的》中有这么一段话:"生活赋予我们一种巨大的和无限高贵的礼品,这就是青春;充满着力量,充满着期待、志愿,充满着求知和斗争的志向,充满着希望和信息的青春。"这段富有哲理的话语无疑是我们心中一座明亮的灯塔,为我们指引航向。

既然青春是如此之珍贵,我们就应该加倍珍惜它。如何让自己的青春散发出最大的光芒,是每个人都要考虑的。前人也为我们树立了很多学习的榜样。小说《红岩》中记载的很多烈士们,当时与我们现在一般大,他们在狱中积极反抗,同反动派作斗争;面对敌人的威逼利诱,始终忠于革命,坚贞不屈,视死如归,用自己年轻的鲜血为青春书写了珍贵的一笔。从这个意义上,可以说,他们把自己的青春奉献出来,正是为了我们今天的幸福。现在,我们正当朝气蓬勃的时候,未来也就在眼前,周围充满着机遇和希望,等待着我们去发现。

那么,又如何珍惜青春?怎样把握好青春的每一天?

青春短暂,我们何不用这短暂的青春充实自己、提高自己呢?加里宁说过:"青年是一个美好而又一去不可再得的时期,是将来一切光明和幸福的开端。"古人云:"少壮不努力,老大徒伤悲。"说的都是同一个道理。青春转瞬即逝,如果不抓紧奋发,将来一定会后悔莫及。社会竞争日益激烈,如果我们不努力,不勤奋,那么青春过后等待我们的,恐怕就不是"光明和幸福"了,青春也就有可能成为"黑暗与痛苦的开端"了。我们每个人都应该给自己订立一个计划,写成文字,而不仅仅是在脑子里想过这个问题。耶鲁大学和哈佛大学都做过类似的调查，发现把自己的目标写成文字的人后来比那些没有写成文字的人要成功得多，并且大多超过了自己的目标。由此可见，写成文字记载，是十分必要的。

青春充满激情，青春的我们自然也是激情澎湃的。但遇到困难，遇到挫折时，我们一定要保持一颗冷静的心。"失败是成功之母"，漫漫征途中，谁不会遇到荆棘坎坷？当我们遇到困难时，千万不能放弃，不能退缩，更不能一蹶不振；要有永不言败的精神，用理智的眼光看待它，找出原因，这样才能克服它们。相信看NBA的同学都知道，2007年5月姚明所在的火箭队在最后时刻功亏一篑，输了比赛。但是，我要说，他们在比赛中从来没有放弃过，一直在拼尽全力，一直在战斗。比赛就是这样，有输有赢，赢了不能骄傲，输了也不能气馁，就像大梦安慰姚明时说的："我们作为职业球员，总是有输有赢的，把这一页翻过去吧。你已经打得很好了。"无论结果如何，他们在场上都挥洒了自己的汗水和青春，谱写出了自己的乐章。

最后，以一段赞美青春的文字结尾，与大家共勉：青春是早晨的太阳，它容光焕发，灿烂耀眼，所有的阴暗和灰暗都遭到它的驱散。青春是江河里奔涌的激浪，天地间澎湃着它的激情，谁也无法阻挡它寻求大海的脚步。青春是大地上奔跑的猎豹，她用速度与激情诠释生命，书写华美的乐章。青春又是一支余韵不绝的歌，她把浪漫的情怀和严峻的现实交织在一起，拨动每一个人的心弦。

青春是早晨的太阳，她容光焕发，灿烂耀眼，所有的阴郁和灰暗都遭到她的驱散。

青春！

一缕阳光

杨博婷

> 无论你身在何方,无论你的天空是晴朗还是阴霾,总有一缕阳光在你左右,将你包围。它可以温暖你的心灵,荡涤你的灵魂。
>
> ——题记

成长的历程,是一点一滴地打破你儿时的水晶梦的过程。有一天,当你足够成熟,足够坚强,能够独自承受风雨的洗礼的时候,你会发现,那些曾经如水晶般闪亮的日子,早已不在。你的纯真已不在!

每个人在成长过程中,都要付出代价。或多或少,或轻微,或惨烈。很多时候,那些伤痛带给你的是永远的刻骨铭心。于是,你发现:现实有的时候可以这样残酷。于是,你的世界,开始雨下不停,你开始抱怨,上帝对你多么不公平。你也开始相信,这个世界就是这样,人情冷暖,世态炎凉。

但是,当你站在时间的彼岸遥望昨天,你会发现:曾经你走过的路上,无论泥泞还是平坦,总有一缕阳光,在你左右。

你的那缕阳光——是母爱,炙热又明媚。那是人间最无私、最仁慈、最伟大的爱。记得一位伟人说过:"母亲是女儿心中的太阳,我们无论走到那里,头顶上都有属于自己的一片温暖的阳光在照耀,那是母亲爱的阳光。"无论你在天涯海角,她的眼一直追随你的身影,她的心一直不离不弃地在你身边。天之高,永不及于母亲思念儿女之情;海之阔,永不广于母亲疼爱儿女之心!在你遭受挫折时,她给你力量与慰藉;当你心灵漂泊时,她用涟漪荡开你所有的郁结;当你功成名就时,她露出最会心的笑容。有一天,当你真正感受到这缕阳光存在的时候,无论你有多少苦楚,你会发现,你的世界依然阳光灿烂。

你的那缕阳光——是父爱,温暖又和煦。那是人间最深沉、最厚重、最伟大的爱。父亲是一座大山,坐在他肩头,总能看得很远、很远。父亲是那拉车的牛,一生操劳,担起了整个家庭的重量。恐惧时,父爱是一块踏脚的石;黑暗时,父爱是一盏照明的灯;枯竭时,父爱是一湾生命之水。父爱如阳光,温暖心灵,照亮生命。有一天,当你真正体会到这缕阳光的时候,无论你有多少磨难,你会发现,风雨之后彩虹绚烂。

阳光洒满心灵
YANGGUANG SAMAN XINLING

你的那缕阳光，可以是亲情，可以是友情，也可以是爱情。那缕阳光，让你即使是行走于暴风雨中，也能淡定从容；那缕阳光，让你即使是置身于漫漫长夜，也能亮如白昼。有人说：只要心中能留下阳光的指纹，周围即使是无边的黑暗与寒冷，你的世界也是明媚而温暖的。

人生总是充满苦难与无奈，但是世界从来不曾缺乏阳光，只是看你是不是善于发现身边的阳光。当心情沐浴阳光的一刹那，所有的苦痛都随之烟消云散，你要相信，影子永远是生活在阳光的背后，心雨的时候，晴也是雨；心晴的时候，雨也是晴。

其实，阳光无处不在。只要你愿意打开心扉，让那缕阳光洒进来，驱走藏匿心底的晦暗，让心灵的角落弥漫阳光的味道；只要你愿意打开心扉，让那缕阳光融化掉你心底的冰山，当寒冷散尽，心的世界将重生温暖，艳阳一片；只要你愿意打开心扉，让那缕阳光拂去你心中抑郁的结，抚平心底的痛，阳光会让你的心再次舒展，绽放；只要你愿意打开心扉，让那缕阳光带走你心底的孤独，让生命美丽绽放。

让阳光流淌于全身，眯起眼睛，享受它赐予你的温暖。伸开双臂，虔诚地呼吸。阳光的色彩中，闪烁出父母的关爱，朋友的真诚和爱人的支持，还有你的笑颜。

打开心灵的那扇窗

张艳虹

我们的心灵是跳动的音符,在人生的乐谱上欢乐地谱出旋律。

我们的心灵是飞翔的翅膀,在人生的天空下尽情地自由翱翔。

我们的心灵是一扇窗,只要你打开这扇窗,让明媚的阳光照射进来,从此我们的世界无限精彩。

我们的心灵始终在被知识填满,我们始终在学习的大海中遨游。在这片大海中,时而风平浪静,我们尽情享受着学习带给我们的快乐,陶醉在知识带给我们的成长喜悦中,感谢苍生给予我们接受教育的权利;时而波涛汹涌,我们被难题折磨得死去活来,我们登上了无知的大船,内心充满着恐惧,不知道这艘船的航向,我们感叹自己的渺小,开始对学习厌倦,开始茫然地逃避学习。

这个时候,我们应该勇敢地打开心灵的那扇窗,让阳光照射进来,让心灵沐浴在清新的空气中。一切的困难都是暂时的,用心去做,去仔细钻研,再难解开的结都会释然打开。心灵阳光……助我走出学习的低谷。

我们的心灵始终为友谊留有一方天地。我们与朋友一起分享自己的甜蜜时光,一起品尝失败的苦酒,我们将心灵的秘密交与朋友保管,是他们在我们痛苦快乐时始终陪在我们身边。低落时,他们的肩膀是我们的避风港,快乐时,他们的笑脸是我们的镜子。校园里总有我们并肩的足迹,自习室里总有我们的身影。可是,我们友谊天空上突然飘来了一团乌云,我们在暴风雨中哭泣着指责对方的背信弃义,背离了最初共同的梦想。我们低落地甩头奔跑,恨不得将朋友抛于千里之外。

这个时候,我们应该快速地打开心灵的那扇窗,让阳光照射进来,让心灵感受宽容的温度。朋友之间的误会只是一个意外的插曲,友谊之歌依然在我们的心里回荡。让误会与分歧成为我们的一味调味剂吧,在友谊的低谷,让我们心平气和地随性度过吧。心灵阳光普撒友谊的麦田,泛黄的幼苗终会成长为嫩绿的植株。

我们的心灵有一隅是为爱情留的私密花园。他淡淡的微笑让我心花怒放,一句关心的私语让我感动不已。在他的身旁我享受幸福,感受快乐。茉莉花香缠绕着我的周身,百合花映衬着我的笑脸。飞扬的裙角是与你在河畔共同嬉戏,高昂的笑脸是坐在你单车的背后,幸福地牵手是与你在田野用力地奔跑。幸福往往很短暂，无可预计的玫瑰花痛苦地生长在我们的周围。尽管我们紧握着这份爱情，但是依然双手被刺得流血不止。

这个时候，我们应该勇敢地打开心灵的那扇窗，让阳光照射进来，以此摆脱痛苦的寒冷。让爱情美好的瞬间留作默片在我们的记忆深处永存。窗外依然有美丽的生活，依然有美好的故事等待着我们去续写。与他的回忆伴着我度过寒冷的明天，是他曾经的鼓励催促我勇敢地乘上下一班属于自己的地铁。我们的生活或许无法回转地变成了两条平行线，但是我们彼此招手，微笑着鼓励着对方要加油努力！

我们的心灵总是沐浴在亲情的细雨中。家人无时无刻不在为我们遮风挡雨，我们的冷暖是他们最大的牵挂。他们悄无声息地为我们奉献一切而不求回报。岁月逝去，容颜沧桑，不变的永远是他们为我们撑起的那把伞。可是，平凡的幸福总是被我们所忽略，我们恣意放纵着自己的脾气，将他们的忠告当作耳旁风。

这个时候，我们应该快速地打开心灵的那扇窗，让阳光照射进来，让对亲情的感恩之情回归。家人永远是我们最可靠的支柱，家人永远在那里等待着我们的归来。我们的一切他们都可以毫无保留地接受，无论微笑、痛苦，他们永远与我们共同承担。让心灵的阳光与亲情的回归共同伴着我们成长，我们怎能不怀有一颗感恩的心呢？

打开心灵的那扇窗，让阳光照射进来，明天的明天我们要健康快乐地站在窗前，在阳光下尽享青春的美好。朋友们，准备好与我一起开窗了吗？

生命的遐想

骆怡蔓

前几天，我还在拼命追求着一分钟做十道题的超人速度，命中率百分百的超高效率；这几天，上自习时，我竟左手撑头右手抓笔，两眼直勾勾地盯着物理书上的字符在那儿打情骂俏，爱情的盲目让它们看不见我的无奈。一方面我想象着苹果是怎样狠狠地敲了牛顿的头然后在一旁偷笑，想象着法拉被电容器的一个媚眼电得帅发冲冠的傻样；一方面又不得不佩服自己的想象力。但是我知道，作为一名理科生，这是不太正常的。腹中应是理论连篇而不是多愁善感。

但是，我对"人"有太多的疑问，剽窃《武林外传》里的一段经典台词："我生从何来，死往何去？我为什么要出现在这个世界上？我的出现对这个世界来说意味着什么？是世界选择了我，还是我选择了世界？"青春懵懂的我曾遭遇了一场所谓的"爱情"，因为时间较早，所以应称之为"早恋"。爱情到底是什么，我很疑惑。To love, or not to love, is another question。

我还记得自己在高三的时候跟班主任谈论过人生意义的问题。当时我跟他互相不肯让步。现在回想起来真是让人忍俊不禁，而且我终于明白了，我们是从不同的角度去看待那个问题的。他所说的"实现自我价值"是从社会的角度考虑的（不过，教育就是将人社会化的一个过程，现行的教育制度确实太过分地注重"才"的培养，而忽略了"人"的培养，甚至是忽略了学生作为人，作为青少年的急切而强烈的情感需求。）这都没有错，但我想知道的是人作为一个生命体，它的存在到底有什么意义。

所有关于这个话题的书都无法给我一个我想要的答案，这些事还是得自己想通，我终于给了自己一个合理的解释。从自我的角度来看，没有我就没有整个世界。不管是从生物的角度还是从哲学的角度，我觉得这句话都是有道理的；就比如说，我眼中的您，跟其他同学眼中的您是不一样的；如果跳出自我和社会来看，人作为一种生命形式存在于宇宙间，实在是太渺小了，微不足道，生老病死不过是一种正常的生理现象，一个生命的消亡对世界又有多大的影响呢？各种生命不过是给这个宇宙一些生机罢了。

于是我们渴望和平，就像渴望亲情、友情和爱情一样。而当时的教育让我们觉得谈恋爱是丢人的，年少的爱情是无知的、幼稚的，甚至是荒谬的、可耻的！谈恋爱会耽误学习！事实上，谈恋爱的那段日子里，我的学习成绩达到了最高峰，一度考过年级第四名。也许只是觉得快乐，心情好，学习效率就高。"谈恋爱"？呵呵，那个顶多就是谈喜欢，友情在里边占了百分之八十的股份。我不明白为什么没有人认为那样的感情很纯洁！有同学开玩笑说"我想早恋，可惜晚了。"到后来，影响我的并不是谈恋爱，而是老师和同学诡谲的眼神和暗示性的话语。对于早恋我不赞成，也不反对；因为我们都会有这种情感需要，这很正常。况且，哪有学生不出现问题的呢，但重要的是老师们处理它的方法，关心和适当的引导才是问题学生们最需要的。

人都是一步步长大的，需要亲自去体验很多东西，比如说友情和爱情。我幻想中的爱情是神圣的，是《蓝色生死恋》中轰轰烈烈的爱情；是童话故事里公主和王子般的爱情；是生命中有另一半在一直等待着我。但是在真正谈恋爱之后，我却发现自己的爱情太过理想化，真实的情况也许是，当我沉浸在甜蜜的拥抱之中时，他的眼睛正盯着从面前走过的女人，但我傻傻地享受这份甜蜜，却不知道紧贴我胸脯的那颗心却暗生淫念，我不敢想象也不愿想象。我想起一句话：爱上一个人，第一步要失去自己，第二步就要失去你的爱情。我们每个人都是单独的个体，没有人天生就是适合你的，那么多的玻璃鞋，很多人适合，没有独一无二。恋爱，其实也是一个相互磨合的过程。有公主和王子般的爱情吗？也许有。但我不相信这样的爱情会发生在我的身上。忽然觉得自己像一个失败者，带着没人喝彩的失落，在半山腰进退两难。我不该参加这场比赛，不该爬上这座山，不该在山前驻足，不该对它景仰，绕过它的时候甚至不该瞥过它的一角。如果得到了爱情就必须失去曾经的爱情信仰，那么，我宁可不要，我宁可追求一辈子。因为，它可能是日后支撑我活下去的唯一信仰。

所以，我的朋友说，我总是在追求一个结果。但其实不仅是我，其他活着的人也都是。结果就是我们努力的原动力，就像希望一样。希望是我们奋斗的目标，是我们等待的原因，希望的实现就是最好的结果。

偶尔在电视上看到那些死里逃生的人对生死挣扎的描述，令我常常觉得死亡就是一场梦。当我忙了一天，困了，累了，便去触摸那张床铺。希望这个时候不要叫醒我，不要让我挣扎地从被子里爬出来。因为，我喜欢坠入梦境的感觉。

生命闲谈

才人文毛

　　生命是什么？它不是一场雨，雨下在地上蒸发成水汽还会再落下；它不是一棵小草，小草冬天枯了春天还会再生；生命是缓缓爬上额头的河流，当我们懂得珍惜时，河道已太深太深，深深的河道里有深深的遗憾。

　　生活中不可能处处有鲜花，时时有掌声。也许我们勤于耕耘，愧对收成；也许，探索的风景总山重水复而老不见柳暗花明；也许，我们年轻的信念会被千年淀积的尘雾缠绕，而不能展翅翱翔。但需要坚信的是：生命的大海波澜起伏才恢弘壮阔，人生之路因为坎坷不平才多姿多彩。每个人应该尊重自己的生命，时刻不忘对生活的责任。正如一位哲人所言：日子如手中的扑克牌，不在于你摸到了什么，重要的是你如何漂亮地打出去。

　　生命是渺小的，就像大海中的一粒粒金黄的细沙；生命是伟大的，就像泰山上的一棵棵挺拔的苍松。父母给予了我们生命这个美好的东西，它很珍贵，属于我们只有一次。我们生活在这个世界上，会遇到许许多多苦难。有人在苦难面前倒下了，也有人在根本不算什么的苦难面前，轻易舍弃了自己的生命。在一次讨论会上，一位著名的演说家迈着大步走上了讲台，手里高举着一张钞票。他面对会议室里的200个人，问："有人要这20美元吗？"一只只手举了起来。他接着说："我打算把这20美元送给你们中的一位，但在这之前，请准许我做一件事。"他说着将钞票揉成一团，然后问："谁还要？"仍然有人举起手来。他又说："那么，假如我这样做又会怎么样呢？"他把钞票扔到地上，又踏上一只脚，并且用脚踩它。然后他拾起钞票，钞票已变得又脏又皱。"现在谁还要？"还是有人举起手来。读了这篇文章，我有了很深的感受，无论演说家如何对待那张钞票，人们还是想要它，因为它并没因为脏、皱而失去价值，它依旧值20美元。在人生的道路上，我们会无数次被失败或碰到的挫折击倒。但是，我们应该相信，我们的生命和这20美元一样，是永远都不会失去价值的，我们要把自己的生命当成无价之宝，永远地珍惜它。

　　生命的意义不在于马到成功，而在于不断求索。正如屈原所言：路漫漫其修远兮，吾将上下而求索。用此信念去拥抱生活，热爱生命，生活才更充实，生命才更有价值。

　　有光和影的人生才是完整的人生，这样的人生才会美丽多彩。因此，人类简称其为完美。

　　……
　　生存其实很简单，拒绝堕落就行了；
　　生存其实很简单，有勇气后退就行了；
　　生存其实很简单，不要被成功模式束缚就行了；
　　生存其实很简单，胜利时保持安静就行了；
　　生存其实很简单，在艰苦的环境中选择坚强就行了；
　　生存其实很简单，把缺陷转化成动力就行了。

心灵在旅行

郭晓萍

我是一片叶子,舒展在风中,心灵随风飞翔,那有多么惬意,不必担心梦醒。我以为短暂的生命,可以放弃憧憬,以为匆忙的路过,不会感到虚空。

那天,我在枝头,明媚的阳光中,舞姿都变得慵懒。清风徐来,我在飘摇中瞥见了你的身影,你迈着沉稳的步伐,不经意地走来。我不能呼吸了,在那一刻开始憧憬:如果,清风助我,靠近你,哪怕只能将你的黑发抚摸,于和煦中感受你的成熟气息,我可以无悔飘落。或者,你的路过恰逢我的飘落,哪怕是在你的肩头短暂停留,让你的手将我轻轻拂一下,有了那一瞬间的亲密接触,足够我躺在地上静静回味。然后,闭上眼睛,做一次深深的呼吸,从此就可以沉沉睡去。即使,你从来不曾觉察,一片落叶曾有的情义。可我在高空就这样看你走过,你听不到我心底的呼唤,不知道一片绿叶对你深深的依恋。你在河边静静地眺望,直到落日渐渐隐没,让我惭愧无力为你留住什么。但你好像并不介意,你离开,就像佛一样的超然物外;你离开,就如你轻轻地来……

我的想象总是这样的美好,我们拥有青春,拥有靓丽,拥有快乐,拥有一切爱。因为生命总是这样的短暂!

那一刻,我愿做一粒沙子,附着在你的裤脚,哪怕被你轻轻掸开,依然要重新回抱你的衣袂,你看到了吗?我干枯的身体挤不出一滴泪水的痛苦。我被坚硬的外壳包围着的那一颗善感的心,因梦想的破碎而终于成粉成齑。

于是,我化作一阵风,以为这样就可以随心所欲地将你追随。你步伐轻盈,脸上的笑容恬静而安详。这是我曾经多么迷恋的感觉啊,情愿将自己醉在最温柔的海。我忘记了自己的所属,萦绕着你,你成为我的中心。我的兴奋让我狂野,你终于厌烦地皱皱眉头,"这讨厌而奇怪的风!"你飞快地进屋,"砰"的一声将门紧闭,我无法进入。你终于又将我阻隔在另一个世界。

我们永隔……

我只是一阵风,无力让自己在空气中停留。除非能有你做我的中心,否则我只能消失于无形。这不是你的错,但是,从此我们天人永隔。如果能开一扇窗,让我倚伫你的帘栊,或者,可以让你在临窗凭吊时,听到我的泣诉。即使你无意理会风中的呜咽,只要你能让我将你的面庞轻触,只要能注视你眉头舒展的幸福,我愿化为一阵风,且从此消失,无影无踪。

但这没有见面的分手,给予我不愿逝去的理由。如果你能听到灿烂阳光下玻璃破碎的无声,那就是我倾心追随的完美。如果你无端地想到了遥远的梦中的心悸,我就可以在破碎中绽放成一朵天蓝色的玫瑰。

可是,我倾心依恋的爱情,没有结尾……子夜如期而至,心灵在此时也开始苏醒。心的航程还没有靠近彼岸,就这样消失了旅程。这个时候,我知道,要让心灵去旅行了。人生就是一场旅行,不必在乎目的地,在乎的,只是沿途看风景及看风景的心情。

明亮的眼眸

马千

　　她外表看上去是个沉默安静的女孩，忧郁中带着点脆弱敏感的神经质。老师和同学眼中的她虽然沉默寡言，但也乖巧听话从不淘气。父母眼中的她孝顺懂事，从不顶嘴。她今年十四岁，正是少女含苞待放的时节，她周围自然少不了追求她的男孩，他们尤其喜欢她的眼睛——幽深如潭、静默如夜空，用其中一个男孩子的话说就是"仿佛不小心，你的灵魂就会被她吸走了。"但她却对男孩儿们的评价不置可否，因为那评价实在让她哭笑不得——男孩们似乎并不喜欢她，而是喜欢她带有病态的忧郁。还没长大的小孩子嘛，总是喜欢像多情的文人一样崇尚与青春明丽的色调相反的东西——忧伤。她没有跟他们说过话，她甚至很少和老师、同学、父母说话。原因只有她自己知道，她孤僻自闭。她渴望变成能在课堂上大声发言的同学，但没有勇气；她想交到无话不谈的好朋友，但不知如何与人沟通；她羡慕那些能在篮球场上挥汗如雨的同学，但她无法尽情释放自己。就这样，她刚开始还对着自己说话，到现在都不想对自己说话了。她完全被外面缤彩纷呈的世界隔绝了。

　　其实她已经好长时间没去学校了，被诊断出患有抑郁症后，就一直待在这个精神病医院直到现在。她恐惧看到那些穿着白大褂带着厚眼镜的医生，他们说她有病。没错，她也从未否认过她有病，她有抑郁症。她恐惧那些所谓的心理医生用看似很理解同情的眼神观察自己，她觉得那些眼神随时都会把她灼伤。那些让她无处遁形的眼神，窥知她的一切，包括她想掩藏的小秘密和难以启齿的非正常性格。她还恐惧他们自以为救世主一样地说些言不及义的话，自以为切中你心底防线地强迫你认同他们的分析。她恐惧那些护士小姐每天用温柔可亲的笑容让她吃药——治疗抑郁症的药，浑圆的药丸和护士小姐谄媚的笑容一样油滑。她恐惧病友那带有敌意的眼神，恐惧医院里森冷的白，恐惧药物中带有的金属的腥味，恐惧越来越厚重的腐败的味道——在自己的病情中越陷越深的精神病人。她恐惧……

　　她想回家，可是回家又怎样，家可以给她庇护吗？家在她的印象中是支离破碎的，不是可以歇脚的驿站，也不是可以回归的港湾。家不给人宽恕和包容，家中尽是谩骂和指责，猜疑和诋毁。家不是美梦的摇篮，而是

阳光洒满心灵

噩梦的伊始。从她有记忆时起，爸妈对待彼此就像对待阶级敌人一样非打即骂，她不明白什么样的仇恨能让两个本应亲密无间的人反目成仇。她害怕听到肆无忌惮的叫骂和无助的哭喊；害怕听到杯盘落地的零落之声，那伴随着她惊跳的眼神和惊慌的心跳；害怕看到他们不顾一切扭打在一起的场景，她想拉架，但总是被误伤到；害怕爸妈把她无意间说过的话拿来当做吵架中有利于他们一方的因素。她害怕看到另一方因没有料想到她会这样说而错愕万分的神情，她感到深深自责。爸妈对她都很好，她不想伤害的其中任何人。她哭着请求过爸妈别再争吵了，可是他们给她的回答很简单，简单到干脆——除非让对方听从我。麻木了，麻木的不光是迟钝的神经系统，更是干涸已久的心。她苦笑，那就继续吵吧。从此她基本不说话了，祸从口出，她可是有切身体会的。对于家，一个十四岁的孩子竟拼凑不出完整的记忆。

她害怕家，但更恐惧医院。恐惧感压在心头，让她有想吐的冲动。尽管如此，她每天还是积极配合治疗。不在沉默中爆发就在沉默中灭亡，那就让我灭亡吧，再忍几天就快活了，她这样想。于是，她尽量不让自己的表情那么麻木呆滞，医生就不会把她当成一个有自杀倾向的抑郁症患者一样来看管。她还是可以清晰地思维的，尽管神经系统跟以前比反应迟缓了一些。真正筹划自杀的人是不会让别人知道他的想法的。

这一天，天刚蒙蒙亮。她从那座壁垒森严（至少她这样认为）的医院里逃了出来，飞奔到了海边。她难以抑制激动的心情，那么久了，终于要和抑郁、恐惧说再见了，再也不会见面了。不久她将像鸟儿一样自由，不再受他人的束缚、心灵的捆绑、家庭的羁绊。风呼啸着吹过脸庞，似乎十四年来压抑的生命力在这段路上完全释放。她惊讶地发现感觉神经敏锐了起来。她能感觉到不羁的风掠过指尖的凉意，能感觉到柔和的光从海岸那边照过来，照到皮肤上的暖意。

她站到了沙滩上，生命中头一回感到这么自在。相比之下，医院里滞留的空气带着行将就木般枯腐的味道。这将是她最终的归宿，大海用宽容的怀抱接纳这个被世界抛弃的小孩。她静静地走向大海，从容地迈开步伐，带着向往和欣喜。突然反常敏锐的眼角瞥见了一个身影，她有些沮丧——这个时候怎么可能有人出现。她用有些愤恨的眼光投向了那个身影。那是一个七八岁模样的小男孩，他光着脚，在沙滩上试探着，蹲下来，捡起什么使劲抛向大海。男孩感觉到了她的视线，将目光转向她，眼中笑意盈盈。她错愕了，那笑容太明亮，明亮得刺眼，那笑容太真挚，真挚得仿佛甘露洒在干涸的心灵。

男孩走近了，摊开手掌，里面躺着若干贝壳。

"和我一起拾贝壳吧！趁着阳光不足的时候，尽量多地找到它们扔到大海里。它们就不会因为被晒干而死掉。"

她看着男孩干净澄澈的眼睛，有些发怔。她想回答他，但长时间的自闭使她已经不太会说话了，只能徒劳地张了张嘴。

"怎么不回答我？你是哑巴吗？哈，你是哑巴最好了。我是瞎子，哑巴和瞎子做好朋友最合适了！"

她怔了好半天，才反应过来男孩是什么意思。她注意到男孩虽然抬头对着她，但漆黑的眼睛像一汪深不见底的湖，聚不起焦点，空洞地对着她脑后的空气。原来，天使是盲的。她脑中闪过一连串的疑问，但问不出口。男孩似乎也没想等她的回答，他自顾着拉起她的手向前走。

"我一出生就看不见了。好多人都遗憾：好好的一个孩子怎么就看不见呢。可是我不觉得呀，我感觉比他们敏锐多了。鼻子、耳朵、舌头，什么的都比别的小朋友灵。我能尝出饭菜里放了盐、糖、醋、花椒、大料，还有我最讨厌的味精。哦，味精难吃死了，再放味精我就不吃，给他们看看！"说到这里他俏皮地吐着舌头。她"扑哧"一声，笑了出来。

"我还会做好多东西呢，飞机、坦克、小房子什么的。我有好多本事别人都不会呢！我能感觉到贝壳的位置，别人就不行了。猜猜我最拿手的是什么？哈哈，我剪纸最厉害了，谁都比不过我。爸爸妈妈夸我，说这叫'跃然纸上'，我不明白了，月亮怎么就能跑到纸上去了？"

"呵呵！"她轻笑出声。多长时间没笑过了，她不记得了，很早以前就以为笑容抛弃了自己。她被男孩纯真的笑感动着，被男孩温暖的指尖牵引着。他们一边走，一边拾起贝壳扔到海里。

在这样一个早晨，她内心干涸龟裂的土壤如久旱逢甘霖一样被雨水浇灌着。从未有人像他一样不计较她是"哑巴"，从未有人像他一样敞开心扉地跟她说话。眼泪像飞累了的精灵一样簌簌滑落，流到嘴边，咸咸的，可能是海风的味道。

"姐姐，你怎么哭了？什么事难过？哪里不舒服？"

她坐了下来，使劲摇了摇头。

"你家住哪儿？我带着爸爸妈妈去看你，他们是全天下最好的医生了，不论你生什么病他们都能把你看好。他们还领我和小朋友们一起出去玩，你也跟我们一起玩去吧！"她用力地点点头。男孩的眼睛虽然聚不起焦点，少了些神采，但那是她看到的最漂亮的一双眼睛。

"这么说定了，瞎子和哑巴永远都是好朋友，永远都不分开。"

"嗯！嗯！"她十分认真地发出这两个音节。两人勾起了小拇指。

"拉钩上吊一百年不变！"男孩开心地笑着。

她激动得不能自已，有个强烈的愿望——她想告诉他几句话。颤抖的手拉过男孩的左手，在上面一笔一画地写着，那些她非常强烈的想告诉他的话，那些开口却如鲠在喉发不出的音节。

"……什么什么我……不……是……什么开……口……"男孩认真地感知着。

她写下了这样一句话：其实我不是哑巴，但我现在不会开口说话，可能是还没有足够的勇气吧。不过我会努力开口说话，给你讲述天空是多么蓝，阳光是多么灿烂，鸟儿多么自由，你的爸妈因为你，是多么的骄傲自豪。

"姐姐，这是你要告诉我的秘密吗？我会帮你保守这个秘密的，不告诉任何人。"她笑笑，拍拍他的头。

"走啦，要在太阳全出来前把贝壳拾完。"这回不是他拉着她，而是两个人一起奔跑，一个步子大，一个步子小。爽朗的笑声留在了那天的海滩上，更铭刻在她心中。

她羡慕男孩拥有那样的父母，更羡慕男孩可以毫不在乎眼睛失明，依然活得开心。她想实现愿望就必须愈合家庭造成的创伤，接受别人与自己沟通，改变沉默的习惯。当下要做的是接受医生的治疗，回应护士小姐的微笑，提醒自己不要这么憎恨这个世界。不管哪一点，对于她来说都有相当大的挑战，她今后的甚或依然会艰辛异常。但是她不畏惧，那双明亮的眼眸是她勇气的来源。她要尽快说话，给他描述他看不到的世界。

上帝保佑她吧，这个不幸又幸运的孩子！

起舞青春

谢丹琳

　　站在安详的山冈上，暮色四合。沉寂的心灵渐次开放在田野闪烁的灯火，靡丽而遥远。

　　没有风的夜，盘旋在山中的树木嶙峋枯瘦，安静，生长得不与世争。饱满的叶子像水墨画里一样，张扬而深刻。

　　几只鸟破林而出，天空中回荡着自由噪乱的声音。飞鸟的轨迹是不确定的，因为它们一心想要获得自由，一旦获得却不知道方向。深灰色穹顶下，飞鸟像断了线的风筝般飘摇而去。悸动的心灵也是迷茫的，有时候，一个人的狂欢并没有想象中快乐；寂寞的心灵也是阴暗的，因为不知道阳光在哪里，因为不知道该如何向阳光奔跑。

　　一直渴望青春的热烈与神秘，想象青春与我必将成就非凡梦想之旅。很多人喜欢斑斓的梦，包括我。只是如今，当青春于我不再是梦，而是现实时，我像深陷泥潭般不能自拔。遗失了想要触碰青春华丽的勇气，随之而来的，是眼眸里巨大无比的颓败倾覆着一切。这会是一场想起来就地动山摇震撼全身的梦魇。一直渴望没有距离的心灵的交流，想象这样的交流带来的暖暖的感动。很多人不相信所谓的真心，不知道在偌大的世界中，我们应该怎样交付我们的心灵，该怎样让它沐浴于阳光中。真诚的心灵的交流，会是青春的路上一次华丽的冒险。

　　青春是一次香销玉殒的祭奠。轻轻踏过雨水洗过的石板路，沿着青苔爬满墙角的柔软空气，寻觅淡色天气里甜味的记忆。只是对于那些无数次来回街面的人们，当注意到落叶被自己匆匆的身影踩破而伤怀嗟叹时，那些情怀就埋在叶子里从此腐烂不见。人们终究将心灵间的距离渐渐疏远，就好像随着年华而渐渐疏远的耐性，以及疏远了的无法永久温暖如初的青春。懊悔，惋惜，因为当青春出现在记忆里的时候，人们的青春已远，年华已荒；因为当心灵没有距离的交流被偶然怀念的时候，所谓的真诚已经不再。而由此生起的，是对曾经浓密芳醇的青春红颜香销玉殒的祭奠。

　　青春是一场简约的灰色默片。多少人出现在镜头前，说着都已记不得的喃喃细语。心灵的交会是一次华丽的冒险，多少人在途中出现，而又有几个，真正陪伴你看着繁繁星辰，走过这次旅程；他们简单地生活在美丽的年华里，有时快乐，有时悲伤，一切元素是如此的简约而不清晰：灰灰的画面里模糊匆匆的人影,他们骄傲的生活,充满个性却不张扬,对待时光大度而不挥霍,他们交谈而忘记内容,他们悲伤快乐而忽视结果。也许当我们静静回首坐在一旁观看时,会感觉光艳靓丽的色彩涂满了我们的视野,会为青春感动,会为途中的心灵伴侣喝彩,会相信青春里的背影亦会是永存。

青春是脆弱的,它随时会像风一样被带走;心灵的交流是带着渴望的,因为其实每一颗心灵都是寂寞的,每一颗心灵都在等待着被打开。

还记得,我们一起走过的铁轨么?那重重敲打金属的声音像是翻涌深蓝激越的海浪声,想起来仍震痛着敏锐的神经。

还记得,我们一起做过的密密麻麻的试卷么?最初的抑郁心情会被小小的成就感所代替,每一天都像是飞扬的青春炙热在燃烧,然后或许会在达到梦想彼岸的那一天忘情歌唱!

还记得,我们相互依偎着的时候说的那些悄悄话么?那么多个日日夜夜,是这些暖暖的话语,伴着我们寂寞的心灵走过一段又一段孤独的旅程。

还记得……呵,那些青春里的故事,那些有关心灵的小篇章,都随着岁月,散落在风中了吧……

不过没有关系,因为,我们还正青春。只要青春还在,只要梦想还在,只要热情依旧,那么,年轻,依然没有极限。而年轻带来的阳光,依旧最为灿烂耀眼。

不过没有关系,因为那些寂寞的心灵已经准备在青春的感召下慢慢打开。请相信,只要真诚,只要一个微笑,那么,每一颗心灵的彼此交流,都会带来最原始的感动——人与人之间,其实很简单,人与人之间,其实很美好。

有人说,青春是最美好的时光,当你垂垂老矣的时候,回想起来,青春的岁月,都会是记忆中最深刻,最不可磨灭的旋律。

有人说,心灵的交流没有距离,心灵的交流带给人们的感动是最容易被铭记的。

那么,亲爱的朋友,既然你正青春,既然你也渴望心灵的交流和感动,那么,敞开心扉,起舞青春,让心灵在青春这段生命中最为动人的交响曲下舞蹈,让青春在心灵的阳光下绽放出最灿烂的花朵。

我写我想写

王 星

"生命中，总是有人不断地离开和进入，于是，看不见的，看见的，遗忘的，记住了……"当我提起笔时，首先想到的是几米的这句话。在初中的同学录上有位死党给我写下了这样的一句话，我细细品味了好久，越读越有味道。今天是我的一门选修课——大学生团体心理辅导——最后一次上课的时间。当下课铃声响起，没有了往日期盼下课的欣喜，没有了迅速逃离教室的冲动，我心中留有的仅仅是恋恋不舍和那深深的怀念。

最后一课我学到的

一切过去的总是美好的，普希金的诗句。回到宿舍后，我不断地追忆，似乎都无法弥补这份分离的痛楚。

最后这次课，那位年轻、可爱又亲切的老师领着我们玩一个叫"盲人与拐杖"的游戏。两个同学一组，一个扮演盲人，一个是他/她的"拐杖"。拐杖要帮助盲人从教室走到一楼的大厅，再从另一侧的楼梯回到教室中来。看似短短三层的一段路程，看似平平的走廊，然而一旦被蒙上眼睛去行走，却是另一番的感受。没有了视觉的参照，我明显感觉自己像一只无头苍蝇，连路都走不成直线。不过还好，自己的"拐杖"细心又体贴，紧紧地握着我的手，给处于"黑暗"中的自己莫大的安慰。漫长的走廊，明明知道是平坦的，可此时却真的不敢迈出正常的步幅。"拐杖"特别善解人意地伸出双手，紧紧握住我的手。尽管被眼罩蒙住眼睛，但还是可以隐约地感觉到前面有个人影在倒退着拉着我的手慢慢走。终于，重新回到教室，摘去眼罩的那一刹那，感恩光明又重现。

整个游戏结束后，老师让我们谈谈感受。很多同学提到感同身受的重要，提到换位思考的意义，还有的夸奖自己细心而体贴的搭档。老师给我们讲了上一届学生对这个游戏的感触——那是在场的同学谁都没有想到的一种感触。老师回忆道，那个女孩子说，通过这个游戏，她联想到的是自己的父母。我们这些孩子就像是游戏里的盲人，而父母就是那根拐杖。在人生道路上，孩子对前面的道路总是不敢勇敢地迈出自己的步子，而父母，百般劝说，甚至是身体力行，努力地、不辞劳苦地拉着、拽着，让自己的孩子向前，再向前。很多时候，孩子并不会相信父母的教导，不相信他们的经验。总以为,那些是父母老掉牙的东西,不屑也不值得去听一听。其实,明眼的父母,是过来人。他们熟知,哪里是平坦的大道,哪里是崎岖的山路;他们明白,哪些是属于我们这个年龄段应该去做的,哪些不是。

听了老师的这样一种感触,自己的心,不禁为之一动……

母亲支撑我走进大学

自己的母亲,就像是那个拐杖,支撑着自己一步步走入大学。不想回忆太多的过去。就像所有的寒窗学子一样,我把考上大学当作改变命运的唯一目标。努力,刻苦,同学的榜样,老师的小帮手,是我从小学到高中所有老师的统一评语。而且,乖学生的背后,谁又能体会她的寒酸和痛苦呢?又有谁能体味到她的压力和脆弱呢?

家里处在那段最困窘的时候,她和母亲被迫住到了姥姥家。睡梦中,她猛然听到了母亲和姥姥的谈话,母亲说:"我要好好地活着,真没饭吃那一天,哪怕将来喝一口河水也要活下去!"藏在被子里的她,不禁泪流满面。

梦一般的高考结束后,然后又是梦一样的估分,报志愿。不知道是造化弄人还是天妒英才——她现在很自恋地这样认为——她的高考成绩并不惊人,是整个高中生涯最差的一次。尽管是在估分阶段,但是她心里比谁都清楚,她真的没有发挥好。梦想的大学连试一下的勇气都没有了,她来不及太多的心痛,填报志愿接踵而来。只有小学文化的母亲没有办法帮她参考究竟是报考哪所大学,只是默默注视着她翻看那些书书本本,提醒她注意休息早点睡。她就一个人,同样地,默默地分析历年的成绩线,看各种招生简章,比较省内今年的招生计划指标。真的是没有经验,也真的看不懂那些数字的意思,很可笑的是,直到志愿全部填报完毕,她才恍然大悟那些分数段下面数字的含义。

高考成绩出来,一个不尴不尬的数字,可上可下。自己非常害怕,害怕从第一志愿里跌落下来。看着默默流泪的她,母亲说:"尽力就得了,考上哪所就上哪所,在哪不是活一辈子啊!非要去北京,我怎么就没看出来北京哪好,不就是车多一点,道路宽一点,还有就是马上要举行个奥运会。"听着母亲的话,她的眼泪更是不断。

度日如年。等待录取那段时间真是折磨人。很多同学都从网上查到了结果。可是她报的大学还是了无声息。语音电话打了无数遍,每一次都是:"暂时无您的信息……"在一本A段大学录取工作结束的那一天,她还是没有查到结果。终于,她终于忍不住了。扑在母亲身上哭着说:"妈妈,我可能落榜了,去不成北京了。掉到B段后,只能去西安一个普通大学,"我不要这样的结果。我不要……"一向坚强的母亲,也开始掉下眼泪来。她一边拭去她的眼泪,一边说,"你再查查,别是弄错了。妈不是跟你说过吗,去哪都一样。西安更好,那里有妈从小就爱看的兵马俑。"母亲顿了顿,望着流泪不止的她,似乎下定了十足的勇气,说,"不怕,不行咱就复读。你不是喜欢北京吗,咱就考北京,来年一定会考上的!"她没想到母亲会说出这样的话。复读的代价太大,一次高考已经够了。再一次,不是她这个家可以承担的。

还好,命运没有把她再一次推向深渊。她报考的那所学校只是录取信息公布较其他A类院校慢了些,当时网上有说明——只是她家没有电脑,她也不会用电脑。而她,幸运地成为首都大学生中的一员。

迷茫的大学,她伴我成长

看过很多关于贫困学子的报道,往往写道考上大学就止笔。给人一种错觉,大学就是考生的天堂。步入大学,就是进入保险箱,未来可以有稳定的保障。然而,等自己真正步入大学,我们才发现其实在哪里都充满了竞争。时代发展到今天,本科学历也在贬值。即使是一个名牌大学的毕业生也需要有真才实学,不能在凭借一张纸就保定终生。人生的道路似乎才刚刚开始。

母亲陪我来学校报到。我俩都是第一次坐火车。紧张得不敢深睡。一下火车,我当时只是感觉车多人多,天在旋地在转。我们跌跌撞撞地找到了学校,当晚躺在宿舍陌生的床上,不敢相信这一切是真的。白天劳累过度,辗转反侧,我紧紧贴着旁边的母亲,紧紧地抱住她,生怕她从上铺掉下去,知道这样的时刻不再太多,几天后的她,不在我的身旁。

她带着我去食堂打饭,教我怎么用衣叉晾衣服,怎么装自己的衣箱,带我转学校周边的小店,就像母狮子带领小狮子,一样一样,细细地教会我生存和生活的技巧。

每一个新生都会经历那样一段或大或小的苦楚:生活有那么一点点迷茫,专业课听的云里雾里,未来的扑朔迷离。没有高中的充实,人的惰性暴露出来。大一新生,对任何事情都充满了新鲜感。我自己也是如此,做勤工俭学,参加校会,搞辩论赛,参加历史知识竞赛,把自己弄得忙碌无比；期中考试接踵而来，五大专业课被要求各写一篇论文——第一次接触论文，感觉无从下手，区区1500字，让自己忙得焦头烂额。学业的负担与活动时间耗费上的冲突，让自己内心矛盾重重。大学是一个小社会。南北方思维的差异，接触到形形色色的人，不再像以前同学那么单纯，自己又总是以对自己的标准来要求别人，现实与理想之间巨大的差距只能留给自己莫大的落寞与孤寂。我开始不理解这个世界，开始不相信这个世间。

母亲远在家乡，察觉到我的变化，一改往日节俭的习惯，每个晚上打电话给我。告诉我不要愁，慢慢做，会好起来的。我说，我不会用电脑，连最简单的操作都不会，做勤工俭学时候，我的效率最低，感觉自己好无用。我们学计算机，考试也考得一塌糊涂。然后又是一阵无语的流泪。电话那头的母亲，听得出她的焦急，"这个你别急，慢慢来，你以前没有接触过，多用就会好的。别舍不得那点钱，多去你们学校的机房练练，这玩意就是熟练工的事儿……"记忆里清楚的记得，她放下电话前的最后一句总是，"千万别想不开。"回忆起这些往事，不禁会幸福地流泪。

母亲的支持，伴随着我走出那样一段阴霾的日子。渐渐地，我适应了大学的生活。学着换位思考，遇到不能理解的事情，潇洒地笑笑，也就过去了。论文也写得手到词来，连续两年在青年民族理论研讨会上获奖。真像母亲说的，自己渐渐可以熟练地使用计算机，以优秀的成绩考下了计算机二级证。现在双手熟练地在键盘上飞舞，很享受这种敲击的声音。

走出迷茫，我开始定位自己未来的发展方向。因为喜欢中文，我便开始自学一些中文的教材，依然是云里雾里地觉得抽象，但是并没有减少对它的兴趣。大二是自己很辉煌的时期。由一名胆怯的小干事变为部长，主管学院的新闻宣传和编辑工作。忙碌的课业之余，我还参加校刊《CUN杂志》的文编竞聘，PK掉一批批面孔后荣升为编辑。我喜欢做些采访，喜欢别人叫自己"记者"，采访过院长金炳镐教授、著名的民族语言家李耀宗先生。一篇篇文章新鲜出炉，《他，用最美的诠释撑起生命的高度》、《生命不息，奋斗不止》、《半个世纪的守望》、《毕业之声》等在校刊、院刊发表，看着自己的文字变成铅字，我的心里是暖暖的。

每次从镜中观察自己，那个扎着马尾辫、未语面先红的女孩子已经逝去，取而代之的是，一个带着自信微笑、干练的学生干部。我知道，未来的道路，我还任重道远。但是，我会把努力献给最爱的人，带给我的母亲。

我不在她身边的日子，她也没有活得清闲。年过半百，依然在外面打零工，只是与以前不同的是，她不必担心回家晚耽误给我做饭了。呵呵。休息时，她还会给要好的姐妹们讲北京的样子，讲我大学的校园，啧啧称赞大学生活的美好，夸我懂事、上进。阿姨都夸她有福气，养了一个这么好的女儿。而那一刻，我相信，遥远缥缈的幸福，就定格在母亲那张布满皱纹的脸上。

最美的诠释来自你们的祈祷

每次我走在大街上，总在想，那么多的高楼大厦，什么时候可以有一间属于自己呢？我幻想着那一天的到来，期待着自己可以闯出一片天地。最后一课快结束前，老师别出心裁地发给我们每人一张小贺卡，让我们先在上面写自己的名字，然后大家围成一圈，顺时针地传递，给其他人写祝福的话语。等我再次拿回自己的那一张时，里面已经写满了大家给我的祝愿，其中有一个同学这样写道："有梦想是一件不容易但又有意义的事，看好你，加油！"读着这些真挚的祝福，感动久久。

"让我们敲希望的钟，多少祈祷在心中，让大家看不到失败，叫成功永远在，让地球忘记了转动，让宇宙关不了天窗，叫太阳不西沉⋯⋯"宿舍里放着这首《祈祷》，看着那张布满爱的贺卡，深深怀念这份难得的情意。这是我大学期间上过的最难忘的一门课，感谢它带给我无穷的动力，感谢母亲一直以来的支持，感谢老师和同学们的祝福，感谢你们。借用我曾经一篇文章的题目，我会用最美的诠释撑起生命的高度，而这最美，来自你们善良的祈祷⋯⋯

第一次飞翔的时候

曹何稚

第一次踏上远行的火车,第一次移居陌生的城市,第一次看见首都的繁华。天似乎更蓝,云似乎更轻,像是所有新奇的字眼,都让这片天地毫无疑问地变得光辉亮丽,催促青涩的心灵横冲直撞。外面的世界很精彩。

第一次独自上学放学,第一次定时给家打电话,第一次战战兢兢自己的一言一行……陌生的新鲜下,似乎又藏了些许落寞,带了多少警惕,未知在给人前进欲望的同时,又教人恐惧地进退不得不敢越雷池一步。外面的世界很无奈。

多少双生疏的翅膀扑腾着腾空而起,撞入同一方天空,带着勃勃的希望和惶惶的困惑,开始这第一次跌宕起伏的飞翔。

徘徊在十八九岁的心灵,渴望着叱咤风云而常常力不从心,似乎每一次奋发而起,却都被悄无声息地打压下来;渴望着左右逢源却往往四面碰壁,像是每一次企图靠近,都因为节拍的错乱而陷入深深的纠结;渴望着丰富多彩却又时时无所适从,仿佛每一次下定决心,都杳无音信地石沉大海。

可这时的我们,仍然带着孩子般的天真和热情,还是会在明媚阳光中疯狂地欢笑奔跑,还是会在比赛结束时紧紧相拥喜极而泣,还是会在长假的前夜激动地睡不着,还是会在睡不着的零点后继续了宿舍夜话的光辉传统。

狂风肆虐,刮得我们找不着飞行的方向,但总有那么些时候,会自在地翱翔。只要还有澄澈的期待和天真的妄想,黑色的眼睛终会在黑暗的暴风雨中寻觅云隙里的那一缕阳光。只要还有纯粹的激情和朴实的渴望,现实的打击怎会折断梦想的翅膀。彷徨是为了寻觅到最光芒万丈的方向,跌落后的崛起将积蓄更深沉的力量。第一次的扶摇直上难免会跌宕起伏,难免会与别人磕磕碰碰,但试飞之后总会找到划破长空的气魄,摩擦之后也会有比翼双飞的契合。

日出日落、暮霭晨霓,所有的落寞和压抑都只是过眼的烟云,冲破它们的云层,终会触摸澄净的苍穹,沐浴明媚的阳光。

第一次飞翔的时候,回首向来萧瑟处,尽无风雨皆是晴。

笑看生活

郭奇凡

　　人生在世，总会遇到许多的波折，从我们刚刚学习走路时一步一个跟头，到进入学校后考试成绩的不理想，再到步入社会后的所要面临的激烈的竞争，从与父母的争执，到与朋友的矛盾，再到与恋人或伴侣的分分合合，数不胜数。生活就是这样，无论悲喜苦乐，无论你是否愿意。无论怎样逃脱，回避，甚至刻意的隐瞒欺骗，或者强迫去忘记，一切的一切都已经发生，我们能做的只有想着怎样去面对，怎样去真正地生活。

　　我们总是喜欢抱怨，这并没有什么不对，相反，他有助于我们及时发泄不满情绪，防止负面情绪的积压给我们造成身体或心里的伤害。有的时候击毁我们最后防线的正是那些微不足道的小事，正如那根压死骆驼的最后一根稻草。因为一直积压在心里"稻草"已超出负荷。适时的抱怨让我们解脱，让我们将心中的不满不快都一吐为快。

　　但如果让抱怨成为我们生活的一部分，那我们的生活也未免太无趣了。每天，只会说东道西，嫌这嫌那，如果我们只会抱怨，那么生活将停滞不前，永远停留在你抱怨的那一刻，无法前行，因为你的眼中心中，只有世界的，社会的，他人的不公平待遇。你变得消沉或是偏激，脱离正常的生活轨道，看不到近在眼前的机遇，也看不到近在眼前的爱与关心。

　　没错，我们总是会忽略许多东西，一些重要的珍贵的，近在眼前的东西。不知道是怎样的一种心态，我们不懂得知足，总是认为那些得不到的才是最好的，而那些轻易得到的，却从不去珍惜，不理不顾甚至如弃草芥。或许这是一种逆反心理，我们总是想打破被命运安排好的自己的"所有物"。越是得不到便越是渴望。又或许这是一种好胜的表现，想要证明自己的实力，没有什么是不能做到的，只要我想，便可以做到。再或许只是单纯的看不到，正如我们总是看得到窗外的风景，而看不到自己的睫毛。

　　记忆是一种很奇妙的东西。他会自动地记住一些东西，然后刻意地遗忘一些东西，那些重要的曾经。有时他甚至可以把一些事改版成他希望的故事。或许也会制造出一些什么。当然我并不确定那是否还可以被称作记忆。他不是物质，只以我们的意志为转移。我们没有时光机，所以回不到过去，我们也没有后悔药，所以也不能改变些什么，而我们有的只是那些记忆,或许这就是那些歪曲的记忆产生的原因吧。当人们急于改变一些事又无能为力时,总是喜欢自我欺骗,即使知道不可能也不会承认。于是他们开始沉溺于自己的记忆,一个完完全全属于自己的世界。

还有一种有趣的东西叫做习惯(别误会,这里的习惯不是思想品德课上所讲的习惯,而是一种状态),当你习惯于走一条路回家,即使搬了家也会不由自主地去走那一条路,当你习惯了照顾别人,即使是一同搭乘火车的陌生人也会受到你的关怀。而当你习惯了某人陪在身边,就会不自觉地依赖,一旦分开,就会产生无尽的孤寂与不安。我们感谢习惯,同时也怨恨习惯,因为习惯我们能更好地适应生活,但也因为习惯,我们不可避免地又要受到伤害。

所以我们要学会生活,笑着生活,乐观地生活。尽情展现我们的喜怒哀乐,不压抑,不回避。珍惜我们所拥有的一切美好,不抛弃,不放弃。用心收藏我们曾经的记忆,不沉迷,不忘记。体味生活中的点滴习惯,不依赖,不留恋。然后继续我们美丽的生活。

让爱的阳光温暖心灵

刘 丹

忙碌的脚步、紧张的节奏、巨大的压力、繁琐的事情等一系列的问题紧紧禁锢着我们的生活。如今，很多人不禁问自己：我的心理健康吗？国内外学者提出了很多心理健康的判断标准，但有一点是被一致公认的：心理健康的人是爱自己和爱他人的人。

心理健康的人是爱自己的。

有这样一则故事：一只破木桶和一只好木桶同时被主人用来挑水，这令破木桶很沮丧。因为每次挑水回来以后，好木桶仍是一桶水，而破木桶只剩下了半桶水。一天主人看到了破木桶沮丧的神情，带它到每天挑水所要走过的路转了一圈。路的一边满是小草，开满鲜花；另一边却什么也没有。破木桶很疑惑，这时主人对它说：这都是你的功劳啊！

体会这则寓言：破木桶虽然破，它却点缀了大地，我想它没有理由继续自卑了。

爱自己就是接受自己。金无足赤，人无完人，谁敢说自己就是一个完美的人呢？我们总是羡慕别人所拥有的，殊不知，别人也在羡慕着我们。因为我们只是一味地关注自己的缺点和别人的优点，而忽视了自己的优点和别人的苦恼。其实，我们没有必要这样，正是因为我们的优点和缺点，我们才成为独特的自己。

拥有独一无二的自己，本来就是一种幸福，我们又怎么能轻易放弃自己的心灵乃至生命呢？张开我们温暖的臂膀，将我们自己拥入怀中，让爱的阳光温暖我们的心灵……

心理健康的人是爱他人的。在心理健康的人眼里，所有的人都是善良的。他们不会吝啬一个亲切的微笑，不会吝啬一句简单的问候，不会吝啬一次热心地帮扶。一句感谢会让他们感动良久，一个点头会让他们甜蜜无比。"马加爵事件"给了我们血的教训，这就是一个由不爱他人而导致悲惨结果的极端例子。不论何时，我们都应该与人为善，笑对身边的每一个人，认真去理解与倾听每一个人的心灵，而不要去猜忌、算计。或许在几十年以后回想起来，你会发现当时的行为是多么的幼稚。

世界很大，我们都是匆匆地走过，为何不让温暖更多一些呢？张开我们所有人的臂膀，让我们相拥，共同感受彼此心灵的温暖，并将这种温暖

阳光洒满心灵
YANGGUANG SAMAN XINLING

传递……

此时，窗外的阳光正温暖，它一束一束地照过来，滋润着我们的心田。我们呢？彼此间心灵的阳光——爱正温暖着我们心灵的田野，将我们心灵的角落照亮。

轻轻在心里点亮爱的灯盏，她温暖我们的心灵与世界，直至永远……

写给妈妈的一封信

王吉卿

妈妈：

您最近好吗？再过三天，就是您的节日——母亲节，可惜女儿不能陪伴在您的身边，给您过节了，衷心地愿您这个节日依然愉快！

虽说我现在是大学生了，但是我觉得自己还是不够成熟，有的时候就像小孩子一样，居然还和您赌气。尤其是前不久，由于我遇到了许多不顺心的事，"五一"想回来散散心，您和爸爸担心我路途劳累，要我别回来了，但是我没能领会你们的心意，只一味地跟着自己的想法走，那天居然气呼呼地把电话挂断了。第二天，您打电话给我，心平气和地和我谈，而我态度却表现地很差，还吓您说，我得了抑郁症。现在想想，我真后悔，觉得自己当时的行为很固执，很幼稚，很不负责任。对不起！妈妈，请您原谅我！

我知道，别的母亲给孩子的爱是百分之百，而您给我的爱甚至超过百分之两百。从我呱呱落地的那一刻起，我的生命就被赋予了不同寻常的意义，是您冒着生命的危险换来了我的小生命。从小到大，您总是把我放在第一位，事事为我着想，给我无微不至的呵护，教我做人的道理，鼓励我努力学习。在您的关心和培养下，我健康地成长着，并一直是同龄人中的佼佼者。妈妈，感谢您的养育之恩！

还记得去年七月，当我选择来北京上学时，您就有一千个一万个舍不得。您担心我第一次出远门来到一个人生地不熟的地方，会很不习惯，这件事做不来，那件事不会做。总之，您对我的一切一切都很担心。但是，您知道这样可以锻炼我，所以您最终还是答应让我出去上学，不过担心还是在。我知道，您的这种担心正是源于您对我深深的爱啊！还好，我上学期的表现还挺不错，生活和学习上的事处理的还算比较好。

现在，我出来上学也快一年了，而您对我的牵挂依然不减。您叮嘱我每个星期都要给家里打电话，报一声平安。我知道，这看似简单的一句话，对您来说，可是一颗定心丸啊！然而，由于我平时太忙了，经常忘了打电话回家。您很想打电话给我，但是一听我说忙，怕打扰到我，就默默地忍受着由于担心和牵挂着我所带来的那份痛苦。啊！妈妈，对不起！我承诺，以后不论多忙，每周一定会向您报平安。

阳光洒满心灵
YANGGUANG SAMAN XINLING

　　我知道，不论时空如何变化，您对我的爱永远不会变！您对我的爱是伟大的，您把您的全部生命都给了我；您对我的爱是无私的，您只求我一生平安幸福，不求任何回报；您对我的爱是细腻的，您关心着我生活中的每一个细节。

　　啊！妈妈，我会用我的生命好好地珍惜您给予我的这份爱……

　　不经意间，夜已深，当我出神地望着窗外的明月，仿佛看见您的面庞映在月亮里，冲着我温柔地笑着……啊！妈妈！我好想对您唱："妈妈月光之下，静静地我想您了，静静淌在血里的牵挂，妈妈您的怀抱，我一生爱的襁褓，有您晒过的衣服味道。妈妈月亮之下，有了您我才有家。离别虽半步即是天涯，思念何必泪眼，爱长长过天年，幸福生于会痛的心田……"

　　祝您：
　　　身体健康！
　　　工作顺利！
　　　节日愉快！

您的女儿：王吉卿
2009年5月7日

给妹妹的一封信

文汐岚

亲爱的妹妹：

　　恭喜你经受住了残酷的高考的考验，走进了美丽的大学校园。经历了一学期的大学生活感觉怎么样？相信你一定也和当时的我一样，有说不完的兴奋，有小小的担忧，偶尔会想家，但仍然勇敢地过着每一天。

　　看了你的信，才知道有那么多那么多的问题，好像每一个小女孩在成长的路上都会遇到的荆棘。亲爱的妹妹，每一个蝴蝶的展翅都要经过一个努力的蜕变，你的人生才刚刚开始，千万不要自己吓退了自己。

　　你说，高中时你是最优秀的，一直担任班长，是同学信任又喜欢的小头头。可是上大学以后，校学生会匪夷所思地拒绝了你，你不甘心在院学生会里只当一个小小的干部；你一如既往地参加很多活动。可是谁都那么优秀，你得不到名次，得不到掌声。你说你怀才不遇，你相信了那些所谓"黑幕"和"走后门"的说法。

　　亲爱的妹妹，这就是大学给我们上的第一课。你要知道，社会就是不公平的，大学只不过是其中的一个预备期。或许有些人确实走了后门，但你要看到，如果他们没有一定能力的话，迟早会在换届选举的时候吃亏。不要为自己的人际失败找借口，与其逃避一切，不如学着怎样去与他们相处。要原谅这世界和自己。告诉自己，我值得拥有最好的一切。你的优秀一定会有人看见，但在此之前，你要踏踏实实地做好自己的工作，学会和各种人相处，保持一个积极乐观的心态。

　　此外，你也要看到，进学生会和当干部并不是大学生活的一切。有很多远见的同学，做兼职找实习参加比赛，在大学期间就取得了令人瞩目的成就。姐姐在大一的时候就不知天高地厚地参加了许多比赛，虽然没有取得非常耀眼的成绩，但是我的眼界和人际圈都上升到了一个新的高度，同时也积累了许多经验，为后来的比赛奠定了良好的基础。我认识了APEC交流活动的青年代表，遇到了年纪轻轻就去过许多国家的访问学者，看见了参加过许多做国家规模口译工作的志愿者，结交了还没毕业就已经签约的优秀学生……亲爱的妹妹，他们，都只是大二大三的学生。你应该明白，如果大一时没有艰辛地付出过，到大二绝对不会有如此好的成绩。你要知道，所有成就的背后都有深深的寂寞，而不畏惧它的人才能取得更大的成功。比起进学生会，大学有许多更值得付出的事情。

你还说，你不懂得大学的人际关系为什么会那么复杂。没有了从前肝胆相照的朋友，人与人之间的关系陌生得让你觉得可怕。你问，社会也是这么冷漠的吗？

亲爱的妹妹，你要学会理解。长大后，我们要顾虑的那么多，从前那种口无遮拦的生活也只能让它停留在过去；大家开始渐渐明白利益，开始知道圆滑，开始身不由己地生活。有人的地方必然要有虚伪，你只能学着接受。

我并不是要你也学着虚伪。我希望你能辨别它，然后加以防范。要赢得所有人喜爱是不可能的，你只要让你信任的人喜欢你就可以了。不要学着刻意吹捧，不要做违背自己底线的事情，不要变成你不想变成的人。

物以类聚，只要你真诚，只要你勇敢，到最后留在你身边的肯定是你值得珍惜的朋友。

亲爱的妹妹，慢慢地你会发现，你要面对更多诸如此类的问题。你从前的日子太顺太轻松，大学之后大家的目标不像从前一样是全力冲向高考，自然就会有更多冲突。

最好的解决方法就是自己学会勇敢与坚强，像作家沈奇岚说的那样：

"成长是，明白很多事情无法顺着自己的意思，但是要努力用恰当的方式让事情变成最后自己要的样子。

坚强是，如果最后事情实在无法实现，那么也能够接受下来，不会失控，而是冷静理智地去想下一步。"

妹妹，接下来你会遇到更多。比如爱情，比如评优，比如兼职，比如实习。关于爱情，姐姐只想给你一个忠告，那就是，问问自己，这其中虚荣的成分有多少；去掉它，然后再抉择要不要选择这份爱情。还有一句要送你的话是别的姐姐说的话：女孩子心底的天使和独有的天真，只能交付给懂得和值得的人。人山人海，边走边爱。

当你面对这样那样的问题时，希望你还能与姐姐倾诉。短短一封信，很难交代这些女孩对女孩间的箴言。但是妹妹，我希望你不论怎样都不放弃自己的梦想，跨过荆棘，勇敢前行。我记得你说你想当外交官，你想学几种小语种，你想变得又睿智又漂亮。铭记这些话和你说这些话时的心情，不论多么辛苦的时候，都要记得自己有梦想。

"成熟是理解、宽容、接受、去帮助别人"，那么就去做一个这样的人。人生是一场一个人的旅行，前程渺渺，人生漫漫，没有人会一生一世陪伴你。学会理解和宽容可以让你不那么愤世嫉俗，学会接受和帮助会让你有更多帮助你的朋友。

以下这些，是我从前写的一篇文章中的话，在这里送给你。

"生活就是这样，有美好，有悲伤，有幸福，有落寞。但是没有人有权利拒绝生活，正如奇岚姐姐说的一样，要做一个有梦想，有人爱，有事情可做，有期待的人。

看到了黑子，不代表那是整个太阳。坚强美丽地爱自己，自尊自爱地活着，并且学会享受生活中每一处小小的美好。"

亲爱的妹妹，希望你也如此，坚强美丽地绽放。

姐姐

被风吹散的过往

姚琪艳

春天,大海浅绿色,浪花轻柔地抚慰着礁石和沙滩,海鸟悠闲自在地印下足迹。秋天,大海宝石绿,风萧瑟地掠过,客船于彼方归航。冬天,大海墨绿色,雪向岸边逐渐堆积,天地岑寂,岁月无音。所有的过往被风吹散,一回头,就又是一个夏天。

幼小的生命犹如初生的嫩芽儿,翠绿莹透,闪着希望的光芒;它在阳光下沐浴,在风雨中成长,变得粗壮而挺拔,浓郁苍翠,承担起应有的责任;若干年后,历经沧桑的它满目疮痍,枝枯叶瘦,却依旧握着那一把渐渐隐去的绿色,恋恋不舍。一个"绿"字,可以概括了整个生命,可以画尽了季节变迁。唯独那些古老的不再回来的夏天,却包容了太多太多。

人生始于夏日:在夏日的夜晚出发来到这世上,第一声啼哭;在夏日的阳光下踏出摇晃不定的第一步;在夏日的微风中念出牙牙学语的第一个音符;在夏日的傍晚画下自己名字的第一笔;在夏日的清晨留下了埋在心中的第一个梦……

人生也在夏日中延续:忘不了夏日里初见面时的尴尬;忘不了一起运动的挥汗如雨;忘不了夏日里一起畅游大海的冰爽清凉;忘不了夏日里邂逅暴雨后,彩虹的兴高采烈;忘不了夏日里为了梦想而努力拼搏的执著……

夏天是生命活跃的时候,也许是因为太过惊喜,太过愉快,太过忘乎所以,我们总会在这个人生的重要季节里,忽视了生命的颜色,是生机勃勃的翠绿,跳跃的黄绿,安静的蓝绿,还是深沉的墨绿,从不曾认真体会。知道一个又一个珍贵的夏天在生命里流逝,方才明白:那些经过了花季、雨季,包容了任性、冲动,懵懂与无知的夏天,都闪耀着青春的色彩一去不复返了啊!

夏天的风是甜的,像那些冰淇淋般的回忆;夏天的海是很咸的,一如年少轻狂后落下的泪水。夏天里有海天一色的高远,却害怕被风吹散眉间,青春暂借给的片刻欢颜。

曾经以为会有没完没了的夏天,等到所有结局都已写好,所有泪水都已启程,才能想起那封没有寄出的信。简单的白色信笺里写满了青春的故事,一笔一画的刻录,除了被时光装订的极为拙劣的发黄的扉页,还有我们一起叹息着慢慢走向毕业的日子。

我们都曾有过那样的夏天，都曾为了注定而来的分离微笑哭泣，也都曾伸出手试图抓住被风吹散的过往，哪怕是一丝碎片。可是正如那涂得再深、再浓的颜色终究会被岁月慢慢漂白，我们也不得不承认：青春是一本太仓促的书！

青春易逝，生命又何尝不是如此呢？记得周国平的书中有这样一句话，当你意识到自己有一天终究是要死的时候，你的童年就结束了。这也许就是青春的我们嚷着"不想长大"的原因吧。

死亡，不应该只是一个成人应该考虑的问题。面对死亡的态度决定着面对人生的态度。其实，思考死亡是件危险的事情，一不小心就会掉进生之虚无的旋涡。但是懂得了死亡的必然或许能让我们更好、更坦然地面对人生。

其实，人们都知道生命是短暂而脆弱的——生如夏花之绚烂，死如秋叶之静美。生命的长短如夏秋两季的过渡一般，短暂得似乎抓也抓不住。实际上，人总是要死的，只不过是早死晚死的区别罢了，重要的是如何在稍纵即逝之间抓住生命的美丽和生存的意义。

有人说，人生如灯火，生命不复返。你永远不会知道你什么时候会死，属于你的那盏灯会灭。也许你有无尽的感激想对亲人倾诉，有许多的歉意想对他们表达。可是你离开了这个世界，就什么都来不及了，所有关于你的一切都会消失，而你留给亲人朋友的只有无尽的悲痛和惋惜。可是，这就是人生，一切都不可能重新来过。想起一本科幻小说主人公说的一句话："也许正因为凡人的阳寿短，所以才显得更珍贵美丽。"所有人最大的不同大概正是对于死亡的态度。贪生怕死，是人的本能，而实际上对死亡的恐惧并非软弱，只是人之常情。与其为一切的来不及而感叹、惋惜，更不如在活着的时候学会感恩，用自己的方式感谢那些帮助过自己的人，不要在迈向生命的终点前留下任何遗憾。

世界如此浩瀚，而个人只是沧海之一粟。相信我们都常有这样的感慨吧！这世界充满着灵魂，我们的存在与否，似乎不那么重要。但是，你是否想过，虽然各自伫立在人世的红尘里，而我们的生命却紧紧相连，一个举手、一个投足都有可能影响到一位你不熟悉的人。我们的心，必须相互依偎着取暖。正因为我深爱着人们，这个大地才不会寒冷；也因为人们深爱着我，人间才如此温馨，令人留恋。

爱，是一种永续的力量，无论有形或无形的爱都是如此。生离死别并不是一切爱的终点，而是另一种形式的爱之开端。因为每一个生命都会触碰到其他的生命；你所付出的爱，绝对不会白费。借用《天蓝色的彼岸》一书的精髓作结：当你不在乎失去，你才真的爱着；当你完全付出自己，你才真的活着。

别斤斤计较时间的吝啬，恋恋不舍被风吹散的过往，让我们感激地活着，完全真诚地去爱，纵然生死难料，但我们的青春精彩将永驻人间！

爱 情

高晓黎

有一个叫"爱情"的果园
每个人都会经过

A来到这片传说中的果园了，他兴奋极了。
果子盈满口中，那就是幸福。
"她们唯一的用途就是给你提供最最鲜美的果实。我爱她们但更爱这片伟大的果园！"A说道。
A在果园里探险，他身体强壮四肢敏捷，可以肆意地采摘任何果树的果子。他到过最东边，那里的果实最最清脆；到过那最南边，那里的果实最富滋味；到过最西边，那里的果实最最甜美；还有最北边的果实，每一滴汁水是那么的珍贵！他尝遍所有见过的果子，爬过所有见过的果树。
每一次探险都令他激动万分，即使是从树上摔下来，被看树人的狗追赶，他都惊心动魄地得意。
如今，他老了。奄奄一息地倚在一棵歪脖子的老树脚下。各种各样的果汁像硫酸一样腐蚀着他的胃和口腔，他的味蕾已经死去。他的四肢已不再灵活，甚至直不起腰来采摘刚过头顶的果子。一生的探险在眼前滑过，却留不下一丝甜蜜在口里、在心里。
春天时他没有养过一棵果树，冬天快来了，却没一棵温柔的去处……

B痴痴地抱着怀中的榴莲。
在别人看来，那果子多么的丑陋可怖。但那是她一生的果子，更是她一生的药。
因为只有这丑陋的果子能照顾她脆弱的胃，只有他强烈的气味才能刺激她迟钝的味蕾。也只有这树能为她带来最舒适的阴凉。
"我需要他，所以我爱他。他是我的一切，无论如何我都离不开她！"
那是麻木呢？还是对现实平淡的满足？只有B自己知道，只有她知道自己的幸福。

C疯狂地在果园里奔跑着。

"她们有毒！是我见过的最最卑鄙可耻的生物！

那果子引诱我上瘾，如果一刻不吃果子我就会浑身煎熬着，但吃了果子我的胃有会剧烈的抽筋。她让我痛苦极了！

我永远都不要再见到那样的果子。我要用斧子把她砍成了碎片，我要看着她们在火中跳舞！"

他却不知道果园里的规则，从来没有可以害到人的果实。有毒的只是我们自己的欲望。

D最后看了一眼那棵果树，那棵曾经给她带了无限幸福和快乐的果树。

她从来没有想过那果树也会有死亡的一天。她深深迷恋的高大的树影、粗壮的根枝、鲜美的果实在一点点地消失。她为他浇水施肥、除虫松土，但还是挡不住他的离去。

她想就这样守着树一起死去，这样的树不会再有第二棵了。

但最终她还是离开了，不只是为了寻找下一棵果子，也是为了寻找下一个可以为之付出的果树。

他是她最珍藏的祝福，却不是最后的幸福。

那棵树就在前方不远处，E却迟迟没有靠近。

那是他的第一棵树，有一天她却病了，他不得不离去。从此他害怕守护，采摘果园里的多种多样的果子。但心里面总是疲惫。有一天他遇到了一个幸福的人。

"你的树真好，我的树却病了……我不得不离开她。"

"任何树都会病倒的，只要好好照顾她，她就会好起来的。"

"她抛弃了我，她恨我。她在慢慢死去，她变得可怕丑陋，她用果子砸我。树影变得丑陋，果实里竟然长出了虫子。"

"那你绝对不是一位合格的守护者。"

"我给她取了温暖的名字，早晨我赞美她，最炎热的中午我和她一起听风声，傍晚我给她唱歌，晚上我枕着她睡去，这还不够吗？"

"天哪，你都为她做过什么啊？"

从此E在那里学会了很多养树的方法，他才发现幸福的还有为果树松土、浇水、除虫、剪枝。

如今她就在他不远处，E却迟迟没有靠近。

F守在那棵树下。

那是棵无果的树，F守护了他那么久，他甚至没有开过花。

她精心地为他松土、浇水、除虫、剪枝。她相信他会开出世界上最美的花，结出世界上最甜的果。

很多个时光了，他还是没有苏醒。很多人劝她放弃，他们说那也许不是一棵果树。她遇见过其他硕果累累的树，但她还是只为他松土、浇水、除虫、剪枝。

如今，她开始怀疑，也满身疲惫。

却依旧痴情地守护着这棵没有开花的树。

G自己守护着一棵果树，不只是为了甜美的果子、阴凉的树荫，也是为了拥有着她。

有时他会趁打水时采摘几颗河边的小果，趁除草时偷几颗地上的野莓。"偶尔尝尝野味，才更加会懂得品味自己的果子。"

有一天G在采摘灌木中的果子时被其他人发现了。

村里的人认为他犯了大错，要剥夺他拥有果树的权利。

他争辩到："我对我的果树尽心尽职，偶尔尝尝野果又如何？"

村里人为他感到羞耻，他的言论更激起了人们的愤怒。

"他不只是尝尝野果，终有一天会偷到我们头上的！"

村里的长老们在讨论——该如何处置这个卑鄙的小人。

H来到果园了，她听说经过人生这条路时一定都会穿过这片果园。

她从来不喜欢果子，更不想让吃果子这样无聊的事情打扰她前进的步伐。

H匆匆地在路上走在，树上的果子泛着诱人的光泽、散发着美妙的气息。

"那些果子都有毒。"H又想起了小时候看到的中毒的那个人。

她紧张地穿过果园。

这是最无法理解的树，她左边长着几片苹果的叶子，右边是几个干枯的荔枝枝条，树干上爬着碧绿的西瓜藤蔓，主干却像一棵香蕉树，树干上

阳光洒满心灵
YANGGUANG SAMAN XINLING

爬着这些大大小小的也许可以称作是果子的东西。

树后面走出来一个人,他是J。

"这是我做的树!我把我认为最美好的东西加在她身上,她将会是这个世界上最完美的果树!

这果子也是世界上最美好的果子,看,多美啊!我现在可以尝一下,多美的……额……很好吃的。"

J在享用那所谓的美味时,眼角和脸颊的肌肉有点不自觉的抽搐起来了,嚼了几口,他放弃了,终于把果子吐了出来。

有很多这样的人,他们所谓的嫁接从来就没有成功过。没有哪一棵果树可以完美的拥有所有树的优点。

又一个人走进了这座果园……

当梦想遭遇"北京"

李麒麟

北京,一直是我的一个梦,确切地说,它是父母给我的一个梦。

高考结束后,我量分而行填报了中央民族大学。尽管,这不是我的初衷,但我信命,所以,我接受命运的安排。我告诉自己:这是为梦想妥协,为北京妥协!

九月如期而至。我拖着重重行囊,牵着父母的大手来到了北京。一切,北京的一切都是那么陌生而熟悉。它曾无数次在我的梦萦里出现,而今,我真实地触摸到了它的温度,感受到了它的气息。但,除了激动和兴奋,我还有微微的胆怯。我不确信我的梦想是否真的能在这个多少人向往的城市落地生根,我也不确信四年后这个城市是否能真正接受我,或者,我能归属于它。

北京确实是个令人着迷的城市。它有大家闺秀的典雅与庄重,也有小家碧玉的娇羞与清新,有辣妹子的激情与火热,也有摩登女郎的时尚与率性。但更重要的是,北京竟能把物欲与文化的双重性协调到极致,这一点令世界上的许多大都市都望尘莫及。爱北京的人或许说不出北京最有特色的建筑,最有名的小吃,最著名的景点……但他们爱北京的理由一定会惊人的一致:爱它的海纳百川,有容乃大。的确,北京能包容和接受一切新鲜的外来事物,但是,在北京温暖的怀抱里能待多久就得看你的能耐了。

初来乍到北京,我的梦想遭遇了前所未有的颤抖与颠覆。

普通北京人的生活可以归结为三个字:早、快、准。起得早,睡得早;走路快,说话快;约会准,做事准。我在南方生活了十八年,而南方城市的生活素以悠闲著称。所以,这对我来说需要适应,也需要挑战。在北京人的早、快、准的背后隐含着的是沉重的压力与激烈的竞争。所以,北京人的梦想是用飞机、用火箭载上天的,而我的梦想还只是缓慢地行驶在汽车上。北京也是个人才济济,群英荟萃的城市。这里有闻名世界的专家学者,也有善于"印刷钞票"的企业家,有光鲜抢眼的明星大腕,也有小资情调的工薪白领。在我周围呢,还有一群有野心、敢闯敢搏的青年人。他们可以没多大才能,也可以没多少本事,但自信和勇气一定是满满的。莫名的,我被这些"超人"、"能人"吓傻眼了,我害怕有一天我的梦想就像一只被抽空的气球,瘪瘪的,自信和勇气全被抽走了。

阳光洒满心灵
YANGGUANG SAMAN XINLING

到了北京，我就一直想去看海，看看北方的海。尽管北京不是个临海的城市，但在我的梦中它就是个有海的城市。北京真的有海，而且是汪洋大海，是人潮人浪汇成的海，是灯火霓虹汇成的海。每一次，当夜幕降临，我就会感到一股一股的冷风在吹，吹到刺骨，吹到干枯，吹到我想念南方湿湿的空气里淡淡的霉香；每一次，当我累到无力，一个人在学校操场的草地上散步时，我喜欢望向学校外的繁华三千，那时，我心里会一阵凄凉。因为在北京，我的梦想还没开始"落地"，就更不用说"生根"了。我没有那种在家乡时的归属感，没有安心踏实的幸福感。原来，在北京逐梦，遭遇孤单和寂寞是先决条件，而就算遭遇了种种，你也未必能够拥有这座向所有人都张开怀抱但也随时会放手拥抱更多人的城市。我困惑了，平凡普通和伟大成功之间真的有不可逾越的鸿沟吗？生活的魔力和生命的尊严到底哪个更重要？

当梦想遭遇"北京"，我有失落，会彷徨，很泄气，但记得从前某个故人曾鼓励我说："生命的轨迹可以用血水和汗水书写，但绝不能用泪水写。"我坚信，我的梦想无论是遭遇冷漠，遭遇嘲讽，还是遭遇拒绝，我必将寻着希望之光一步一步自信勇敢地往前走，而我的梦想也必将落地生根，枝繁叶茂，开花结果！

呵，"生命是一袭华美的袍，上面爬满了虱子。"

春风沉醉的季节

韩志博

　　缤纷五月，四处都窸窸窣窣地流淌着艳阳和芳菲。天空湛蓝得如同刚被洗刷过的蓝色幕布，宝石般镶嵌在树影之间。在这春风沉醉的季节，北方杨柳絮纷飞，南方的木棉花也开始飘香。突然想到了许久以前，那首未曾唱完的歌，如今还在心里徜徉，想不到，泛起的涟漪依旧翻滚着粼粼的波光……清晨的校园，荡漾着迷人的气息，木质长椅在羊肠小路上安静地守候，透过片片树叶射下的阳光，点点滴滴，把它装扮得别有一番风韵。时光荏苒，心绪也随之蔓延。想到曾有多少个这样的清晨，在指缝间悄悄溜走，我们也会在无意间用一个明媚的笑，埋葬那些已经消逝了的光阴。悠悠岁月，生命以其独特的方式轮回着一个又一个涅槃，而置身其中的我们，到底该以怎样的心态来对待这子夜后的光明？

风雨交加的夜，我选择飞翔

　　感觉有些事情的发生，就是专门为了被永远记住。抹杀不掉的记忆，不时盘旋在脑海，为平淡的生活增添波澜。

　　知道失败的滋味么？是痛彻心扉，还是歇斯底里？

　　没有历经风雨，怎能体会到雨后的虹竟有如此奇异般的绚烂？那些不堪回首的往事，划破记忆的长空，心灵也会为之一惊。曾经的苦楚、辛酸和眼泪，都已随时光的流逝而走远。如今留下的，除了些许斑斑驳驳的回忆，就什么都没有了。风雨交加的夜，我一个人走过，也想放弃、想回头、想一走了之，每每这时，风雨都会愈加疯狂，或许这就是冥冥之中所注定的……这是宿命的考验，退后一步就意味着放弃。

　　跑道上的足迹，是我付出的见证，沾湿衣襟的汗水也同样能够娓娓道出这一路走来的坎坷……我没有理由看着自己为之而奋斗的堡垒就这样坍塌；更没有理由，就如此轻易地被自己打败。想到一句广告语是这样说的：生活其实就是登山，往前走，即便一小步，也有新高度。

　　所以我不能放弃，不能放弃继续向前奔跑的步伐；更不能放弃曾经为自己许下的承诺。

　　风雨交加的夜，我毅然地选择了飞翔……

给世界一个笑颜

向日葵也叫太阳花。

我一直很喜欢这种奇异的植物,总是幻想有一天可以置身于一大片向日葵丛中,像它一样永远朝着有太阳的方向,张开最灿烂的笑颜。其实太阳花并不美,它没有蔷薇的娇艳,更没有茉莉的芬芳。它总是支撑着笔挺、细长的身躯,好像天生就与曲线的完美和花海的瑰丽划出一道鸿沟,然而就是这种并不美的植物,抛开了一切世俗的飞短流长,敢于将自己的笑脸朝向最远处的光明。我欣赏它的孤风傲骨,也认为这样的笑脸才是世上最美好的。

其实每个人的内心都有或多或少的暗涌和瑕疵,这些黯淡,时常会被隐匿在心底深处。由于长时间没有阳光的滋养,它们会慢慢地侵蚀着这个心灵最脆弱的季节。所以最好从现在开始,准备一次单车远行,独自背起行囊,丢掉往日的迷茫和矫情,张开双臂,自信地拥抱今天所拥有的和明天即将拥有的。整合过去的记忆,取其精华,弃其糟粕,懂得正视一个真实的自己,不要虚假,不要做作。

时刻牢记,向着太阳,给世界一个完整、真实的笑颜。

海阔天空

一遍遍地翻听着Beyond的《海阔天空》,一首老歌,一段难忘的情节。像一杯香醇的佳酿,年代久远却依旧香飘四溢。一直喜欢黄家驹创作的格调,词的放荡不羁,曲的桀骜不驯,在几分昂扬、斗志中映照着翻滚、沸腾的心声。

也许是受此影响,我对大海总有种特殊的情怀。闭上双眼聆听海的声音,好像有呼啸的海风吹过,撩动我的脸颊,刹那间又仿佛嗅到了海的味道……海阔天空,海天一线。这并不是大自然的杰作,而是我们发自内心的呼声。我想象能够真正地面朝大海,方可领略何为海子笔下的"春暖花开";期待着一次与海的亲密接触,也同样期待着一次属于自己的"春暖花开"……生活是自己创造的,在劳顿、奔波之余,我们该给自己找一个契合点,然后,用尽全力为了这个点而发起冲击。生命也同样需要海一般的激情,适时地释放压抑着的情愫,迸发出一次心灵的"海啸",重新诠释生命的意义,然后开始新生。

海阔天空,为了自由而歌唱。

洋洋洒洒的春风已洒满人间，暖暖的，恰似绵绵细雨，有着"润物细无声"的感动。很希望它们记录下不仅仅是片片波纹，更是可被铭记于心的隽永。

这样的季节，是花季。我们心手相连，为了逐梦而奔跑，在穿越红线的一瞬间，呐喊声响彻云霄。

这样的季节，亦是雨季。我们稚嫩青涩，羞赧地隐藏伤悲。和着轻风，告诉世界，眼泪只是敷衍，为了自由，我们能经受住任何风雨和考验。

春风沉醉的季节，是花季，是雨季，是属于我们的季节。是疯狂，是自信，是多年后一段妙不可言的记忆……请在此处留下痕迹，让其升华为生命的又一次涅槃。

寻找四叶草

崔 佳

　　大学生团体心理辅导——我总觉得可以起一个更美好的名字。与其说辅导，这里更像一个心灵交流的港湾。

　　选这门课是出于很功利的理由，我只差一分就修满了，这个课只上9周，所以选了这门课。

　　但是，真正加入到这个团体之后，是会着迷的。我们每个人都沉醉在其中，以至于4月10日那天，每个人都在留恋，都在依依不舍。

　　当初在小组讨论中，"四叶草"这个名字，是我起的。没想到被采用了。现在想想，我们的整个6次的分享交流（我不愿意把它称作"课"），都是一个寻找四叶草的过程。

　　"四叶草"的花语是——幸福、幸运。我觉得每一次的交流都让我们离幸福、幸运更近了。

　　在这里，我更加了解自己。通过了一种小植物，深刻地分析自己，把一些自己在性格上的缺点更加清晰的呈现出来了。容易放弃、不够坚持、逃避，这些都是我的弱点。后来，我就刻意地让自己在快要放弃的时候，再继续坚持一下，不管结果是好是坏，我想，至少自己是在自我改变，没有止步不前。

　　走进大学，我和所有人一样，变得迷茫和自信缺失。记得一个师姐跟我说过："高中的每一次成绩进步就可以让你有成就感，但是进入了大学，你发现让你有成就感的事情很少了。"的确是这样子，而且自己长大了，有些事情开始必须自己做决定，进而思前想后，进而犹豫不决，变得迷茫而不知所措。曾经自信的自己也开始动摇。写了"我的成就"之后，我把我这块被氧化了的金子又重新擦亮了，我想我有必要让自己的曾经的优点拿到现在"显摆显摆"，呵呵……

　　还有很多课程中的小游戏是让自己从各个角度体会了人与人在沟通的时候，不同身份的人有不同的心情和感受。比如，"两人都出四就可以拥抱"，自己因为对于陌生人总是有种防备心，所以很少出四，就没有拥抱。比如，"盲行"，这种换位思考的方式，以前也是嘴上说说，真正当了"拐杖"，真正当了"盲人"，才知道其中的玄妙。

最令我感动的是我们的"秘密任务"和"卡片留言"。给我画图的同学把我画得好丑呀，但是听到她的解说，我却觉得很暖心，"我有我的光芒"。外表和表现形式都不是最重要的，最美的是人心，要真正听到那个人的心里话，才会知道每个人的美丽。还有卡片上的19个留言，大家都很喜欢我笑的样子，大家都觉得我不像鸵鸟那样子的逃避，而是已经翱翔在蓝天白云之中了……就是这样的一个一个地小幸福，满满的。

在这6次交流，不过12个小时之中，我觉得自己离幸福越来越近的，我觉得自己的运气会变得越来越好，因为我发现了自己身上那么多美好的东西，因为我学会了珍惜身边各种各样的人。

这就是我的寻找四叶草之旅，和你们20个人一起。

我带着我全部的幸福，行走于陌生的城市，寻找生命中的四叶草……

求职日记
——心灵的对话

李珊珊

"阵阵热浪,卷蝉噪长鸣,侵窗入户。"
"不适的热度,只有烦躁。"

近几日,还有一年就要毕业的自己,开始寻找实习单位。独在异乡,人生地疏,烈日炎炎,自己投出了海量的简历,也就接到了那么寥寥几家公司的面试通知。可是那些公司不是招全职,就是要求工作经验至少一年以上。真是气煞我也!人在不顺的时候,就连鞋子也会跟你过不去。不曾穿过高跟鞋的自己,几个面试下来,脚上已经贴上了3个创可贴!

我真是又懊恼、又泄气。自己原本还是信心十足,以为学了三年终于可以有用武之地,可是没有想到刚刚起步就到处碰壁。在这个大千世界里,真是"天外有天,人外有人",在高手如云的求职大军中,自己实在是太渺小了!自己没有那么多才多艺,也不是什么高、精、尖的精英,哪里才是自己的立足之地?

有时真的希望自己有一对有钱有势的父母,虽然很讨厌这种人的财大气粗,可是在这个节骨眼上,他们起码能帮我解决一点问题。想象终归想象,在这个世界上什么都可以选择,唯有父母是天注定,不可选择的!

燥热的夏天,烦躁的心!什么都不顾,抛弃现实,抛弃烦恼、抛弃压力,我投身于虚幻的网络世界里,在这里我只是一个看客,看着别人的戏,消磨自己的时光。但终有一天梦是要醒的!心静自然凉!我的心底仿佛又有另一个声音:

"怎么这么没出息,这点儿小困难就把自己打败了吗?这才哪儿到哪儿,以后的路还长着呢!"

对,虽然自己没有出众的才华,可是自己拥有丰富的资本——青春,现在我只是处于人生的起步阶段,漫长的荆棘之路还在等着自己。每个人都有属于自己的位置,"天生我才必有用"!

我虽然没有富裕的家庭背景,没有位高权重的父母,但是我有坚忍不拔的毅力。自己的人生路需要自己走的,虽然父母会陪伴自己走那么几年,但是,他们总不能陪你走一辈子,早晚有一天他们会离开你。人作为独立的个体活在这个世界上,要学会坚强,不能事事依靠别人,当你开始依靠，失去自己双腿站立的能力，当被你依靠的人离开，你就会摔倒在地上。"习惯了软弱，心也会逐渐软弱起来，习惯了依赖，会渐渐忘记如何依靠自己。一旦眼泪失去效力，一旦陷入孤立无援的境地，如果变得软弱了，该怎样去保护身边的亲人和自己？"

在堕落的几日里，自己还发现，我最大的缺点就是不敢面对现实，不敢挑战现实。社会是一个大染缸，也是一个培训基地，只有舍得让自己到社会这个大熔炉里去锤炼，小树才能够成材。虽然对于自己，那是一个陌生的世界，离自己好远好远，但那就是现实，就是生活，人必须认识现实，面对现实，才能在这个社会上生存。在面对社会现实之前，最重要的还是要面对自己，面对自己的缺点和不足，面对自己的清高和无知，放低身段，见贤思齐，见不贤而避之，无论何时也不可以做人生的逃兵！

我相信付出总会有回报，最重要的是脚底下踏实。现在我要做的就是重整旗鼓，奋勇向前！

山阻石拦，大江毕竟东流去，雪辱霜压，梅花依旧向阳开。

夜间狂想曲

廖 亦

我感到无限地渴望着死亡。想象着一把刀,那必定是拥有着削铁如泥的利刃的一把,想象着自己没有那么多旁枝细节,就像一根圆滚滚的填肠,想象着那利刃自下而上地切入我的身体,那么地轻松自如,这种轻松不是来源于庖丁解牛迎刃而解的智慧,而只是源于利刃的削铁如泥的性质,还有我通身的如面团般的柔软。

我把自己的手伸到床帐子的外面,想象着一只佝偻的手,一只布满皱纹的干瘦的手,一只拥有锋利指甲如恶魔般的手,就那样骤然地,从床的底部窜出来,紧紧地抓住我的一只手。就是那么轻轻地用力一拽,我就被拖到床底下的世界,消失不见了。

我时常想见着,想见着这样一个场景,那么那么多我熟悉的人,在讨论着我,讨论着我的死。

时常有这样的声音响彻我的耳际,萦绕我的耳旁,"**死了"、"**死了~"、"**死了!""**死了?"**怎么死的?"……

我时常有这样的幻想,风那么轻轻地重重地吹着,一缕接着一缕,一阵接着一阵,长发跳动着,旋转着,席卷了我的脸庞。地面好远好远,大家变得好小好小,其实即使是一纵而下,不过与红叶一般轻盈,血已是巨冷的,但或许红过了秋叶罢,却更有谁知?

不,有人知道的,他们会谈论我的死亡,看,他们又聚集在一起了,他们又在谈论着我的死亡。可是我知道,这一份谈资不会持续太久的。我会被一份美食所取代,因一部电影而被遗忘,由于快乐和幸福而被遗忘。然后,或许,我还会突然耐不住寂寞了,撺掇出来,让他们痛苦,把他们抓拽到我的世界……

我好高兴地看到,有那么多跟我一样想象着死亡的人们,让我不用怀疑自己是死神的化身。

其实,我从来没有真正地想要过死亡。

于是,我怀疑自己是否有着分裂的病征,是不是白天的阳光是虚假,而夜晚的狂想才是真实。

越是深入地剖析自己,越难以面对自己了。几乎不敢相信,更不敢承认,这就是我吗?那是我吗?意识形态中出现的想法时常与行为的不一致显得自己好虚伪,并且有些想法是连自己都无法容忍的鄙陋的想法,但它却是不受控制的,在自己的意识中出现了!不可原谅地出现了!犹如死神的降临般无可推阻地来临了!

综观周围的一切,发现一切都是那么地虚伪。每个人都在极大地伪装,或许又不叫伪装。心理学家说,人每天都会产生5万个想法,这些想法中有正确的,更有错误的,然而人们至少还有是非判断能力,所以经过思维的过滤,能把自以为错误的意识过滤掉。让自以为正确的意识来指导实践,形成我们所说的行为。但人的思维毕竟是主观的东西,过滤后的意识指导的行为仍有许多破绽。所以人们仍在挣扎着伪装着。

或者可以说我们每天都在扮演着一个角色,尽管有时候这个角色我们不怎么喜欢,甚至认为这是一个反面人物,而且我们不可能要求导演让我们换角色,但是我们至少还可以自己写剧本。有时候我们不得不感叹自己确实不是什么好的剧作家,设计的情节连自己都不喜欢。我们还时常会抱怨自己真的不是一个好的演员,因为在生活这场大戏中,自己经常重拍,但生活这场戏是不可以重拍的。我们在努力扮演着,极力伪装着!

抑或,虚伪与假装才是真正的真实。那些所谓的真实才是十足的假装!

这是一个多么令人窒息的绝望的世界啊!

但是我们还有希望,我们还有奋斗的理由!我们要争取在这个真实的虚伪世界中假装得更像一个人,去争做这出戏的主角。那么,也许这个角色就会越来越受自己的赞赏。

我要极力去伪装,去扮演一个既有勇气又有胸怀,既有理智又有激情,既自信又谦虚,既聪慧又善于表达;一个追寻理想和兴趣,终身学习和执行,深谙与人处事之道,一个能从思考中认识自我,从学习中寻找真理,从独立中体验自主,从计划中把握时间,从表达中锻炼口才,从交往中品味成熟,从实践中赢得价值,从兴趣中攫取欢乐,从追求中获得力量的角色!

是的,我还有梦想,我要自编自导自演,演好人生这出戏,我要把握自己的命运!

我还有目标,我还有梦想,我还有希望,而正是希望,让我们在这个令人窒息的绝望的世界中奋斗不止……

希望给你一点点快乐

马彬婕

清晨,我躺在床上伸了个懒腰,向窗外瞥了一眼,又是晴朗好天气,阳光已经在窗帘缝隙中闪烁跳跃。如此美好的早晨在北京可不是奢侈品,因为北京还是挺少下雨的,偶尔的降水也常常是在傍晚,经过一夜洗刷,第二天的空气更加清新,天是湛蓝湛蓝的,看着都让人心疼,像是不小心就会碎掉。遇见这样的晴天,我总是很开心。

在这个讲究速度和效率的时代,商业化和快餐化对我们的生活狂轰滥炸,可能很多人都没有时间去关注生活里这样的小细节,渐渐地,诗意和乐趣都越来越少,我们就会被生活牵着走,而不是拥有和享受生活,甚至迷失自我。不要总去抱怨,也许阳光少得可怜,可是只有你能让它成为酵母。

如果这一刻你还能进行思考,就应该感恩,要知道这个世界上每天都不断有人结束生命。试想你正拥有生命的最后时刻,也许你就会迸发异常强烈的生的欲望,你会想,你还有许多挂念的人,担心他们过得如何,你还有许多想要完成的梦想,估量着自己实现它们的能力,是的,生活并不虚无。也许人生的路总不能像预计的那样顺利,但你要坚信它是精彩的,因为它未知、变化,才显得神秘和诱人。人们总说有希望就容易失望,可是没有希望的人是多么可怜,失望不可怕,可怕的是绝望。

忘了是谁说过,"只要去欣赏,不要去比较",但是当一个人陷入一个糟糕的境地,比较有时是获得宽慰和信心的简单途径,也许他比你成功,但是你比他健康;也许他比你健康,但是你比他有才华;也许他比你有才华,但是你比他讨人喜欢;也许他比你讨人喜欢,但是你比他潇洒;也许他比你潇洒,但是你比他年轻;也许……比较的目的不是隔岸观火,而是让自己重新审视自己,让自己发现自己如此与众不同,让自己发现自己是这样的优秀。相信上帝是公平的,他关上一道门时总在开启另一道门。

生活里点亮希望的故事实在太多,我总想一一道出给那些不快乐的人听,但是太多太多以致我不知从何处说起,在这里,讲述一个我很喜欢的故事作为结束,希望能给你带来快乐,哪怕只有一点点。

"国王有七个女儿,这七位美丽的公主是国王的骄傲。她们那一头乌黑亮丽的长发远近皆知。所以国王送给她们每人一百个漂亮的发夹。有一天早上，大公主醒来，一如往常地用发夹整理她的秀发，却发现少了一个发夹，于是她偷偷地到了二公主的房里，拿走了一个发夹。二公主发现少了一个发夹，便到三公主房里拿走一个发夹；三公主发现少了一个发夹，也偷偷地拿走四公主的一个发夹；四公主如法炮制拿走了五公主的发夹；五公主一样拿走六公主的发夹；六公主只好拿走七公主的发夹。于是，七公主的发夹只剩下九十九个。隔天，邻国英俊的王子忽然来到皇宫，他对国王说："昨天我养的百灵鸟叼回了一个发夹，我想这一定是属于公主们的，而这也真是一种奇妙的缘分，不晓得是哪位公主掉了发夹？"公主们听到了这件事，都在心里想说："是我掉的，是我掉的。"可是头上明明完整地别着一百个发夹，所以心里都懊恼得很，可嘴上却说不出。只有七公主走出来说："我掉了一个发夹。"话才说完，一头漂亮的长发因为少了一个发夹，全部披散了下来，王子不由得看呆了。故事的结局，想当然的是王子与公主从此一起过着幸福快乐的日子。

　　为什么一有缺憾就拼命去补足？一百个发夹，就像是完美圆满的人生，少了一个发夹，这个圆满就有了缺憾；但正因缺憾，未来就有了无限的转机，无限的可能性，何尝不是一件值得高兴的事!

　　人生不可免的缺憾，你怎样面对呢？

　　逃避不一定躲得过

　　面对不一定最难受

　　孤单不一定不快乐

　　得到不一定能长久

　　失去不一定不再有

　　转身不一定最软弱

　　别急着说别无选择

　　别以为世上只有对与错

　　许多事情的答案都不是只有一个

　　所以……

　　我们永远有路可以走

　　你能找个理由难过，你也一定能找到快乐的理由

　　懂得放心的人找到轻松

　　懂得遗忘的人找到自由

　　懂得关怀的人找到朋友

阳光洒满心灵
YANGGUANG SAMAN XINLING

天冷不是冷，心寒才是寒，愿你的心都是暖暖的……
人的长大伴随着一些失落，人的成熟附带着一些伤痕。
好在有希望这东西，你总还可以去等；
好在人与人之间，距离产生美感；
好在生命里，快乐比痛苦多
好在这个世界，还有很多美丽
好在当你成熟的时候，你还不算一无所有！

"偏见"心理学相关思索

穆维贞

现在，假设你面前放着一个盛有半杯水的玻璃杯，你将如何描述这个杯子：玻璃杯是半空的，还是半满的？

换一种方法，假设你看到了水一点点倒入玻璃杯的过程，你是不是更愿意将它描述为：玻璃杯是半满的？

再者，假设你看到的，是一满杯水正不断地被倒出，那么，你的意识是否更倾向于：这个杯子看上去是半空的？

在这个实验中，研究者通常将它用来证明一个有关心理学的问题：当不同的人观察同样的事件时，受个人思维和主观意识的支配，他们往往不总是看到同样的事物。这在心理学上被称为观察者偏见（observerhias）。观察者偏见是指由于观察者个人的动机和预期从而引起的错误。通常，人们所看到的、听到的，只是他们所预见的，而并不代表事实的本来面目。从上述例子中、我们可以看出，观察者偏见所起的作用像一个过滤器，一些因素被看成是有关的和重要的，而另外一些则被视为无关的和不重要的。

观察者偏见在很大程度上影响着我们观点的形成，思维方式以及日常生活的各个方面。比如，再来看一个例子：

假设，现在你被介绍同时认识两位陌生人，一个英俊潇洒，风度翩翩，另一个则黝黑健壮，少言寡语。那么，坦白地讲，比起后者，你是不是更愿意接近前者，并希望与之成为朋友？

再假设，在介绍之前，你已被告知其中一个是优秀的钢琴师，而另一位则曾有过犯罪的经历。那么，你是不是会下意识地远离后者而更愿意向前者靠近？

那如果，最后，你却被告知，英俊潇洒的是罪犯，而钢琴师则是黝黑健壮的那位，你又会如何反映？

其实，通常情况下，一种思维方式的产生，一种观点的形成，乃至一个决定的做出，在很大因素上都受观察者偏见的影响和支配。某些情况下，这种偏见可能产生一些积极的、有利的影响。但是，经过心理学家的多方研究和实验分析总结，这种个人意识的偏见，在大多数情况下则会给我们的正常生活带来很多消极的，负面的影响。因此，学会如何尽可能有效地避免和减少这种偏见带来的不利影响，对我们的生活和学习等都有着十分重要的作用。

为此，我们先由心理学方面简单进入分析，而后，再转入对日常生活的相关阐释。

观察者偏见对于心理学研究者来讲，是一个十分重要和严格的问题，尤其是在一些相关的实验研究方面。情境的非标准或不公平，可能会导致研究数据和结果的极大偏差，从而往往使得实验整体无效。

因此，为使观察者误差降到最小，研究者通常依赖于标准化和操作性定义。标准化（standardization）是指在数据的收集阶段使用统一的、一致的程序。这意味着，测验或实验条件的所有特征应该充分标准化，以便所有被研究的参与者经历完全一样的实验情境。另一方面，观察者本身也必须标准化，即科学家必须明确如何将他们的理论转化为含义前后一致的概念。为此，则需要借助操作性定义（operational definition）。操作性定义是以测量它或决定它存在的特定的操作或程序来界定一个概念，在一个实验内使含义标准化。其中包含两个主要因素：自变量和因变量。自变量（independent variable）指实验情境中相对于其他变量而言独立自由变化的刺激条件，而因变量（dependent variable）则依赖于其他刺激条件的变化而变化。

当然，心理研究方面对于观察者误差减少的方法，相对于实际的日常生活，还是有很大差距的，因而不能随意套用。因而，对于日常生活，如何尽量避免过于凭借自我意识和主观臆断来判断人或事物，就我个人而言，有如下意见和建议：

首先，我们不能过分依赖个人感情和表面思维来判断一个人的优劣或一件事情的好坏。因为，很多时候，主观的臆断往往掺杂着复杂的个人感情和喜好优劣。就好比，你不能因为自己不喜欢吃香蕉就贸然地得出结论：所有的香蕉都不好吃。这样的判断和结论，是极不负责任的。

其次，对于所有听到的或看到的，我们首先要用理性的思维对其加以严格的筛选和整理，不能"见风是风，见雨是雨"。有时候，即使亲眼所见的也未必是完全可靠的，因为，现象的背后往往隐藏着更为深邃的理论，而眼睛总是善于欺骗我们自己的宝贝。

再者，遇到难以决策或判断的概念，我们要多方面征求朋友或相关专业人士的意见和建议，但也不能"满盘皆收"，最重要的还是要有自己的见解，别人的想法只能作为重要的参考而已。

或许，做到这些，在日常学习或生活中，我们依然会不可避免地犯一些主观偏见性的错误，这很自然。但只要我们学会时时提醒和督促自己，尽量少犯一些类似的错误，并在发现自身问题之后，及时加以纠正，那么，我相信，无论是生活还是心理方面，我们都一定会日渐成熟起来，从而进一步将自己塑造成为德智体美全面发展的合格的优秀的大学生。

我坚持相信的那些

唐瑶瑶

> 故人说，"要有最朴素的生活，和最遥远的梦想。即使明天天寒地冻，路远马亡。"
>
> ——题记

我想起了曾经大喜大悲的年岁，因为一点小成绩踌躇满志，连走路的步伐都快了起来，仿佛急于向世界证明自己，但当鞋子里掺进了一颗硌脚的石子，哪怕小得足以忽视，都会草木皆兵，呼天抢地，觉得世不容我。但是终于——在其后的其后——我开始有能力心无旁骛地做自己喜欢的事情的时候，才逐渐明白，活着的价值在于要有一个饱满的人生，隐忍的外壳下，要像果实般有着汁甜水蜜的内瓤，以及一颗坚硬闪亮的内核，这样的种子，才能在人生深处生根发芽，把自己身上可能发生的一段富有情致的人生传奇流传下去。

高中的时候，我进学生会，谈恋爱，轰轰烈烈，将青春的光芒挥发到极致，直到高三开始的第三次模拟考试成绩下来后才傻了眼，看到自己几近倒数的名次，看到周围都是埋头学习然后拿个好成绩乖巧地对父母班主任笑着说会再努力的同学的时候，终于有了后怕。没有人再羡慕我的光芒，因为那时候，每个人都可以缩小再缩小，隐成一个基本看不到的点，忽略不计，除了成绩。是的，没有成绩，那么你想要的，什么都得不到。

当时的自己，就处在这样一个悲伤的自我小世界里，第一次有了自卑，第一次发现看不到未来，看不到任何光线和希望。那段时间，自己做着做着题会突然冒冷汗，想到还有多少天高考，倒计时已经开始了吗？还有几天？我紧紧咬住嘴唇不让恐惧泄露出来。我想我不能再这样下去了，我不要看到每个星期会来给我送一次饭，给我补充营养的妈妈失望的表情，那是比对自己失望更不能容忍的一件事。我对班主任说："好吧，你给我一个月的时间，一个月以后的那次模拟考试我会让你看到我重新回到第一考场（当时考场是按前次模拟考的名次排的）。"

我都快记不清那个月是怎么过的，强迫自己不去玩，强迫自己认真听老师说的每一句话，记下每一个重点而不再漫无目的地发呆，定时间表、计划表，最重要的是我终于去除浮躁，开始安安静静地投入地看书。那个月结束以后的模拟考试我考了11名，再后来的一次我拿了第一。但我始终记得自己那个时候卑微又卑微的心情，记得为了改变现状而放弃的那些快乐和骄傲，那一段努力得近乎黑暗的过去，终于让我彻底地走进光明，走在太阳底下，和正常人一样灿烂地笑，甚至，笑得比他们还要骄傲。

现在回想起来，那低人一头的感觉其实才是我受伤害的原因。其实不是名次和成绩在伤害而是我自己在伤害我自己，因为不相信自己的力量。我从小就好强，不愿意落后给别人，是那些暂时的成绩给自己打上失败的标签，让我觉得我是不是永远都改变不了了，永远都得这样卑微下去。那时候的自己多傻啊，如果那时我就能跟现在一样相信，现实的状态是可以改变的，只要努力，就无须在未来面前害怕得低下头。

我想很多初入世的孩子都一样，在看不清未来的时候对自己充满了恐惧和怀疑，以为世界真的欠自己一个天堂，所以煞有介事地自以为是最悲惨的一个。我们这些所有迷惘在青春期里的孩子总需要经历一些咋咋呼呼的伤春悲秋后才会渐渐懂得隐忍平和的真谛。

我早点明白这些的话，人生一定比现在早开始快乐很多。

通过这半个学期的大学生团体心理辅导，我进一步加深了这种体会。从一开始拘束地坐在自己的位置上，不知道怎么和陌生人交流，不知道怎么表达自己，到最后和大家一起毫无顾忌地做游戏，拉着带着眼罩看不见路的男生的手走过长长的楼道，突然感觉我这一路走来，心越来越平和，越来越容易接纳身边的人，而最大的收获就是，我变得越来越喜欢自己。如果你也不怕辛苦地在朝着自己的梦想前进，或者，仅仅是和曾经的我一样害怕着未来在自己的小世界里苦闷着，就不要害怕真诚的生活带来的周围的嘲笑。

我们总要面对很多害怕和恐惧。小时候被人打在身上痛，长大后怕感情不顺的悲伤，成熟之后害怕与世界发生冲突。其实这些都不用怕。我们都得经过这些磨难才能长大。难过的时候可以一个人大声地哭。哭完之后继续快乐地生活。无论这个世界原本怎么样，就算撞得头破血流还是要勇敢地站起来笑。一条胡同走到了黑，不用哭，转头再找。想要维持自己的单纯，永远只有一个办法，就是自己变得强大。

所以我们一起去做勇敢的人吧，所以，远离那些不得了的小悲伤情绪。就算世界上只剩下了你一个人又如何。勇敢地前进，就能将生命演绎成无厘头的喜剧，虽然我偶然会有悲伤消极的心情。但也知道自己在阳光下能真心的笑得很灿烂。不用羡慕别人走过的路多精彩，每个笑容背后都有他们自己的艰辛，别人实现的你也能实现。

无论你们在哪里，希望你们每个人都快乐。

昨夜星辰，昨夜风
——追忆我的高考

张晋芳

在六点钟，我接到友人的短信，求一篇有关高考的文字，明天中午完工。明天中午？——翻开手机日历，6月6号赫然入目……明天是高考的前夕……

走在上课的路上，晨风凉凉地吹，一种似曾相识的感觉。于是，思绪终于流转，想起了两年前的六月，想起了两年前六月早晨的风，想起了两年前六月的晨风中忙碌的六点钟。想起了与我的有关高考的日子——忘不了……

忘不了课桌上一尺多高的课本儿与练习题垒成的城墙，忘不了物理化学生物课上自己躲在城墙后永无休止地奋战着源源不断的数学英语文综题；忘不了早晨六点钟教室荧荧闪烁的蜡烛，忘不了深夜十一点被窝里幽幽发光的手电筒；忘不了日复日重复在"教室——食堂——宿舍"三点一线上的单调，忘不了淹没在单调中日复日的紧张与头疼……

那段日子里，总不敢抬头看天，眼睛里的天空总是一如既往的灰色，亦如自己朦胧不确定的未来。其实自己从来就是很自负的，想象中未名湖的粼粼波光，曾自诩它非我莫属，但是敌不过造化弄人，或许是自视太高。泪水从对完文综选择题的那一刻就开始蔓延——错了七个，是可以要人命的！泪水泛滥的双眼，看不到考后的天空已经晴朗，阳光已经明媚。一个人坐在六月的午后，任凭夏日的风，吹散了怀中那本已翻过了无数遍的《分数线》。北大已成泡影，人大亦不可求，南开也是妄想……最后，我选择了民大——梦想如摧枯拉朽般崩溃，降格以求已是奢侈，还能别求什么呢？也曾决定东山再起，但是复习的决心毕竟软化在高考后的安逸中——备考太苦了，真的。

上大学是不情愿的，甚至有过辍学的天真念头。当到了京城，第一次真正看见"中央民族大学"几个镀金大字时，心第一次真的被触动了——这真的是我的大学呢！

后来我爱上了民大，爱上了自己的大学，因为汉语言文学的专业，因为一些人，一些事。去过几次北大、清华、人大……但是已经没有那种汲汲渴求的怨念。我知道，它们只属于自己的过去，或许也会属于自己的将

大学,我的心灵家园

来,但是,现在的我,我的人,我的心,只属于民大——我爱她……

也迷惘,也郁闷,也纠结,也抓狂,但从来不会沉沦,因为,高考教会了我坚强。

有时候和同学打趣,总说再让我高考一次我死也不干,但是心里却在想,要抹掉我高考的那段经历,我死也不干!两年了,当高考已经成为"昨夜星辰,昨夜风",不变的,是心中的那份坚持与坚强。

坦然面对吧,不管结局是什么,高考所能给你的,不仅仅是一纸录取通知书,或是一掬失望的泪水,它是你一生受用的财富。

高考不是一个结局,它是一个过程。其实,人生又何曾不是一场高考呢?不要让你高考般的人生虚度。撑起梦想的帆,划起奋斗的桨,以理想为灯塔,让我们在时间的汪洋大海里,扬帆远航!

安于心安

张一帆

成长的轨迹曲曲折折，路途中遇见诸多阻碍，但是也是从各种或大或小的困难中，知道自己在慢慢长大，留恋……

遇见生命中的转折点，我也由此知道，我知道，上天所能给我的仅限于此了。我将安于，心安。

一转眼间，二十岁的流光随曲水而逝，我知道，我生命中的许多东西，都仅限于此了。

我的样貌仅限于此了，我的心智，我的身体，我的精神所有，都差不多仅限于此了，造化中的我如此特殊，如此卓尔不群，走到了这里，那么我的一切以现在为一个暂时的终点，也成就了一个尚值得修磨的起点——我的幸福观至此暂且停泊——将不觊觎父辈的给予，将不乞怜上天的垂青，将不强求，将不幼稚的期盼不实际的生存际遇突然而至。

接下来，惊喜会有，失望会有，逆来顺受和忍无可忍都会有的——但是我已经是个大人，二十周岁的大人。

然后，迈出二十，我只需要轻轻地走出一小步，然后，不紧不慢，幸福奔三……

长大的感觉，就是在暴风雪降临之时，站在沟壑万端的雪峰上，回望众多的连绵的白色峰峦，那都是自己费力走过的。

二十岁上的雪峰，或许已经有了可以托付情感的凛冽的雪橇犬，你轻抚着它，它可以陪你傲霜斗雪，它可以同你蓦然回首众壑阴晴，诚然，你也要伴它开怀长啸……

我看到，温和的造物主在高处暖暖的注视，轻轻地说："去吧，孩子，去吧，我爱你们的。"

我听到，畅快的天籁从遥远的地域天中飘出，凉凉的浸透我整颗心。我知道，我善良的，洁净的，可以摇摆着开始走真正属于自己的路了。

爱，造物主施与的最璀璨的心灵契合剂，我们汲取着爱的甘霖成长，成熟之后，要将它播种到别人的瘠田里，澄淀自己的心性，在须臾流光中定格每一分爱心与真诚。

人生最重要的事，应该是要懂得如何去施爱于别人，然后，是接受爱。一个人如果不能给予别人爱，就如同断翅的鸟，不能翱翔，更不能觅食，根本无法生存下去，更何谈意义。

我会竭尽我现今所有去争取我之将有，我会没头没脑乱撞一气，直到傻不兮兮，不经意的撞进自己的命定天，那么在此之前，如果我有这个幸运，容许我最后一次小孩子的执拗，请满足我一个愿望吧，不需要我费尽气力去争取的，完全靠着祈祷和幸运，得一次满足——那么我只想，在温暖幽谧的夜晚，在磅礴而陆离的北极光下，尽情地奔跑，力竭后仰倒在纯洁的雪地上，在绵软的冬雪里最舒爽的打上几个滚，这样也许可以吧……

我不能做到真正的行到水穷，坐看云起，但是我知道我的天空云卷云舒，每一抬头，纯真自见。

就这样，生命中的一切都不再是残缺，曼殊人生！

我们成熟得可以做个好大人了，但是同时，也可以不失为一个好孩子……

晴天娃娃

范丽娜

　　生命里的每一次创伤都是一次成熟,眼泪只是证明了你曾经悲伤过,就像彩虹证明的是雨天的结束,阳光的到来。

——题记

　　一个人的时候,喜欢听快乐的歌,因为害怕在孤单的时候被苍凉寂寞的声音触到脆弱的情感,我常常听江语晨的《晴天娃娃》,很快乐的感觉,有种在甜蜜热恋中的陶醉。每当这时,我总能想起那个大眼睛常说"休息、休息一下"的小和尚一休,于是就常常怀疑,对于他来说,也是孤单的吧?往往歌曲还没有结束我的思绪已经飘向很远很远。人,是害怕孤单的动物。而我们的成长注定伴随了许许多多的孤单。

　　习惯了被父母的关爱包围,习惯了别人为我考虑,习惯了衣来伸手饭来张口的生活,当我一个人,出现在这个繁华都市的时候,全部都要独自完成,霎时间,惊惧、恐慌,还有不知所措,无以言表。进了大学,开始一个人思考问题,开始面对从来没有想过的困难和麻烦,孤独感时时侵袭,有时开始怀疑是不是那些我认为的幸福就发生在昨天,就发生在刚才,仿佛触手可及,可是又那么遥远。变得爱回忆从前的生活,变得多愁善感甚至无病呻吟,变得虚伪懒惰,如果成长的代价是要先堕落,那么我想,我在一点点长大。

　　开始彷徨,觉得无助,我对周围的变化措手不及,也开始常常流泪,曾经在老师家长无比呵护下成长的小小自尊在遇到比自己更加优秀的人时化为乌有。我也开始期待爱情,期待风花雪月有人陪在自己的身边,可是也都在一次次失望和难过后继续展望而已。

　　当我沉浸在自己的悲伤和难过中时,源告诉我,霖走了,不是离开,是死了。死在那个阳光明媚的夏日午后,只是那么一个瞬间,她就消失在车轮下。源没有在我面前流过泪,我却看到她的悲伤。于是,我沉默了。如果我,我自认为的不幸和寂寞应该被同情应该被可怜,那么,一个花季少女刚刚开始发光发亮的生命的消失是不是真的让人悲叹呢?我想,相比之下,还有时间嗟叹自己怎样悲伤是一种幸福吧!

　　生命真是脆弱。从汶川地震中我们就体会到生命的可贵,而这样的事情真的发生在我们的身边，发生在我们熟悉的人身上，不能不说，难以想象。一直以为我的人生，经历太少，无法承受生命之重。所以当听到这样的噩耗，我能够做的除了逃避还是逃避。我没有去送霖，我怕直面死亡的痛。过了好长时间我才敢找源，因为我知道面对他，霖的男朋友，我只能是长长的沉默，无法安慰，不能安慰，我能够想象源所经历的是怎样的伤。他的人生，才过了不到一半，父母的分离，亲人的离开，现在又是女友的横死，即使他再乐观，也难免会想一些消极的，记得我曾经质疑过他们，因为太突然，然后源给我的回答是："爱情就像打喷嚏，强求不来，但是一旦来了，无法阻挡。"无法阻挡的爱情，结束的却这样早，天人永隔。

　　我不再流泪，不再彷徨，不再为不值得的事情流泪，不再期待无法预测的爱情，只是用力地活着，做些该做的事情，说些不得不说的话，认识些真正好的人。不得不说，是霖的事情让我醒悟。甚至有时我在想，我们，每个霖的朋友，我们剩余的人生都要连带霖的份儿一块活着，加油活着。对于我不能处理的事情，虽然我仍是逃避，可是，我想，我还年轻，总有我不能释然的地方，例如爱情，源和霖不长久的爱情，让我开始恐惧，于是，我坚信，不爱的爱情永远不会变坏，所以，即使调情即使暧昧也永远不要相爱。

　　未来是怎样的还不确定，只是抓紧时间活着，比什么都好。

　　晴天娃娃，一种希望，孤单也要坚强。只要心里有阳光，管它什么阴霾来袭。

生活的意义

李 郁

如果你相信积极思维的价值,那么当你感受到不积极的情感时,你怎么办?

做积极思维的人是很有意义的,但我们有时会因有积极思维的愿望而遇到需要否定自己情感的困惑。你有过这样的体验吗?你因某事感到非常的难过或气愤,但你又拒绝自己有这样的情感,因为你相信看生活中光明的一面是最好的。

这种情况很常见,但我希望你了解,当我们在积极思维时,我们从来都不必去否认自己的情感。这并不是说你应该沉浸在这种让自己感到不舒服或痛苦的情感中;而是正相反,非常重要的是能使自己放下。然而,我们无法在不知道自己的情感是什么之前就放下。

在我们释放情感之前,我们的情感是需要被承认和正视的。拒绝情感是认可自己有不值得或没有价值的地方。经常地否认自己的情感会削弱我们的自尊,不但被否定的情感并没有消失,而且会沉淀下来,酿成我们的疾病或不可避免地产生潜意识问题行为。

你知道吗?无论你的情感是什么,你都可以全部地接受下来,但你不必任凭自己的情感行动或沉浸在阻碍我们前进的情感之中。耐心细致地接受并承认自己的情感是你控制自己情感的第一步。如果否定或压抑自己的情感,你肯定会被自己的情感压倒。

人有很多种,你在理解生活的同时要摆正自己的位置,既然上帝把你送到了这个大自然中,你就要用自己的鼻子去闻出大自然的气息,让你的思想随着大自然而奔放。我们要做一个什么样的人,首先我们要把自己定位是不违背自然准则的人,不违背他人意愿的人!生活不是你一个人的生活,有时候你在理解自己的同时要用一颗包容的心去理解别人,我经常躺在床上,数着天花板,看看能看出什么秘籍不,其实仔细想一想,秘籍是数不出来的,但是也达到了异曲同工的效果,这就是在思想上来了个净化,心灵应该经常去净化,有时候你的心灵或许被什么不好的东西给侵犯了,你要赶紧清除。每个人的生活都有寂寞的时候,问题就在于你不要只看到自己的寂寞和别人的快乐,生活本身没什么,就是一些化学物质在起到一定的作用。当然我们不可能祛除这些物质,除非你的血液凝固,生活的列车不可能一直顺风,有时候是需要判断方向的。

人在探索生活的同时不能没有追求,追求本身是件很美好的事情,但是不能盲目地去追求虚无缥缈的东西,不同的人对同一件事情有不同的追求。生活中经常会有很多诱惑,首先要禁得住诱惑,也许有很多人会说"不是我不理解生活,是我不理解诱惑"。

没什么事情比快乐更重要,快乐是件十分重要的事情,如果你生活的不快乐,那你生活还有什么意义,快乐是情感的一部分,是化学物质的一部分,人要抑制情感的波动,当你的思维在偏离快乐的轨道的时候,你要寻找快乐!

我们要时而不时地给生活充气,如果没有充气,生活是不会像氢气球那样奔放的!生活的意义在于探索,在于寻找,在于理解,在于包容,在于保持一颗平常之心!

采撷幸福

李 元

回想大学三年时光，短暂而又丰富，快乐和痛苦深深纠葛，而最为清晰的映现，却是瞬间的点点悸动。真正的幸福，岂是望秋而陨的木叶，那是深藏于窖底的芳醇，虽逾千岁，漱齿犹香。

初 雪

早上室友的惊叫声结束了我香甜的梦，却也开启了另一个幻美的梦境："啊，下雪了。"雪，多么熟悉字眼，让人倍感亲切。我对雪情有独钟，情愫之绵长甚于风霜雨雷。外表平凡行事保守的我实际上非常情绪化，骨子里流着的血就是求新求异追逐与众不同的狂热的血，但由于自身的平凡，不得不克制再克制，压抑再压抑，避免落下志大才疏的诟病，以致常常使人忘记我的存在。我爱春天的风，夏天的雨，秋天的雾，冬天的雪，每年每年，他们的降临总能给我平淡的生活带来一丝欣喜。它们在的时候，我会珍惜每一分钟去感受，去体悟，去交流，它们离别时依恋它们的脚步，它们到来时期盼它们的身影，甚至为此害怕雨后的彩虹，雪后的初晴，因为这意味着他们即将离去；甚至为此喜欢灰暗的阴霾和黑云压城的乌云骤起，因为这象征着他们即将出现。它们所给予的快乐，曾伴随着我的整个童年。我很庆幸没有忽视它们的存在，真正的朋友，无论何时都不会将你抛弃。于是，我站在窗口面对着万千银屑，悄悄地说："嗨，又见面了，老朋友。"

当我来到楼下，心中还不免有些疑虑，这不是我家乡的雪，她会一样可爱吗？我正犹豫着，忽然脚下一滑，打了个趔趄，向前跨了几步险些摔倒。在重心失衡的那一刻，作为成年人的稳重和矜持顷刻瓦解，我又找到了曾经的感觉，真的是她！我快步上前，走至路中，置身于无数翩舞于空中的白色精灵。那灰暗而又被雪映亮的深邃云层，仿佛变成了浅浅的粉色，并不是因为基因使我的色觉有差异，而是由于他们带来的同样巨大的幸福感。

独自步行在校园里，聆听着自己脚下"吱吱"的踏雪声，欣赏着路上些许尚未被涉足的洁白的雪域，调笑着被路人鞋子沾染了的污雪，不由得痴痴的笑起来，引得路人们频频侧目。这样的笑好舒服，像眼前的雪一样的洁白。这笑中没有苦中作乐的悲情,没有口蜜腹剑的险恶,没有得过且过的放纵,只有这样的笑才能让心里沁出像蜜一样的甜。

　　大家都纷纷照相留念,是啊,美好的东西大家都会珍惜的,希望用一张相纸,把这短暂的幸福锁定在自己永远的回忆中。其实,一张小小的相纸,又怎能记下充盈在人们心中的幸福感呢?一切的一切,都在你的内心深处悄悄地种下了一颗种子,在未来的某个时刻,当你看到那张相纸,心底的种子早已春暖花开,萦绕在心田的是醉人心脾的芬芳。

夏　始

　　走到室外深呼吸,让我突然有了这样的感觉:夕阳西下,余晖斜挂,暖湿的空气预示着春的终结和夏的伊始,此时的我尚且保持着敏感,一下子便仿佛来到了骄阳似火,蝉鸣不绝的酷夏,好像犹未过岸,便嗅到时间之流的彼岸那灼人心肺的醉香。也许明天我便又会习以为常了吧。记得去年天气骤然转寒的那天,清冷的空气流入身体,让人顿觉清爽,撩人的欣喜悄然而逝,含蓄地蓄积直至新年交替之际大雪铺天盖地的席卷而来,终于打破了人们的冷漠,在冰洁玉屑中恣意放纵起来。我想,这蛰伏后又苏醒的,不仅仅是校园中绽放热情的绿色精灵,还有一只青涩的蛹,它在向往蛹壳外的花花世界,它在憧憬期待一切美的事物,在进与退中抉择,在理智与情感之间痛苦的摇曳。

骤　雨

　　突如其来地一场雨,又打碎了我看似坚强的外壳,那个不谙世事、精灵古怪的小男孩又跳了出来。湿热而又沉重的空气把我逼入了装有中央空调的教室,对着外面凝重有如实质的闷热雾气,我望而却步,黏热的身体似乎感染了黏热的思绪,就连一向对阴沉天气爱如己出、趋之若鹜的我都未曾发觉。不知这样过了多久,一声惊雷破空而来,我不由为之一振,接着是厚重的云层中激烈翻滚的声音,洪亮而悸动,这是天上的雷公在挥舞烈烈如风的巨锤吗?还是一头腾空的巨龙在翘首摆尾,沉重而又威严的低低龙吟吗?我用尽视力,希望能从层层乌云中惊鸿一瞥她伟岸的身躯,却又无所发现,悻悻收回目光,细细捕捉起眼前的雨之精灵。不知从何时开始,它们已成群结队地从空中翩然而下,任由烈风狂野的载乘而飘摇不定,斜斜地落下,全然没有急切慌张的影子,即使从高空万里转瞬沦于尘世角落的一洼水迹,纵然落差如此之大,也无法搅乱它们宁定且高傲的心吗？淡定安然地直视着自己的命运，没有半分凄婉哀怨，秉承着与它的弱小身躯不相符的从容，大大方方地来到了我的眼前。

童年的记忆中，只有当雨水落在地上，汇于低洼处时，幼小的我才有机会与之亲近，看着水面上涌起的半球形水泡，宛如一支支闪动着银色光辉的水晶灯罩，涌起又落下，骤现而后幻灭，暗示着一个个被浓缩过的生命历程。创造与毁灭，降生与死亡，是这个世界永恒的主题，这对相依相斥的双生子，也永远是最能搅动人心底深澜的一股暗流，自古至今的戏剧、小说中，不知道有多少借此感召人性中暗藏的善与恶。

遐 思

在流动着各色人物的北京火车站，眼前匆匆而过的身影带给我心底的波澜自然从最肤浅的开始，那便是一个人外观的美与丑，所关注的对象也多为女性。由于时间仓促，所谓的气质、内涵、性格与品质也就一概视而不见了，仅从外表来决断。最终，不得不承认，唯有那些正值妙龄韶华的年轻人，才能给人以美的感受，再一沉思，这与媒体宣传和主流大众的审美标准相一致，由当红明星的不断低龄化就不难发现这一点。人常言，女为悦己者容，又有多少美丽是真正属于你的。时光荏苒，白驹过隙，再美好的事物也终有其衰落的一天，宛如绽放夜空的斑斓烟火，转瞬的光明随即飘逝，又归入无尽的黑暗和冰冷的永恒。人的一生无不如此，当垂垂老矣、步履蹒跚的时候回首此生，或枉自嗟叹青春的荒芜，或暗自回味曾经的华丽与绚美。没有什么能够抵得过时间的恒久，终将幻化为虚无。

但不能因此而绝望一生，即使片刻的美好也是曾经存在过的。不要因为无穷的尽头而否定现在。想想纯真烂漫的童年，懵懂冲动的少年，二十年的生命已然倾注于此，还有十年的时间，这将是人生中最后的机会，再没有机会可以去迷茫，再没有时间可以去挥霍，也没有青春可以用来去荒芜，我唯有利用好每一秒的生命，才能避免自己堕于悔恨的深渊。

我正值双十，没有出众的外表，没有显赫的家世，没有渊博的知识和机智的头脑，于此而言，我实在平凡甚至平庸，但我并不满足于此，我请求命运之神眷顾于我，我渴望改变自己——我想拥有自信的气质，我想拥有灵活的头脑，我想拥有独步天下的技术，我想拥有窥人心智的能力，我想要拥有未来。所以，今后的取舍权衡、轻重衡量，应以上面的标准来抉择，将有限的生命，投入到无悔的人生中。

感 动

没有征兆的得到消息,我和朋友被通知去参加一场音乐会,轻声谈笑着踱步到会场,残月在天,星河欲曙,熟悉的气氛似曾相识,好像在奔赴一场前世的盟约。音乐会在众人的翘首祈盼中拉开帷幕,幸运女神将目光投向我们,我们坐到了第一排的位置,近水楼台,我们更加拭目以待。

首曲是中国传统乐器合奏,看着几位瘦削的女生吹奏多孔且硕大的芦笙颇费力气而晕红双颊。身旁的笛手就轻松多了,灵动的五指在管孔上跳跃飞舞,却没有相应的清脆笛声如呢喃燕语般飞进我的耳朵,有的只是唢呐那畅快淋漓的发泄和冲击,躁动着你的血肉,即使是再娴静的女子也会热烈起来。

马头琴齐奏,一位男老师领奏。接着,我的视线被走上台的乐者手中的马头琴所深深吸引,盯着马首状的琴,心中遥想那个用神之马骨做成琴的传说。领奏的老师轻轻坐下,握住琴头微微颔首,停留了约七八秒的时间,我却感到时间再次可停滞,这位老师没有匆匆开始,他在平复,他在积蓄,他在回味,平复内心的信念,积蓄呼之欲出的情感,回味作为蒙古人的豪迈霸气。他拉动了琴弦,琴声低沉婉转,仿佛孤独的牧马人在狂野间吐露寂寞的哀愁,对家人对家乡深深的依恋都化解在这浓浓愁绪之中。骤然,琴声加快,似骏马疾驰,急速的琴声传递着热烈和紧迫,仿佛我也乘上了一匹战马,草原上的风从耳边呼啸而过。"嗷——"一声长啸,老师身后的数位学生举起琴,加入了疾驰的行列。倘若身心静到了极致,你会感觉有万马嘶鸣的声音在心底回荡。在那一刻,我看到他们举起的不是琴弓,那是砥砺心灵的利剑,被高高的举起,吹毛立断,削铁如泥。这是成吉思汗麾下的万千铁骑,挥师而进,冲锋陷阵,开疆拓土。岁月的光影,历史的残片,还有清风明月,还有朝露晨雾,还有生离死别,一切尽在琴声中隐现。

最珍贵的东西是免费的

刘婷婷

你发现没有？在这个世界上，最珍贵的东西是免费的！空气是免费的，阳光是免费的，雨露是免费的，春风是免费的，亲情是免费的，友情是免费的，爱情是免费的。还有意志，还有信念，还有希望，还有梦想……世间多少滋润心灵的美好事物都是免费的啊！

我们每时每刻不能停止呼吸，而空气却是免费的；我们不能没有太阳的照射，而阳光却是免费的；我们不能没有雨水的滋润，而雨露却是免费的；我们享受着春风的轻拂，而春风却是免费的；我们拥有亲情的温暖，而亲情是不需要付出任何代价的；我们沉醉于朋友的关爱，而友情也是无须任何代价的；我们陶醉于爱情的美好，而爱情也是不需要任何代价的；还有我们的意志，我们的信念，我们的希望，我们的梦想……这些珍贵的无价之宝都是免费的。啊！我们的生活是如此的美好！

亲情是我们一出生就感受到的最珍贵的东西。人世间最无私、最珍贵的莫过于亲情。大千世界，什么样的人都有，什么样的事都会发生，但唯一不变的是亲情，是父母对孩子的爱。这不由得使我想起曾经读过的一篇文章，故事发生在大兴安岭的一次大火中，一只母鸟为了保护自己的孩子，把它们送到树下，压到自己的身子下面。虽然母鸟被活活烧死了，但它的孩子却活了下来。在我们的周围，无处不体现着父母对孩子的爱。而我们的父母就是这样的，他们为我们无私地奉献，为我们做任何事情，默默无闻，毫无怨言。在我看来，亲情重如千钧。曾经听到过一句话：一个人的成功，暗藏着几代人的努力。我觉得是非常正确的，因为我从自己身上就能感觉得到。虽然我算不上是成功人士，但是我也算得上是为父母省心的孩子，从小到大就学会不让爸妈操心。

发生的许多事儿就像夜空中的星星一样多得数也数不清，有些已随时间的流逝而变得模糊不清，但是有一件事，让我至今难以忘怀。我小的时候非常调皮，特爱玩。还特别喜欢跑着和同学玩。在念小学的时候，由于我带着别人一起跑，弄得别人摔了一跤，而且伤势还不轻。当时我就吓傻了，不知道该怎么办，感觉挺严重的，我当时想想：赶快跑。于是我就跑了，把那个同学一个人留到那儿了。回到家里，我特别害怕，不敢和爸妈说，怕他们责怪我。但是我表现出了心神不宁的样子，被妈妈看出来了。

大学,我的心灵家园

最后我如实说出来了,当时妈妈没有批评我,却教育了我一番。她说:做人要做一个有责任的人,自己要为自己做的事情负责。最后妈妈领着我一起去那个同学的家里看望那个同学,并为我的事情负了责任。从那时起,我就牢牢记住了妈妈的那句话,我相信这句话会陪伴我一生。

蓦然回首,我发现自己已渐渐长大,不知从什么时候起,18岁这个字眼已时常挂在嘴边。曾几何时,我认为18岁是那么神圣,只知道那时我长大了,可以飞得更高更远。而此时,当我真正要面对它的时候,突然感到一种莫名的手足无措。我担心自己是否能够充分理解18岁这一平凡数字所蕴藏的丰富内涵,但我明白,18岁意味着责任。也许成长本身就是一种责任吧!

高中三年,不觉中我度过三年的花季,经历了17岁的雨季,曾经在迷茫中叹息,又在平静中寻找自己,在迷茫与平静中我长大了。于是,我开始习惯用自己的大脑去思考周围的一切,也许这种思考是肤浅的,但我们这一群骄傲而不盲从的孩子,渴望用理智与成熟告别曾经的年少懵懂。18岁是一个结束,也是一个开始。这一年我考入了大学,这里的一切对我来说,是那样的陌生,这里有新老师、新同学,还有许多新鲜的事物。

就在这一年我第一次住校,感受到了离开家的感觉。我们住的是八人间。我的舍友来自祖国的大江南北。我们相处的特别融洽。从中我学会了忍让、宽容和理解,而且在宿舍里也有了特别好的朋友。多少笑声都是友谊唤起的,多少眼泪都是友谊揩干的。友谊的港湾温情脉脉,友谊的清风灌满征帆。友谊不是感情的投资,它不需要股息和分红。

在这里我深深地感受到了梦想的力量,也感受到了现实的残酷。支撑我的是意志和信念。它们都是我成长路上的最重要的东西。不需要我们付出任何代价,但是需要我们用心去体会。它们在我的生命中扮演了重要的角色。在大学里,我也收获了我的第一份感情,我们是高中同学,虽然我们不在一起,但是我们彼此牵挂。

在大学,我能感受得到:在得到与失去的交替中,在追求与放弃的转换之间,我们感受着快乐,也经历着痛苦。几乎所有的痛苦都源于对梦想的追逐。当我们经历了无数的痛苦实现了自己的梦想后,总会体味了欢乐,这才明白:痛苦,常常孕育着快乐的种子。成长本不是一件轻松的事,痛苦也不一定是坏事,于痛苦中,我们知道,当现实无法改变时,我们要适时地改变自己,但是我们还总爱同现实讨价还价,因为我们深深地爱着这个世界,这个幸福、温暖,爱与痛苦交织的世界。在成长的过程中，我们学会了发现，学会了珍惜，对于我们心中那些解不开的小小的结，我们学会了淡淡一笑，去欣赏它的缺憾美。因为我们知道，只要洒脱地转过身，就能寻找到新的美丽的风景。

我们成长的道路是坎坷的，也是平坦的。坎坷中许多事情需要你去努力，平坦中亲朋好友都会给你一定的帮助。成长的道路是单调的，也是多彩的。单调在大部分时间都在学习，多彩中还是有时间去完成自己的事情。成长的道路是枯燥无味的，也是有滋有味的。枯燥无味中要做许多不愿意做的事，有滋有味体会父母不在时，提心吊胆地做自己愿意做的事。

成长是一种痛，但我不愿让它留下伤痕。成长是一种蜕变，经历了磨难才能破茧而出。在成长的路上我们往往是孤独的，要学会在没有人喝彩的时候自己给自己加油。不用畏惧，不用担心，勇敢、坦然地面对成长中遇到的一切给自己鼓励，给自己信念，给自己快乐。在成长的旅程中，我们需要的是从容的经历，平静的感知，勇敢地面对。而且最重要的是，陪伴我们一生最重要的东西都是免费的，我们应当好好珍惜！

光 芒

马海娜

　　偶尔会觉得寂寥吧，当窗外的空气凉凉的、湿湿的，不知道想起了什么，思念着什么，牵挂着什么，就是觉得自己的心情，也和这空气一起，湿漉漉的。

　　还好，北京这样的天气并不多。我更喜欢晴天，喜欢那光芒闪烁的时光。

　　选择了工科，就是选择了一种别样的大学生活，忙碌，甚至偶尔艰辛。回想当初幻想的大学生活，那与现今的样子截然不同。曾经我以为大学是怎样的安逸，怎样的轻松，过着怎样单纯的生活，而后发现自己依然奔波于书本，依然深夜还要对着一堆代码绞尽脑汁，仍然要整天跑实验室，甚至连周末的概念也模糊了。

　　最初的时候，我迷惘过，抱怨过，担忧自己美好的年岁就这样在忙碌中一点一点灰暗了、干涸了。怕早先那些关于绽放生命的梦想，关于挥洒光芒的希望消耗殆尽了。

　　可是，生活，总是一次际遇。

　　什么时候，突然发现自己适应了这种忙碌的生活，喜欢在许多事中计划自己，衡量自己，安排生活，想办法忙中偷闲。很多时候，觉得就是这种忙碌让自己真正感受到了生活的真实，感受到自己掌握着自己鲜活的生命，为了自己的昨天、今天、明天而奔波。不再孩子气的幻想，然后我找到了自己，找到了追求，找到了未来，找到了快乐的感觉，找到弥足珍贵的四个字"活在当下"。那些忙碌渐渐成为我的骄傲，我的生活力量，仿佛是一团能量，散发着光芒，照耀自己，让自己勇敢地坚定地去追求。

　　其实想要寻找到我们要的光芒不是那么难。记得《马语者》中有段话，大概是这个意思：当他经历了他所能想象的最恐怖的事情之后，他发现一切还好，所以他不再终日惶恐不安。对于生活，我们掌握着选择权，我们可以选择继续和生活挣扎对抗，或者选择接受它。

　　现在我们正在经历的生活也许不是一开始我们预期的，但这不代表它就不适合我们。人们在自我发现的道路上往往表现得不是那么了解自己。这不是说要放弃"预期"，而是要以一颗平常的心去面对形形色色的结果。我想，如果生活一切如预期的，还有什么意义呢？

阳光洒满心灵
YANGGUANG SAMAN XINLING

光芒不一定要来自于别人、别的事物的给予，如果趁着年轻，我们燃烧了自己的热情，我们就可以是自己的太阳。

把握自己，把握青春，渐渐地，我们会发现自己喜欢上了这种忙碌的生活，因为我们为自己奔忙、为自己爱的人奔忙，为了对得起曾经的努力、现在的价值、未来的美好而奔忙。

人们常说，生无所息。关键在于，我们在这个无所息的过程中做了什么、学到什么、付出什么、得到什么。每一次行动，都是绽放自己的过程，都是发光发热的过程。

说道绽放，这个词往往给我一种很美丽、很强大的光芒的感觉。我喜爱这个年龄，有梦想、有闯劲儿，这样一个如花的季节，我绝不肯让自己在莫名与恍惚中度过。是花季，就该去绽放的。用力呼吸，汲取营养，展示自己，让自己成为自己的光芒。

曾经想过，为什么努力了十几年，在生活中都没有什么建树，没有果实。后来才明白，是自己的想法太急功近利了。我想从很小的时候开始，就有很多人告诉我们：接受教育是为了明天更美好的生活。因而我曾经想不通，我以为人生最美好的时间就是这些年轻的时光，为什么只是为了以后，就要将这些最美的时光辛辛苦苦地度过？后来我想，人的一生是分很多阶段的。这是一个学习知识、学习生活的阶段，选择了忙碌，不仅是为了未来，更是为了自己今天的生活态度。所以，我的辛苦，是我对现在生活的选择，这一切让我觉得生活的有意义。活在当下，我选择在忙碌中经营自己，打造生活。

其实有时候静下心来想想，不是只有结果的时刻才最美丽，最幸福。相反，开花的季节不是应该最美丽吗？那就在这样的季节把握自己，用最美丽的绽放炫耀自己的光芒。忙碌，只是为了充盈自己的花蕊，求知，为了增添自己的芬芳。生活就是许许多多的选择，关键在于我们怎样决策，我们自己要什么。

在这样的年华里，我选择，用绽放挥写自己的光芒。

让心灵阳光

裴志刚

只有心灵阳光，才有阳光心情；只有阳光心情，才能创造阳光伟业。面对竞争日益激烈且绚丽多彩的世界，心浮气躁、心态失衡、心神不定在一些人中还是不同程度的存在，心太累也时常挂在这些人嘴上，这无疑是心灵黯然的结果。要让心灵阳光，就要有平常之心、感恩之心和进取之心。

让心灵阳光，就要用平常之心对待名利和得失。我国的传统文化是很讲求人应该保持平常心的，古人就曾提倡"淡泊明志"、"以恬养性"。当然，我们说保持平常心，主要是指对生活和名利得失，保持一种平和、豁达的心态，并不是说对工作和事业可以胸无大志，不思进取，更不是看破红尘、麻木不仁。不为名利所困，就是凡事要得之淡然，失之泰然，顺其自然，切不可看得太重。比如，职务的提升，是受多方面因素制约的，既有个人的德才表现，又有编制、年龄、结构、文化等因素。不能把是否提职、能否得利作为干工作的唯一动力。要有"宠辱不惊，看庭前花开花落；去留无意，望天上云卷云舒"的心胸和气度。不为物所累，我们都知道"贵"和"贱"字的含义。一个人高贵是因为他把"贝"放在下面，自己是钱财的主人；一个人低贱，是因为他把"贝"放在前面，成了钱财的奴隶。不能以金钱的多少论价值的大小，以财物的多少论贡献的大小。家有锦衣无数，能穿几身！家有房屋数套，能住几间！家有良田万顷，能吃几碗！要做到，不以财喜，不以物悲。钱财乃身外之物，生不带来，死不带去，又何必为此劳心费神呢！不为失所惑。生活中的不如意之事常常是十之八九，甚至有一些是突然发生、猝不及防的灾难。在风风雨雨的人生路上，虽有坦途，也有阴霾，摔了跟头，遇到挫折，其实没有什么关系。人生本身就是一个不断起程，不断上路，不断回首的过程。生活中遇到困难和挫折，我们常回头看看，可以不忘本，且能增智益心，只要不好高骛远，不眼高手低，不心浮气躁，就能吃一堑、长一智。

让心灵阳光，就要用进取之心对待学习和工作。进取心，是指不满足于现状，坚持不懈地向新的目标追求的蓬勃向上的心理状态。人类如果没有进取心，社会就会永远停留在一个水平上。正如鲁迅先生所说："不满是向上的车轮"。社会之所以能够不断发展进步，一个重要推动力量，

阳光洒满心灵
YANGGUANG SAMAN XINLING

就是我们拥有这只"向上的车轮",即我们常说的进取之心。"志当存高远",人总是需要有进取心的。一个人如果没有进取心,就会终生碌碌无为。善于学习。只有学习才能跟上时代,才能获得新知,才能增长本领。心里明了,眼睛亮了,困惑也就少了。无论你官有多大、干什么工作,都需要在学习和实践中提高,就必须把学习当作重要职责和任务,终生追求。立足现实。无论处在什么位置,如果不从现实做起,好高骛远,这也看不惯,那也看不惯,追求一些不切实际的东西,就会使自己陷入无端的烦恼。伟大的人,常常是位置选择他;只有平庸的人,才东张西望地选择位置。因此,只有在各自的工作中,立足现实,努力工作,才不会迷失自我。点滴做起。"万尺高台,起于垒土。"无论任何伟大的事情,都是由许多小事构成的。要做好各自的工作,都需要在做好无数平凡、琐碎的小事上下工夫。列宁指出:"要成就一件大事,必须从小事做起。"有的同志看不起平凡的小事,总想干一番惊天动地的大事业,殊不知,"千里之行,始于足下",没有许许多多小事的成功,再大的理想、再大的事业也只能是"空中楼阁",没有了根基,自然就会失败。平凡中孕育着伟大,伟大也往往出自平凡。能从小事做起,从点滴做起,就具备了成功的条件,就能从平凡走向伟大,创造阳光伟业。

旅行过阳光

宋 婷

当太阳开始收起冬天的吝啬，火辣辣地晒向我能看到的每一寸角落时，我开始注意在晃眼的阳光里正在发生的每一幕生活。这旖旎的阳光更让我想到，也许我们应该拉起孩子、爱人或长辈的手，一起走走看看这美丽的阳光，稍稍涤荡一下心里曾经有过的阴霾。

所以在这个春天，我把我遇到的和想到的写下来，以自作多情地酬谢一下这阳光洒洒的季节。

淡 定

我只记得那次考试时，监场老师那孩子气又不羁的笑，那时心里晃了一下子，心想，眼前这个孩子气的人肯定是个学生。回寝室后还一直念着念着：好高，笑起来让人很轻松的感觉，坦坦荡荡，落拓不羁的感觉，肯定是临时过来代替老师监场的学生，说不定就比我们高几级，在读研而已……

后来偶尔才知道他令人艳羡的经历：某知名研究所的硕士博士毕业，曾是某知名学校的四大讲师之一，后来因为要找适合专业的工作所以才没有再教了，曾去加拿大进修，一个拥有无数粉丝和粉丝为之建立的贴吧的人。他应该是很骄傲的，可好像又并没有。我在网上搜时，无意看到他自己陈情的一首小诗，对粉丝说明：我只是比较幸运走入公众视角的普通人而已。这种淡定，无法形容，你会觉得你做什么都是不足坦荡的，不够踏实的。一个能屈身于并不出名的学校跟着前辈踏踏实实干活的新手，一个毫不骄傲言辞幽默的谦谦君子，这种淡定，无法企及，无与伦比。

每个人的美丽

有次去上课的路上，寝室人开起无聊玩笑，指着前面的垃圾车说把你丢进去之类的话，路过时，不经意瞥了一眼，车把上挂着的小饰物让我心里一惊，感觉上很脏的车其实并没有想象中那么脏，只是有些泥点子而已，而那个小挂饰不禁让我想到：

这辆车的负责人也许是一位年纪稍长的叔叔，他也会有自己幸福的家庭，也许他的女儿积攒了一些零用钱买给爸爸这个看上去很孩子气的礼物,送礼物的过程中免不了一番有关乱花钱的争吵,但是爸爸最后还是高兴地把孩子的礼物骄傲地带出来,挂在自己的工作岗位上,心里还是会很甜的……

也许她是一位爱美的阿姨,年纪可能大了,但也还是改不了自己悬吊挂饰的癖好。也许在路过的地摊上看到喜欢的挂饰拿起来就舍不得放下,最终还是狠狠心花了"不该花"的钱买给自己一个舍不下的梦和心情……

也许他就是一个年轻的小伙子,带着女友送给自己的挂饰工作,心里很美的才对……

一下子又想起很小的时候看过的文章:一位拾荒的老人带记者到自己的住处看珍奇的玩意儿。在破旧的半地下室的房子里,老人小心翼翼地拉开一道布帘,一个排满各种香水瓶的架子显了出来,作者心里顿时很感动,感觉老人的整个人生都折射出了一种难以名状的光芒……

每个人都有自己的美丽,无论她是站立在舞台上柔曼忧伤的公主,还是趴倒在路边乞怜的老人。

总角之宴

这是我这个春天听到的故事。我想可能有些人我们注定只能路过。

他们从小一起长大,女孩和男孩。他总是笑得一脸灿烂小眼睛眯眯,让人觉得整个都要融化掉,她总是瞪着大大的眼睛说我怎么了你就笑我。

如果青梅竹马不只限于形容终成眷属的伴侣,那就可以来形容他们。他们并没有在一起。他很优秀,考上名牌大学,然后是硕士,然后是博士,很喜欢自己的专业,在每个人眼里都是一个很优秀的人。她却并没有普遍意义上的出众,只是做自己喜欢做的,善良的生活着,嫁自己想嫁的人。她从没想过他们两个能在一起,虽然互相理解互相体谅很久了。从刚刚记事起就在一起了,太熟了。他也从没想过他们会在一起,虽然他并没有世俗的想她其实配不上他,只是,从小到大,太熟了。

她婚礼的时候,他赶得及回到家乡,着了一身红参加她的婚礼。新郎看上去比他老得多,他穿着一身红与一对新人合影,还是一脸灿烂的眯着眼睛,她还是瞪着大大的眼睛笑笑地看着镜头。他把合照传到网上,他们都不觉得照片上有任何不对的地方。

有时他会想起华筝和郭靖,想起伴随他们长大的小说。他说他们都不曾互相伤害过,是否正是这阻止了他们真正的接近。

在阳光里旅行应该是一件多么惬意的事情,周身都能充满阳光的味道。我想如果我能把这阳光打包进心里封装一下,等到阴雨天的时候我也可以拿出来聊以自慰,疏解些许繁杂和失落,这应该能算得上是美好的事情了。

当阳光照在前行的路上,我是开心的;当阳光真正地照进人们的心里,大家才是开心的。

大学生应如何应对挫折

孙小喻

人的一生，会经历很多风雨。对我们大学生来说，所谓"风雨"可能意味着竞选的失败、恋人的分手、经济上的困难、考试的挂科、违纪的处分……人生在世，谁都会遇到挫折。挫折使我们痛苦，但同时又是一种挑战和考验，激励我们成长，这是生活的辩证法。问题的关键不在于挫折的有无和强弱，而在于我们对待挫折的态度。如果把挫折比喻为人生的风雨，把大学时代比喻为多雨的季节，那么，当雨季来临的时候，我们就该及时的扪心自问：我该怎样面对雨季，我的伞在哪里？

从容面对、快乐掌控

面对挫折，不同的人有不同的态度。与其闪避、畏惧、排斥，不如迎面而上。面对不可拒绝的挫折，唯一可取的态度是从容面对，如果进而能够快乐地掌控挫折带来的烦恼，那么，一次"创伤"就会变为一颗宝贵的"珍珠"。"珍珠"是从愈合了的创伤之中升华出来的东西，它不仅可以有效地抚平伤痕，而且可以使我们珍视经验，减少错误。

记得有这样一则故事：一只蝴蝶没有经过破蛹前必须经过的痛苦挣扎，以致出壳后身躯臃肿，翅膀干瘪，根本飞不起来，不久就死了。这个小故事说明：痛苦是成长的必经之路，要得到欢乐，就必须能够承受痛苦和挫折。在人的一生中，我们不止拥有挫折的痛苦体验，也拥有把不幸变为幸福、把伤痛变为无价奇珍、把令人痛心的缺陷变成新的力量的机遇。当我们从容面对，就可以掌控挫折；当我们有足够的勇气并保持快乐，就可以得到最珍贵的收获。

适度宣泄、尽早摆脱

面对挫折，有人惆怅悲观，把痛苦和沮丧埋在心里，有的人则选择倾诉，而我赞成后者。如果心中苦闷，不妨找一两个亲近的人，把心里的话倾吐出来，这样，不健康的情绪就得到宣泄。宣泄是一种自我心理救护，它可以消除因挫折而带来的精神压力。

宣泄应当适度，"乞丐型"、"进攻型"、"碰触型"等宣泄方式是不值得采纳的。如果你还想活得有尊严，还想从头再来干点事的话，就不要像"祥林嫂"那样总是述说"阿毛"的故事。那只能说明你还没有从痛苦的阴影中走出来,你的哭泣只能提醒人们注意你曾经的无能。当你醒悟到还有那么多的正经事等着你去干的时候,就没有必要选择"秋菊"的方式,因为过度"打官司"的成本太高,总是"要说法"会影响干正事。用节省下来的时间去做你应该做的正事,也许你早就远离了某次"风雨"的影响。

激励潜能、独立自救

独立自救是生命中最闪光的品性,这已经被很多事例所证明。面对挫折的打击,有的人一蹶不振,有的人则激发潜能,自己拯救自己——前者没有看到自己的潜能,后者则充分地汲取了潜能的力量。

一个小故事说:"一头猪的腰部脱臼,在那里费力地爬着,孙子要去帮猪按摩,爷爷喊住了他,爷爷拿起一个土块向那头猪扔去,那猪吓得挣扎着跑起来,爷爷在后面追赶它,只见那猪跑着跑着腰部便上去了,恢复了正常。"人遭受挫折就好像小猪脱臼,真正能帮助你的不是别人而是你自己。有时,我们在挫折的伤痛中忽视了自己的潜能和改正错误的勇气,一味地等待外力的帮助,这就等于放弃了自己对自己承担的责任和义务,这是一种懒惰和没有出息的做法。

林肯发现的"马蝇效应"和无锡小天鹅集团的"末日管理",实际上都是一个道理:利用危机状态产生的压力激发生命体的巨大潜能。人是需要压力的,有了压力我们才不敢松懈,才会努力拼搏,才会不断进步。其实,在生活中让自己忙起来,是一种自我加压的方法。面对挫折,适度转移注意力,自我增加良性压力,可以有效改善自己的心境。比如我们可以通过从事集邮、写作、书法、美术、音乐等趣味活动来调试自己的心情,缓解苦恼带来的种种压抑,随着时间的推移,沮丧也就渐渐淡忘了。

适当取舍、远离烦恼

放弃是一种智慧和境界,但是,面对现实的种种诱惑,又有多少人能够做到这一点呢?很多人原本也曾从容、平和地生活着,可一旦被太多的诱惑和欲望牵扯,便烦恼丛生。有的时候,我们将奋斗的目标定得过高;有的时候,我们将奋斗的目标定得过多——这是我们遭受挫折的重要原因。无论是前者还是后者,都使我们深感心有余而力不足,最后都可能会导致迷失方向,走向绝望。

聪明的办法是学会取舍，不必事事争第一，舍弃自己还不具备能力与条件的目标不是坏事，"塞翁失马，焉知非福？"只有在明白了自己一生何求之后，去明智地取舍，并学会放弃，才能摆脱无谓的烦恼，拥有自在的生活。

总之，有些挫折看上去很可怕，但是，更可怕的却是我们对它的屈服。对付挫折有许多办法，可以尝试着踏平它，跨过它，既不能踏平也不能跨过，就绕过它。有些挫折是不能磨平消尽的，对待它的根本方法是正视它、感悟它。只要我们有信心、有勇气，我们就踩过泥泞，走过雨季，迈向成熟。

For·ever

王征

众里寻她千百度，蓦然回首，那人却在灯火阑珊处。

——题记

班长通知有征文时，我正坐在床上安静地看书。学校每年都有很多类似的活动，我却一次都没参加过。其实我完全可以忽略这一次，而且可以搬出一大堆理由，诸如我大三忙着考研、我几年没学过语文、几年没写过什么东西，然而，当我收起书准备睡觉，思绪却在安静的空气中变得纷杂。回忆飘起，剪不断，理还乱。

"大学，可以重塑一个人。"恍惚记得，这是曾经学院的一位师兄说的。

的确，在这几年的大学生活中，我有了改变。

忽然觉得自己的确需要一点时间，一点空间来看看自己。于是，双手敲击键盘，回忆伴着时光倒流，冬秋夏春，回到了最初。

大一·惘

首先我承认自己的性格不是绝对外向的，我喜欢思考，所以很容易陷入思绪的死角拔不出来；而我又是外向的，我喜欢交流，我不能没有朋友。

关于大一，一直到现在我的记忆仍然是模糊的。朋友说那是因为我刻意去遗忘，不愿意回忆，所以就真的想不起来了。但最初自己提着行李跨出家门的那一瞬间，仍清晰定格在脑子里。很轻松的一小步，跨出去一秒都不到。而门内和门外，却是两个不同的世界。

一直以为自己独立而且坚强。

我和来到大学的所有人一样抱着对未来的无数憧憬，然而离开了家却发现一切和当初的想法不一样。尤其是我曾经引以为傲的特长被人远远超越，从没经历过的宿舍生活让我感到无所适从，难以理解的课程让我感到从没有过的失败……挫败感一天天增加，终于在某一天，当我发现曾经能在五分钟内就将一整篇《师说》流利背诵的自己，站在英语教室，竟然连一个短短的句子让老师重复三遍都无法复述出来时，我崩溃了。父母的关心也无法压倒我心中的绝望，那时我完全没有"抑郁"这个概念，我站在黑暗和痛苦之中，迷失了自我。

大一，混乱的一年。

痛苦挣扎一年的最终导致的是我的挂科。现在想想觉得难受，那个时候父母对我的要求达到了最低——他们竟然不在乎我挂不挂科，不要求我拿奖学金，而仅仅是希望我快乐。可是就连这个最低的要求，最初的一年我都没有做到。

大二·寻

母亲告诉我，多找些事情做，让自己忙起来。

这个时候忽然就明白了，不能将自己的负担也变为别人的负担，比如父母，比如师长，比如朋友们。

我逐渐认识了新的朋友，适应了新的生活，我慢慢脱离了过去的感受，试着去面对眼前的一切。我自学了电脑，加入了学生会，仿佛一切都重新开始，我一步一步学走路，学说话。忙起来是一个好办法，让人没有时间伤感。于是，这一年同学们看到的，是一个每天背着电脑早出晚归的我。专业倒成了次要，同学们要保研，拿奖学金，而我最需要做的，是去寻找自己，寻找自信。

最快乐的事情，就是发现自己"有用"。帮助别人做一张喷绘，在朋友过生日的时候送去一张自制的贺卡……简简单单的小快乐，聚集在一起，变成了对自我的肯定。

性格使然，在某种程度上讲，我的确是独立的，因为我一直坚信自己跌倒自己爬起来，别人帮不了多少，哪怕是至亲的父母。

寻找的同时，我开始思考未来。自我的寻找和目标的寻找，在寻找中，我走完了大二。

大二，我可爱的过渡年。

大三·征

当初父亲给我起名字的时候，是想让我的生活如长征一般，经历磨炼。也许他的话有了一些应验，因为前两年我的内心却是经历了很多很多。

大三这一年，我明确了我的目标，找到了我的方向。我下决心考研，为了我曾经失去的时间，现在该有个机会来补偿。

而此时的我，已经不再是当初的我。有的朋友开玩笑说王征你变了，事实上，我用了很长的时间证明，我还是坚强的。我没有自甘堕落，我自己帮助自己站起来了，在真正意义上，我变成了一个有理想、有追求的人。而且，我应该感谢过去的一切，因为我学会了遇到困难可以去从容面对。

当没有被自己打败时，就没有人会打败你。

大三，我坚持去游泳，减肥，坚持忘掉所有的不快乐，朝向未来正步走，踏上新的征程。

仍会有坚持，仍会有失败，但我再也不怕。

鹰击长空，鱼翔浅底，万类霜天竞自由。

写到这里，轻轻呼一口气。因为每当回想过去，心中多少会有些起伏。我现在仍然喜欢走路的时候思考，虽然免不了偶尔撞树撞栏杆撞人；我仍然是幸福的，因为有美满的家庭和理解我的师长朋友，还有学生会让我得到了不少锻炼。

眼看明媚春光就要变为炎炎烈日，春天的花朵如今大部分落英缤纷。这个时候感怀过去是不明智的，如果说大一的我生活在过去，那么现在的我就充满了对未来的向往。简简单单的理想，没什么特别的，只是要实现自己的人生价值。

思绪飘回，看看镜子，里面有一个女孩在微笑，安静而且恬淡，她的背景，是窗外经历寒冬后有着油绿新叶的树和灿烂的阳光。

众里寻她千百度，蓦然回首，那人却在灯火阑珊处。

她就是我自己。

后记·翔

其实，我们每个人的人生，都掌握在自己手中，与家庭、金钱等没有太绝对的关系。我们经常要做出大大小小的选择，但是做出选择的时候，请留出一秒钟的时间去想，自己将来会不会后悔？大学三年，其实并不像想象中的那么漫长。同龄的人有的已经在工作，有的甚至已经结婚。选择了大学，我不后悔，选择转移方向考研，我不后悔，甚至对于过去的痛苦，现在我仍然可以勇敢地说，我不后悔。我想，现在我可以静下心来朝着我的目标努力了。

For·ever，分开读意为：为了曾经的；合起来就是：永远。

让现在的朋友们分享我的心路历程，也权当对自己曾经的纪念。

玉兰飘香

魏振楠

　　北京的春天总是令人期待的，花团簇簇，嫩枝抽绿，甜香的空气……从严冬的清冷和厚重熬过来的人们就像一只只破蛹而出的蝴蝶，在城市高低错落的建筑和花红柳绿间翩然而行。

　　但毕竟没有十全十美的事物，北京的春天有令人厌烦的风，不仅有风，还有沙尘暴。大学的生活除了多彩的课余活动，当然也有课，不仅是枯燥的专业课，而且还是八点的早课，我拖着还没睡醒的身体晃进教室靠窗而坐，才坐下来，倦意顿生，困意就像一条蛇一样从后背沿脊柱慢慢爬上来……

　　哗啦——窗帘被前面的同学拉开了，我轻轻抬了下头，窗外景色一下出现在我面前，我像被它狠狠地打了个耳光，来时半睡半醒，居然没注意到窗外的景致。昏黄的沙暴给白天施了法术一般，好端端的清晨就这样变成了黄昏，金黄色的背景下，青松草地更显翠绿，各种景色像刻在天空里，清晰明媚。风还是很大，树木随风而动，柔姿万千。几朵白玉兰显得格外显眼，随风颤颤而动，娇媚可爱。情不自禁，提起笔来：

今晨阴为窗外玉兰花所做

燕北迷蒙早，似梦乱昏晓。

可喜白玉兰，颤颤风中蹈。

　　看着风中的玉兰花，在逆风中不断来回摆动，突然感由心生：平常看起来娇弱不堪的花朵，居然能在如此大的风中摇曳，丝毫没有凋零的现象，相比之下，人的生命就显得脆弱多了。前不久，网上曾风传一个消息，两个中国传媒大学的年轻生命飘落在危楼之下，消逝在春寒料峭的风中……据说两个人都是很优秀的学生，是什么样的心理和理由能让他们提前结束自己年轻的生命。

　　令人费解的是，他们并不是很差的学生，女孩甚至参加过北京的一个走秀节目，短片上的女孩虽不漂亮，但也是倩巧可爱。仔细想了想，我觉得跟现在的具体情况有关。

　　80后的独生子女多，家里都是父母宠惯了的，在家里想要天上的星星，绝对不敢给摘月亮。甚至有些学生到了大学都保持这些坏习惯，仗着自己是有钱或有权人家的孩子，对同学呼来唤去。父母的宠爱自然使孩子认为很多事情是理所当然的。我要吃饭时,饭已经理所当然的备好了;想买东西时,钱已经理所当然的备好了;想穿衣服,名牌衣服理所当然的备好了;甚至口渴时,父母也理所当然地把水倒了过来,遇到不合意的事情,产生极端的想法,让自己飘零而去也成了理所当然了。

年轻时代是每个人都要经历的,年轻时,我们心高、气傲、自负、躁动、背叛。这如花的年纪自然也是最不冷静的时期,更是容易出错的时期。我们会因为一句话就大打出手,会为了一点小事而面红耳赤,更会为了面子拼死拼活,气盛时会做出什么也许自己都不清楚,一旦出了事后悔也来不及了。

就业压力大也是问题之一。现阶段就业形势不容乐观,使得很多人为此烦恼非常。算下来,培养个大学生也要十来万元,但是现在的就业形势使培养大学生近乎赔钱,大家当然心理不平衡。当然情感方面也带来的种种问题,尤其是现在的大学生,感情完全儿戏,专情的人就会有些受不了这种打击。

心理素质差是现在学生心理问题的根源所在。产生的原因更主要的是心理落差。能坐享大学的人,一定是在本县、本市、甚至本省挑了又挑,拣了又拣,拔了又拔,选了又选的,在本地属于精英一般的人物了,当他们看到自己到了大学里一落千丈的地位,心理落差可想而知。以前从没品尝过失败、孤独滋味的学生,突然发现世界的重心,不再是自己而是其他的同学。又没有人告诉他该怎么应对这种落差,这时,人的心理承受能力就会受到空前的考验。在这种情况下,心理素质差的人就有可能作出奇怪甚至是极端的举动。

加强交流,更多的关注,适时的心理干预,是解决问题的主要途径。这些可以帮助他们走过这个时期,走向辉煌美好未来的。

其实,很多人大可不必那么痛苦的,生活真的很美好,事情不可能十全十美,就像北京的春天,沙尘暴的光临给路人带来了很多不便,但当你停下车再看周围景色时,那又是另一番壮丽的景象。对于打击,你更可以一笑置之,有位哲人的话我很欣赏:杀不死我的让我更坚强。

希望大家都能像那一朵朵白玉兰一样,无论晴空万里还是狂风大作,都笑着绽放在枝头,高雅、圣洁散发着清纯的芳馨!

多给父母打电话

贠 挺

  当我再次提起这个话题时，心中不禁生出几许惭愧。

  回想我远离家乡来北京的时候，母亲站在火车站入口，看着我在人群中缓缓离去，我虽然没有看到母亲的表情，但我知道，无论她表情怎样，但她的心理肯定很难受。

  我一走就是半年，由于在学校里有沉重的课业和很多工作要做，很少打电话给家里，我曾经为自己的行为而自责，但是当我看到几乎身边的每个男同学都是这样，我的潜意识里面就认为这很正常。我想父母也会理解我，可是后来我发现自己错了。

  去年过年，我回家了。父母早已经在路口等着我，我一下车就看到了他们，父亲拎着我沉重的行李就往家走，母亲还带有责备的语气说我穿的衣服少，我什么都没说，一路前行。我默默地看着他们，忽然觉得父母真的老了很多。

  刚回家几天，好多同学聚会，今天找这个老同学吃饭，明天找那个好朋友喝酒。感觉在家的感觉就是好，无拘无束，每天乐呵呵的到处玩。终于有一天晚上，父亲对我发火了。

  那个晚上和好多几年不见的同学喝了很多酒，我跟跟跄跄地步入家门，已经十二点了，看着父亲刀子般的眼神，消失已久的恐惧在心里滋生，父亲好久没揍过我了。母亲赶紧喂我喝水，让我尽量舒服地躺在床上。父亲狠狠地看着我，只对我说了一句话，喝酒再喝到这么晚，回来就打断你的腿。他这次真的发火了，他很久没有这么对我说话了，其实我心里也很担心他揍我。可是他说完就转身走出了我的房间，令我也感到一丝意外。母亲这时哭了，他说起了上次送我去火车站的事情，说我走后她的眼泪就没有停，要半年之后才能再见到自己的儿子，她很不忍心。但是没有办法，也只能如此。她还说起了一件事情，令我十分羞愧。那是汶川地震的时候，虽然我家在西安，震感不是很强，母亲说她当时慌了，不是因为她自己在危险之中，而是因为没有第一时间联系到远在北京的我，她说着就更加泣不成声了。幸好最后打通了我的电话，要不然她说自己恐怕就熬不下去了。再想想我，地震之后，在网上看了家乡并没有出现强震，也没立刻就打电话给妈妈，突然觉得在母亲面前，自己很卑微。妈妈说她经常给我打电话,而我却没有主动给她打过电话。她到最后很伤心,她多么渴望自己的儿子能给她一句问候,哪怕只是一句。那晚我没有睡好,只要一闭上眼,就看到了母亲那惊慌失措的神情。

这学期,不忙的时候我就会给父母打电话,可能只是简短的几句话,但我知道父母心里一定很高兴,因为他们知道自己的儿子心中在想着他们。

在这里提醒各位常年在外的学子,有空就给父母打个电话,他们在你们渐渐成熟的时候付出了自己的青春,多和他们交流,或许你现在就在重复他们当年的错误,有了他们的指点,你会更快的在迷途中找到出口!

念念不忘

方 丹

总是不断地在思念曾经的碎碎的事情，沉浸其间不能自拔，高中时怀恋中小学时的天真烂漫、学业轻松，而今却又眷恋高中时为了一个目标不懈奋斗的热血与激情。曾见到过一句话说：如果一直怀念过去就证明现在做得还不够好，也许吧，来到北京，在一个更加广阔的平台上反而觉得失去了奋斗的方向，看着中关村大街上来来往往的白领们带着浓浓的倦意挤着公交讨论着所谓的新潮的话题，在人才如云的世界里艰难的打拼，我才恍然觉得生活的艰难和长大的伤痛。

无论愿意与否，我们最终还是要归于大家，归于这个社会的大流，直到一天重新看到想到曾经醉心的人和事，也许才恍惚发觉世事万千早已沧海桑田，许多事情过去就不再，于是我要写下对你们的记忆，写下我对那段青春年华的深深的怀念和热爱，让我们不要忘记彼此。对，是我们的共同记忆！

和许多同学一样，我们在高一新奇与探索中慢慢享受长大新得到的些许自由和些许自豪与得意，偷偷藏起以为是稚拙的一腔热情，装作平静地对每个人漠不关心地趴在教学楼的栏杆上看着地下来来往往的人，学着三毛或张爱玲小说中的女主角，静静地冷眼看着，想象自己艳若桃李，冷若冰霜，这样的稚拙，这样的爱慕着心中美丽的幻影。在没有头绪的青春年华里，平日繁忙地奔波在书本、习题中，为了一个美好的愿景而拼搏奋斗，然而我总觉得缺少些什么，其实那时的我是孤独的吧，虽然总有朋友却没有洒脱的激情。直到有一天，无意之中遇到了一个遥远的美丽的宏大浪漫的绚丽的梦，也从此结交到了一群志趣相同的朋友，逐渐有了发自内心的感动和激情。我要说的是九州。

可能会有人不屑于小屁孩们浅薄的审美，然而，不论如何，它（我更愿意用作他），带给我们的是一种精神上的感召，是对于创建属于自己的功业与幸福的认真思索和渴望，是一种对于英雄的向往和深深的崇拜，史诗般的宏伟与悲情的英雄主义，像是古代壮美的角斗场，如天驱们的经典——"铁甲依然在"的男儿气，那样的执著甚至没有原因，就是呼唤。这些给在迷惘中混沌的我一道明媚的亮色。我不知道现在有多少人还有和我一样的感动：在大大的世界里，小小的我们小心而又自得其乐地经营着自己的小幸福、小甜蜜，突然有一天，看到了一个哪怕是虚构的世界。

　　白毅、息衍、姬野、羽然、吕归尘……他们挥舞着手中的兵器为心中的梦想奋斗，挥洒胸中韬略计谋，侠骨柔情，神采飞扬，即使倒在冲锋的路上也如山一样伟岸厚重。如同他们的世界，我们也在打拼自己的家国天下，可又有多少人能如他们一样一往无前所向披靡呢，醉心于他们的豪迈和英武，也不会忘记自己的使命和梦想，不会忘记记忆里每一张为了生活而努力的深刻真实的脸，甚至那些伴我们长大的每一个小店、每一个小摊。

　　剑已亮出，所余仅有冲锋！

　　现在的我又怎能看懂那么多的悲愤与压抑，充其量是为赋新词强说愁吧，只是静静欣赏着自己营造的带着丝丝忧郁的天地。想来现在的慨叹大抵像是小时候喝茶，那么小的人当然是不懂喝茶的，但装模作样倒是可以的，小心地学了电视里人物的样子，拿碗盖把茶叶拨开，轻轻地呷一口，盖上碗盖，长长地叹口气：好茶！就这样不厌烦地喝着。

　　虽有忧伤，虽有烦恼和不快，毕竟是青春少年，前方的路还很长，每一天都值得认真付出、用心经营，去谱写自己的精彩篇章。只是感激，感激曾在那样精彩美丽的年华里幸运的遇到这样可爱的你们——我一生的财富。有心者自悟，无缘者错过。有知音如你们，我很幸福。

心灵阳光

雍 馨

　　大学三年是丰富多彩的，也是硕果累累的，回顾这三年，我看到了自己的成长历程，从一个什么也不懂、高中刚毕业只知道埋头苦读的小丫头，逐步成长为一个有着自己的人生观、价值观，有明确奋斗目标，准备好为社会奉献青春的大学生。在这个过程中，我收获了痛苦与喜悦，收获了失败与成功，收获了绝望与希望，更收获了许多宝贵的人生经验。

　　大一刚进校时，残酷的现实给我上的第一课就是教会我如何承受失败。那时，胸怀壮志，自信甚至有些自负的我，出于兴趣爱好报名参加我校话剧团的选拔，初赛时，我以流利的英文背诵了马丁·路德金的著名演讲"I have a dream"，出色的表现一下子就征服了评委，于是我顺利地进入了复试。进入复试的我更是有些胜券在握的感觉，却没想到在复试中的小失误竟使我最终与话剧团失之交臂。至今我还清楚地记得当我满心欢喜地上网查找入选名单，却没有发现自己名字时的惆怅与失落，我还清楚地记得当我满脸淌着泪水，在日记本上写下"我再也不参加话剧团选拔"几个字时的无奈与痛苦。拨通了母亲的电话，我泣不成声，像一只斗败了的公鸡，没有丝毫自信可言，甚至开始怀疑自己，也许我根本没有任何值得骄傲的地方，也许我就是个失败者，而电话那头的母亲也只能一遍又一遍的安慰我，重复着那些我早已耳熟能详的大道理，但这些大道理在现实生活中却一点用处也没有。为了在其他方面重拾信心，上课、作业、考试逐渐占据了我的全部注意力，我迫切地希望在学习上有所收获，然而欲速则不达，愿望与现实总是有差距，学习成绩的不如意让我的心跌入冰窖。失败的痛楚伴随了我很长时间，长到我开始习惯了它的陪伴，并学会了自嘲；长到有一天我终于能够正确面对失败的现实；长到从某一刻开始，我学着分析自己失败的原因，并总结经验教训。终于我发现其实我输给了自己，动机不纯的求胜，收获的却是一次又一次的失败。面对失败和逆境，坚定信念战胜自我，踏踏实实从基础做起才是我应该做的，躁动的我学会了脚踏实地，屡次失败没有使我意志消沉，这是我离开父母的庇护，独自体味人生的初次收获。

　　大学生活教给我的第二课是如何选择与放弃。大二时，出于强身健体的目的，我和学校的十几个女生一起参加了北京市的健美操比赛，并顺利进入了复赛。训练的日子是辛苦的但也是快乐的，大家在一起为着同一个目标而奋斗是一件令人兴奋的事情。我喜欢每天晚上进入体育馆看到一张张友善的笑脸，喜欢看到跳操时每个人努力的身影，喜欢中间休息时大家聚在一起谈天说地，或者围在教练身边观看我们的训练录像，也喜欢12点训练结束后，由于电梯已经关闭，大家不得不爬楼梯回宿舍，虽然身体已经疲惫不堪却仍开心地盼望着第二天的训练。可是与大家一起参加决赛的美梦却被一次意料之外的一等奖给打破了。出于重在参与的想法，我参加了学校的英语演讲比赛，却没想到，我，一个通信专业的学生，竟然战胜了外语学院的学生，获得了一等奖。随之而来的是我肩负起了代表学校参加市里英语口语比赛的重任，市里比赛的那天刚好也是健美操复赛的日子。在随后的一星期内，我在两个选择中挣扎徘徊，不知道如何是好。参加英语比赛是我对学校应尽的一份责任，否则意味着我们学校的弃权，这将是学校的一大损失。但从个人喜好的角度出发，我会坚定不移地参加健美操比赛，毕竟这个比赛我为之努力很久，我不愿意让一学期的辛苦训练付之东流。站在十字路口的我，不知所措，难道为了学校的利益要放弃自己的努力和爱好吗？我又拨通了母亲的电话，通过话筒，母亲告诉我，学会选择与放弃是走向成熟的重要一步，就这件事情而言，放弃英语比赛，整个学校就输了；而你一人不参加健美操比赛，你们的参赛队伍仍然还在，获胜的可能依然存在，更何况学校的利益远重于个人的喜好，只有为学校或者集体而战，才能真正实现个人的价值。放下电话，我的心平静了许多，我找到了健美操教练，并得到了她的理解和原谅。告别了健美操队，我一心一意认真准备英语口语比赛，最终在比赛中为我校夺取了北京市一等奖的荣誉。这件小事让我懂得了什么是个人利益与集体利益，离开了国家利益、民族利益和集体利益，谈个人理想和喜好是毫无意义的。其实人的一生随时都面临着选择与放弃，没有选择的情况是很少的，我们时常会遇到两难的选择，尤其是那些与利益有关的选择很多人一辈子都不知道该如何取舍。

进入大三下半学期的我，课业压力没有以前那么大了，自由支配的时间也多了起来，我面临着新的挑战：如何管理自己。大三下半学期刚开学的时候，陡然增多的自由时间让我一下子失去了学习的动力，看电影、逛街、玩电脑游戏成为生活的主旋律，我每天沉溺于美剧，而忘记了时间。直到有一天，我看见宿舍的同学买了一堆考研参考书，并商量着报名参加考研辅导班，我才开始问自己，我的学习目标是什么，其实我也渴望考研或是出国深造。学会管理好自己的时间是我必须完成的另一课程,我开始遏制自己玩游戏的冲动,删除电脑上所有的游戏和电影,安排好每一天的学习计划,每天去图书馆自习。也许有很多大一新生发现逼迫自己每天早起按时上课,上自习完成当日应完成的学习任务是一件痛苦得几乎不可能完成的任务,实际上,解决这个问题最有效的方法就是为自己设定一个奋斗目标。还记得自己代表学校参加国家奖学金颁奖大会的时候,与许多全国各地的优秀学生代表交流,发现他们都已经为自己的人生设立了奋斗目标,今天的努力是为以后成为科学家、企业家或政治家打下坚实的基础。只要设立了人生目标,你就可以找到学习的动力。

大学三年里我学到了很多,也体会到了很多,这些都将是我以后人生中的宝贵经验,在宿舍同学的帮助和监督下,在学院老师和学校领导的鼓励下,我会一如既往地努力学习,为自己的目标而奋斗,为学校的荣誉而拼搏,为社会的和谐发展奉献出我所有的力量。

独在异乡奋斗

陈红艳

多年前,一直梦想踏上北京这片令人向往的土地。多年后,我梦想成真了,并且也顺利地考上了理想的大学。似乎一切顺畅无比,上天也是如此的眷顾我,心儿不由自主地有了更多美好的梦想,时不时在心中荡漾。期待能和以前一样,有美丽的浪花一朵朵……

始终无法忘记拿到录取通知书的那一刻,心儿似乎要蹦出来一样,扑扑地的跳个不停。车水马龙的大街,五彩缤纷的灯光,热情激昂的音乐……充满现代气息的各种场景在我脑海里晃来晃去,一直梦想见见外面多姿多彩世界的我心中那股兴奋劲儿真是无法用语言来形容。更重要的是,多年的努力终于换来了今日的小小成功,以前一切的辛酸苦辣在这一刻都是值得的。我整个暑假,一直活在这种满心的憧憬之中。

离开家乡踏上开往北京的火车那天,恰好是中秋节。看着家乡的一景一物消失在眼前,我心里有一种说不出的滋味,才离家,就有了"每逢佳节倍思亲"的感觉。20小时的征程真的像过了20个世纪。晚上藏在被窝里看妈妈发的短信,我忍不住哭了。这时已夜深人静,除了偶尔自己的抽泣声就是列车的轰鸣声,但隐隐约约耳旁似乎还有妈妈的唠叨声,"艳子,东西都整理的差不多了,北京冷,顺便给你塞了几条棉裤,别忘了装上啊!"第一次坐这么长的车程,第一次离开家这么长时间,第一次在中秋节离开家,以前的兴奋劲早已被依依不舍充满了整个心灵,但我始终明白,我是为我的理想而去的,在陌生的异乡,只要我奋斗总能打造出自己的一片天空。

下了火车,真正踏入这片我向往的土地,心里又变得晴朗了。哇,好高的大楼,好多的车辆,好时尚的人群。随着校车跨入了心仪已久的大学校门,我没有急着办理各种手续,而是跑到树荫里、草坪上使劲地呼吸了一下新鲜空气,我要永远记住我初次进校时的味道:空气是那么的清新,花香是那么的迷人,满心香醇和甜美。这是我奋斗的起点!

现在入学已两个多月了,开始的新鲜感已经褪去,取而代之的是投入到学习当中。真是不体验不知道,一体验才觉不妙啊。大学学习远和我以前想的及旁人口中听来的大不一样。虽说有大把的时间可以自由支配,没有高中紧张的课程安排。但是,对于你所学的专业,需要你去翻阅很多图书，查找许多资料。大学注重课外自学，注重内在积累，而不在于你做会千道题。这似乎就是我以前梦寐以求的学习生活啊，天天可以看自己喜欢看的书，做自己喜欢做的事，与天天做那些毫无意义的函数题比，不正好吗？然而似乎人就是这样"贱"，要是真顺着自己了，还真一时不知怎么走，总希望有个人牵着你走下去！也许这就是几十年前的鲁迅早已看穿了的人的奴性在作怪吧。我无从处置大把大把的时间，时常感到空虚，生活缺少动力和精彩。上网、逛街、看电影，我以前梦寐以求的，现在竟然嗤之以鼻。我不想把宝贵的青春浪费在毫无意义、毫无内涵的事情上。但真要来做点有意义的，却又找不到方向。感觉自己现在像一只迷失方向的老鼠，畏首畏尾。

　　妈妈以前常对我说：要是累了就放慢脚步歇歇吧。我很想歇歇，但落后了谁来帮我补上？又可以在哪儿找一处港湾放慢我的脚步？甚至于前提在我这都是否定的，还什么都没起步，又何谈累？一度这些问题充斥我的脑海，每天都想方设法让自己忙碌起来，努力去冲淡它。的确，这起到了一定的效果。但当我闲下来，在夜深人静的时候，还是会忍不住想。为此我痛苦过，我是来追逐梦想的，但显然这些因素与我接近梦想相差甚远。一切的痛苦、苦恼过后，又重拾信心。因为师兄师姐鼓励的话语，因为朋友同学期待的目光，还有在家里翘首以盼的双亲，他们都是我前进的动力。第二天，沐浴映射过来的第一缕阳光，又是美好而奋斗的一天！

　　掐指一算，今天正是开始大学生活的第80天，这80个日夜，我经历了一次彻底的成长蜕变，变得坚强而勇敢。大学生活的丰富多彩、五彩斑斓，需要我们以理智的眼光去看待，以节制的心态去对待，也许稍不留心，便掉进痛苦的深渊。但只要端正心态，不管你一时的心情是多么痛苦，精神是多么颓废，或者是多么兴奋，最终都会归于平静。因为平静才是我们最值得拥有的心态。

　　城市的繁华、时尚的打扮都只是虚华的外表。我们只有充分去润饰我们的内心才能真正融入这个异乡。记住：唯有奋斗才是生命的主旋律。

　　我甘愿做一只奋斗的青蛙，将一片热血播洒在这片我热爱的土地上，坚信异乡最终会成为我的第二故乡！

色彩 眼光 生活
——畅谈能动性

雷延丽

> 生活既然是棋局，最终，国王和士兵都要回到一个盒子里，又何必庸庸碌碌，怨天尤人，抓紧过程，即使步步荆棘，也当不亦乐乎！
>
> ——题记

即使"主观"在马克思哲学中已经远远受制于"客观"，但某种程度上主观对客观还是有其作用的，能动性就是主观之所以主观的高旗与舵盘。

借着这点主观性我们也不惧于是初生的牛犊，反而是要越挫越勇，只为自己的主观性有幸远远高于动物。只因自己出于母胎后所背负的殷切期盼，不断牵念。为此，如果是机会，抓紧机会演好自己的角色本该是义不容辞的，也是必然无疑的，表演吧，或者幸福，或者忧伤。

很多时候，多彩世界所显出的颜色是由你看世界时的有色眼镜决定的、想当然的，每个人都希望自己看世界时的每一刻都能是怡人的颜色，但是彩色成为彩色的原因就是因为对比性，若只有一两种怡人色彩，那还会有"色彩斑斓"之说吗？

接受不同的色彩是种智慧，君子厚德载物，有容乃达，因为"达"，所以正视悲伤的人才会经历更多的人生，享受多面的戏剧化生活。接受吧，或者幸福，或者忧伤。

各种情绪、心理、性格、苦难或者幸福的感觉都是一种色彩的结晶。在乐观并抱有享受心态的人眼中，黑色是诡秘的，灰色是温和的，白色是纯洁的。然而，在另外一群悲观并且忧郁纠结的人眼里，黑色笼罩着阴暗，灰色笼罩着压抑，白色透着空虚。

一切颠倒的很透彻。因此，主观能动性把立足点放到什么样的反射镜前，就会有什么样光泽的光晕透到生活的世界中，或者快乐，或者悲伤……

假如生活是镜子，我们就该对它笑，便于我们欣悦镜里幸福的面容。
假如生活是长带，大家便应舞动它，便于我们感受舞中动感的自己。

阳光洒满心灵
YANGGUANG SAMAN XINLING

假如生活是海绵，我们将竭力吸水，便于我们阔谈知识的妙趣经纶。

因为生活太累，太繁杂，便少不了我们每个人用不同的、灵动的方式去把握和感受，或者幸福，或者忧伤。

既然每个人都能幸运地被上帝赐予一块用于涂染生活的白板，一盒充满色彩的颜料。那么，调色又何尝不是一种自由？自由者是悠闲清越的，追逐自由就是自己握笔绘图，大笔一挥，色彩跃然纸上，灵动妙极……

当然，绘错图的可能性是以概率的形式不可磨灭地存在着，把一幅本该勾勒的很好的图景搞砸自然不会是每个人的意愿，但是当这百分之几的概率"不幸花落己家"时，又不得不重提悲观者和乐观者直面人生的心态问题。

悲者且悲，乐者立即转念，一边赏玩这难得的失败后的风景，一边快乐并兴奋者："莫不是厄运即将山穷水尽，失败后就是成功？"

出生之前的你，充耳不闻界外事，静身于母胎中，安全而温暖，对外界一切都不在乎、不考虑。然而，一旦当初的静谧打破后，责任就必须自然而然地落在你肩上，没有商量的余地，没有预览的权力，更没有选择的自由。唯一的余地是接受，唯一的权力是成长，唯一的自由是生活。

当然，即使我们出生时的环境糟糕不堪，也不应抱怨，因为那也是唯独我们可以享受到的风景，至于是否要让它有色彩的美感，主动权还是在你的手中，所以，调出怎样的光鲜美丽，怎样的阴暗潮湿就完全出自你的心态，掌握在你的手里。

对于牌局的好坏，关键不在于是否有一手好牌，而在于当一手坏牌握在手后，怎样才能把这副烂牌竭力打到优秀，打到出彩。因为后者更能让我们感受苦尽甜来的甘馨，自我奋斗后的满足。

心态是调节器，积极聪明的孩子们：

握笔时请微笑吧！

微笑中请畅情绘图吧！

描绘中请尽情感受美好吧！

苦也是感觉，悲也是感觉。很多色彩，即使是暗色调，也不要拒之门外，既然有幸受到知识的滋润，那么所有背着画板的学生，一定记得面向阳光，有更多色彩已经被你遗忘了，然而就在你怨声连天的罅隙里多少光阴载着我们的忽视渐行渐远了……

每人心中开出一朵花

MEIREN XINZHONG KAICHU YIDUOHUA

心中永远的格桑花

黄龙萍

清晨，微风拂过，吹过一阵阵格桑花的花香，弥漫在整个雪域草原上……

格桑花开

格桑花是高原上最美的花，格桑花是高原幸福和吉祥的象征，也是我们藏族人民心中永远的追求。夏天，路边一团团的格桑花紧紧地凑在一起，黄黄的、矮矮的把高原装扮得异常漂亮；冬天，当万物开始冬眠，所有的树木叶子已经凋落的时候，格桑花在高原上以一种傲视群雄，鹤立鸡群之势依然盛开在美丽的雪山上。

格桑花代表着我们藏民族的性格，代表着我们藏民族不屈不挠、顽强奋斗的精神。我们藏族人民千百年来世世代代繁衍生息在高原这片神奇的土地上，就像格桑花一样，历经岁月的沧桑和风吹雨打，依然顽强屹立在美丽的雪域高原。

从小生长在雪域高原上，感受着格桑花的妍丽、深邃和伟岸，感受它的历史和沧海桑田。它使我接近坚韧，疏远脆弱，它使我思慕圣洁，摒弃卑微。蓝蓝的天空，美丽的雪山，静静的湖水，辽阔的草原，流动的白云，空旷的原野，飘动的经幡，欢快的歌舞，还有雪域高原上美丽的格桑花，便是我心中永远的神圣。

我的玉树梦

记得小时候经常听阿佳唱一首歌，"美丽的玉树，是我的家乡，这里富饶美丽，宽阔无垠……"每次在聆听歌曲时，我总能想象着玉树的美，虽然不是玉树人，但是玉树的美总让我魂牵梦萦。作为藏族人的后代，我知道玉树曾是藏族历史上格萨尔王策马奔出的地方，这里还有世界第一大的玛尼堆。由于阿爸常年在玉树奔波，所以每次阿爸回家，我们都会缠着他给我们讲玉树，讲格萨尔王，还有那些赛马节等。玉树的美伴我度过了整个童年，那时候我多希望能跟随阿爸去一次玉树，可是由于后来一直在外求学，去玉树的计划也搁置了。但是从不曾忘却。

玉树，别哭

时间定格在2010年4月14日上午7时49分，晨风吹散了成群的羊群，也吹走了屹立在草原上的帐篷，那个安静的早晨突然变得躁动、疯狂，一下子，玉树变了样……

"青海玉树发生7.1级大地震……"

当听到这个消息时，我被震撼了。刚从汶川大地震的悲痛中走出来，我又再一次陷入了伤痛之中，地震的阴影又在我心里重现。我美丽的玉树，苦难的藏族同胞……那些凌乱的废墟，无助的眼神，痛苦的表情，一幕幕画面在脑海中浮现……

经历汶川大地震后，我也曾经痛苦，伤心，明白了人在自然面前是那么脆弱……我心中的亲人！经历了灾难，我们要更加坚强。既然上天把我们留下，我们就要好好活着，要坚强地活着！亲人走了，留给我们伤痛！我们在痛失亲人的同时，更要珍惜自己的生命，用自己延续亲人的生命；家没了，留给我们艰难的生活，但你们还有我们，还有我们全中国人民在支持你们，深爱着你们！玉树，加油！为了逝去的亲人，为了自己的生活，加油！一切都会好起来的！我深爱着你们，我的兄弟姐妹！也愿所有的遇难同胞能安息！

玉树，别哭。我们一直都在！

永远的格桑花

格桑花喜爱高原炽烈的阳光，也耐得住雪域的风寒。它美丽而不娇艳，柔弱但不失挺拔，被我们藏族人民视为象征着爱与吉祥的圣洁之花。农舍边、小溪边、树林下，随处可见，就像守护神一样守护着勤劳善良的藏族人民。

如今，玉树的美丽已不再如之前了，但是请玉树同胞相信，待到满山格桑花开的时候，这里还会有身着盛装的牧民跳起粗犷、奔放的歌舞，康巴汉子用赛马、射箭、角力、摔跤等带有武力色彩的娱乐活动显示自己的豪放与洒脱，伴随着法螺、喇叭低沉而洪亮的声音，大地震颤，长袖飘飞，在歌与酒，歌与舞中重新凝聚力量，共同面对新的未来，因为有格桑花一直在我们心中，它会一直守护着我们，我们也会像格桑花一样，永远屹立在美丽的雪域高原。

慵懒，你慢慢地开

许 颖

　　站在纵横交错的北京胡同里，似乎欲与这城市的血脉一起流淌。

　　在迟迟不肯离去的又一个冬日，连空气也不灿烂，与其抱怨，不如在胡同里细嗅一下华而不实的阳光。想起汪曾祺那句句精到的《胡同文化》，睡不着"往南边儿去一点儿"的北京老太，"睡不着眯着"的胡同猫们——大概也与民大的猫妖们有得一拼，是的，可爱的隐忍的安土重迁的北京。

　　欲与这城市的血脉一起流淌，却总是失之交臂，也许是DNA作祟。故土情结却盘根错节地在心底开出花来。

　　如果质朴诙谐凝重博大是北京的气质，那么，家乡，你是哪一种气质呢？原谅我找到了"慵懒"这样的形容词。

　　有没有那么一种花，慵懒得恰到好处又脱离了媚俗，并且足以代表你呢，我的春城？已说过一千次的美，这是昆德拉对媚俗的解释。

　　当我确实意识到离开这块生我养我的土地已经实实在在两年时，那些灯影斑驳的记忆注定又会在每个午夜梦回悄然而至。也许正如朱光潜先生所说：美和实际人生有一个距离，须把它摆在适当的距离之外去看。距离是疏远的果也是暧昧的因。

　　昆明是这样慵懒一座城市，它的温暖慢慢助长你的激情，又慢慢消融你的欲望；它的天空蓝得动人心魄，让你野心滋蔓，又无故唏嘘自我渺小；它的时间缓慢得让你有脱下腕表的冲动，哪怕那是一块江诗丹顿的腕表，又如何呢。它的慵懒让你在无可自拔中沉沦，闲来眯着眼斜坐在翠湖边上的"茴香酒吧"，让时光像下午茶一样慢慢变淡、变老，"本来无一物，何事惹尘埃"，悄悄到达天堂本站。又或者去《尚义街6号》转转，虽然诗人于坚描写的所在可能已被某位浙江服装大嫂占据，但那个黄色的法式房子，两旁如影绰约的法国梧桐，还是可以让你徜徉在追忆逝水年华的情绪里。

　　所以请别怀疑，这样慵懒的昆明让人们有足够的时间和心思去把玩那些花花草草。昆明人养花：家家户户阳台上摆列着浑圆的花盆，从山茶到海棠，从绣球到雏菊……这林林总总的鲜花们注入了主人的心血又勾走了宾客的魂魄；抑或是不经意长出的某一株狗尾巴草，一撮四叶草都能让孩童们兴奋不已。花瓶是家里最多的陈列物，每天妈妈都要亲手换上一把清香四溢却还粉嫩未脱的青钗，比起其他百合，她显得骄而不矜。这是春城的姹紫嫣红，却不艳俗。昆明人戴花：老人用竹篮盖做盘，棉布浸湿衬在盘底，把三两朵陶瓷般考究的缅桂用白线系起，码在棉布上，她们便有了依偎的生命，直到被下一个主人系在领间、纽扣，或是缠绕在指缝顾自怜惜；老人把再艳白皙的栀子花用白线串起，那些阳光明媚的女子便买来做耳坠、做项链，于是大街小巷飘满缅桂和栀子的芳香，那是夏天的气味，甜的有些黏稠，有些浓墨重彩，那是春城的气味，却不腥腻。昆明人品花：沁人心脾的菊花茶，茉莉花茶，玫瑰花茶……嘉华饼屋那入口即化、余香久久的鲜花饼，还有鲜美的过桥米线最后每每洒满菊花瓣在汤里荡漾出的波纹，这大概是春城的味道，有心思，却不造作。

有人说这是一座适合养老的城市，初涉世界的新人总是野心蓬勃渴望一切，无暇风花雪月，但又有谁能否认这样一座城市的无可取代呢？没有分秒必争的CBD，没有装满蜘蛛侠的地铁公交，没有集流行元素于一身的潮男潮女，没有热闹拥挤的蚁族聚居区。有的只是累了倦了的心灵栖息地，一段供自己缱绻的柔软时光，不需要拉帮结派地标榜喧嚣，故作美好，只独自慢慢消化回味，像四十瓦的灯泡氤氲在心房，每每想到，便觉得温暖，便觉得有了依靠，有了归属，仅此而已。

有人说，人的故乡是他不能再回去的地方。我对故乡的回忆是那些不会再发生的文字的记录，影像的存在，感情的幻象，也许会逐渐下沉，但却是一种真实的存在。故乡，应该是那片注定与我不离不弃的土地。我对故土的沉迷因为依赖，所以还很肤浅。

我想我是无法找出那么一种花来代表你，我的春城。有时候你是空谷幽兰，不谙世事，纤尘不染，真实的天性不被复制和变异，也不与这个世间做交易，所以当听说你将成为小上海的时候，我竟自私地有了一丝难过，想说，春城，你慢慢走；有时候你是蒲公英，散落在我去过的每一角落，作一种味道陪着我形影不离，化作心口一抹焦糖色的印。曾被人问过，你们昆明到处都种罂粟吧？突然想到，罂粟，是有点，还有哪一座城市让我爱得这样上瘾？

你心里的花

赵凯霞

我能听见你的心，却不能告诉你，当我开口声音就会消失在空气里，而心会慢慢沁在彼此的沉默中。我要用我的手说出所有的情绪，但我的手举在半空却不能言语，你睁大你的眼睛，抬着你清秀的脸，期待地望着我，或许你已经忘了那个冬天悲伤的回忆，但至今我依然要轻轻为你叹息。

在一个如花似玉的年龄，一场突然的意外夺去了你天籁般的声音，那样的打击敲碎了你骄傲的心。任思维旋转，激情澎湃，火光碰撞，你只有咿咿呀呀，比比划划，在你吃力的脸上，我看到了泪光闪过的痕迹。我轻轻抱住你，不想也不忍心再看到你的脸。我告诉你，假如世界上没有了苦难，世界还会存在吗？要是没有愚钝，机智还有什么光荣？要是没有了丑陋，漂亮又怎么维系自己的幸运？你呆呆地望着我，不再试图说什么。我告诉你，一切的苦难都会像流水一样过去。你问我属于你的流水什么时候带走你的忧伤，我哑言。我告诉你，生命最终不会被打上蝴蝶结，但它仍然是一份上天的礼物。你问我你的礼物为什么充满了奇迹，我再一次失声。在你面前，我的幸运让我的语言黯淡。

你最终还是要学手语了，你拍着胸脯说这是我的意思，你用白皙的双手为我搭建了一个家，你用修长的手指为我画出了爱的形状，你竖起大拇指对着我，你蜷缩着稚嫩的手臂握紧拳头。你的意志、优美、力量都在曼妙的动作中充分体现，在你面前，任何的舞蹈都显得矫揉造作和弄虚造假。我知道，在淡淡的三月，你的心里已经开出了一朵同春天一样美丽的花，尽管养分是浸透血泪的落蕊。你的丢失让我隐隐地痛，但在你欢快的脸上，我看到了一种生命的咆哮。

以前的你总是抬着高傲的头，仰望蓝天，吮吸阳光，从不在乎脚下的路。一切的错失与荒唐好像与你无缘，你爱这个世界，因为它从未让你失望。这次你跌倒、颓废、迷茫、徘徊、彷徨、踟蹰之后，挣扎着站起，依然大声说着你爱这个世界，你褪色的生命光亮如初。以前的你从不关心别人的生命，一切世俗的气息都在你的幸福下逃脱。上天温柔的陷阱，让你找到了生命的重心。你和其他与你一样的孩子一起拥抱，一起流泪，一起思念，我看到你轻轻擦去了别人眼角的泪花。你告诉我，因为失去，所以懂得。我听了泪流满面，但心里却撑着爱的雨伞，我慢慢转过脸去，不想我的善感拂去你内心的欢乐。以前的你不甘第二，总会拼劲最后的力气，向别人证明自己的存在。现在的你从容、自然地面对你下着雨的生命，你告诉我安心才是生命的归宿，属于你的尽管远隔千山万水也会来到你的身边，一切的浮华都会像老照片一样，别无选择地留在记忆里。我知道，不只你的心里盛开着一朵不凋零的花，你也在我的心里悄悄埋下了跳跃的种子。

你心里的花在我心里静静绽放。

筑梦心田

周笑言

我本爱花,于是在我心田之上开辟出一方净土,徜徉在心田之中,不仅能回顾过去,也能环顾现在,还能更清楚地展望未来,如若有幸,或可邂逅一阵吹面不寒的杨柳风,抑或是一场落英缤纷的杏花雨。

整日在白墙灰地间穿梭,让我很难拾得一桶沙或是一块瓦,用来垒砌这方花田。而清明的假期,堪称天赐良机。

江南水乡的宁静安然、淡雅别致,总是让人魂牵梦萦,百转千回,可是当我真正走入梦中的时候,却被现实惊醒。

从未奢求等待在那里的会是苎萝村旁浣纱的西子,或是蠡湖之上泛舟的陶朱。但心里毕竟曾有一份期待:看一下专属于江南的爱情故事:杨柳风,槐花雨,杏花村,芦花荡,莲花船,稻花香;茶花女,碎花裙;丁香伞,桃花扇;牡丹亭,芍药居,菊花茶,梨花酿,桂花糕,枣花蜜;雨花石,梅花烙……一位青年才俊打江南走过,那等在季节里的容颜随之开落。可刺目的玻璃墙却让我迟疑了拥抱这里的臂膀。本已是沙瓦俱全,但这个时候,看到很多,不想说,也没办法把它写下来。再后来,不想让眼睛继续受刺痛之苦,也就闭上眼,不看了。唯余对造物主厚爱人类的感激:在给你一双眼睛看世界的同时,也给了你眼皮——选择看与不看的权利。

直到夜的来临,那是一个属于"顾城"的时代,黑夜给了它黑色的眼睛,却被用来审视"光明"。夜的黑瞳闪烁出城市庞大建筑的华丽与荒凉。依旧川流不息的街,尾气带走人群与时间。总是该随处走走的:橱窗内透现中国风的挂坠,上等的紫砂茶具,一盒手工捏制的小面人,依次展现西施、昭君、貂蝉、玉环的绰约风姿。偶遇一帧古老中国画。细绘白菊花及枝叶,瞥到右侧余白题字,虽无大用,但自为欣赏——工笔勾勒自古以来皆以绢素矾纸为之习以以为常……

回到住处,已是霓虹褪去、华灯落幕之时了。夜深人静,挑开窗帘,对面曾经灯火通明的楼房也早已归入黑暗,只有几点星光暗自闪烁。生活细微之处,琐碎平常。但某种时刻,大脑皮层仿佛精密摄像机,瞬间捕捉—定格—成影,形成记忆。

夜深了,也该睡了,有些东西还是留在梦中才会让人心醉,正如同仙境只属于梦游其中的爱丽丝。我确实期待着那样一池花田来让心灵安睡，可我的双眼在被刺痛后却忽视了心灵的本意——筑田，是为了驻梦。我既希望它容纳万般美好，又怎能竖起道道樊篱将它束之高阁呢？万物，其本源都是美的，只是我们的眼睛有时会被表面的浮灰蒙蔽。如我般过分苛求"纯净"的人总是失落，唯有细细思量之后方知——泥土，才是种子的温床。若要心里盛开一朵花，唯有让它吸收人性中最自然的养分，接受心灵阳光的照耀方可为之。

想通一些之后，我对自己说——晚安。

让心底盛开一朵花

陈思聪

　　我恣意慵懒地躺在春天温柔的怀抱里，看新芽害羞地舞着嫩绿的翩翩衣裙，任阳光在我怀里肆意地撒娇，我看着湛蓝湛蓝的天空上挂着棉花糖般的白云，我忍不住伸出手，抓了一把放进嘴里解馋。我看见贴着我脸颊的草儿笑了，笑得开了花，笑得眼睛弯弯的睫毛颤啊颤地，半掩着芳唇扭过头，咯咯地，肩膀一抖一抖地。我也情不自禁地笑了，一个人兀自笑出了声。我听见自己心里最深的地方，有一朵快乐的小花"啪啪"绽放的声音。

　　我已经好久好久没这样快乐过了。我在这个麻木不仁的城市里郁闷，每天穿过一栋又一栋的水泥钢筋高楼大厦，穿梭在面无表情行色匆匆的人群中，挤在密不透风连呼吸都困难的公车里，生活和我的脸一样僵硬，一如冷冰冰的高楼大厦。每天都有人在抱怨，自己多么不容易，压力有多大，有多么累，有多么不开心。股票涨了跌了，金融又危机了，又失业了，工资又减了，房子汽车又泡汤了，一张张画着人头像的散发着铜臭味的红殷殷的纸牵动着我们的心。他挣的钱比我多，他家房子好、气派，他的汽车好带劲，人们不高兴了。

　　太阳升起又落下，没有人关心它，同样也是红殷殷的它。

　　那么快乐，还是源于一个下午。那天我们刚刚放学，我拖着沉重的书包，无精打采地走在大学的校园里，垂着眼皮，满脸写的疲倦，我一心想奔回宿舍早点睡觉。然后在一个不经意的瞬间，我抬了下困倦的眼皮，却瞥见了这样惊艳的画面：一轮残阳红了脸，羞答答地侧着头躲在楼与楼之间的罅隙里，娇羞地舞着，连周围的晚霞都被披上了凤冠霞帔。就是那一刻，一颗快乐的花籽，埋进我心里，发了芽，幼嫩的，惹人爱。

　　让心里盛开一朵快乐的花吧，那些过去的过不去的烦恼的痛苦的，统统埋掉吧。钱没了，还可以挣，失业了，还可以再就业，可是快乐没了，生活又有什么勇气走下去？母亲的一个同事，家庭条件不是很好，可是她每天都很快乐。那个阿姨胖胖的，却喜欢拉着母亲去服装店试衣服，只是试穿也不买，有时都把店主试烦了。她常常自嘲道："我去试衣服，只要我一穿上出来，他那衣服就甭想再卖出去。"她的丈夫失业了，还有两个小孩，一个高中一个初中，可她从来不发愁，她说："愁也愁不出钱来，还不如不愁。"现在她的丈夫在家没事天天做饭洗衣服伺候孩子,她还挺高兴,说是有了全职保姆。母亲特喜欢跟她在一起。

  大三了,大家都准备考研,我们班气氛很压抑,上课跟下课差不多,一样安静。我也曾经很压抑,也曾经很想放弃,可是毕竟还要走下去。现在想明白了,那么多人都在奋斗,都在为了一个共同的目标心无旁骛地奋斗,人一辈子可能就这么一次,有什么理由不好好珍惜?那么多人陪我上战场,我不是一个人在战斗,我们是一个集体,我们是战友,有这么温暖的集体,我干嘛不快乐!

  让心里开出一朵花吧,说是安详,说是快乐,说是单纯。笑看窗外云卷云舒,宠辱不惊,世界不为任何人转动,世界很公平。品一杯香茗,在安静的午后,倚坐在树荫下,读一本闲书,茶香满口情悠悠,一杯茶,足以醉今生。

  快乐如一朵精妙的花,花若能言,口自芬芳;快乐似一曲美丽的歌,歌若能见,影自娉婷。竹杖芒鞋走出不平的路,踏过清凉的溪水,快乐还在,一蓑烟雨任平生。

  生活不是林黛玉,不会因为忧伤而风情万种。

  所以,让心底开出一朵花吧,风随花舞,轻盈飘逸,彩蝶萦绕,那是最柔软的快乐,温暖了整个春天。

  不信?不信你看看,那些快乐的眼睛里,有没有折射出春天灿烂的阳光!

寂寞山谷，百合飘香

冯霄

就算你留恋开放在水中娇艳的水仙，别忘了寂寞山谷角落里的野百合也有春天。

——题记

水陆草木之花，可爱者甚蕃，周敦颐曾谓菊为花之隐者；牡丹为花之富贵者；莲为花之君子者。但在这万花丛中，我却钟情于在寂寞山谷中悄然开放的野百合。艳而不妖，香而不娇。即使无人赏识，也要绽放出生命的华美。野百合的花语便是这种可以平凡却绝不平庸的草根精神，不是所有人都有机会惊天动地，但所有人都有理由活出自己。野百合便是芸芸众生心头永远绽放的那朵花。

"怀良辰以孤往，或植杖而耘耔。登东皋以舒啸，临清流而赋诗。"陶渊明怀揣着遁身乡野的梦想走来。中国封建时代的文人身上总有这样的一种矛盾和悲哀：他们往往在文学上实现着自己的价值，却又迷惘和不甘于这种价值。在很多人眼中，文学只是他们步入仕途的敲门砖，可在仕途受挫后，他们又纷纷转向文学去寻找迷失的自我，很多传世的佳作也都出自他们人生的低潮，他们往往表面上蔑视官场的黑暗，内心却对此保存着无限向往。即使是李白在被赐金放还时能豪迈地写出"天子呼来不上船，自称臣是酒中仙"，但一旦能得到皇上的召见，他却即刻抛弃曾经的豪言于不顾，满怀希望去朝野寻求机会。然而，陶渊明是个例外，在他辞官后二十多年间他经历了丧妹、火灾、荒年等一系列坎坷生活的打击，但他却铮铮风骨依然，执著的守卫着心灵深处的那片乐土。萧统说他"不以躬耕为耻，不以无财为病"。是他，面对黑暗的官场，挺起了中国封建文人的脊梁！我仿佛看到一支倔强的野百合在他心中悄然盛开，在他向往的落英缤纷的桃花源中灿烂绽放。

"让开，别挡住我的阳光！"第欧根尼带着他特立独行的哲学精神走来。面对不可一世威名显赫的亚历山大大帝，他丝毫没有因为自己身份的低微而感到自惭形秽。亚历山大可以征服希腊的国土，却无法征服这片国土上最高贵的头颅。连亚历山大自己都说："如果我不是亚历山大，我就愿意做第欧根尼。""不要踩坏我的圆！"阿基米得带着对真理的执著追寻向我们走来。在他眼中，他手下这个凝结着自己智慧的图形远比侵略者的利剑神圣，士兵可以夺去这位科学家的生命，但却永远带不走他的灵魂。"世界上有无数贵族，但贝多芬只有一个！"这位音乐大师带着自己的倔强和不屈走来，是啊，连贫穷、失聪都无法让这位巨人屈服，他又怎会因一个无用的贵族的光环折腰？这三位智者跨越千年的历史风云，但面对权贵都作出了相同的选择，为世界文明留下了一脉桀骜不驯的异音。我仿佛看到一支倔强的野百合在他们的心中悄然盛开，在科学与艺术的殿堂上灿烂绽放。

又是谁，带着心中盛开的野百合走来？那些名人至少可以让自己的声音留在历史的长河中，但更多的人呢？他们就生活在我们的中间，披星戴月，早出晚归。隐身于平凡的闹市中，消隔在茫茫的人流里，用拼搏和执著编织着梦想，用梦想和激情创造着未来，用未来和希望支撑着生命。他们的一生就像流星划过天宇，不留任何痕迹。但还是那朵倔强的野百合，让他们选择坚持，选择继续。他们坚信：远方无论多远，只怕停止追寻。在那条寻梦的道路上留下的是青春的足迹，是失败者的倒下和追寻者的既往。历史没能记住他们的名字，但他们毕竟用野百合般对春天的向往书写了生命的华章。

如果我的心中每天开出一朵花，我希望是那朵倔强的野百合，平凡而从容，质朴而美丽，即使没有成功，也至少活出了自己。寂寞山谷，百合飘香……

玉树荫下 心花盛开

胡雪岩

> 爱心是一朵正在盛开的曼陀罗，代表了生生不息的希望；爱心又是一首飘荡在夜空的歌谣，使失去家园的人获得心灵的慰藉。
>
> ——题记

春蚕死去了，但留下了华贵的丝绸；花朵凋谢了，但留下了阵阵的幽香；一幢幢房屋坍塌了，留下了惊天动地的灾难；一个个战士倒下了，留下了人定胜天的信念。

2010年4月14日，当人们沐浴在和煦的晨光中准备开始一天的工作时，远在青海省的玉树县却正在遭受着一场惊天地泣鬼神的灾难，7.1级浅源地震，紧接着一次又一次的余震，无一不在冲击着玉树人民的心。九成的房屋建筑坍塌，近2000人遇难，1.2万人受伤，这一个个冰冷的数字，深深地刺痛着每一个中国人的心。清晨的曙光本该带来希望与朝气，可当天的玉树人民甚至全国上下每个国人的心中却是无奈与悲痛，2008年汶川地震的阴影尚未抹去，2010年玉树地震更是雪上加霜，生命本该如此吗？那一朵朵盛开的鲜花，还有谁有心理会，心里的花儿凋谢了、枯萎了，会有谁来抚慰这些受伤的心灵。

经历了多灾多难的2008年，我们痛苦了很多，也领悟了很多，灾难没有把国人的心花摧毁，也没有把国人的志气压倒，难无情，人有情，用爱心化解伤痛，用祝福来浇灌那些受伤的花朵，众志成城的一线官兵，同心协力的志愿者群体，定会将地震驱散。一方有难，八方支援，我们不分地域，不分民族，在无法抗拒的大自然面前，只有爱是我们永恒的力量，只有爱是我们共同抗击灾难的武器。

安得灾民千万心，大批天下英雄齐出征。地震过去5天了，我们看到的不再是不断上涨的伤亡数字，还有那一个个的让人泪下的英雄事迹。一位叫丁军的消防战士，在得知灾情后毅然离开在北京做脑部手术的父亲，随部队赶往灾区，父亲的病情十分危急，灾区的灾情也十分危急，在这两难的情况下，他说："我去北京也只能看望我的父亲，而留在灾区能帮助更多的受灾群众，也许能挽回更多的生命财产。"香港义工黄福荣不顾家人反对，在玉树地震时，本已逃出，但当获知尚有1名教师及3名学生躲避不及，被压在倒塌的瓦砾堆中后，即不顾危险，立即折返孤儿院救人，可谁知此时发生余震，部分摇摇欲坠的房屋突然坍塌，黄福荣惨遭不幸，幸献出了宝贵的生命。一位在场的孤儿院老师回忆，黄福荣在返回孤儿院时说："在公益和奉献爱心的道路上，如果我死了，是上天对我的恩赐。"

我想说，任何微小的事迹都值得我们铭记，在灾难面前，每个人心中都盛开了一朵花，信念作为土壤，在一滴一滴的汗水和泪水的浇灌下成长。微小的力量汇聚在一起，给予了灾区人民莫大的帮助，正如那些富于爱心和勇气的志愿者，当人们需要站立的时候，他们扶一把；当人们饥渴的时候，他们送上粮和水；当人们流血的时候，他们包扎伤口……他们忙碌的身影，出现在玉树地震的每一片土地，他们总是捧着一颗热心，把别人的甘苦当作自己的甘苦，视别人的亲人为自己的亲人。奉献、友爱、互助、进步是他们的座右铭。他们走到哪里，就为哪里带去了温暖。

微笑着，去唱生活的歌谣，不要埋怨生活给予太多的磨难，不必抱怨生命有太多的曲折。大海如果失去巨浪的翻滚，就会失去雄浑，沙漠如果失去了飞沙的狂舞，就会失去壮观，人生如果只取得两点一线的顺利，生命也就失去了存在的意义。让我们每个人心中的鲜花盛开，让它悄然绽放，吐露芳华，将那一份美丽与清香带给身边的每一个人。

生命本来如此。

生命不可承受之轻

孙妍

> 慢慢走着，雨滴滑过睫毛，不知道手中的相机该捕捉些什么，因为一切的生命都是那么美好，因为生命的一切都是那么美好。
>
> ——题记

这是在北京度过的第二个春天，记得我曾带着新奇的眼光贪婪地用相机捕捉，公寓前嫩黄的迎春花，大礼堂前绚丽的紫藤，理工楼前华贵的银杏，图书馆前苍劲的松柏。

可是，此时此刻，一年后的这个春天，当纯真的感情戛然而止，当美好的友情忽然变得暧昧，当倾尽所有去准备的比赛惜败，当生命中很多珍惜的事物都发生了改变之后，在这蒙蒙细雨中，我不想再用相机记录什么，只想用心感受，那生命不可承受之轻。

西南大旱，全国人民都看到那触目惊心的裂了缝的黄土地！每个人都不想看到，拯救那片土地的只有泪水。我从不像现在这样去凝视一滴水的形状，去感受一滴水的重量，从未像现在这样感受到水对于生命的意义。雨滴滑过脸庞。我真的希望这雨落在那里，那里的生命可以多一点滋润，滋润一份心田。生命不可以失去水的重量，失去了水，生命还剩下什么……

学校大礼堂前静美的丁香，在雨中淡淡地绽放。

他曾经只是一个我所不熟悉的身影，可是现在每当我遇到他，都会有意识地注意他，因为他的家在玉树，家里的房子在地震中全部倒塌；也因为他在哭红双眼后依然在运动会上助威呐喊，他对我说，没事。玉树，这样一个美丽的名字，这样一个美丽的地方，却有无数生命瞬间陨落。生命的轻，轻得让人无法接受；生命的重，重得让人肃然起敬。

眼前的松针虽不长在笔挺的树端，但它没有放弃生长，而是依然在春雨中恣意享受，雨水在它发梢凝成水珠，折射出世界的精彩。生命是宝贵的，不要为短暂的痛苦而挥霍生命，不要为遥不可及的事物而放弃生命。

生命不言败，不经历风雨怎见彩虹。心中绽放的黄蔷薇，它是永恒的微笑。当灾难侵蚀母亲的肌体，我们更加珍爱彼此，万众一心，凝聚爱的力量，同舟共济，托起生命的太阳。让我们在心中祈祷，孩子们天使般的微笑灿烂不熄。生命有不可承受的轻,生命有不可推卸的责任。寒冬已经退去,让我们去感受春天的温暖,当大礼堂旁黄蔷薇盛开的时候,让我们用灿烂的微笑诠释生命的美好!

一年春回首

武晓敏

韶华过了，又是一年春回首。

春来了，花就随着春开了；花开了，人就随着花乐了，随着花红了……

花谢花再开，经受了多少执著与坚忍：仲夏时骤雨雷鸣，衰红满地；三秋里霜结风虐，芳华残落；隆冬中撕心裂肺、摧肠折脾。它们零落尘泥，辗转成灰，忍受了体的折磨，心的雕造，度过了生命的漫漫长夜，在这一年复始之际，迎着朝晖甘露，终于万紫千红，艳溢香融。

习习春风，吹皱一池碧水。熠熠春光，抚爱满园娇红。看那一朵朵的花儿，在枝头袖舞歌吟，横波送目，如若一掬笑容，风情万种，荡开着满园春色。我仿佛听到了它们欢快的节拍，闻到了它们芳美的丹魂。身便也涵泳于齐艳之中，心便也畅游在芬馨之内了。

春去春回来，曾经凋谢的生命，再吐芳华。

于是，带着对生命的仰畏，踮起繁阜丰华中沉重的脚尖，拨开灯红酒绿中迷蒙的双眼，站在高楼大厦之巅，望穿天涯，我看到了故乡，看到了一草一木在心灵的村庄上茁壮成长。

那是故乡的春天。丝毫没有城市的矫揉造作。一眼望去，白云凫渡于蓝天，清风徒行于旷野。小草背负着生命的坚强，冲破大地的束缚，绿遍高高低低的原野。花儿用高洁的心灵，擎起人性的光辉，点缀在草丛中、池塘边、心坎上……对于远方的游子，羁旅天涯，总有一颗灵犀的心牵挂着故乡。在这大千世界，人潮人海中奔流，看惯了太多陌生的路牌，太多陌生的脸、陌生的心，有着太多太多的面罩和忙累。于是，我渴望故乡的亲近、柔善与野性。我看到了蝴蝶的蹁跹，听到了燕子的呢喃；我看到了蜂儿的忙碌，听到了黄鹂的婉转；我……我看到了村庄的魂魄，听到了心灵的召唤！

那是故乡的麦田。城市里只有粮食，没有麦田。微风中，层层碧浪漾起点点涟漪。绿绿的麦田，青青的希望。它们将在这片肥沃的土地上，带着乡人朴实的心，汲取自然无私的光恩雨爱，在不久的将来，用金色的麦穗，托起收获的责任，去变成一碗面条，变成一个汉堡，变成一腔奶水，喂养婴儿，哺育众生。诚然，带着远方儿女的思念，在异乡的餐桌上，我嗅到了故乡的味道；带着游子的祝福，在城市的土地上，我也将村庄的种子播下，经营着一方希望的田野！

那是故乡的老街。对于远方游子的脚，它是走出来的，不是铺出来的。城市的路太硬了，在岁月的舞台上，硬的让人无法踩出一个脚印……于是，我渴望故乡的老街——春天，在自然的簇拥中，它给我曲径通幽的快慰。夏季，在电闪雷鸣的暴雨中，它教我懂得只有在泥泞中才能够踩出深深的脚印。秋日，落叶归根预示着生命中的风和日丽、虹桥归路总会在岁月的门槛上步入歧途。寒冬，朔风卷地蓄意着只有迎风踏霜傲雪来，才能不尽生机布新春……

我看到了故乡——她伸出一只长满老茧的手为我撩开眼前飘过的重重白云，将我从世俗的沼泽地里稳稳地托起，深情地为我指向那条通往心灵的路！

远行的人啊！当你在蜗名蝇利中挣扎的时候，你可曾想过给心灵开一朵圣洁的花？

当你在忙累中挣了不少钱时，却发现自己以健康作为代价；当你住进宽敞的楼房时，却发现心灵没有一间茅舍可以休息；当你开着豪华的轿车时，却发现只有双脚才能走出精神的路。你戴上了事业的望远镜，却脱下了生活的万花筒；你执著于物质婚姻的纠葛，却放弃了人性爱情的本真；你为自己的权益而举杯，却不曾为自己的责任而觥咏。

这个世界，再大的房子关不住人的心；再贵的跑车走不完人的路。远行的人啊，你在拥挤的人情世故中可曾牵住了岁月唯美的手，与生活这位佳人口口声声？

春来了，柳风送暖，万物滋生；花开了，艳染田园，馨芳衷灵。在这一年复始的时刻，我要用这冰绡玉瓣给心灵铺一条地毯，永远不忘生活的路……永远……永远……

一年春回首，花红满心香。

心中盛开一朵花
——因为茂盛，所以幸福

胡红茎

今年的春天异常地冷，本已是阳春三月，身在北方的我们却还是一副初冬的装备。尽管商场里的衣服换季还是一如既往的早，在中央空调营造出的暖暖的虚假氛围下，年轻的女性们还是争先恐后地买下了轻薄靓丽的春装。但校园里的花似是比往年晚开了一些时日，与之相映成趣的是，在这春天里，有耐性的帅哥靓妹们还是一身灰暗臃肿的冬装。然而等不及的酷哥美女们就在料峭的春风中穿着那新买的薄衣，虽是美，却着实与这凉凉的天气不甚相配。

清明节过后，校园里的花花草草树树总算醒了过来。尽管仍是有些冷，花儿们还是三三两两地开了，大树们也次第地抽着新枝芽，地上的草也大片大片地绿了。大自然春天的信息总算发到了我的心里，然而，我却无法回复。

就如今年的天气一般，我也迎来了心里的寒冬，没有哪支可爱的花能够扎根并顽强地开放。已至大三，还有几个月我就要步入大四。许是真的又走到了人生的一个岔路口，面对选择时，我们总是愈发地感到内心的杂乱荒芜，似乎没有什么是在心中已长至成熟可供摘取的。

考研吧。我想考行政法，这是我在大二立下的目标。经过不断的咨询，前辈们说这种专业就业的方向最好的是公务员，如果做行政法专业的律师是没什么前景的。当公务员？我不想的，虽然那是一个大大的热门，但在我看来，这么多人追捧它除了因为它是一个铁饭碗，恐怕就是为它那宽广的灰色地带所吸引了。虽然不能否定有些人真的是有志出世而报国，但恐怕也是凤毛麟角。我无心恐怕也无能做那可贵的凤毛麟角。那做一名律师呢？看看我们现在的社会吧，虽然行政诉讼的案例在课堂上大大有之，但在现实中呢，民告官还是民告官，让像我这样一个初出茅庐的小律师去成就这番"依法行政"的伟业吗？！连我自己都觉得在当前大的社会背景下，个人的力量弱小到多么可怜。愿意并能够为国家法治进程贡献力量的人肯定是有的，但目前我不认为自己可以。那考民商法吧，不能治国平天下就修身齐家吧。总听人家说在这个社会上要掌握一门技术才能有立足之地。然而我真的对这个专业感兴趣吗？进一步讲，人活着既然总能想办法吃饱穿暖有地方住,我就一定要多多的钱、高高的社会地位,被别人瞧得起、看得高才幸福吗?再退一步讲,现在律师行业竞争这么激烈,已经听过很多女律师的艰辛故事,自己是不是有点明知不可为而为之的味道呢?那考完研,再考博,最后当一个老师呢?当大学老师在人们看来也是一个很让人歆羡的职业呀。但想想自己,一直读书二十载,最后当上一名老师,再嫁人生子从而走上人生的循环轨迹。一直在学校里就是因为不愿意面对这个如此不理想的社会,这是不是又有点太畏缩了呢?

也许朋友会笑我,"这个家伙太理想化了,还有闲心想得那么久远,现在考研、考公务员、就业哪个竞争不激烈?还是先想想怎么竞争上岗再说吧。"现实与理想的确差了好远,但如果太看清现实,每走一步都是随波逐流,别人争取的自己也汲汲争取,而自己的内心却在说走一步看一步吧,到我老了的那一天会不会悔恨没有自我的人生轨迹呢?而如果是理想化的问问自己想要什么,却也没有什么好的收获,每一样看起来都是那么的不尽如人意吧。

某日无意中听了一堂哲学课,老师把人生比作三境界。第一境界叫生存,生存就如牡丹,花开富贵。人在青年要为了衣食问题而劳苦奔波。第二境界叫生活,生活如玫瑰,予人玫瑰,手留余香。人在中年要学会为人处世,做一个成功的社会人。第三境界叫生命,生命如莲花,出淤泥而不染,遇见真正的自己。人在晚年要学会安身立命,获得真正的幸福。依着老师的话,在深深地冥想中,我依次把每一朵花都试着移植到自己心中,然而却没有一朵能够在我心底扎根,为我开放。我想,老师的话中有我不敢苟同的地方。人生的三境界并不是能如老师用人生的三阶段来相对应的。境界与岁月无关,现实中,这三朵花是同时在每个人的心中一争天下的。若是开了满园的牡丹,虽是富贵,却又有空洞无物的幻影。若是开了一庭的玫瑰,虽是香满芳邻,却又容易在和谐的氛围中和谐掉了自己。而若是满池的莲花,境界难得且不说,不知那种花的人是否也会偶尔觉得太过孤寂。我不知道别人想种下什么,收获什么,我也不知自己想种下什么,收获什么。只是隐约觉得,若是三株同种,那势必会天下大乱。

一日傍晚,闲逛西门中,我找到了我的"菜"。无意中,在一辆花车前驻足,流连起车里的小盆栽。看到熏衣草很是惊喜,淡淡的紫,浓浓的香。可是仅过了一阵,就又对香味失去了兴趣,更怕日后会对它生厌。早日的喜欢若变成来日的厌弃,那今天还是放弃的好。想买上一盆小月季,嫣红的花朵娇的可爱,但想到待买回不久后它势必凋谢,在宿舍养花时,凋谢后的大部分结局是不会再开,想到这里,浮想出它最后因能开花却不开花而被抛弃时,我还是放弃了它。看了好久,眼睛忽地一亮,注意到了一盆绿油油的小家伙。它不会开花,没有香味,并且总是矮矮的、蓬蓬的,像是小洋人的头发。老板告诉我,它有一个喜人的名字,叫幸福草。真是一个好名字,我不由心动,可又立生疑窦?它如此单纯普通,又何来幸福呢?"因为它一年四季总是长得这么茂盛啊。"伴随着老板那半真半假的一句话,忽的,我听见了花开的声音……

小心翼翼地捧着这份生活安排给自己的礼物,将它带回自己的小窝摆在桌子上时,莫名觉得自己的心里盛开了一片绿,从前的荒芜居然就这样轻易被驱逐了。是啊,因为茂盛,所以幸福。生活并不是像计划书,只要规划得好,一眼就可以看到美好尽头。所以自己的那些长远选择上的踌躇是多虑的。也不像是苗圃,一段时间种牡丹,卖掉后再种上玫瑰,看够玫瑰后,再改了池子养了莲花。因为如果真是如此按部就班便也不是生活了。它没有那么简单,所以任凭谁也不能一眼望穿。但它也没那么复杂,就像是幸福草的花语,随着一天天时间在指间、笔尖、秒针间流过,只要每天都有着朝气,每天都展示生命的旺盛,这就是幸福的生活。

"幸福"在我的书桌上健康地成长了一个多月了,它虽不需要悉心照料,却也不像仙人球可以全然被忽视,每两三天给它一杯清凉的水,"幸福"就可以知足而尽情地盛开着它的绿。而它的主人呢,因为心中盛开一片幸福绿,所以就不必纠结于到底哪里才是人生岔路口这个问题。既然茂盛即幸福,又何必等到它在现实的世界中开花才称得上是幸福。既然生活充实、踏实即幸福,又何必非要等外部的世界给一个认可才相信自己得到了幸福。自己在这长长的过程中细细体味吧,像幸福草一样,每天在生活中吸取养分,日日展示茂盛,空虚和荒芜就会不见的,而人生的路也会一点点地主动清晰起来。

某天,当我感谢"幸福"花语的启示时,它竟调皮地跑进了我的心中,悄悄对我说:"谢谢你,看到我的盛开。"

"谢谢你,为我绽放。"

心有花香

蓝咏石

多年前，我不知何故在某处旅游胜地买了本《佛经故事》，回家后却又一直把它摆置很久而不读。直到某一天，当我翻箱倒柜地整理我的藏书时，我才发现了它那孤独的身影。想必是寂寞的日子留下的印记，书都有些发黄了。我在一遍一遍的自责中，忽然有了阅读的念头。

那时是2007年。2007年是我最晦涩的日子。那是高二期末，有一天晚自习下课，突然得到班主任的一条消息，才知道自己高三将不在重点班了，取而代之是新的环境——平行班。就在我获知自己被"踢出"重点班的那一刻，脑海中浮现即将要面对的痛苦，两行硕大的泪滴不由自主地从脸上往下落。即使我心里有一百个不甘心不情愿也始终对抗不过无情的现实。高二一年了，成绩确实一直掉在重点班的班尾，打从心底就觉得对不起家人，对不起身边一直看好我的朋友。更令我憋气的是，之前是以优异的成绩考进来的，当我被踢出重点班，在新的平行班里，学校的老师、同学和朋友会怎么看待，离开了重点班，就有很多优待都离我而去，这种感觉真的很难受。

想象到我明天一人拖着大箱的书回去，进到昔日的教室和宿舍，独自一人卷铺盖到新的环境时，我就很害怕。半夜蜷缩在冰冷的被窝里，哽咽失声，难以入睡。塞上耳机，此时电台正轻轻地传来一首悠扬的古筝曲《寒山钟声》。

多么美妙的乐曲。意念随着古乐游走，我拾级而上，走进静默千年的寒山寺，轻轻推开虚掩的寺门，燃一炷香于佛前，任心绪随着袅袅上升的香火缥缈在古寺上空，慢慢，淡若虚无。目光缓缓地游移，一花一草，一沙一石，写满静谧。抬头，一种无限宽厚，祥和的目光含了春风，涤尽尘埃渐落的心。侧声倾听，隐约的诵经声由远传来。寻声而去，便长久的伫立在朗朗的诵经声中，忘了自己……夜幕降临，古寺的巨钟时辰无差地被敲响，钟声带着"嗡……嗡"的余音，透过沉沉的夜色，传到千家万户。双目微闭，只觉得一记记的钟声直上云霄，又从天而降，就像是天上仙乐，飘飘然然从高处，落到了伸展的树冠，落到了古镇的屋脊，落到了静静的小河，然后才慢慢地消逝在远处。心似莲花开，是一种太过奢侈的意念；然而，此时，此念，此心，足以清静。

后来才知道这竟是一首佛乐。对于我而言，佛乐无疑充满无比的魅力。2007年，我与《寒山钟声》有缘，就已让我内心感到特别的宁静、祥和、心灵被涤荡、灵魂被净化，那一刻，分班的烦恼、痛苦、焦虑等负面情绪似乎离我而去，感觉自己所生活的这个世间真美好，真令人幸福，这种美妙而神奇的感觉无以言表。

我并不是一个虔诚的佛教徒，对于佛教所描绘的另一个世界一直将信将疑。可是，当我阅读《佛经故事》时，我更愿意相信人类自身可以创造佛教所描绘的另外一个美好的世界。

佛陀说："守戒律的人，不一定要开花结果才有芬芳，即使没有智慧之花，也会有芳香。有禅定的心，就不必要在因缘里寻找芬芳，他的内心永远保持喜悦的花香。智慧开花的人，他的芬芳会弥漫整个世界，不会被时节范围所限制。一个透过内在开展戒、定、慧的品质的人，即使在逆境里也可以飘送人格的芬芳呀！"

其实，为自己创造一个美好的世界，就是创造一种心情。我们习惯浩叹，习惯呼救，我们不知道，其实自我的救赎往往来得更为便捷，更为有效。

唐山大地震的时候，有个女孩被掩埋在废墟下达八天之久，在那煎熬的日日夜夜里，她不停地唱着一段段的样板戏，开始是高声唱，后来是低声唱，最后是心里唱。她终于幸存下来了。她不就是那个心有花香的人吗？劝慰着自己，鼓励着自己，在内心的花园里种花，即使在人生的无寸草处行走，也会看见那美丽神奇的一瞥。这样的人，上帝也会殷勤地赶来成全。

经历了一年的洗涤，2008年，我参加了全国高考，结果竟和原来重点班的许多同学一样考取了好的大学。如今回想起历经痛苦的高中生活，离开重点班对我来说其实不失为明智的选择、难得的际遇。在平行班里该吃就吃，该玩就玩，该学习就学习，享受自己的人生，不用担心有人会"踢"你出去，也没有人瞧不起你。重点是你要有一颗平常心。宠辱不惊，看窗外花开花落；去留无意，任天空云卷云舒。

人的生命历程，说到底是心理历程。善于生活的人，定然有能力剪出心中的阴翳，不叫它滋生，不叫它蔓延。所以，给花香一个弥漫的理由，给自己一个快乐的机缘，花季的时候，不要忘了在自己的心里种花。

我多么想给你一片晴空

盘海玲

> 我不是救世主,也不是哲理家,我说不出大道理。
> 我只是把我的想法说出来,希望能给朋友一些帮助。
>
> ——题记

"我是一个孤独的浪子,生活了十几二十年,都是在漂泊,而且一无所获。我何尝没有拼搏过,但是命运注定我是一个无用的人,生活对我来说已经没有意义了,我现在品尝着生不如死的滋味,那些励志的话对我来说简直是讽刺……"

你的倾诉使我感到你的天空乌云密布,而且是一片静谧,永远看不到闪电劈开乌云的那一刻。你就像茫茫沙漠中迷失的游人,又像是汹涌浪涛中失舵的小舟,你孤独无助,甚至有着生不如死的念头。拥有花一样年华的你面对生活就如此的消沉,没有一点生气。你根本就不去寻找出路,去争取外面的阳光,你就甘于命运的主宰。是命运吞噬了你的锐气;是生活夺走了你的生气;还是经验削减了你得勇气?有人说生活会使人成熟,经验会使人稳重,而你却变的懦弱。

桃花性急,要在繁花中争宠;荷花害羞在百花中弄姿;菊花不耐烦要在萧条中炫耀;而梅花却顶着刺骨的寒风,在这冰天雪地中默默地开放,透着一丝丝的清香,梅花却成为文人墨客心中赞颂的对象。梅花忍耐了三个季节的白眼,顶着刺骨的严寒,就是为了短短的花期,争取一次表现自我的机会。而你只过了人生五分之一的年华,就这么快心浮气躁,自暴自弃,把自己禁锢在死胡同中,让它自生自灭,这样你能从桎梏中走出来吗?你就不能退一步想想,你真的一无所获吗?或许是你把它忽略掉了,譬如经验,奔波中的酸甜苦辣,还有亲情。在你眼中就只有成功才是收获,那什么算是成功?出人头地,家喻户晓才是成功?世上的那么多人,历史又记载了多少?可是其他那么多人不是也要生活,还不是努力让自己过得充实。不要羡慕别人过早的丰收,大器老成有时确实是真理,多给一点时间来琢磨与充实自己,等待自己生命之花开放的季节。

你说多年漂泊就可耻,不要把漂泊流浪看成可怜,因为人生本来就注定到处漂泊,那是因为我们拥有两只会活动的脚和一个会幻想的大脑。你应该知道达尔文奔波流浪28年才有《物种起源》的巨献;你也应该知道徐霞客浪荡天涯20载才有《徐霞客游记》，你更应该知道李时珍多年跋山涉水才能著成《本草纲目》。你与他们不同是因为你没有像他们那样的志向，这样你才会失去信心。你根本就不敢为自己定一个目标，哪怕是小小的目标，你也是顾虑重重，所以你才会像一只无头苍蝇一样流浪而一无所获。你就应该为自己定一个方向，让自己这叶迷失的小船前进而不是在浪涛中翻沉。

我多想给你一片晴空，那里有太阳、蓝天、白云，还有飞鸟，它们会给你一片生机，让你看见希望，让你看见未来。

泪 花

荣春秋

　　倨傲而孤独地生活着，仿佛，忧郁而疏离的花静默的盛开着……

　　生活，对于一些人来说就是一种负担，在生存与责任之间无从选择、无法抛弃之时，他们只好背负着包裹缄默的存活着。他们的世界是灰色的，心儿是紫色的；生活，对于另外一些人来说却是一种享受，他们不是没有责任和压力，只是他们懂得那些只是生活的附加品，在快乐的生活中解决了困扰旁人的困惑。他们的世界是金色的，心儿是绿色的。而曾经的我，恰恰是心中团簇着一株紫色的花苞，没有让阴郁完全充斥，却也无法放开心扉……

　　习惯于孤单，却不愿承认内心的孤独。

　　独自一人漫步在林荫小路，浓郁的树、缤纷的花，呈现于世界；幽幽的芳香，飘荡在鼻息；缕缕暖光，穿透整个身躯。没有太多压力和烦忧，虽不如世外桃源般怡人，仍可谓松弛心扉的佳境。但是，那时的我根本看不到这些，仿佛我看到的是另一个世界。抬眼，刺目的光仿佛刺进身躯的每一个角落，我害怕光明和温暖；伸手，接住的是一片坠下的落叶，我害怕陨落和埋葬；低头，踩着的是一粒粒光圆滑的石子，我害怕拥挤和磨损。但是，害怕只是表明自己在逃避现实，那些已经发生或即将发生的事实。内心深处存在骨子里的自卑，将自己困在疏离人群的一隅，可怕的社会已经将自己的棱角磨平，只想静默的存在，不被人知晓。

　　可怜的是，那时的自己还无法真正的认识到自己，以为学习成绩的优异、旁人的重视已经让自己活在世界的中心，自己并不孤独。但是，那存在于强烈的证明和认可自己的欲望背后的又是什么呢？很简单，就是内心的孤独。害怕被忽略，害怕别歧视，害怕被冷落，其实就是在恐惧内心深处真正的自我。所以，高中时期，就是那个强烈的思考着人生和社会的阶段，我让自己活得很阴郁，甚至将这份阴霾带到了大学。当来到这个众花盛开，而自己只是一株陪衬的草的地方，此心态您可否能理解？我从没有过适应期，不是我适应性太强，而是我从来没有想过自己要融入这个群体，我清晰的知道，我游离于这个人群，乃至于整个人群。我存在于这里，不是因为我想，而是因为不得不找一个地方容纳自己，这里也就是一个偶然。我静静地去领悟，何所谓静看庭前花开花落，默赏帘外云卷云舒呢？其实，也就是无动于衷，无事存于心，也就无事烦心了。自我觉得这样的生活很自得、很悠然、很恬淡，没有惊心动魄的烦忧，平静是内心所求。可是，当有人提及快乐时，我无言以对，因为这个概念对我来说过于陌生，或者说我从没有真正体会、理解过快乐。一直以来，冷漠于世事，存在自己的孤单之中，从未想过会有快乐的存在，就更不会去追求，况且那也不是追求来的事物啊！

不习惯于追求，在等待中接受应有的命运。

从来不会要求自己去争取，也不会对自己说放弃。因为我觉得，发生在自己身上的事情是不能轻易摆脱的，该离开的事情终究会离去的。所以，不要强求自己去摆正莫名的力量，接受现实之所得，不求现实之所无，就是我应该做的。就如同身边经过的人，虽然自己已经很在乎他，但是只有他走近我才会接纳他，如果他要离开我也不会挽留。落叶划过指尖，即使它再精致，我也不会去俯身拾起没有落在身上的东西。因为一种"位置决定论"存在于我的脑海，支配着我的判断。既然我脚下的那片土地是他要去的地方，而我只是偶然经过挡住了他的去路，所以他与我擦肩而过，这很正常，我为何偏要因己之欲而拾起他，反而挡住了他的去路呢？所以，不想去追求，就怕因为自己而强迫了别人的原意，仅此而已。该来的则会来，不该来的则会走，"宿命论"在心中寄居。

但是，平静的湖面终免不了涟漪的涌动，层层叠叠的疑问排山倒海的袭来。为什么自己总是不能抛开紫色的幽暗，为什么自己总是用心中的泪水浇灌着紫色花苞的成长？不能回答，也无须回答，生命给了我生的答案，我就要用生去回报生命的可贵！

学会期盼和渴望，生命拯救了生的向往。

抛开泪都，迈向花的海洋。一段过往，一滴悸动，一汪伤痛，让我还没有机会体味动力，就开始转为体会淡漠。但是，淡漠也好，距离给了我思考的空间，让我醒悟，从而找到了自己的位置和真正的所求，我需要的无非就是许久以来自己所渴望的平静与淡然、简单的温暖。所以，我感谢曾经给予我启示的人和事，带我走出了迷茫，从此我的眼里不用充满模糊的泪光，不用再痴痴的问自己为什么，不用再执迷于对未知的向往。这种平静，多了曾经所没有的充实和安稳，我释然。

任时光匆匆流水淙淙，静默的日子溜走于生命的边缘。直到那一时那一刻，我的思想没有被绝望的颠覆，而是成功的升华。我看到一个个生命陨落，一个个生命挣扎于生死的边缘，那种渴望和期待震撼了我，我才知道曾经的自己是多么不珍惜即在的所得。任时光平白的消逝,不赋予它任何实在的意义,这是多么的不应该!我用久违的泪水,送走和迎接一个个渴望生存的生命,也用泪水浇灌了萌芽于自己心中的生命之花。不用虚伪的赞叹和感慨,去用实际的行动证明那无法颠覆的力量。从此,我不再无所谓于我的生活,无所谓于我的幸福快乐,无所谓于珍惜我和在意我的人们。我要去体验、去充实、去证明我的生命与价值,只有这样,我不枉费这生的权利。生之花,在我的心中抽芽、含苞待放,我用留在心中的泪给他浇灌了第一次水,我用我的激情为他施了第一次肥,我的笑容就是他的阳光,我要抚育他茁壮成长。

我喜悦于我的顿悟,生,不必上善如水,只求怡笑释然。

依旧,倨傲而孤独地活着,但是,从此,无数摇曳的"生之花"在我的心田盛开……

绿 洲

孙超颖

当历史金戈铁马在荒漠草原，当人们血气方刚在争战征服，当所有人的眼睛只审视在大陆中心的肥美农耕草地上，人们都遗忘了，有一个躲在北回归线上的角落。这个角落，隐藏着巨大的秘密。

五风十雨，气候宜人，五颜六色的花海映衬在一望无际的热带雨林中；群山遮蔽，澜沧润土，小乘佛教的金塔缄默在群山怀抱的低洼坝子里。

这里，原本该是一片黄沙，可奇迹就这样上演，而且演的从容不迫，使北回归线上的这片神奇的土地成为动植物王国，唯一的绿洲……

西双版纳，这个美丽而略带羞涩的名字，你，听过几次？

坐落在祖国西南边陲，面积2万平方公里，以傣族为主的13个民族同坐一堂。没有过分的喧嚣，没有死寂的沉闷，澜沧江水匆匆流过边境换了个湄公之名。

最爱这里傣族的泼水节，每年四月中旬最热闹的城市。当北方还在穿着毛衣裹在外套里初见春日的阳光时，这里，却早已身着五彩的傣族服装，敲着象脚鼓，在澜沧江川流不息的水旁，热热闹闹地准备一年一度的盛大节日了。

傣族的泼水节就是他们的春节，他们有自己的日历和节气，就让他们在4月中旬自己的节日里尽情地唱吧、跳吧！

让每一处风景都跳动起来，让每一缕筋肉都舒展起来；让每一丝阳光都随着锣鼓的节奏跳跃，让每一拂清风都顺着傣家姑娘的裙摆吹动；让每一句祝福都融在这洁净的水里，和着欢呼和叫喊泼洒成弧度，冲掉整个城市的灰尘，赶走夏日灼人的温度，驱除烦扰人的病痛伤痕，为一年的辛苦来一次纯洁的洗浴，为这片土地上的13个民族来一次释放燃烧着的生命的呼喊！傣族舞尽情地跳起来吧，象脚鼓尽情地敲起来吧！为着先祖的嘱咐，为着民族的盛典，更为着西双版纳这块热土下喷薄的生命，热情舞动，热情叫喊吧！

这一天，让整个城市都湿透之后，让她在翌日清晨的阳光下重新焕发活力，让各族儿女在洗净一年的灰尘之后重新凝聚起强烈的生命信号，为这片热土奋斗！

古老而年轻散发着跳动生命音符的节日。这里，浴水重生，澜沧江水流动着这里的过去和未来，我们从不忘记。

这里，没有京都的金陵霸气，没有江南的婀娜婉约，这里就是这里，这里就是有一股沸腾的原始气息，能够让人疯了一般一跃而起，想全身心触碰这种原始的躁动。

这里，生命为之温润，就像从一片茫茫沙漠中走来，靠着热带雨林鲜亮的坐标，动植物安逸于这片温润的土地。我们在这片土地上创造奇迹，而这里本身的奇迹又给我们以默默的滋养。

这里，千年的秘密依旧温存，我们只是在客人来的时候备好特色的酒和食物，在声声象脚鼓的隆隆声中热情迎接远方的来客。

这里，犹如宝石一般闪耀着迷人的光彩，这里，也是我心中永不干涸的绿洲。

流香岁月

余子骎

鸟儿飞过，天空留下痕迹；芬芳漫过，岁月留下香气……
——题记

"我一看到花，脚步就慢下来了。"这是西方文艺复兴时期伟大先驱但丁的名句，相信如今很多人也会和我一样热爱这句话，不是因为这话出自名人之口，所以喜欢它，而是因他把我的感受超越时空地表达出来了。我喜爱花，不仅仅因她能给人带来赏心悦目之感，更由于她把她的灵魂和芬芳融进了我的生命，她是我的哲人，更是我生活的伴侣。因此，我的心每天都在开着一朵花，她在我心中慢慢绽放，吐露芬芳，让我的生活历久弥香。在我生命的旅程中，永远是花给我的启示最多，我和她的故事永远栖息在城市中最浪漫最静谧的一角，让我信手采撷那美好的流香岁月与你共享……

美好的童年里，有美丽的花与我相伴。那时我家对面是一片广阔的庄稼地，每逢春夏，层层绿波便在这里荡漾。山岩下从龙井里流出的小河静静地躺卧在庄稼的怀抱里，而那河岸边的小花和我变成了他们的点缀。每当风和日丽之时，我放学回家写完作业后，便会夹着书本，带上竖笛，来到小河边。时而高声朗读，时而吹几首童谣，至今我能随口吹奏出来的曲子依然是那时所熟悉的呢。风轻日暖，草长莺飞，广阔的绿野中点缀着点点鲜红，正如杜甫诗中所写："红入桃花嫩，青归柳叶新"，无限风光真令人陶醉。绿油油的庄稼是我的幕布，河水的叮咚声是我的伴奏，微风是我的指挥，而身旁的花儿们则是我忠实的听众，她们一边向我点头表示赞赏，一边陶醉在美妙的音乐中欢呼雀跃，那种感觉无比惬意。岸边的小花五颜六色，还散发着淡淡的清香，她们从不张扬，在我眼中是最美。此刻蓦然回首，那些美好的时光依然挂在我记忆的眉尖，那些朴素的花儿也对我日后的性格、审美观和价值观起到了潜移默化的作用，她们是我的哲人。想起她们，我便觉欢畅。

小河边的花儿们陪我度过了美好的童年，迈入中学后，花儿依然与我如影随形。由于那片庄稼地被建成了停车场，所以我失去了童年时的乐园，我也遗憾不能再见到我那些亲密的伙伴们，但是很感恩，从我家到学校需经过一个小山坡。每当晴朗的春夏，阳光布下恩惠，小山坡便披上了五颜六色的衣裳，粉色的喇叭花、金黄的蒲公英、洁白的野菊花……烂漫开放。下午上学时我便会信手摘上一大把，扎上丝带，然后如获至宝般地蹦跳着去往教室。那时由于我的座位靠窗，所以我常常将捆扎好的花儿们用胶带贴在墙上，每当思考问题的时候，她们往往最能带给我灵感，每当心情不好的的时候，她们也最能给我安慰，她们似乎在对我说："活出真实的自己，快乐是最重要的。"难忘教室里飘荡的淡淡的花香，我那美好的中学时代已沉淀在这片花香里。

同学们都开玩笑说我不懂欣赏，只会爱这些山花野草。虽然这些花草很少有人问津，但她们获得的却是一种生命的释放，只有她们才能真正与大自然的万物为伴，只有她们才能享受更多太阳给予的恩惠，而她们时刻都在彰显着生命的力量，散发着各自的魅力。虽然她们很平凡，最不容易招来人们的喜爱，但是她们却能独享我的青睐，因此，我爱"沾花惹草"，好让这些美丽的山花野草也来帮助我认识生活是多么美好！

白驹过隙，我的大学时光已过去两年，岁月的车轮碾过四季，又迎来了万物复苏的春天。当宿舍楼下的迎春花绽开了笑颜时，我的心似乎也被眼前美丽的蝴蝶点了一个触吻。作家老舍曾经形容过："北京的春天像一个害羞的姑娘，还没来得及掀开面纱的一角，就已经转身跑得远远的。"春天是转瞬即逝的，我不想去抓住某个季节，我也不能，我只想好好享受大自然的每一个恩赐，生活亦是如此。我常常告诉自己，好好珍惜生命中所拥有的，就像眼前的迎春花、玉兰花，不要将她们熟视无睹，而应该用心观察，把自己的心灵当作摄影机，我愿意花时间将她们绽放的每一个细节都记录下来，让她们恒久地在我心里开放，把她们灵动的美感永远留我心。

花儿是大自然最美的装饰，是生活最诗意的伴侣。现代生活节奏太快，人们常常感到疲惫不堪，觉得生活没有乐趣。其实正如雕塑大师罗丹所言："生活中不是缺少美，而是缺少发现。"打开紧闭的心扉，放眼周围的世界，我们会有无数意外的收获，我们才会真正热爱生活，热爱我们身边的人。

刚刚过去的寒假，我曾到一家花店打工。虽然每天的工作时间很长，工资也很低，但我并不感到累，倒觉得很开心，只是因为这里有花相伴。满屋里都盛开了鲜花，玫瑰、百花、郁金香、紫罗兰……品种都很名贵，更受人们喜爱。与我家乡的山花野草相比，她们确实显得高贵，香气也更加宜人。她们昂首挺胸，开得自信、大方，迎来很多顾客。但是相比之下,我还是更热爱那些山花,也许是她们身上有我喜爱的生活方式,但我也欣赏玫瑰、百花的华贵多姿,她们也有自己的成长价值。就像人,不管我们有着怎样的社会地位,过着怎样的生活,我们都需要像花儿一样开得自然,散发芳香,如此,我们便可以每天让自己的心里开出一朵花,心情就会得到释放,生活就会更美好!

  然而人生有涯,正如花开。刚刚过去的三月,我校著名、年轻的当代诗人张枣老师不幸病逝,当这个噩耗传来的时候,我们都无比惋惜。有一次去办公室送信件,看到张枣老师的信箱里插着几朵菊花,那是在表达我们对老师的深深怀念。时间流走了半个月,菊花也凋谢了,然而张老师的音容笑貌依然浮现在那金黄的花瓣里,他在生时为新诗的发展所作出的贡献依然永留在飘荡的菊香里。也许我们都或多或少的伤感,总想永远留住生命中最宝贵的,然而忽而一阵风吹过,我们却失去了很多……

  花儿绽放,虽然她们有凋零的时候,但是她们却把最美的香气溢满人间;人从世间走过,虽然会有离去的时候,但是我们要把最好的贡献留给社会。不必伤感,不必忧愁,抬头看,前方是一片花开烂漫,让我们用一颗好心情来书写我们的流香岁月……

点燃这时光

张繁瑾

　　初中的时候从家到学校的路途很远。我每天蹬着自行车在清晨的风雾中穿过杨柳成排的街区，夜色未褪，行人稀落，笔直空旷的路段仿佛滚滚压向天际般没有尽头。出了街区就可以看见人头攒动的菜市场，费力从人潮中挤过后，我就能感觉到，鱼肉葱花的味道、地面潮湿的气息、甚至叫卖声、争吵声、磨刀霍霍的声音凌乱沉重地挂了满身，裤脚被溅上泥水，从杨柳下经过而溢满的清新舒畅感被一扫而空。然后继续蹬着车驶过老旧的街角、十字路口，穿过汽车扬起的灰尘，常常一手握着在路边摊匆匆买来的早餐，一手握着车龙头，边吃边在繁杂喧闹中义无反顾地向前冲。一个小时后到学校已是风尘仆仆满头大汗，任头上长空澹澹也无心再像儿时一般去揣测它是湛蓝还是铅灰色。

　　那时深感生活就像正在播放的录影带被按了重复键，以周为单位不断循环播放，甚至荒唐得连周一到周日的菜色也固定了下来。日子因为没有任何涟漪而显得枯燥死沉。每天都会见到的人，每天都会吃的东西，每天都会路过的旧长廊和市政府萧瑟的大门，家门口的杨柳，这些琐碎和单调逐渐爬满我生活的有限空间。那时的我总是自视清高，为赋新词强说愁，幻想自己像那些少年少女漫画里的主角一样有着绚烂的生活，并深深厌烦着现实中的这些琐碎与单调。大多时候因为不知道该追求什么而失去梦想，随随便便就可以把某个人奉为神祇，然后理直气壮地在无谓的事情上耗费去自己的青春。

　　如同自己蒙上双眼，拉着一段绳子，另一端就是那所谓领路的神祇，我在后面跟着跑，跑过爱我关心我的父亲母亲，跑过一直陪伴我的朋友，跑过最喜欢去的火锅店和公园，都没有停下来，还以为这就是自己所要的理想之路。

　　直到一个时刻我蓦然间睁开眼，看见浪潮退去，那么多的人和事已经从生命中走失，而我手中还滑稽地抓着一段不知谓何的绳子。

　　记忆中父亲的那个朋友因为留了很潮的八字胡和小辫而被戏称为"腾格尔"。他对孩子完全没有四十多岁成年人应有的威严，给我们变蹩脚的魔术，领着我们去爬山。高考之后他们单位开家属大会，父亲开玩笑说他的辫子会给职工子女带来不良影响，他当真马上去剪掉留了十余年的头发，还剃得干干净净，大会上顶着发青的光头冲我们扮鬼脸。之后我有生以来第一次参加葬礼，看见黑白照片里的他眯着眼，头发还在，不由自主想起几个月前他剃了头做鬼脸的样子，突然感到在这么肃穆的氛围里，这一切不真实得令人想要发笑。

我以为自己的生活是枯燥无聊的，因为周遭的人和事都太过真实了，总相信这些人、这些事现在是在这里的，以后也是一定还会在的。他们就在我的无所谓中渐渐落满灰尘，最后随海浪退去。等我像过去的每一天一样习惯地转过头时，发现他们早就不在一直都在的位置了，变成记忆里的影影绰绰。如同透过树叶的阳光，只能感受落在身上的温暖，再也没有办法伸手抓住。

"朝朝花迁落，岁岁人移改。今日扬尘处，昔时为大海。"

距离躯体的湮灭还会有很远的路要走，父亲母亲的絮叨和他们鬓尾刺眼的斑白，朋友的争执笑闹，或者夏日漫天飞舞的柳絮，大概有一天就永远消失了，可至少现在他们是生活真实存在的痕迹，是我可以牢牢抓住的东西，弥足珍贵。

而今我愿意相信自己心底有朵花叫"惜今"，它是十余年光阴印下的烙印，是或得或失中锤炼出的心境。每天睁开双眼，我可以在清晨第一束微光射进窗户的时候静听那朵花轻轻绽放的声响，清楚地知道当下我所拥有的一切——不论喜欢还是厌恶——不知何时会成为回忆。但即使是须臾间的拥有，我也会珍惜时光挥动羽翼的每一时刻。

菊花心语

张建玲

　　午后阳光暖暖的，透过玻璃一览无余的倾泻在阳台上，我沏一杯菊花茶，站在窗边，沐浴在暖阳里，望着窗外，柳枝抽出嫩芽，迎春花摇曳着身姿，才发现春天不知何时已经悄悄地来啦，心里淡如止水，享受着这春天的美好，低头一瞥，看见杯中的菊花，缓缓的舒展着花瓣，颜色淡雅，形体轻柔，茶水也渐渐地被染成青绿色，正好与那娇柔的菊花相映生辉，不时的飘出淡淡的清香，质朴而纯正，正如我心，毫无杂物，宁谧而雅致。那一刻，才真正的发现，在我的心里，一直有一朵花在开放，那便是拥有"千叶玉玲珑"美名的菊花。

　　回望一路走来的这20年，心中的这朵菊花常开不败，陪伴我穿越风风雨雨，走过欢乐忧愁，走出泥泞，寻找彩虹。

　　高三时，面对着高考，面对着千千万万的考生，无形的压力压得喘不过气来，有人将这一年称之为"黑色的一年"，迷茫、担忧、害怕充斥着整个大脑。面对未知的前途，我不知该何去何从，要是落榜了怎么办？我拿什么再来一年？我又怎么能够承担又一年的风险？打不起精神来，害怕面对已成为事实的高三。情绪烦躁，心情低落，仰头长叹，低头一瞥，花坛里的菊花正在秋风里摇曳着身姿，似乎在向我微笑，又像在摆手："不要怕，勇敢地面对，只要你认真努力地去做，终归是有回报的，保持平常心就好。"黄白的花朵在绿叶的衬托下越发的清雅，在花草树木们都退居二线准备过冬的时候，菊花却勇敢地站在了一线，任凭天气一天天的凉了下去，它依然绽放出美丽的笑靥，为这金秋平添几分姿色。菊花总是那么的淡雅，仿佛从来都不"争名夺利"，也"不以物喜，不以己悲"，在这喧闹的世界里，安安静静地做好自己，心无旁骛，永远都是那么的祥和。那么我又何必烦躁，又何必为不可预知的未来而担心呢？我应该向菊花一样认认真真并保持一颗平常心去做好自己，只要问心无愧，又何必在乎那么多。即使是挫折摆在我的面前，我也应该如菊花一样的淡定沉着，大有"兵来将挡，水来土掩"之势，泰然处之，从而慢慢走出挫折之境，更何况是应对高考呢？看着那朵朵菊花，我的心突然明朗，报之一笑，在我心中之菊的伴随下开始了我认真淡然的高三之旅。

　　回望过去，参加国庆六十周年庆典将是我一辈子的珍藏，我参加了广场合唱团，每天的高歌带着我们对祖国的祝福一起飞扬。每一次训练都令我激动不已，每一次唱歌都是精神饱满，是那么的热烈和深沉。那感情就像是我家门口的金菊，黄灿灿的，碗口那么大，一簇一簇的拥抱在一起，在秋风萧瑟当中展现它们艳丽的姿色，向大地诉说着它的热爱，向天空高唱着它的骄傲，热情奔放，但又不失高雅，我对祖国的痴情就像金菊对大地一样，赤诚而热烈，因此，每一次高歌，我都在向祖国献上深深的祝福，每一天，心中那朵大大的金菊都在释放出所有的热情，让每一句歌声都变得高亢。国庆当天，簇拥的金菊将它对母亲的热爱一倾而下，低吟浅唱又热情高亢地向母亲诉说着百转千回的缱绻之情。除了对母亲是一片赤诚，对生活、对世界，金菊都告诉我要热情乐观积极，就像阳光透过心灵照射着心中的金菊，耀眼灿烂。

一转眼，来到大学已经两年了，大学比不得高中，这里人才济济，尽管我每天都努力去奋斗，尽管我总是想证明我自己，寻找回原来的骄傲，但是，总是会事与愿违，投稿，石沉大海，参赛，总是被刷，面对一个个失败和打击，我的心是那么的支离破碎。拾起桌上晾的菊花干，它是那么的干瘪，经过风吹日晒，它失去了原本的光滑和娇美，变得憔悴，花瓣都蜷缩在一起，半白半黄，闻起来还有股土腥味，原来的晶莹与高雅似乎都被岁月销蚀了，但是，当它入水，它将变得轻柔，变得依旧光鲜亮丽，不仅拾回曾经的淡雅和艳丽，散发着清香，它还释放出更大的潜能，具有药疗作用，充分的实现自我的价值。我看着看着，眼睛湿润了，我又何必如此急躁的去"争名夺利"，却遭受失败的撞击？还不如趁此时，多多的积蓄自身的力量，等到时机成熟，再如菊花一般爆发出巨大的潜能，实现自我。会心一笑，郑重的将菊花干装好，贴在心口，让她常开于我心。

菊花的淡然轻柔、热情奔放和坚定执著触动了我心，它将每天都开在我的心间，治疗我在这现代生活中的浮躁、盲目、自我失落和自我伤害，鼓励我热爱生活，积极向上。使我拥有清澈的心灵、完满的自我、淡然而雅致的人生。

我的心里每天开出一朵花

张静娴

几米的漫画本子似乎已经永远尘封在我的十八岁，那个向着前方的光亮不顾一切的十八岁，那个看着路边盛放的野花会热泪盈眶的十八岁。在《听几米唱歌》中，有一幅轻描淡写的画。蓝色丝绒般的夜幕下，有一朵露出大大的向月葵，沐浴在如水的月色中，努力地绽放。画里苍茫的草丛中，似乎映着我的倒影。从那以后，我的心中每天都有一株藤蔓冲破黑暗，慢慢开出一朵向月葵。

有人赞美向月葵的低调，有人贬低向月葵的迷离。该向着朝阳昂首挺立的时候，它似乎一直躲在世界的角落，低到尘埃里去。向月葵只是垂着眼帘，感受微风拂过脸颊的畅然，享受周围的一切如胶片般一格一格闪过，嘴角有一丝不易被察觉的微笑。而向日葵们迎着太阳，饱满的颗粒如钻石般折射出七彩的光芒。它们被阳光眷顾着，跳起骄傲的舞蹈，争先恐后地将一缕一缕的光线编织成最美的华裳。它们嘲笑向月葵渺小也好，黯然也好，向月葵还是低眉顺眼的，微微地合着叶片，仿佛一本镌刻着古老文字的魔法书，等待着打开扉页那一刹那的绚烂。它明白，它承认，它接受，它淡然。

暮色渐浓，云彩刷上了胭脂红，既而换上了深蓝色的晚礼服。北斗七星摆好了银汤匙，月亮托出了十八世纪中欧贵族的银盘。旋转木马开始闪闪烁烁，蟋蟀的小夜曲从遥远的地平线传来。向日葵们酣然入睡，向月葵开始了黑夜的狂欢。它如拥抱爱人般张开自己的怀抱，释放出白天积蓄的能量，远远看去，是一盏夜明灯，月亮与它相视而笑。古时恬静贤淑的女子，大概与向月葵一样，在乞巧节凝视着月亮，汲取能使人心灵手巧的魔力。此时的向月葵，是大自然中的精灵。它告诉土层中的种子如何开出最美丽花朵，它唱歌给只有最后一个夏天的老榕树，它跟守夜的猫头鹰聊什么是责任，它听蚂蚁诉说什么是勤劳。

向月葵从不渴望与向日葵一起炫耀，因为它知道与大自然相比，它是如此的平凡。它需要蕴藏更多的能量让自己长高、再长高，才能更接近那片蔚蓝的天空，才能看到更远的风景。那双漆黑的眼睛告诉向月葵，它属于这令人沉醉的夜，不必刻意与别人比较。不能像海鸥一样看到大海的澎湃，心胸却可以比大海还广阔；不能像蒲公英一样飞向远方，却可以听岩石讲述更久远的故事。它用心记住身边的每一位过客，无论飞鸟还是飘落的叶子，感谢它们成为此生最美的记忆。它也真诚地对待流言飞语，无论恶意寻衅还是无意重伤，都让它更坚强和执著地成长。它在夜深人静时审视着自己的行为举止，回顾一天以来的所得所感，让自己在通向完美的阶梯上再进一步。不曾骄傲，也从不允许自卑；不曾娇艳，也从不放弃绽放。因为，向月葵也有别人无法取代的美。

我想我的心中已经建成了一座小小的向月葵园，每天播撒一粒种子，用爱与勤劳悉心地经营着。我是一个能够创造快乐和美好的花匠，生活中极致的美景都从我的指尖诞生，又有什么理由不去热爱生命。每到夜晚，我总能听到它们的絮语：知道吗？明天又是新的一天。我会对它们说：是的，请相信我，明天花园会更美。

你是我心里的一朵花
——妈妈

朱歆羽

一粒沙里有一个世界,
一朵花里有一个天堂;
把无穷无尽握于手掌,
永恒宁非是刹那时光。
　　　　——英国诗人威廉·布莱克

看过的花姹紫嫣红,却只有一朵花最美,那就是我的妈妈,她如花,轻轻掠过我眼中;她如花,让我在起风时跌在你胸口,相依为命,如影随形;她如花,在我生命里开启花的世界花的天堂。她有一个美丽的名字——小惠。

小惠是一朵勤劳的花,她很能干,可是辛辛苦苦干了一辈子,二十多年来还是那么辛苦,今天挣的钱舍不得吃舍不得穿,要留着给三个孩子,交学费,生活费;

小惠是一朵羞涩的花,她认识的人很少,除了三姑六婆她很少认识什么人,开家长会的时候,从来不会和老师打招呼,会后问她老师说了什么,她什么也不知道;

小惠是一朵爱美的花,她也爱臭美,可是她穿过的最贵的衣服一点也不贵;

小惠是一朵娇弱的花,她身体不好,这疼那病的,病的时候,她哼两声,她怕吃药,她从来不去医院,她宁愿把钱省下来,给孩子做一顿好吃的;

小惠是一朵坚强的花,她知道自己苦了一辈子,坚决不能让孩子过她的苦日子,她一边抱怨着她的丈夫,抱怨自己的辛苦,一边心疼的爱着这个家,更辛苦地工作着,为了她的孩子,她的丈夫;

小惠是一朵朴实的花,她读到了高中,可是她知道的科学知识却很少,因为贪玩成绩不好,不然就不这样了,她不知道蒙娜丽莎,我怎么说她肤浅呢,我的所有我的知识我的文化,都是她给的;

小惠是一朵坚韧的花,她会炒菜会做火锅,她洗碗拖地,手被割破了也要洗碗、拖地，她一铲一勺，二十年了，炒出了一生的病，炒出了一个家，炒出了念大学的三个孩子；

小惠是一朵知足的花，小惠的愿望很小，梦想很少，她只希望孩子们都平平安安，有自己的工作，不要像她一样吃苦；她更希望她的三个孩子像小时候一样，她左边牵一个右边牵一个，背上再背着一个，孩子们叫她妈妈，抱着她的脸睡觉，醒来看不到她就哇哇大哭；

小惠很怕孤单，孩子在外上学离开她的日子里，她总是那么孤单，所以，我不会让你孤单；

我会一辈子陪着你，如果有一天你老到走不了路，我就背着你，像我小时候你背着我那样；

如果有一天你什么都记不清了，我会耐心地帮你穿衣服，系鞋带，换衣服，洗被子，学着你的样子；如果有一天，你拿不了筷子，你没有了牙齿，我就拿着勺子，一口一口的嚼碎了再喂你，因为你就是这样把我带大的；

如果有一天，你一天要问我十遍相同的问题，说相同的故事，我会一遍一遍告诉你，一遍一遍耐心地听，就像小时候，你在我床边，说着那些你说了很多遍的故事……

若是一朵花里有一个天堂，那这朵我生命中最美最温柔的花就是我的世界，她给了我生命，她的滴滴花露，哺育了我，滋养了我。每天清晨，都能嗅到她的芳香，我想轻轻地在你耳边说："我只想永远陪在你身边，轻轻地叫你一声，妈妈。"

后 记

为贯彻落实中央和北京市关于加强大学生思想政治教育的精神，构建和谐校园，配合北京市教育工委组织的首都大学生"5·25"心理健康节的开展，中央民族大学心理健康教育与咨询中心多次举办了包括专家报告、心理健康教育宣传、演讲比赛、心灵阳光征文等系列活动，在校园掀起关爱自我、热爱生活、阳光心灵的阵阵涟漪。

近五年来，历届心灵阳光征文比赛都得到了广大同学的积极响应，同学们踊跃来稿。在审阅这一篇篇来稿的过程中，评委老师一次次地被同学们真实质朴的话语所感动，为同学真诚敞开心扉感悟心路历程所感动。字里行间，透露出同学们对当下生活的珍惜、对亲朋好友的感恩、对自我心路的剖析、对美好未来的自信。每一句话都是最真心的表达，每一篇文章都是最坦诚的诉说。

每一篇都很精彩，孰优孰劣，评委老师难以取舍，所以把这些稿件编辑成册，把每一篇动人的文字都悉心收藏，与大家一起分享。

言为心声，每个人心底都有故事，有的是欢笑，有的是苦涩。青春年华，每一颗躁动或安静的心都开始有着对人生的思考。这一篇篇来自心底最深处的文章，让我们感受到了同学们成长中的幸福与快乐、痛苦和悲伤……感谢同学们将他们埋藏在心底深处的心情变幻成优美的文字，并勇敢地拿出来与我们分享。我们相信，不管是快乐的笑脸还是悲伤的眼泪，在被写成文字的刹那，都得到了完美的升华。这些美丽的、善良的、真诚的、痛苦的、敏感的、脆弱的心灵，被放飞在了阳光之中！

菁菁校园，青春无悔！但愿每一个心灵都能在阳光下自由地翱翔！

中央民族大学心理健康教育与咨询中心
2011年5月